狂人遺書

坂口安吾歴史小説コレクション
第一巻

七北数人 編

春陽堂書店

坂口安吾

歴史小説コレクション

第一巻

狂人遺書

目次

梟雄

京の西の岡というところに、松波基宗という北面の武士が住んでいた。乱世のことであるから官給は至って不充分で、泥棒でもしなければ生活が立たないように貧乏である。子供も何人かあるうちで、十一になる峯丸というのが絵の中からぬけでたように美しいばかりでなく、生れつきの発明、非凡の才智を備えていた。

才あって門地のない者が、その才にしたがい確実に立身する道は仏門に入ることである。そこで松波は妙覚寺の白善上人にたのんで、峯丸を弟子にしてもらった。

峯丸の法蓮房は持前の才智の上によく勉強して、たちまち頭角をあらわし、顕密の奥旨《おうし》をきわめたが、その弁舌の巧者なことに至っては対する者がただ舌をまいて引き退《さが》るばかりで凡人の近づきがたい魔風があった。鋭すぎたのである。

同門の小坊主どもは法蓮房に引き廻されて快く思わなかったが、それは才器に距《へだ》たりがありすぎたせいでもあった。

ただ一人南陽房という弟弟子が彼に傾倒して勉強したが、これも利発だったから、やがて諸学に通じ、法蓮房とともに未来の名僧と仰がれるようになった。

南陽房は美濃《みの》の領主土岐《とき》氏の家老長井豊後守《ぶんごのかみ》の舎弟であった。

長井は弟が名僧の器と人に仰がれるようになったので、自分の装飾によい都合だと考えた。そこで折にふれて妙覚寺へ寄進などもするようになり、今後とも南陽房をよろしくと礼をつくすから、寺でも南陽房を大切にする。近代無双の名僧の器であると折紙をつけて強調するようなことも当り前になってしまった。兄貴分の法蓮房は影が薄くなった。

かねて法蓮房に鼻面《はなづら》とって引き廻されていた坊主どもは、これをよい気味だと思った。

「人品の格がちがう。南陽房にはおのずからの高風がある。それに比べて法蓮房は下司《げす》でこざかしい。一は生来の高徳であるが、一は末世の才子にすぎない」

こういう評価がおのずから定まった。学識をたたかわす機会は多数の意志で自然に避けられるようになり、法蓮房の腕の見せ場はなくなった。

これに反して儀式の行事は南陽房が上の位置で厳粛に執り行う。その動作には品格と落付きがあって、名僧の名にはじなかった。

法蓮房は美男子であり、犀利白皙《さいりはくせき》、カミソリのようであるが、儀式の席では一ツ品格が落ちる。下司でこざかしいと云えば、それが当てはまらないこともない。法蓮房は無念だと思った。そして、それを根にもつと、強いて下司でこざかしい方へ自分を押しやるような気分になった。

やがて南陽房は兄にまねかれ、美濃今泉の名刹《めいさつ》常在寺の住職となった。一山の坊主は寄りつどい、近代無双の名僧に別れを惜んで送りだしたのである。すべては昔に戻り、近代無双の名僧の名はどうやら再び法蓮房のものとなる時が来たようであった。

けれども、法蓮房はバカバカしくなってしまったのである。井の中の薄馬鹿な蛙のような坊主どもの指金《さしがね》できまる名僧の名に安住する奴も同じようなバカであろう。坊主などはもうゴメンだと思った。

乱世であった。力の時代だ。時運にめぐまれれば一国一城の主となることも天下の権力者となることもあながち夢ではない。

彼は寺をでて故郷へ帰り、女房をもらい、松波庄五郎と名乗って、燈油の行商人となった。まず金だ、と彼は考えたのだ。仏門も金でうごく。武力の基礎も金だ。人生万事、ともかく金だ。

彼は奈良屋又兵衛の娘と結婚したが、それは商売の資本のためであった。燈油行商の地盤ができると、女房は不要であった。一所不住は仏門の妙諦《みょうてい》である。

彼は諸国をわたり歩き、辻に立って油を売った。まず一文銭をとりだして、弁舌をふるうのである。

「およそ油を商う者は桝《ます》にはかって漏斗《じょうご》から壺にうつす。ところが私のはそうではない。漏斗を使う代りに、この一文銭の孔を通して一滴もこぼさずに桝から壺にうつしてしまう。そればかりではない。一文銭の孔のフチに油をつけることもなくうつしてみせる。もしちょッとでも一文銭に油がついたら代はとらぬぞ。さア、一文銭の油売り。買ったり」

ひそかにみがいていた手錬《しゅれん》の妙。見事に一滴も一文銭に油をつけずにうつしてしまう。これが評判となって、人々は一文銭の油売りを待ちかねるようになり、ために他の油屋は客が少くなってしまった。彼はこの行商で大利をあげ、多額の金銀をたくわえた。

行商で諸国を歩きつつ、彼は諸国の風俗や国情や政情などに耳目をすませた。また名だたる武将の兵法や兵器や軍備についても調査と研究を怠らなかった。一文銭の孔に油を通す手錬なぞは余技だった。彼は自分の独特の兵法をあみだした。

それはまったく革命的な独創であった。それは後日織田信長がわがものとして完成し、それによって天下を平定した兵法であった。元祖は一文銭の油売りだ。

その兵法の原理は単純である。最も有利な武器の発見とそれを能率的に使用する兵法の発見とである。

それは兵法の一番当り前の第一条にすぎないけれども、とかく発見や発明に対する本当の努力は忘れられているものだ。そして常人の努力は旧来のものを巧みにこなすことにだけ向けられている。それは新しい発見や発明が起るまではそれで間に合うにすぎないものだ。

まず彼が発見した有利な武器は、敵の物よりも長い槍であった。普通短槍《たんそう》で一間余、大身の槍で二間どまりのところであるが、彼は普通人の体力で三間、さらに三間半まで可能であると考えた。

その長槍は丁々発止と打ち合うには不向きであったが、彼はその槍で打ち合うような戦争の方法を考えていなかった。

野戦に於て、主力との正面衝突が行われるとき、両軍はまず槍ブスマをそろえて衝突するのが普通だ。そのとき、敵よりも長い槍の槍ブスマが敵の胸板を先に突き刺すにきまっている。

さてその槍を再び構えて丁々発止とやれば今度は不利であるけれども、再びその槍を構える必要はないではないか。最初の衝突で敵の胸板を突きぬいたとき、長槍の任務は終っているのだ。あとは刀をぬいて接近戦にうつってよかろう。

この原理は槍に限ったことではなかった。後日鉄砲が伝来すると、あらゆる武将がこの革命的な新兵器に注目した。云うまでもなく、鉄砲の前では長槍も弓矢も問題ではなかった。けれども、当時の鉄砲は最初の一発しか使いものにならなかった。タマごめや火をうつすのに技術を要しまた時間を要するから、二発目の発射までに敵に踏みこまれてしまう。技術的に短縮しうる時間だけでは、それを防ぐことができない。また機械の改良によって時間を短縮することは、当時の科学水準ではまったく絶望であった。

そこで鉄砲は最初の一発しか使用できないということは当時の常識であり、武将たちは敵の二発目を許さずに突入する歩兵の速度を鉄砲対策の新戦術として研究した。

彼だけはアベコベだった。彼はあくまで鉄砲に執着した。二発目も三発目も、否、無限に鉄砲を射ちまくることに執着したのである。そして、その方法を発見した。彼は鉄砲組を三段に並べることを考えた。三段でなくて、四段でも五段でもよいけれども、技術的に三段まで短縮することができたのだ。

つまり、第一列目が射つ。次に第二列目が射つ。次に第三列目が射つ。その時までに第一列目のタマごめが完了する。かくて彼の鉄砲はつづいて何発も射つことが可能となった。

この鉄砲戦術も後日信長が借用してわがものとする。信長はさらに改良を加え、野戦に特殊な鉄砲陣地を構築する。ザンゴーを掘り、竹矢来《たけやらい》をかまえ、その内側に三段の鉄砲組を構えるのだ。騎兵の突入を防ぐには、ただの三段の鉄砲陣では防ぎきれないからだ。そこで信長の鉄砲組は、鉄砲のほかに竹矢来用の竹と穴掘り道具を持って出陣する。この戦法は信長が完成したが、元祖は一文銭の油売りであった。

★

一文銭の油売りは多額の金ができたので、そろそろサムライになってもよいころだと考えた。

サムライになるにも、なり方がある。いかに乱世でも出世のツルが諸方にころがっているわけではない。

諸国を廻游した結論として、手ヅルがなければロクな仕官ができないことを知った。そして、美濃の国では南陽房の舎兄がよい顔であることを知った。

彼は常在寺に昔の南陽房を訪ねた。

「オレはサムライになりたいと思うが、今の武士に欠けている学問があって、諸国の事情にも通じている。オレのようなのを用人に召抱《めしかか》えて側近に侍《はべ》らせておけば、その主人が一国はおろか何国の大守になっても、諸侯との交渉談判儀礼通商に困るということはない。将軍に出世しても、まだオレの智恵学問が役に立つぞ。貴公はそう思わないか。そう思ったら、貴公の兄上にたのんで、オレを然るべき人の用人に世話をしてもらいたい」

南陽房は師の僧のヒキや同輩の後援によって法蓮房の上に立ったが、元々彼だけは他の小坊主とちがって法蓮房の実力を知り、傾倒して見習い、また教をうけてもいるのだ。

いかに傾倒していても鼻面とって引き廻されてる時にはおのずから敵意もわいて、法蓮房の上に立つことが小気味よかった時もあったが、今となれば、もはや敵意なぞはない。そこで兄にたのんでやった。

美濃の領主は土岐氏であるが、そのころ斎藤妙椿《みょうちん》という坊主あがりの家来が実権を奪っていた。土岐氏は名目上の殿様にすぎなかった。したがって、土岐氏の家来の家老長井長弘も斎藤妙椿の家来の顔をして励まなければならない。油売りの庄五郎はこの長井長弘のスイセンで妙椿の用人となることになったが、そのとき長弘が庄五郎に語るには、

「貴公は南陽房が兄とたのんだほどの学識ある器量人だから、事理に暗い筈《はず》はない。美濃は古来から土岐氏所領ときまっているが、近代になって臣下の斎藤妙椿が主公を押しのけて我意のままにふるまっている。我々は妙椿を倒して再び昔のように土岐公を主人にむかえたいと思っているが、貴公がこれに賛成してくれるなら、貴公を妙椿の用人にスイセンしようと

思う」

「なるほど。私はこの土地の者ではありませんから、どなたに味方しなければならないという義理も人情もない筈ですが、仰有《おっしゃ》るように、私が強いて味方を致すとすれば正しい事理に味方いたしましょう。土岐公が古来この地の領主たることは事理の明かなるものですから、その主権を恢復《かいふく》したいと仰有ることには賛成です」

「それは甚だ有りがたい。実は妙椿に二人の子供がおって、これが仲わるく各々派をなして後釜《あとがま》を狙っている。妙椿が死ねばお家騒動が起って血で血を洗い、斎藤の勢力は一時に弱まるに相違ない。その機に乗じて斎藤を亡し主権を恢復する考えであるが、貴公は彼の用人となってその側近に侍り、我々とレンラクしてもらいたい」

そこで妙椿の用人にスイセンしてくれた。主人を押しのけて所領を奪うほどの妙椿には、内外の敵と戦う用意が必要で、たのみになる側近が何より欲しいところだ。

見るからに鋭敏そうな才子。しかし絵の中からぬけでたような好男子で、いわゆる白皙《はくせき》の容貌。詩人哲人然たる清潔さが漂っている。学識は南陽房の兄貴分だという。妙椿は一目見て惚れこんだ。そして、たちまち重用するに至ったのである。

長井は家柄のせいで反妙椿派の頭目と仰がれているが、とうてい妙椿に対抗しうる器量ではなく、彼が陰謀を画策して味方を集めしきりに実行をあせっていることは、味方の者にも次第に危ぶまれるようになりつつあった。

彼らは長井に一味したことを後悔しはじめていた。彼のためにやがて彼らも破滅にみちびかれることを怖れるようになっていたのだ。妙椿の勢力は時とともに堅くなりつつある。彼らは長井にたよるよりも、今さら長井を重荷に感じはじめていたのである。その重荷から無事に解放してくれる者は救世主にすら見えるかも知れない内情だった。

庄五郎は妙椿の信用がもはやゆるぎないことを見たので、いかにも神妙に長井の陰謀を告白した。

「この約束をしなければ仕官ができませんので、一応長井に同意の様子を見せた次第です。日夜告白の機をうかがい、ひとり悩んでおりました」

妙椿は庄五郎の忠誠をよろこんだ。

「お前長井を討ちとることができるか」

「お易い御用です。心ならずも長井に一味の様子を見せたお詫びまでに、長井の首をとって赤誠のアカシをたてましょう」

簡単に長井をだまし討ちにした。そして自ら長井の姓をとり、長井新九郎と改名して、家老の家柄になりきってしまった。彼が長井氏の正しい宗家たることを認めない一族に対しては、長井宗家の名に於て遠慮なく断罪した。

「長井の血に於て異端を断つ」

それが罪状の宣告である。正義とは力なのだ。

妙椿は長井新九郎のやり方が面白いようにも思ったが、なんとなく大人げないようにも思った。

「長井にこだわりすぎやしないか。お前はお前であった方が、なおよいと思うが」

「お前と仰有いますが、長井新九郎のほかの者はおりません。拙者は長井新九郎」

「なるほど」

坊主あがりの妙椿は、新九郎が禅機を説いているのだなと思った。痴人なお汲むナントカの水という禅話がある。痴人にされては、かなわない。

「拙者は長井新九郎」

新九郎は腹の底からゆすりあげるように高笑いした。

法蓮坊の屈辱をいま返しているのかも知れなかった。売僧《まいす》をも無双の名僧智識に仕立てることができたであろう長井の門地はいま彼自身である。

妙椿は新九郎がたぶん禅機を還俗《げんぞく》させたようなシャレを行っているのだろうと思っていた。そして、彼の本心を知ったならば、身の毛のよだつ思いがしたかも知れない。なぜなら、新九郎は自分の血管を流れはじめた長井の血を本当に見つめていたからである。彼を支えているものは、その新しい血でもあった。

妙椿は自分の無能に復讐される時がきた。新九郎が毒を一服もったのである。妙椿はわけの分らぬ重病人になった。そして死んだ。

妙椿の家族はお家騒動を起しはじめた。すると新九郎は死せる妙椿の名に於て彼らを誅伐《ちゅうばつ》し、その所領をそっくり受けついでしまったのである。ついでに、斎藤の家と、その血をも貰った。彼は再び改名して、斎藤山城守利政となった。後に剃髪《ていはつ》して、斎藤山城入道道三《ドーサン》と称した。

新しい血がまた彼の血管を流れている。道三はそれを本当に見つめているのだ。古い血はもはやなかった。道三はそれを確認しなければならないのだ。

美濃一国はまったく彼のものであった。全ての権力は彼にあった。しかし土民たちは美濃古来の守護職たる土岐氏の子孫を尊敬することを忘れなかった。

道三は腹を立てた。そして、その子孫たる土岐頼芸《よりよし》を国外へ追放した。しかし、すでに無能無力だった土岐氏の家名や血を奪う必要はなかった。その代り、頼芸の愛妾を奪って自分の女房にしたのである。

道三は新しい血をためすために、最大の権力をふるった。その血は、彼の領内が掃き清められたお寺の院内のように清潔であることを欲しているようであった。

院内の清潔をみだす罪人を——罪人や領内の人々の判断によるとそれは甚しく微罪であったが——両足を各の牛に結ばせ、その二匹の牛に火をかけて各々反対に走らせて罪人を真二ツにさいたり、釜ゆでにして、その釜を罪人の女房や親兄弟に焚かせたりした。

道三の悪名はみるみる日本中にひろまった。日本一の悪党という名は彼のものである。彼ぐらい一世に悪名をもてはやされ、そして誰にも同情されなかった悪党は他の時代にも類がなかったようである。

しかし、彼は戦争の名人だった。彼が多くの長槍と多くの鉄砲をたくわえ、特に鉄砲については独特な研究に没入していることは諸国に知れていたが、兵法の秘密はまだ人々には分らなかった。彼の戦法は狡猾《こうかつ》で、変化があった。近江《おうみ》の浅井、越前の朝倉、尾張の織田氏らはしばしば彼と戦ったが、勝ったあとでは手ひどくやられる例であり、そのやられ方は意外な時に意外の敗北を喫しているだけの正体のハッキリしない大敗北であった。

彼が罪人を牛裂きにしたり釜ゆでにしたりするのに比べると、それほど積極的に戦争を好んでいるようにも見えなかった。実際は天下に悪名が高いほど牛裂きや釜ゆでに入れあげていたわけでもなかった。お寺の中をいくら掃き清めてもつもる埃《ほこ》りは仕方がないように、浜のマサゴはつきないことを知っていた。敵の数も浜のマサゴと同じようにつきないことを知っていたのだ。三国や四国の敵を突き伏せてみても、それでアガリというわけではない。してみれば、戦争も退屈だ。彼はそう考えていた。ムリに入れあげるほど面白い遊びではない。やってくる敵は仕方がないから、せいぜい鉄砲の稽古を怠るわけにいかないような次第であった。

こうして、彼は次第に老境に近づいていった。しかし彼が年老いても、彼を怖れる四隣の恐怖は去らないばかりか、むしろ強まるばかりであった。彼の腹の底も知れないし、彼の強さも底が知れなかった。いつになってもその正体がつかめないのだ。

彼は大国の大領主ではなかったが、彼が老いて死ぬまでは誰も彼を亡すことができないように見えたのである。

ところが彼が奪った血が、彼の胎外へ流れでて変な生長をとげていたのだ。そして意外にも、彼が奪った血によって、天の斧《おの》のような復讐を受けてしまったのである。

★

土岐頼芸を追放してその愛妾を奪ったとき、彼女はすでに頼芸のタネを宿していた。したがって最初に生れた長男の義龍《よしたつ》は、実は土岐の血統だった。

もっとも、この事実の証人はいなかった。ただ義龍がそう信じたにすぎないのかも知れない。道三はそれに対して答えたことがなかった。

義龍は生れた時から父に可愛がられたことがない。長じて、身長六尺五寸の大男になった。いわば鬼子である。しかし、道三はそうは云わない。

「あれはバカだ」

と云った。

ところが、義龍は聡明だった。衆目の見るところ、そうだった。その上、大そう努力勉強家で、軍書に仏書に聖賢の書に目をさらし、常住座臥怠るところがない。父道三を憎む以外は、すべてが聖賢の道にかなっているようであった。

道三は義龍の名前の代りに六尺五寸とよんでいた。

「生きている聖人君子は、つまりバカだな。六尺五寸の大バカだ」

道三はそう云った。そして次男の孫四郎と三男の喜平次とその妹の濃姫《のひめ》を溺愛した。

「孫四郎と喜平次は利発だな。なかなか見どころがある」

道三は人にこう云ったが、次男と三男は平凡な子供であった。彼は下の子ほど可愛がっていた。

天文十六年九月二十二日のことであったが、尾張の織田信秀が美濃へ攻めこんだ。稲葉城下まで押し寄せて町を焼き払ったまではよかったが、夕方突然道三の奇襲を受けて総くずれになり、五千の屍体をのこして、わずかに尾張へ逃げ戻ったのである。

尾張半国の領主にすぎない織田信秀にとって五千の兵隊は主力の大半というべきであった。この損失のために信秀の受けた痛手は大きすぎた。イヤイヤ信秀に屈していた尾張の諸将のうちにも、信秀の命脈つきたりと見て背くものも現れはじめた。

信秀は虚勢を張って、翌年の暮に無理して美濃へ攻めこんだ。もっとも、稲葉城下へ攻めこんだわけではなく、城から遠い村落を焼き払って野荒ししたにすぎないのである。

ところが天罰テキメン。無理な見栄《みえ》は張らないものだ。野荒しの留守中に清洲の織田本家の者が信秀に敵の色をたて、信秀の居城古渡《ふるわたり》を攻めて城下を焼き払って逃げたのである。

信秀は慌てて帰城して対策を考えたが、清洲の織田本家はいま弱くても、とにかく家柄である。これを敵に廻してモタモタしていると、味方の中から敵につくものがどんどん現れてくる可能性がある。

清洲の本家が信秀から離れるに至ったのは落ち目の信秀がいずれ美濃の道三に退治されてしまうと見たからであろう。

清洲の本家ともまた美濃の道三とも今はジッと我慢して和睦あるのみ。こう主張して、自らこの難局を買ってでたのは平手政秀である。

平手は直ちに清洲との和平を交渉するとともに、一方美濃へ走った。道三に会って、信秀の長男信長のヨメに道三の愛嬢濃姫をいただきたい、そして末長く両家のヨシミを結びたいと懇願したのである。平手は信長を育てたオモリ役であった。

軽く一ひねりに五千の尾張兵をひねり殺して信秀の落ち目の元をつくったのは道三だ。その道三は益々快調、負け知らず、美濃衆とよばれて天下の精強をうたわれている彼の部下は充実しつつあるばかりだ。

信秀が負け犬の遠吠えのように美濃の城下を遠まきに野荒しをやって逃げたのも笑止であるが、腹が立たないわけではない。しかるに、野荒しのあとに、三拝九拝の縁談とは虫がよすぎるというものだ。

ところが道三は意外にも軽くうなずいた。

「信長はいくつだ」

「十五です」

「バカヤローの評判が大そう高いな」

「噂ではそうですが、鋭敏豪胆ことのほかの大器のように見うけられます」

「あれぐらい評判のわるい子供は珍しいな。百人が百人ながら大バカヤロウのロクデナシと云ってるな。領内の町人百姓どもの鼻ツマミだそうではないか。なかなかアッパレな奴だ」

「ハア」

「誰一人よく云う者がないとは、小気味がいい。信長に濃姫をくれてやるぞ」

「ハ？」

「濃姫はオレの手の中の珠のような娘だ。それをやる代りに信秀の娘を一人よこせ。ウチの六尺五寸のヨメにする。五日のうちに交換しよう」

「ハ？」

平手は喜びを感じる前に雷にうたれた思いであった。怖る怖る道三の顔を仰いだ。老いてもカミソリのような道三の美顔、なんの感情もなかった。

「濃姫のヒキデモノだ」

道三は呟いた。

両家の娘を交換する。それは対等の同盟を意味している。しかるに今の道三と信秀は全然対等ではなかったのである。平手は七重の膝を八重にも曲げて懇願しなければならない立場だ。しかるに道三が対等の条件にしてくれた。それが最愛の娘濃姫を与える大悪党のヒキデモノであった。

年内に濃姫は信長のオヨメになり、織田家からは妾腹の娘が六尺五寸殿にオヨメ入りした。信秀の本妻には年頃の娘がなかったせいだが、これでは対等を通りこして、道三の方が分がわるい。しかし道三は平気であった。

難物と目された美濃との和平は一日で片がつき、弱小の清洲との和平に一年かかった。清洲の条件が高いのだ。そして、折れなかった。それほど信秀は落ち目であった。

ところが道三は落ち目のウチの鼻ツマミのバカ倅《せがれ》に愛する娘をヨメに与えたのである。

★

その四年後に、織田信秀は意外にも若く病死してしまった。落ち目の家をついだのは、いま評判のバカヤローであった。

信長は父の葬場にハカマもはかずに現れて、香をつかんで父の位牌に投げつけた。バカはつのる一方だった。

信長の代りに弟の勘十郎を立てようとする動きが露骨になった。しかし、その動きは信長にとっては敵であっても、織田家を守ろうとする動きである。背いてムホンするものは日ましに多くなった。

平手はたまりかねバカを諫《いさ》めるために切腹して死んだ。信秀のあとは、もう信長では持ちきれないと思われた。

その時である。道三が信長に正式の会見を申しこんだ。道三は濃姫をくれッ放しで、二人はまだ会見したことがなかったのである。

「信長のバカぶりを見てやろう」

道三は人々にそう云った。

会見の場所は富田の正徳寺であった。正式の会見だから、いずれも第一公式の供廻りをひきつれて出かける。

道三は行儀作法を知らないという尾張のバカ小僧をからかってやるために、特に行儀がいかめしくてガンクビの物々しい年寄ばかり七百何十人も取りそろえ、これに折目高の肩衣袴《かたぎぬばかま》という古風な装束をさせて、正徳寺の廊下にズラリとならべ、信長の到着を迎えさせる計略であった。

こういう凝った趣向をしておいて、自分は富田の町はずれの民家にかくれ、戸の隙間から信長の通過を待っていた。いかに信長がバカヤローでも人に会う時は加減もしようから、誰に気兼ねもない時のバカヤローぶりを見物しようというコンタンであった。

信長は鉄砲弓五百人、三間半の長い槍が五百人、自分の家来殆《ほとん》ど全部ひきつれて、木曾川を渡ってやってきた。兵隊の数は多くはないが、装備は立派なものである。

ところがその行列のマンナカへんに馬に乗ってる殿様がものすごい。頭は茶センマゲと云って、髪を一束にヒモで結《ゆわ》えただけの小僧ッ子の頭である。その日のヒモはモエギであった。このバカ小僧はマゲを結ぶヒモの色に趣味があって、モエギかマッカの色のヒモしか使わないというのはすでに評判になっている。

明衣《ゆかたびら》の袖を外して着ている。大小に荒ナワをまいて腰にさし、また火ウチ袋を七ツ八ツ腰にぶらさげている。腰に小ブクロをたくさんつけてるのは当時猿マワシの装束がそうだった。信長の様子はその猿マワシにそっくりだった。

ところがこの火ウチ袋は信長の魂こめた兵法の必然的な結果であった。それは彼に従う鉄砲組の腰を見れば分るのだ。みんな七ツ八ツの火ウチ袋をぶらさげているのだ。袋の中には多くのタマと火薬などが入っていた。

知らない人々が解釈に苦しむのは無理もない。彼らにとっては、鉄砲とはただ一発しか射てないものだと相場がきまっていたからである。多くのタマや火薬を腰にぶらさげる必要なぞ考えることもできなかったのである。そして猿マワシに似たカッコウを笑うことしか知らなかった。

しかし、道三に袋の意味が分らぬ筈はなかった。

信長はまるで風にもたれるように馬上フラリフラリと通って行く。虎の皮と豹の皮を四半分ずつ縫い合せた大そうな半袴をはいていた。どこからどこまで悪趣味だった。

道三は笑いがとまらない。必死に声を殺すために腹が痛くなるのであった。

ところが、信長は正徳寺につくと、一室にとじこもり、ビョウブをひき廻して、ひそかに化粧をはじめた。カミを折マゲにゆう。肩衣に長袴。細身の美しい飾り太刀。みんな用意してきたのだ。

ビョウブを払って現れる。家来たちもはじめて見る信長の大人の姿であった。水もしたたるキンダチ姿であった。

信長は本堂へのぼる。ズラリと物々しいガンクビが居並んでいる。知らんフリして通りすぎ、縁の柱にもたれていた。

やがて道三がビョウブの蔭から現れて信長の前へ来た。信長はまだ知らんフリしていた。道三の家老堀田道空が——彼はこの会見の申し入れの使者に立って信長とはすでに見知りごしであるから、

「山城どのです」

と信長に云った。すると信長は、

「デアルカ」

と云って柱からはなれ、シキイの内へはいって、それからテイネイに挨拶した。

ただちに別室で舅《しゅうと》と聟《むこ》の差向い。堀田道空の給仕で、盃ごとをすませ、湯漬けをたべる。

二人は一言も喋らなかった。

道三は急に不キゲンになった。毒を食ったような顔になって、

「また、会おう」

スッと立って部屋をでてしまった。

★

世間へもれた会見の様子はこれだった。

ところが、この日を境いにして、道三と信長はその魂から結び合っていたのである。

信長が正徳寺の会見から帰城すると、その留守中を見すまして、亡父の腹心山口がムホンし、しきりに陣地を構築中であった。

つづいて多くの裏切りやムホンが起った。彼らは道三が大バカヤローの聟に見切りをつけて、バカの領地は遠からず道三の手中に帰するだろうと考えたのである。

ところがアベコベだ。彼らがムホンする。兵力の少い信長はほとんど全軍をひきつれて討伐にでなければならない。すると道三が部下に命じて兵をださせ、信長の留守の城を守って

くれるのであった。

その援兵は、もし欲すれば、いつまでも留守城を占領することができた。そして、信長を亡し、所領を奪うことができたのである。

信長はそれを心配したことがなかった。いつもガラあきの城を明け渡して戦争にでかけるのだ。しかし、信長の敵たちはまだ道三の心を疑っていた。そんな筈は有りッこないと思ったのである。今に信長はやられるだろうと考えていた。一年たち、二年たった。信長はやられない。

人々は仕方なしに大悪党のマゴコロを信じなければならなくなった。薄気味わるくなってきた。やられるのは信長ではなくて、信長の敵の自分たちかも知れないと感じるようになったのである。ウッカリ信長に手出しができなくなってしまった。失われた信長の兵力は少しずつ恢復しはじめた。

★

義龍にライ病の症状が現れた。

「六尺五寸のバカでライ病。取り柄がないな」

道三は苦りきった。

義龍はひそかに自分の腹心を養成し、また寄せ集めた。マジメで、行いが正しくて、学を好み、臣下を愛した。全てが道三のやらないことであった。

「六尺五寸もあって、それで人前で屁をたれることも知らないバカだ」

道三の毒舌は人々を納得させるよりも、むしろ人々を義龍に近づけ彼らの団結を強くさせる役に立った。その勢力は次第に大きくなった。

「義龍公は土岐の血統だ。美濃の主たる正しい血だ」

その声は次第に公然たるものになってきた。

稲葉城は大きい城であった。しかし一ツの城の中に、その城の主人と、主人を仇敵と狙う子供がそれぞれの部下をかかえて一しょに同居していることは、差し障りがなければならない。

ところが道三は案外平気であった。

「六尺五寸の化け物め。いまにオレが殺されるぞ」

義龍が土岐の血統と名乗るようになったのは、まだ二十の頃からでもう十年ちかくなるのである。彼が土岐の血統なら、道三は彼の父ではなくて、仇である。当り前の結論だ。

道三は自分の立身出世のために人を殺す機会には、機会を逃さず、また間髪をいれず、人を殺してきたものだった。彼は人の顔を見るたびに考える。いまこの人間を殺すこともできるな、と。人間どもが平気な顔で彼と対座しているのが奇妙な気持になることもある。オレの心を見せたいなと思った。

むろん義龍を殺す機会はあった。非常に多くあった。これからも有りうる。信長を殺す機会がいつでもあると同じように。

いつでも殺せるが、オックウだった。なんとなく、そんな気持ですごすうちに、今のようになってしまった。今ではその腹心が堅く義龍をとりまいていて、殺すのも大仕事になってしまったようである。

しかし、早いうちなら義龍を簡単に殺せたろうかと考えると、これも案外そうでないような気がするのだ。

むろん殺す実力はある。今でも殺す実力はある。しかし、実力の問題ではなく、それを決行しうるかどうかという心理的な、実に妙な問題だ。

信長に濃姫を与えたのはナゼだろう？　そのころ信長は評判の大バカ小僧であった。自分の領内の町人百姓の鼻ツマミとは珍しい若様がいるものだ。

なぜ鼻ツマミかというと、町では店の品物を盗む。マンジュウとかモチとか、大がい食物を盗むのだ。野良でも人の庭の柿や栗や、腹がへるとイモや大根もほじくって食ってしまう。畑の上で相撲をとる。走りまわる。鼻ツマミとは無理がない。

むろん頭はバカではない。よその殿様の子供のやらないことだけやってるようなバカなのだ。

そのバカが、たしかに道三の気に入ったのは事実なのだが、ナゼ気に入ったかと考えてみると、その裏側に彼と対しているのが、クソマジメで、勉強家で、聖人ぶって、臣下を可愛がって、むやみに殿様らしい様子ぶったことをしたがる義龍という存在だろう。トドのつまりは、そうらしい。

つまり道三にとっては、義龍という存在が、どうやら心理的に殺すことができない存在なのかも知れない。信長という対立的なものを選んで味方にしたところを見ると、自分でもそんな気がするのであった。何か宿命的なものが感じられた。

そして、義龍を殺すことよりも、義龍に殺されるかも知れないということをより多く考えるようであった。いつでも義龍を殺せるうちから、すでにそうだった。

むろん、義龍に殺されるのが心配で、対立的な信長を味方にしたわけではないのである。しかし、今になって、結果から見ると、まるでその予算を立てて信長を濃姫の聟に定めたようなことになっている。あるいは、そういう秘密の気持があったのに、自分ではそれに気付かなかったのかも知れないと考えたりするのであった。

それはまったくフシギな心だ。なぜなら、今だって義龍を殺すことができないわけではないじゃないか。

「どうも、まったく、目ざわり千万な奴だ。六尺五寸もあって、モッタイぶって、バカで、ライ病だ」

しかし、すべてが、オックウだ。六尺五寸のライ病殿に関する限り、すべてがオックウの一語につきる。そして、ふと気がつくと、

「あの化け者めにオレの寝首をとられるか」

そう考えているのであった。久方の光がしず心なく降るが如くに、そう考えているのであった。

★

その年の秋、三男の喜平次を一色右兵衛大輔《いっしきうひょうえのたいふ》とした。これにいずれは後をゆずる腹であった。道三は下の子ほど可愛いのだ。

「喜平次はオレも及ばぬ利口者」

こう云って崇敬したが、誰もその気になってはくれなかった。しかし道三は大いに喜平次を崇敬して満足であった。

そして、十一月二十二日、例年通り山下の館で冬を越すために城を降りた。

義龍は十月十三日から病気が重くなって、臥《ふ》せっていた。道三が冬ごもりから戻るころには大方死んでいるだろうという話であった。道三もそれを疑わなかった。要するに、そんなものか、と城を降りたのである。

しかるに義龍の病気は仮病であった。道三が山下へ降りたので、道三の兄に当る長井隼人《はやとの》正《しょう》が義龍の使者となり、喜平次と孫四郎を迎えにきた。

「義龍が死期がきて、いまわに言いのこすことがあるそうだから」

伯父が使者だから二人も疑わない。そして兄の病室へはいったところを、待ちぶせた人々に斬り殺されてしまったのである。

この報をきくと、道三はただちに手兵をまとめて美濃の山中へ逃げこんだ。翌年四月まで山ごもりして、四月十八日、六尺五寸の悪霊と決戦のために山中をでて鶴山《つるやま》に陣をはったのである。

★

道三が義龍に城をとられて山中へ逃げこんだから、それまで鳴りをしずめていた信長の敵は色めきはじめた。織田伊勢守のように、たちまち義龍と組んで信長の城下を焼き払う者もあり、やがて一時に味方の中から敵がむらがり立つ形勢が近づいていた。

四月十八日に道三が出陣と分ったが、もし信長が道三の援軍にでかけると、その留守に彼もまた城をまきあげられる怖れがあった。誰がまきあげるか分らないが、親類も重臣も、いつ背いてもフシギのないのがズラリとそろっているのであった。

しかし、道三を助けたい。勝敗はともかくとして、この援軍に出ることをしないようでは、織田信長という存在は無にひとしいと彼は思った。

しかし、その留守に城をまきあげられるようでは、道三を苦笑させるだけの話であろう。二十三歳の信長は全身の総血をしぼってこの難局と格闘した。

尾張の本来の守護職は斯波《しば》氏であった。その子孫は信長の居候《いそうろう》をしていた。三河には足利将軍家の次の格式をもつ吉良《きら》氏が落ちぶれて有名無実の存在となっていた。今川氏の世話をうけていたが、今川よりも一ツ格式は上の名家であった。

信長は今川に使者をだし、今後斯波氏を立てて尾張の大守とするから、三河も吉良を大守とたて、両家のヨシミを結びたいと申し送り、今川の同意を得た。すでに四月だ。

信長は自ら斯波氏を送って三河へ行き吉良氏と斯波氏参会、式礼をあげて、ヨシミをとげて、尾張へ戻る。つづいて、斯波氏を尾張の国守と布告する。自分は城の本丸を居候の斯波氏に明け渡し、それまで斯波氏が居候をしていた北屋蔵へ引越して隠居した。

こうしておいて、急いで美濃へかけつけた。もう道三の出陣だった。

自分の城が今では自分の城でなくて、斯波氏の城だ。彼はそこの居候の隠居にすぎない。この計略によって、信長の敵が彼の城を分捕ることを遠慮するかどうか。そこまでは分らないが、これが信長の総血をふりしぼって為し得たギリギリの策であった。

しかし道三は信長の援軍などは当《あて》にしていなかった。そのとき信長の所有した兵力は千かせいぜい千五百だ。美濃には万をこす精鋭がそろっているのだ。もっとも、兵力の問題ではない。人情などは、オックウだ。援軍などは、よけいなことだ。

「小僧め。ひどい苦労をして、大汗かいているじゃないか。無理なことをしたがる小僧だ」

道三は苦笑したが、さすがにバカヤローのやることは、バカヤローらしく快いと小気味よく思った。

道三は信長を自分の陣の近所へ寄せつけなかった。味方の家来もずッと後へひきさげた。

道三は鶴山を降り、長良川の河原へでて陣をしいた。身のまわりに自分のわずかな親兵だけひきつれて、一番前へ陣どったのだ。

「鉄砲の道三が、鉄砲ごと城をとられては、戦争らしく戦争をする気持にならないわさ」

道三は笑って云った。

「お手本にある戦争を見せてやることができないのは残念だが、悪党の死にッぷりを見せてやろう」

そして家来と別れる時にこう云った。

「今日は戦争をしないのだから、オレは負けやしないぜ。ただ死ぬだけだ」

道三はヨロイ、カブトの上に矢留めのホロをかぶって、河原の一番前に床几《しょうぎ》をださせてドッカと腰かけた。

敵の先陣は竹腰道塵《たけごしどうじん》兵六百。河を渡って斬りかかったが、敵方に斬り負け、道三は道塵を斬りすてて、血刀ふりさげて床几に腰かけ、ホロをゆすって笑った。

つづいて敵の本隊が河を渡ってウンカのように突撃し、黒雲のような敵の中で道三はズタズタに斬られていた。

織田信長

死のふは一定《いちじょう》、しのび草には何をしよぞ、一定かたりをこすよの

――信長の好きな小唄――

立入左京亮《たてりさきょうのすけ》が綸旨《りんじ》二通と女房奉書をたずさえて信長をたずねてきたとき、信長は鷹狩《たかがり》に出ていた。

朝廷からの使者は案内役の磯貝新右衛門久次と使者の立入とたった二人だけ、表向きの名目は熱田神宮参拝というのである。

信長へ綸旨と女房奉書をだしては、と立入左京亮から話を持ちかけられた万里小路《までのこうじ》大納言惟房《これふさ》は、おまえ大変なことを言う、さても、困った、困った、と言った。

信長という半キチガイの荒れ武者がどれほど腕ッ節が強くて、先の見込みのある大将だか知らないけれども、目下天下の権を握っている三好一党と、その又上に松永弾正《だんじょう》という蛇とも妖怪ともつかないような冷酷無慙《むざん》なジイサンの睨《にら》みが怖しい。まったく弾正久秀という奴は蛇も妖怪も及びがたいジジイだけれども、たまには米もたらふく食いたいし、冬には温いフトンも慾しいじゃないか。雲の上人とは、よく言った。雲の上へまつりあげられて、薄いフトンで寒風をしのぎ、あるなしの米をすすって細々とその日のイノチをつないでいるのである。大納言のみならんや。上皇も、天皇も、そうなのである。

これは後日の話であるが、信長が天下を握って、御所を修理したり、お金を献上したり、色々と忠勤をつくして朝廷の衰微を救ったという。このとき、信長が京都の町民に米を貸して、その利息米を朝廷の経済に当てる方法を施した。この利息米のアガリが大体一ケ月に十三石ぐらいであった。十三石の半分を朝廷で細々とたべる。半分を副食物や調味料にかえる。

信長が衰微を救ったという。救われて、ようやく、これぐらいのもので、雲の上人は、まったく悲惨な生活であった。

天皇は皇子皇女をたいがい寺へ入れる。皇女の方は尼だ。関白も大納言も、そうだ。足利将軍もそうだ。子供は坊主や尼にする。門跡寺、宮門跡などと云って、その寺格を取引にして、お寺から月々年々の扶持《ふち》を受けるという仕組であった。そのほかには暮しの手だてがなかった。

万里小路大納言惟房も、松永弾正という老蝮《まむし》の目玉は怖しい。然《しか》し、お米をたらふく食べてみたい。だから、こまった。大変なことになった、困った、困った、と言った。けれども、煩悶しながらも、筆をとって、二通の綸旨をかいた。上臈《じょうろう》房子が女房奉書をかいた。これを立入左京亮に渡しながら、ああ、大変なことになった、こまったこまった、と、まだ大納言はつぶやいていた。だから、その晩は一睡もできない。立入左京亮と、道案内の磯貝まで、心痛になって、やっぱり一晩ねむれない始末であった。

翌日早朝、天皇は惟房を召して、上臈やおまえ方の心づくし、うれしく思う、この上は念を入れ、分別の上にも分別して、あくまで隠密《おんみつ》専一にはからうようにと言って、信長へ手ミヤゲの品をあれこれお考えになる、あんまりクドイのはいけないでしょう、道服はいかが、よかろう、ときまって、使者はひそかに出発した。

清洲の城へ直接信長を訪ねるわけには行かないから、磯貝の知音の者で、信長の目附《めつけ》をしている道家《どうけ》尾張守をたずねて行った。そのとき、信長は鷹狩に出ていたのである。鷹狩の帰りに、信長は道家の邸で休息して一風呂あびて帰城するのが習慣であった。おっつけ信長も参るでしょうから、まずお風呂でも召して旅の疲れを落して下さい、と、二名は入浴する。そのとき左京亮は綸旨と奉書の包みを道家に手渡した。道家は包みをおしいただいて、手を拍《う》って、ああ、ありがたいことだ、天下は信長公のものとなった、信長公も満足であろう、と、それから急いで女房の部屋へとんで行った。

彼の女房は安井と云って、信長が大変目をかけてくれる才女だ。女房のおかげで、亭主の方も信長の覚えがめでたいようなことでもあるから、コレコレ、すぐに髪を結い拵《こしら》え衣服をととのえて、殿のお帰りを待ちなさい、これこれこういうことで、いよいよ天下は信長公のものとなった、この包みが、ありがたい綸旨二通と奉書なのだ、こうしては、おられん、さあ、いそいで、支度支度、めでたい、ありがたい、と云って、むやみに一人でテンテコ舞いをしている。

信長が戻ってきた。いつもの通りさッさと湯殿へ行く。道家がそれを追いながら、実はこれこれにて、朝廷の使者が見えております、アア、そうか、と云って、信長は風呂の中へとびこんで、湯ブネから首をだして、勅使のことを色々と質問し、新しい小袖の用意はあるか、ございますとも、それはもう用意に手ぬかりはございません、せっかく天皇様が日本国を下さると仰有《おっしゃ》るのですから、と、道家は日本国をもらった、もらった、とウワゴトみたいに言っている。それで信長もお風呂でバチャバチャ水をはねちらして、上キゲンであった。

然し、別に日本国の支配を命じるというような、たいした綸旨ではなかった。

お前も近頃武運のほまれ高く、天下の名将だとその名も隠れなく諸人の崇拝をうけているそうであるから、ついては朝廷に忠義をつくし、皇太子の元服の費用を上納し、御所を修理し、御料所を恢復《かいふく》してくれ、こういう意味の綸旨であった。

皇室の暮しむきの窮状をなんとかしてくれ、というだけのことだ。まア、借金の依頼を一とまわり大きくしただけのようなものだが、これだけのことでも、朝廷から、頼みをうける、頼まれるだけの実力貫禄というものが具わったからのことで、いわば実力の判定を得たようなものだ。

信長はミヤゲにもらった道服をきて、左京亮と盃をいただき、二通の綸旨をいただいて元気百倍、これから近隣を片づけて、それから天下を平定いたしますから御安心下さい、まず、三日五日ほどユックリ泊って行って下さい。先《まず》は天下ひらける前祝い、雁《がん》の汁に鶴の刺身、長臣五名をよんで酒宴をひらく。

朝廷へも同じ縁起の品物をと、翌日からセッセと狩をして、雁と鶴をしこたま捕って、金《きん》子《す》に添えてミヤゲにもたせて帰らせた。

そのとき信長は三十四だ。信長は野良犬の親分みたいに、野放しに育った男だ。誰のいいつけもきかず、マネもせず、勝手気ままを流義にして、我流でデッチあげた腕白大将であった。腕白大将という奴は、みんな天下一というようなことを、いと安直に狙う。

丹波の桑田郡穴太村《あのう》の長谷《はせ》の城守、赤沢加賀守が関東へ旅をして鷹を二羽もとめて、帰途に清洲の信長を訪ねて、お好きの方を進上するから一羽とってくれと云うと、信長は喜んで、ヤ、こころざし至極満足、じゃ、貰うぜ、天下をとるまで預っておく、お礼はいずれ、その折に、と言った。田舎小僧め、大きなことを言っていやがる、と人々は大言壮語をおかしがったが、信長そのとき二十八だ。天下布武という印章をつくって愛用し、天下一の情熱を日常の友としているが、その野心は彼に限ったことではない。

天下一の野心ぐらいは、餓鬼大将は誰でも持っているものだ。けれども、自信は、それにともなうものではない。むしろ達人ほど自信がない。怖れを知っているからだ。盲蛇に怖じず、バカほど身の程を知らないものだが、達人は怖れがあるから進歩もある。

だから、自信というものは、自分でつくるものではなくて、人がつくってくれるものだ。他人が認めることによって、自分の実力を発見しうるものである。このように発見せられた実力のみが自信であり、野心児の狙いやウヌボレの如きは何物でもない。

信長は我流でデッチあげた痛快な餓鬼大将であったが、少年時代に、短槍《たんそう》の不利をさとって、自分の家来に三間半の長槍を用意させたほど用心ぶかい男であった。つづいて鉄炮の利をさとり、主戦武器を鉄炮にかえた。これが彼の天下統一をもたらしたのだが、この要心と見識の裏にあるものは怖れの心だ。恐らく、怖れの最高、絶対なるものである。かかる信長に、三度や四度の戦勝が、まことの自信をもたらしてくれるものではない。信長には持って生れた野育ちの途方もないウヌボレがあった。それと同量の不安があった。このウヌボレをまことの自信に変えるためには、不安と同量の、他人による、最高、絶対の認められ方が必要であった。

信長の家来たちは、餓鬼大将が、どうやらホンモノの大将らしいところもあると思ったが、半信半疑なのである。

清洲から五十町ほどの比良の城の近所にアカマ池というのがある。蛇池という伝説があり、三十町も葭《よし》の原ッパのつづいた物怖しいところである。

正月中旬というからまだ寒い季節であるが、安食村の又左衛門という者が暮方アカマ池の堤を歩いていると、一抱えほどの黒い胴体が堤の上にあり、首は堤をこえて池の中へもぐっている。人音に首をあげたのを見ると、鹿の顔みたいなものに目玉が星のように光り、紅の舌がこれも光りかがやいて、ちょうど人間の掌をひらいた片腕みたいにチョロチョロ燃えでている。驚いて逃げて帰った。

十日ほどして、この話が信長の耳にきこえた。直ちに又左衛門を呼んで話をきき、その翌日、近隣五ヶ村の百姓を召集、数百のツルベをならべてアカマ池の四方から水をかいだしたが、四時間ほどかかっても、ヘリメが見えない。では、よろしい、オレがもぐって見て来る、と、フンドシひとつになり、御苦労様につめたい水の中へ、口に脇差《わきざし》をくわえて、もぐりこんだ。まんなかへんで、一生ケンメイ、プクプクともぐってみたが、蛇にでくわさない。オレじゃア、もぐり方が足りないのかなと、オカへあがって、鵜左衛門《うざえもん》という水泳の達人に、おまえ、もぐってみろ、やっぱり蛇にぶつからないので、ヤレヤレ、おらんじゃないか、と清洲の城へひきあげた。これが二十九の信長だ。

こういう実証精神は信長の持ち前である。ワリニャーニのつれてきたエチオピヤの黒人をハダカにして洗わせて真偽をためしたり、無辺という廻国の僧が、生国無辺と称し不思議の術を施すときいて、呼びよせて化けの皮をはいで追放した。追放後も婦女子をたぶらかしたことをきいて、国々へ追手をかけてヒッ捕えて斬りすてた。

人間の妖術の化けの皮ははぐことができたが、当時にあって怪獣、大蛇の存在は、信長とても否定のできる筈はない。否定どころか、むしろ存在を信じていたから、見たくなって飛びこんだ信長であったに相違ない。その旺盛な好奇心、実証精神は話の外で、まったくイノチガケであり、人にはやらせず、まず自分がフンドシ一つに短刀くわえてジャブジャブ冬の水中へもぐりこむとは、見方によってはキチガイ沙汰である。いわゆる日本流の大名や大将のやることじゃない。家来や百姓は、イノチガケの凄味に舌をまいて怖毛《おぞけ》をふるったかも知れないが、信長の偉さの正体は半信半疑で、わからなかったに相違ない。二十九といえば、もう老成した大人というのが当時の風であるのに、この大将は五ヶ村の百姓に水をくませて、水のヘリメが見えなくて、それではと、自分ひとりフンドシ一つで水中へもぐるのである。

これも、二十八の年である。にわかに八十人の家来をつれて、京都へ旅行した。なんのための旅行だか、誰にも分らない。四隣はみんな敵である。よきカモよ、ござんなれ、と岐阜の斎藤が数十名の刺客に後を追わせた。たまたま、これに気付くことができたから、信長は刺客の泊っている京都の宿屋へノコノコでかけて行って、汝らの分際でオレを殺せるつもりとはバカな奴らめ、今、とびかかって刺しに来てみよ、と云って睨みつけた。刺客どもは顔色を失い、ふるえあがってしまったが、京童《きょうわらべ》はこれをきいて、大将のフルマイとは思われぬという者と、若大将はこれだけの血気がなくては、という者と、二派の批評があったそうだ。

信長は京都、堺を見物していたが、雨降りの払暁《ふつぎょう》、にわかに出立《しゅったつ》、昼夜兼行二十七里の山《やま》径《みち》をブッとばして帰城した。この理由も、家来の誰にも分らない。ひきずり廻され、アッと驚かされてばかりいる家来どもにも、ウチの大将は偉いのか、半キチガイの乱暴者にすぎないのか、信長が三十になっても、まだ確たる見当はつかないのだ。

どうやら美濃《みの》を平げ、宿敵斎藤氏を岐阜から追っ払った。信長、ときに三十四。然し、まだ、後には信玄という大入道がいる、謙信という坊主もいる、北条もいる、いずれも斎藤などとはケタの違う名題《なだい》の戦争名人である。近いところに六角、朝倉、浅井がいるし、三好一党、松永弾正という老蝮もとぐろをまいて威張っている、毛利もいる、却々《なかなか》もって生来のウヌボレ通りに、確たる自信が持ちうるものではない。

そこへ朝廷から綸旨がきた。先ず、借金をひと廻り大きくしただけの至って雄大ならざる綸旨であったが、ともかく、信玄、謙信なみにほぼ近づいた天下何人かの大将の一人の公認は得たようなものだ。

信長も始めて多少の自信を発見したが、然し、さしたる自信では有り得ない。朝廷とは何ものであるか。足利将軍家といえども朝廷によって征夷大将軍に任ぜられておるところの、しかして彼の父も朝廷によって、ようやく弾正に任ぜられたところの、日本の第一の宗家である。とはいえ、現実に於て朝廷は虚器であり、足利将軍は老蝮の松永弾正の一存によって生かしも殺しもされ、天下の政務は老蝮の掌中にある。

綸旨といえば名はよいが、その真に意味するところは、ただもう寒々と没落の名家の悲しさ、哀れさ、みじめさのみ漂う借金状ではないか。皇子の元服の費用を用立ててくれよ、料地は人にとられて一文のアガリもないから取り返してくれよ、御所が破れて雨がもり寒風が吹きすさんでも修理ができないから、なんとかしてくれよ、信長を感奮勇躍せしめるよりも、哀れさに毒気をぬかれる方が先である。

もとより、信長の慧眼《けいがん》は、虚器の疎《うと》ずべからざる、その利用価値を見ぬいてはいた。然し、綸旨の名による体《てい》のよい借用状、徴発令に、現実の大きな実力がないことは分明である。それによって信長は、ともかく天下への自信の発芽を認めることはできたが、まことの自信を持つことはできなかったのだ。

それから、一年すぎた。足利最後の将軍義昭が彼にたよってきた。それと前後して、老蝮の松永弾正が、信書をよせて、信長が兵を率いて上洛するなら、自分も一肌ぬいで助力する、あなたこそ次代を担《にな》い、天下に号令すべき大将だと、うまいことを言ってきた。

天下の執政たる悪逆無道の老蝮もたしかにヤキがまわってはいた。主人に、主人の主人に叛《そむ》かせ、その主人の子供を自分が殺して主家を乗とり、公方《くぼう》を殺し、目の上のコブを一つずつ取って、とうとう天下の執政にとぐろをまいて納ったが、このやり方では味方がない、味方が同時に敵でもある。公方を殺してからのこの数年は、もっぱら味方の三好三党と仲間われの戦争に追いつ追われつ、おかげで奈良の大仏殿に放火して焼いたり、堺へ逃げて、あやまったり、さすがの老蝮も天下の政治をうッちゃらかして、逃げたり、だましたり、夜討をかけたり、つまらぬことに頭から湯気のたつほど忙しい。

然し、さすがに老蝮であった。彼は信長を見ぬいた。彼は次代を知り、世代の距《へだた》りを知っていた。天下の執政などと実質的ならざる面目にこだわらず、次代の選手に依存する術《すべ》を心得ていたのだ。実力失せた先代の選手を押しのけ殺して自分の世代をつかみとった彼は、次代に依存する賢明さを、自らの血の歴史から学びとっていた。

それにくらべれば、足利義昭の信長に対する依存の仕方は、確たる定見の欠けたものだ。生家の地位を看板に依存を身上とした義昭は、兄の将軍が松永弾正に殺されて以来、逃げのびて和田惟政《これまさ》にたより、六角義賢《よしかた》にたより、謙信に助力を乞い、武田義統《よしむね》にたより、朝倉義景にたより、手当り次第にたよった。彼の一生は依存の一生で、誰彼の見境いなく、人物への信頼も信義もなかった。利用すれば、よかったのである。

利用は、又、信長自身のお家の芸でもあった。然し、まことの悪党というものには、ともかく信義がある。信長は悪党にあらず、と言うなかれ。彼は悪党である。一身をはり、投げすてているではないか。賭場のアンチャンのニセ悪党とは違う。ホンモノの悪党は、悲痛なものだ。人間の実相を見ているからだ。人間の実相を見つめるものは、鬼である。悪魔である。この悪魔、この悪党は神に参じる道でもある。ついにアリョーシャの人格を創造したドストエフスキーは、そこに参ずる通路には、悪党だけしか書くことができなかったではないか。

老蝮の弾正も、信長も、悪党ぶりには変りはない。老蝮は、主家を乗とり、公方を殺したが、信長は殺す必要なく自立できただけのことで、信長の方が人を殺すにむしろ冷酷無慙であったろう。

老蝮は、一生を傍若無人の我流で押し通したこと、信長と好一対、百二十五まで生きてみせると称し、延命の灸《きゅう》をすえ、手当をすれば何でも長命できるものだと、苦心サンタン松虫を三年飼いならしてみせた。

老蝮は蝮なりに妙テコリンな信義があった。そして、信長は義昭の心を信じなかったが、老蝮の信義を信じていた。二人の悪党の友情と、老蝮の信義がどんな風に妙テコリンなものであったか、追々明かとなるであろう。

　老蝮の信長依存の魂胆は、信長の自信に恐らく最大の安定を与えた。そして依存の真実、老蝮の信義の真実を信ずることによって、老蝮の依存を、信義を真実なものたらしめもしたのだ。かれを信ずることによって、信長は老蝮に勝ち征服したのである。

　老蝮は足利義昭の兄の将軍を殺し、その母も焼き殺した。次兄も殺され、義昭のみは逃げのびて危ういイノチを助かったのだ。老蝮こそは義昭のフグタイテンの仇敵であった。義昭は都を追われ、天下の政務は老蝮の掌中にあった。

　義昭は誰彼の見境いなく人にすがって将軍家再興に奔走したが、将軍家再興の日は、憎むべき老蝮への復讐の日であったのだ。ついに信長の助力によって、義昭は京都を恢復し、老蝮の軍勢を蹴ちらした。彼は老蝮を八ツ裂きにすることを得たか。否、否。信長が老蝮をゆるしたのである。すでにその日を予想した老蝮は、自ら張本人となって信長を京都に手引きしていた。世に裏切りということがある。知らないうちに主を売り味方を売るのである。老蝮は味方を売った。然し、主を売ることはできなかった。なぜなら、彼自身が総大将であったからだ。総大将の裏切りなどということが有るべきものではない。裏切りにあらず、それを降参というのである。ところが、老蝮は、降参といえば降参、裏切りと云えば裏切り、なんとも得体の知れない形で始末をつけているのであるから、何事もこの老蝮の手にかかると奇々怪々な形になってしまうのである。彼は上洛の信長軍に負けて逃げのびて降参したが、敗北して逃げる何ヶ月も以前から、とっくに信長に降参して、自らその上洛をすすめていたのであった。

降参した老蝮は、さっそく信長を訪問して、京都の治安はこうされたらよろしかろう、などと色々献策した、が切支丹《キリシタン》の弾圧は必要大切でござるなどと云ってバテレンどもを怒らせた。

こうして、義昭は老蝮を八ツ裂きにできなかったが、ともかく念願の将軍位につくことができた。そのとき、信長依存の交渉に立ち働いた義昭の二人の重臣がいた。一人は正直者の和田惟政であり、一人はインテリ兵法家明智十兵衛光秀であった。そして光秀は義昭の推挙によって信長の家来となった。

こうして、信長という悪魔の天下は、蝮やら曲者《くせもの》やらのうごめきの上に、魔法のランプの一夜の城の如くに忽然として現れてきたのであったが、そも、信長とは何者であるか、これこそは、当時にあっては、さらに大きな謎であった。

★

信長とは何者であるか。家来にも分らない。彼を育てた忠義一徹の老臣は、餓鬼大将のタワケぶりに絶望して、自殺した。

餓鬼大将はケンカだけは強かった。ケンカの稽古は大好きだ。そして、当時流行の短槍よりも、長槍の方が有利であると見ぬいて、自分の家来に三間半の長槍をもたせたほど、幼少にしてケンカの心得にレンタツしていた。四月から十月まで河に入りびたって水練は河童《かっぱ》の域に達し、朝夕は馬の稽古、弓を市川大介に、鉄砲を橋本一巴に、兵法を平田三位に、これが日課で、外に角力《すもう》と鷹狩は餓鬼大将の時から死に至るまでの大好物、天下統一の後もハダカになって小者と角力をとっていた男であった。

ケンカ達者の餓鬼大将は、その要領で戦争して、まア、なんとなく、勝っていた。家来たちには、そうとしか思われなかった。

信長は今川義元を破って、バカ大将、一躍して天下疑問の名将に出世したが、家来たちには、偶然の奇蹟、まぐれ当りという疑惑が、知らない他人たちよりも強く残って頭から放れなかった。

今川義元は東海の重鎮、名だたる名将であり、天下統一の万人許した候補者であった。その家柄は足利につぐ名門だ。これにくらべれば、信長は、小大名の奉行の倅《せがれ》にすぎず、腕ップしにまかせて、主家をつぶし、同族を倒して自立した田舎のケンカ小僧にすぎないのだ。

今川勢四万の大軍の攻撃をむかえる織田勢は三千そこそこ、出て戦えば一つぶしであるから、軍評定《いくさひょうじょう》の重臣たち、満場一致、清洲籠城ときまったが、餓鬼大将は、たった一人、断々乎として反対した。そのとき信長は、勝負は時の運だよ、と言った。彼には、それが全部であり、そして、それだけで、よかったのだ。なぜなら、彼はなすべき用意はしつくしており、そしてイノチをかけていた。してみれば、彼にとっては、あとは運がすべてであった。人為のつくされたとき、あとの結果は運という一つの絶対に帰する筈だ。そこには悔いはないのである。百万人の幾人が、自若としてかかる運を待ちうるであろうか。

織田氏の所領にくいこんで、今川方の大高城があった。今川軍は織田の砦《とりで》を諸方に蹴ちらしもみつぶしつつ進んでいたが、やがて大高城にとりついて休養し、兵糧を入れて前進基地とすることが明かであった。信長は大高城の前方左右に丸根、鷲津《わしづ》の二つの砦を構え、佐久間盛重と織田玄蕃《げんば》にまもらせて、今川勢の進軍を待っていた。

今川勢は丸根、鷲津にせまってきた。その警報が櫛《くし》の歯をひくが如くに飛んでくるという夜、信長は軍評定は全然やらず、もっぱら世間話に夜ふかしをして、夜も更けた、もう帰れ、と家来たちに帰宅させた。家老たちは城を出ると顔を見合せ、運の末には智慧の鏡もくもるというが、バカ大将も今日が最後だと云って、てんでに信長を嘲弄しながら夜道を歩いて帰ったのである。

あくる未明だ。今川勢が愈々《いよいよ》鷲津丸根にとりついて攻撃をはじめたという注進がきた。そのとき信長は立ち上り、朗々とうたいながら敦盛《あつもり》の舞いをはじめた。

人間五十年
化転《けてん》のうちをくらぶれば

夢幻《ゆめまぼろし》の如くなり
一度生を得て
滅せぬもののあるべきか

信長終生熱愛の謡であり舞であった。彼の人生観ぐらい明快なものはない。この謡の文句で足りた。イノチをかけていたからだ。

謡が終えたが信長はまだ舞っていた。そして、舞いながら、ホラガイを吹け、具足をよこせ、そして舞いながら具足をつけ、立ちながら食事をとり、カブトをかぶり、なお舞いながらスルスルと出陣してしまったのである。

家来たちはバカ大将に呆れ、帰宅して、ねむっている。ホラガイの音に目をさましても、すぐに、どうなるものではない。

出陣の信長につき従った家来はたった五騎であった。それでも彼は時々路上で馬をグルグル輪型に駈けまわらせて、家来たちの何人かが用意して、ついてくるのを待った。そして、熱田についたとき馬上六騎のほか雑兵二百余人になっていた。

熱田神宮に戦勝を祈って、さて出発という時に、信長は鞍によりかかり、鼻謡《はなうた》をうたって、しばしはノロノロと号令もかけない。人の肩につるさがって瓜を食いながら街を歩いたタワケ小僧の再現であった。

道の途中に、砦が落ち、守将の佐久間大学らが戦死した知らせがきた。道々砦から落ちてくる兵が加わり、総勢三千人ほどになった。今川軍の先鋒《せんぽう》は大高城にはいって兵糧を入れつつあり、義元は主力を田楽狭間《でんがくはざま》にあつめて、勝ち祝の謡をうなっていた。信長はそこを奇襲した。今川義元は味方がケンカをはじめて同志討ちをしているのかと思っているうち、もう織田方の侍が飛びかかって、首を斬り落されていたのである。

信長の戦争は、いつもこんな風であった。家来の用意のととのうのを待たず、身のまわりのたった十人ぐらいで出陣するのは、この戦争に限ったことではない。家来たちは慌てふためき、信長に有無を云わさずひきずり廻され、ふと気がつくと戦争がすみ、戦争に勝っている。

筋が立たず、不合理に思われ、それで呆気《あっけ》なく勝っているから、信長は勝敗は運だという、その運を家来たちはマグレ当り、偶然のギョウコウ、そう見ることしかできない。信長の偉さを合理的に理解することができないのだ。

信長にとっては、すべては組立てられていたのである。専門家とは、そういうものだ。兵隊や将軍はたくさんいる。大将も元帥も少くはない。けれども本当の専門家はその中に何人もいないものだ。芸術家でもそうだ。

信長にとっては、生れてから今川を倒す二十七年、見るもの、きくもの、すべてがそのために組み立てられた。そのためとは、今川だけのことではない。武田でも、上杉でも、よかった。すべて当面するそのもののために組み立てられていたのだ、その組み立ては機械のように合理的なものであったが、家来たちには分らない。

特に家来たちは、信長の幼少からの常規を逸したバカさ加減に目をうたれているだけに、彼の成功にマグレアタリの不安を消すことが困難だった。

信長が父を失ったのは十六のときだ。父の葬儀の焼香に現れた信長は袴《はかま》をはいていなかった。髪は茶筅髪《ちゃせんがみ》、つまりフンドシカツギのマゲだ、腰の太刀にはシメ縄がまいてある、悪太郎が川の釣から帰ってきたような姿で現れ、仏前へズカズカとすすんで、クワッと抹香をつかんで仏前めがけて投げつけた。

死者は何ものであるか。白骨である。仏者の説く真理であり、万人の知る真理であるが、果して何人がその真相を冷然と直視しているであろうか。

悪童信長は街を歩きながら、栗をくい、餅をほおばり、瓜にかぶりつき、人の肩によりかかったり、つるさがったりしなければ歩かなかった。呆れ果てたるバカ若殿、大ウツケ者、それが城下の定評であった。

信長を育てた老臣平手中務《なかつかさ》は諫言《かんげん》の遺書を残して自殺した。その忠誠、マゴコロは、さすがの悪童もハラワタをむしったものだ。悪童は鷹狩で得た鳥を高々と虚空へ投げて、ジジイ、これを食え、と言った。水練の河辺に立って、時々ふと涙ぐみ、川の水を足で蹴りあげて、ジジイ、これをのんでくれよ、と叫んだ。おのれを虚《むなしゅ》うするもののみが、悪党の魂に感動を与える。信長が秀吉の忠誠に見たものも、おのれを虚うするマゴコロだった。家康の同盟に見たものも、それにちかい捨身の律義であった。不逞《ふてい》の野望児信長は、せめて野望の一端がなる日まで、マゴコロのジジイを生かして、見せてやりたかったであろう。然し、悪童の狂態は、ジジイの諫死にかかわらず、全然変りは見られなかった。

マゴコロのジジイは大ウツケ者のバカ若殿の未来を按じて、隣国の斎藤道三の娘をもらって信長にめあわせた。斎藤と織田は美濃と尾張に隣り合せて、年来の仇敵であり、攻めたり攻められたり、互角に戦って持ちこたえたが、バカ若殿の代になると、たちまちやられる憂いがある。ジジイはそれを怖れたのである。

斎藤道三も六十ぐらいのジジイであった。これが又、当時天下に隠れもない大悪党の張本人の一人であった。かの老蝮は天下の執政である、この色男のジジイは大名である。地位に多少のヒラキはあるが、悪逆無道の張本人と申せば、当時誰でもこの二人のジジイに指を折り、その三本目は折らなかったものである。

浪士の家に生れ、幼少の折、京都の妙覚寺へ坊主にだされた。花のような美童で、智慮かしこく、師の僧に愛され、たちまち仏教の奥儀をきわめて、弁舌のさわやかなこと、若年にして名僧と称されるに至った。

二歳年少の弟弟子《おとうとでし》に南陽房という名門の子弟がいて、これが又、学識高く、若手にして諸学に通じる名僧で、二人は非常に仲がよかったが、道三は坊主がイヤになって、還俗《げんぞく》し、女房をもらって、油の行商をはじめた。

辻に立ち、人を集めて、得意のオシャベリで嘘八百、つまりテキヤであるが、舌でだましておいて、一文銭をとりだす。サア、サア、お立会い、ヘタな商人はジョウゴについで油をうる、腕も悪いが油も悪い。タアラ、タラタラと一とすじの糸となって流れでる油、これが、よい油だよ。さあ、お立会い。拙者の油は、よい油だ。よろしいか。拙者は油をヒシャクにくむ。それを、こうして、イレモノへつぐ。タアラリ、タアラリ一とすじの糸、ごらん、穴アキの一文銭の穴を通して、タアラリ、タアラリ。まちがっても、穴のフチに油がかかったら、ゼニはいらん。ようく、みな、フチに一滴たりとも、かかるか、かからないか、そうれ、みな、タアラリ、タアラリ。

手練《しゅれん》の妙、穴を通して、フチへ油のかかったことがない。大評判、油は一文銭の油売りの油にかぎるとなって、たちまちのうちに金持ちになった。

油を売りながら兵法に心をそそぎ、昔の坊主仲間の南陽房にたよって、美濃の長井の家来となり、長井を殺し、長井の主人の土岐氏から聟《むこ》をもらって、その聟を毒殺、土岐氏を追いだして、美濃一国の主人となって、岐阜稲葉山の城によった。

主《ぬし》をきり聟をころすは身のをはり、昔は長田、今は山城

というのが、当時の落首《らくしゅ》だ。山城とは、斎藤山城入道道三のことだ。微罪の罪人を牛裂きにしたり、釜で煮殺したり、おまけに、その釜を、煮られる者の女房や親兄弟に火をたかせた。釜ゆでの元祖は石川五右衛門ではなかったのである。

悪逆陰険の曲者だったが、兵法は達者であった。信長同様、長槍の利をさとり、鉄炮の利器たるを知って、炮術に心をくだいた。明智光秀は炮術の大家であるが、斎藤道三について学んだのだと云われている。

こういう曲者が隣国にいて、信長の父は、隙をねらって攻めたり、攻められたり、年来の敵手であるから、信長のモリ役の平手中務は年少の信長に道三の娘をめあわして、後日にそなえておいた。

道三は政略結婚、結構。相手がその気なら、こだわることはない。聟の一匹二匹、ひねり殺すに、こだわる気持が元々ないのだ。

けれども、道三は、さすがに悪党のカンである、大ウツケ者、バカ若殿。この御仁の代には必ず家がつぶれる、という、大評判。ほかならぬ織田家の家来の定説なのだ。然し、さすがにこの悪党は、世の定説のごときものを、そのまま、ウノミにしなかった。

人があの小僧はバカだというたびに、ほんとか、なぜだ、ときいた。そして、バカではあるまい、と言うのであった。

フンドシカツギのマゲをゆい、ユカタの着流しに、片ハダぬいで、腰に火ウチ袋やヒョウタンを七ツも八ツもぶらさげて、人の肩につるさがって、瓜をほおばり、餅をかじりながら道を歩いているという。なるほど、行儀は、若殿らしいものではない。オヤジの葬式に、ふだん着の姿でチョコチョコと現れ、抹香をクワッとつかんで投げつけるとはバカだ。

けれども水練は河童の如しというではないか。荒れ馬を縦横に駈け苦しめて乗り殺すほどの達人だというではないか。炮術に練達し、長柄の槍の利得を見ぬいているというではないか。腕ッ節の強さだけでも、曲者ではないか。

然し、誰一人、道三の意見に賛成しない。アハハ、とんでもない、あれはマギレもない大バカ野郎にきまっています、とみんながみんな、言う。

そうか、とにかく、実物を見なくちゃ分らない、ひとつ、バカ聟をよびだして、なぶってやろう、と、色男の悪党ジジイがニヤニヤ思いついて、何月何日、富田の正徳寺で会見致そうと使者をたてた。

そのとき、信長、十九である。聟をだましてヒネリ殺すぐらい平気の悪党ジジイのやることであるが、信長ちッとも、こだわらない。即座に承知の返事をした。

道三は、バカか、バカでないか、実物判断というのが、そもそもの着想であったが、みんなタワケの大バカ野郎と言いたて、きめこんでいるから、彼も自然、バカ聟をからかってやれ、という気持が強くなった。

道三は富田の正徳寺へ先着し、わざと古老の威儀いかめしいオヤジどもの侍ばっかり七八百人、いずれも高々とピンと張った裃《かみしも》、袴、いと物々しく、お寺の縁へズラリ並ばせた。礼儀知らずのバカ小僧が、この前を通りかかる。物々しいシカメッ面の大僧ばかりが、目の玉をむいて、ズラリと威儀をはって居流れているから、バカ聟も仰天しやがるだろうという趣向であった。

こうしておいて、道三は町はずれの小さな家にかくれ、そこからのぞいて、信長の通りかかるのを待っていた。

信長の一行がやってきた。サキブレにつづいて、お供が七八百、それに三間半の朱槍五百本、弓と鉄炮五百挺、いずれも、しかるべき立派なものだ。

ところが、バカ聟が、ひどすぎる。かねて噂の通り、人の肩につるさがって瓜を食いながら城下を歩いている時と、まったく同じ姿なのだ。

頭は例のフンドシカツギである。萌黄《もえぎ》のヒモで髪をグルグルたばねてある。袢や袴どころの話じゃない。ユカタの着流しで、おまけに肌ぬぎだ。腰の大小はシメ縄でグルグルとまいてあり、肌ぬぎの腕にも縄をまきつけて、これが腕貫《うでぬき》のつもりらしい。腰のまわりに、火ウチ袋ヒョウタン七ツ八ツぶらさげ、ちょうど猿廻しである。乗馬の心得で、虎の皮と豹の皮を継ぎまぜて造った半袴《はんばかま》をはいていた。

この一行が信長の休憩にあてられた寺へはいると、道三はバカの正体見とどけて、何くわぬ顔、自分方の寺へもどった。

ところが、道三も一パイくわされてしまったのだ。道三ばかりじゃなかった。信長の家来がキモをつぶした。

休憩所へはいると、すぐさま屏風《びょうぶ》をひきまわして、信長は立派な髪にゆい直し、いつ染めておいたか秘書官の太田牛一もしらない長袴をはき、これ又誰も知らないうちに拵《こしら》えた小刀をさし、美事な殿様姿で現れたものだ。お供の面々、誰一人、今まで夢に見たこともない姿であった。

信長はスルスルとお堂へすすんだ。縁を上ると、さア、こうお出でなさいまし、と案内の侍臣が奥をさしたが、信長は知らぬ顔、目玉をむいた大僧どもの陳列然と居流れる前をスーと通りぬけて、縁側の柱にもたれてマヌケ面である。

信長がしばらく、柱にもたれていると、道三が屛風をおしのけて、出てきた。道三も知らんフリをしている。

侍臣が信長に歩みより、こちらが斎藤山城殿でございます、というと、柱にもたれた信長は、

「デアルカ」

と言った。

それから敷居の内へはいって、道三に挨拶をのべ、ともに座敷へ通って、盃を交し、湯づけをたべ、いと尋常に対面を終わり、又、あいましょうと云って別れた。

道三は二十町ほど見送ったが、信長方の槍が自分方より長いのに興をさました様子で、信長と別れてからはウンともスンとも言わなかった。

黙々と歩いて、アカナへという地名の処へきたとき、猪子兵介が道三に向かって、

「どうですか。やっぱり、あいつ、バカでしょうが」

と言うと、

「さればさ。無念残念のことながら、今にオレの子供のバカどもが、信長の馬のクツワをとるようになるにきまっていやがる」

と道三は答えた。彼の仏頂ヅラは当分とけそうもなかったのである。

彼はトコトンまで信長に飜弄されたことを知った。自分の方が飜弄するつもりでいただけ、その後味はひどかった。道三は信長の人物を素直に見ぬくことができたが、信長の家来どもは素直ではなかったから、彼らには、やっぱり主人が分らなかったのだ。

彼らは信長の殿様然たる風姿をはじめて見て、さては敵をあざむくための狂態であったかなどと考えて、然し、それで、主人の全部をわりきることも出来なかった。

敵をあざむくためなどと、信長はそんなことは凡《およ》そ考えていなかった。彼は人をくっていた。人を人とも思わなかった。世間の思惑、世間ていは、問題とするところでない。フンドシカツギのマゲが便利であっただけで、又歩きながら、瓜がくいたかっただけのことだ。立派な壮年の大将となっても、冬空にフンドシ一つで、短刀くわえて、大蛇見物に池の中へプクプクもぐりこむ信長なのである。

論理の発想の根本が違っているから、信長という明快きわまる合理的な人間像を、その家来たちは、いつまでも正当に理解することができなかったのである。

清洲近在の天永寺の天沢という坊主が関東へ下向《げこう》の途中、甲斐を通った。信長領地の坊主がきたときいて、武田信玄は、天沢を自分の館へよびよせた。

信玄の知りたいことは、信長とはどんな男か、ということだった。信長は日々どんな生活をしているか、それを一々、残るところなくきかせよ、というのが、信玄の天沢への注問であった。

そこで、朝晩馬にのること、橋本一巴に鉄炮を、市川大介に弓を、平田三位に兵法を習い、それが日課で、そのほかに、しょッちゅう鷹狩をやっています、と有りていに答えた。

「ふうん。鷹狩が好きか、そのほかに、信長の趣味はなんだ」

「舞と小唄です」

「舞と小唄か。幸若大夫でも教えに行くのか」

「いいえ、清洲の町人の友閑というのが先生で、敦盛をたった一番、それ以外は舞いません。人間五十年、化転の内をくらぶれば、夢幻のごとくなり、一度生を得て、滅せぬ者のあるべきぞ、ここのところを自分で謡って舞うことだけがお好きのようです。そのほかには、小唄を一つ、好きで日ごろ唄われるということです」

「ほほう。変わったものが、お好きだな」

そう笑った信玄は、然し、大マジメであった。

「それは、どんな小唄だ」

「死のふは一定《いちじょう》、しのび草には何をしよぞ、一定かたりをこすよの、こういう小唄でございます」

「フシをつけて、それを、まねてみせてくれ」

「私はまだフシをつけて小唄をうたったことがございません。なにぶん坊主のことで、とんと不粋でございます」

「いや、いや。かまわぬ。お前が耳できいたように、ともかく、まねをしてみよ」

天沢和尚《おしょう》、仕方がないから、まねをして、トンチンカンな小唄をうたったが、信玄はそれをジッときいていた。

それから、信長の鷹狩のことをきき、何人ぐらいの人数で、どんなところで、どんな方法でやるか、逐一きいた。

そこで天沢は答えた。信長の鷹狩には、先ず二十人の鳥見の衆というのがおって、この者共が二里三里先へ出て、あそこの村に鷹がいた、ここの在所に鶴がいた、と見つけるたびに、一羽につき一人を見張りに残しておいて、一人が注進に駈けもどる。

すると信長は弓三人、槍三人の人数を供に、又、馬に乗った山口太郎兵衛という者をひきつれて、その現場へかけつける。

馬乗の太郎兵衛がワラで擬装して鳥のまわりをソロリソロリと乗りまわして次第に近づくと、信長は鷹を拳に、馬の陰にかくして近かより、つと走りでて鷹をとばせる。すると向い待という役があって、この連中は農夫のマネをして、畑を耕すフリをして待っており、鷹が鳥にとりついて組み合う時、鳥をおさえるのである。

「信長公は達者ですから、御自身度々鳥をとらえられます」

信玄は深くうなずいて、

「よくわかった。あの仁が戦争巧者なのも、道理である」

と、色々納得した様子であった。そこで天沢がイトマをつげると、又帰りの道にゼヒ立ちよって行くがよい、と、信玄は機嫌よく、いたわってくれた。

もとより、信玄にとっても、信長は大いに疑問の大将であった。

彼は天沢の話から、果して正確な信長像を得たであろうか。天沢の話は、たしかに信長像の要点にふれていた。信長の独特な狩の方法、信長愛誦《あいしょう》の唄、信長を解く鍵の一つが、たしかにそこにはあるのである。それを特に指定して逐一ききだした信玄が、然し、今日我々が歴史的に完了した姿に於て信長の評価をなしうるように、彼の人間像をつかみ得たか、然し、信玄には信長を正解し得ない盲点があった。自ら一人フンドシ一つで大蛇見物にもぐりこむような好奇心は、然しそれが捨身の度胸で行われている点に於て、信玄も舌をまき、決して軽蔑はしないであろう。けれども、それは信玄にとって所詮好奇心でしかなかった。世に最も稀な、最も高い、科学する魂であること、それが信長の全部であるということを、信玄は理解することができなかった。蛇に食われて死んでもよかった。武士たる者が、戦場にはるべきイノチを、蛇にかまれて死ぬとは！　然し、絶対者に於て、戦死と、蛇にかまれて死ぬことの差が何物であるか。大蛇を見たい実証精神が高い尊いというのではない。天下統一が何物であるか。野心の如きが何物であるか。実証精神の如きが何物であるか。一皮めくれば、人間は、ただ、死のうは一定。それだけのことではないか。

出家遁世者の最後の哲理は、信長の身に即していた。しかし、出家遁世はせぬ。戦争に浮身をやつし、天下一に浮身をやつしているだけのことだ。一皮めくれば、死のうは一定、それが彼の全部であり、天下の如きは何物でもなかった。彼はいつ死んでもよかったし、いつまで生きていてもよかったのである。そして、いつ死んでもよかった信長は、その故に生とは何ものであるか、最もよく知っていた。生きるとは、全的なる遊びである。すべての苦心経営を、すべての勘考を、すべての魂を、イノチをかけた遊びである。あらゆる時間が、それだけである。

信長は悪魔であった。なぜなら、最後の哲理に完ペキに即した人であったから。

然し、この悪魔は、殆《ほとん》ど好色なところがなかった。さのみ珍味佳肴《かこう》も欲せず、金殿玉楼の慾もなかった。モラルによって、そうなのではない。その必要を感じていなかっただけのことだ。

老蝮は、悪逆無道であると共に、好色だった。彼は数名の美女と寝床でたわむれながら、侍臣をよんで天下の政務を執っていた。これもモラルのせいではない。その必要のせいである。悪魔にとっては、それだけだった。信長の謹厳も、老蝮の助平も、全然同じことにすぎなかった。

信長は、信玄のアトトリの勝頼に自分の養女をもらってもらって、しきりにゴキゲンをとりむすんでいた。戦争達者な信玄坊主と、好んで争うことはない。好んで不利をもとめることは、いらないことだ。信長はゴキゲンをとりむすぶぐらいは平チャラだった。

すると、信長は綸旨をもらい、その翌年は老蝮から降参だか友情だかわけのわからぬ内通をうけ、そして義昭の依頼をうけた。

信長はすぐさま義昭をむかえて、西庄、立正寺で対面、ただちに京都奪還の軍備をたてて、シャニムニ進撃、たちまち京都へとびこんでしまった。

あんまり仕事が早すぎるので、老蝮もめんくらった。あれだけ内通してかねて友情をみせてあるのに、挨拶なしに、足もとから鳥がとびたつように、いきなり膝もとへ押しよせてきたから、慌てて頭から湯気をたて、ブウブウ言いながら、防いでみたが、この老蝮は元々戦争は強くない。なんとなくハメ手を用い、口先でごまかし、それで天下はとったけれども、戦争すると、あんまり勝ったことはない。ヤケクソに大仏殿へ夜討ちをかけて火をかけて、ブザマなことをやりながら、やっぱり負けて逃げだしている老蝮であった。いつも負けて、それから口先でごまかして、ウヤムヤにすましてしまうのであった。

いつものことだが、老蝮の逃げ足だけは見事であった。逃げるにかけては、危なげというものがない。兵をまとめてサッと大和へにげのびて、神妙に降参した。

信長について入洛《じゅらく》し、将軍の位についた義昭は、万端信長の意にまかして、いかにも信長の恩義を徳とするフリをしてみせたが、老蝮の処刑ばかりは、さすがに大いに言い張った。然し、信長は、とりあわない。

老蝮は命が助かったばかりではなく、信貴《しぎ》の本城をそのまま許され、大和一国はその切りとりに任されたのである。

悪魔同志の友情であった。老蝮はさっそく御礼に参上して、最も熱心に、そのウンチクをかたむけて、あれかれと政治むきの助言をしていた。この不可思議の友情は、然し、大いに清潔なものであったと云わねばならぬ。人間どもには分らない謎なのである。そもこの友情はいかに育ち、いかに破れるに至るであろうか。

（未完）

二流の人

第一話　小田原にて

一

天正十八年、真夏のひざかりであった。小田原は北条征伐の最中で、秀吉二十六万の大軍が箱根足柄の山、相模《さがみ》の平野、海上一面に包囲陣をしいている。その徳川陣屋で、家康と黒田如水が会談した。この二人が顔を合せたのはこの日が始まり。いわば豊臣家滅亡の楔《くさび》が一本打たれたのだが、石垣山で淀君と遊んでいた秀吉はそんなこととは知らなかった。

秀吉が最も怖れた人物は言うまでもなく家康だ。その貫禄は天下万人の認めるところ、天下万人以上に秀吉自身が認めていたが、その次に黒田如水を怖れていた。黒田のカサ頭（如水の頭一面に白雲のような頑疾《がんしつ》があった）は気が許せぬと秀吉は日頃放言したが、あのチンバ奴《め》（如水は片足も悪かった）何を企むか油断のならぬ奴だと思っている。

如水はひどく義理堅くて、主に対しては忠、臣節のためには強いて死地に赴くようなことをやる。カサ頭ビッコになったのもそのせいで、彼がまだ小寺政職《こでらまさとも》という中国の小豪族の家老のとき、小寺氏は織田と毛利の両雄にはさまれて去就に迷っていた。そのとき逸早《いちはや》く信長の天下を見抜いたのが官兵衛（如水）で、小寺家の大勢は毛利に就くことを自然としていたが、官兵衛は主人を説いて屈服させる。即座に自らは岐阜に赴き、木下藤吉郎を通して信長に謁見、中国征伐を要請して、小寺家がその先鋒《せんぽう》たるべしと買ってでた。このとき官兵衛は二十を越して幾つでもない若さであったが、一生の浮沈をこの日に賭け、いわば有金全部を信長にかけて賭博をはった。持って生れた雄弁で、中国の情勢、地理風俗にまでわたって数万言、信長の大軍に出陣を乞い自ら手引して中国に攻め入るなら平定容易であると言って快弁を弄する。頗《すこぶ》る信長の御意にかなった。

ところが、秀吉が兵を率いて中国に来てみると、小寺政職は俄《にわか》に変心して、毛利に就いてしまった。官兵衛は自分の見透しに頼りすぎ、一身の賭博に思いつめて、主家の思惑というものを軽く見すぎたのだ。世の中は己れを心棒に廻転すると安易に思いこんでいるのが野心的な青年の常であるが、世間は左様に甘くない。この自信は必ず崩れ、又いくたびか崩れる性質のものであるが、崩れる自信と共に老いたる駄馬の如くに衰えるのは落第生で、自信の崩れるところから新らたに生い立ち独自の針路を築く者が優等生。官兵衛も足もとが崩れてきたから驚いたが、独特の方法によって難関に対処した。

官兵衛にはまだ父親が健在であった。そこで一族郎党を父につけて、之《これ》を秀吉の陣に送り約をまもる。自分は単身小寺の城へ登城して、強いて臣節を全うした。殺されるかも知れぬ。それを覚悟で、敢《あえ》て主人の城へ戻った。いわば之も亦《また》一身をはった賭博であるが、かかる賭博は野心児の特権であり、又、生命だ。そして賭博の勝者だけが、人生の勝者にもなる。

官兵衛は単身主家の籠城に加入して臣節をつくした。世は青年の夢の如くに甘々と廻転してくれぬから、此奴裏切り者であると土牢の中にこめられる。一刀両断を免がれたのが彼の開運の元であった。この開運は一命をはって得たもの、生命をはる時ほど美しい人の姿はない。当然天の恩寵を受くべくして受けたけれども、悲しい哉《かな》、この賭博美を再び敢て行うことが無かったのだ。ここに彼の悲劇があった。

この暗黒の入牢《じゅろう》中にカサ頭になり、ビッコになった。滑稽なる姿を終生負わねばならなかったが、又、雄渾《ゆうこん》なる記念碑を負う栄光をもったのだ。こういう義理堅いことをやる。

主に対しては忠、命をすてて義をまもる。そのくせ、どうも油断がならぬ。戦争の巧いこと、戦略の狡猾《こうかつ》なこと、外交かけひきの妙なこと、臨機応変、奇策縦横、行動の速力的なこと、見透しの的確なこと、話の外である。

中国征伐の最中に本能寺の変が起った。牢の中から助けだされた官兵衛は秀吉の帷幕《いばく》に加わり軍議に献策していたが、京から来た使者は先ず官兵衛の門を叩いて本能寺の変をつげ、取次をたのんだ。六月三日深夜のことで、使者はたった一日半で七十里の道を飛んできた。官兵衛は使者に酒食を与え、堅く口止めしておいて、直ちに秀吉にこの由を告げる。

秀吉は茫然自失、うなだれたと思うと、ギャッという声を立てて泣きだした、五分間ぐらい、天地を忘れて悲嘆にくれている。いくらか涙のおさまった頃を見はからい、官兵衛は膝すりよせて、ささやいた。天下はあなたの物です。使者が一日半で駆けつけたのは、正に天の使者。

丁度その日の昼のこと、毛利と和睦ができていた。その翌日には毛利の人質がくる筈になっていたから、本能寺の変が伝わらぬうちと官兵衛は夜明けを待たず人質を受取りに行き、理窟をこねて手品の如くにまきあげようとしたけれども、もう遅い。金井坊という山伏が之も亦風の如く駈けつけて敵に報告をもたらしている。官兵衛はそこで度胸をきめた。敵方随一の智将、小早川隆景を訪ね、楽屋をぶちまけて談判に及んだ。

「あなたは毛利輝元と秀吉を比べて、どういう風に判断しますか。輝元は可もなく不可もない平凡な旧家の坊ちゃんで、せいぜい親ゆずりの領地を守り、それもあなたのような智者のおかげで大過なしという人物です。天下を握る人物ではない。然るに、秀吉は当代の風雲児です。戦略家としても、政治家としても、外交家としても、信長公なき後は天下の唯一人者で、之に比肩《ひけん》し得る人物は先ずいない。たまたま本能寺の飛報が二日のうちにとどいたのも秀吉の為には天の使者で、直ちに踵《きびす》をめぐらせて馳せ戻るなら光秀は虚をつかれ、天下は自《おのずか》ら秀吉の物です。柴田あり徳川ありとは云え、秀吉を選び得る者のみが又選ばれたる者でしょう。信長との和睦を秀吉との和睦にかえることです。損の賭のようですが、この賭をやりうる人物はあなたの外には先ずいない。あなたにも之が賭博に見えますか。否々。これは自然天然の理というものです。よろしいか。秀吉の出陣が早ければ、天下は秀吉の物になる。この幸運を秀吉に与える力はあなたの掌中にあるのです。だが、あなた自身の幸運も、この中にある。毛利家の幸運も、天下の和平も、挙げてこの中にあり、ですな」

隆景は温厚、然し明敏果断な政治家だから官兵衛の説くところは真実だと思った。輝元では天下は取れぬ。所詮《しょせん》人の天下に生きることが毛利家の宿命だから、秀吉にはってサイコロをふる。外れても、元金の損はない。そこで秀吉に人質をだして、赤心を示した。

けれども、官兵衛は邪推深い。和睦もできた。いざ光秀征伐に廻れ右という時に、堤の水を切り落し、満目一面の湖水、毛利の追撃を不可能にして出発した。人は後悔するものだ。然して、特に、去る者の姿を見ると逃したことを悔ゆる心が騒ぎだす。

官兵衛は堤を切り、満目の湖を見てふりむいた。それから馬を急がせて秀吉の馬に追いつき、ささやいた。毛利の人質を返してやりなさい。なぜ？　官兵衛はドングリ眼をギロリとむいて秀吉を見つめている。なぜだ！　秀吉は癇癪《かんしゃく》を起して怒鳴ったが、官兵衛は知らぬ顔の官兵衛で、ハイ、ドウドウ、馬を走らせているばかり。もとより秀吉は万人の心理を見ぬく天才だ。逃げる者の姿を見れば人は追う。光秀と苦戦をすれば、毛利の悔いはかきたてられ、燃えあがる。人質が燃えた火を消しとめる力になるか。燃えた火はもはや消されぬ。燃えぬ先、水をまけ。まだしも、いくらか脈はある。之も賭博だ。否々。光秀との一戦。天下浮沈の大賭博が今彼らの宿命そのものではないか。

アッハッハ。人質か。よかろう。返してやれ。秀吉は高らかに笑った。だが、カサ頭は食えない奴だ。頭から爪先まで策略で出来た奴だ、と、要心の心が生れた。官兵衛は馬を並べて走り、高らかな哄笑《こうしょう》、ヒヤリと妖気を覚えて、シマッタと思った。

山崎の合戦には秀吉も死を賭した。俺が死んだら、と言って、楽天家も死後の指図を残したほど、思いつめてもいたし、張りきってもいたのだ。

ところが兵庫へ到着し、愈々《いよいよ》決戦近しというので、山上へ馬を走らせ山下の軍容を一望に眺めてみると、奇妙である。先頭の陣に、毛利と浮田の旗が数十旒《りゅう》、風に吹き流れているではないか。毛利と浮田はたった今和睦してきたばかり、援兵を頼んだ覚えはないから、驚いて官兵衛をよんだ。

「お前か。援兵をつれてきたのは」

官兵衛はニヤリともしない。ドングリ眼をむいて、大そうもなく愛嬌のない声ムニャムニャとこう返事をした。小早川隆景と和睦のときついでに毛利の旗を二十旒だけ借用に及んだのである。隆景は意中を察して笑いだして、私の手兵もそっくりお借ししますから御遠慮なく、と言ったが、イエ、旗だけで結構です、軍兵の方は断った。浮田の旗は十旒で、之も浮田の家老から借用に及んで来たものだ。光秀は沿道間者を出しているに相違ない。間者地帯へはいってきたから、先頭の目につくところへ毛利と浮田の旗をだし、中国軍の反乱を待望している光秀をガッカリさせるのだ、と言った。

秀吉は呆れ返って、左右の侍臣をふりかえり、オイ、きいたか、戦争というものは、第一が謀略だ。このチンバの奴、楠正成の次に戦争の上手な奴だ、と、唸《うな》ってしまった。

けれども、唸り終って官兵衛をジロリと見た秀吉の目に敵意があった。又、官兵衛はシマッタと思った。

中国征伐、山崎合戦、四国征伐、抜群の偉功があった如水だが、貰った恩賞はたった三万石。小早川隆景が三十五万石。仙石権兵衛という無類のドングリが十二万石の大名に取りたてられたのに、割が合わぬ。秀吉は如水の策略を憎んだので故意に冷遇したが、如水の親友で、秀吉の智恵袋であった竹中半兵衛に対しても同断であった。半兵衛は秀吉の敵意を怖れて引退し、如水にも忠告して、秀吉に狎《な》れるな、出すぎると、身を亡す、と言った。如水は自らを称して賭博師と言ったが、機至る時には天下を的《まと》に一命をはる天来の性根が終生カサ頭にうずまいている。尤《もっと》も、この性根は戦国の諸豪に共通の肚《はら》の底だが、如水には薄気味の悪い実力がある。家康は実力第一の人ではあるが温和である。ところが黒田のカサ頭は常に心の許しがたい奴だ、と秀吉は人に洩した。如水は半兵衛の忠告を思い出して、ウッカリすると命が危い、ということを忘れる日がなくなった。

九州征伐の時、如水と仙石権兵衛は軍監で、今日の参謀総長というところ、戦後には九州一ケ国の大名になる約束で数多《あまた》の武功をたてた。如水は城攻めの名人で、櫓《やぐら》をつくり、高所へ大砲をあげて城中へ落す、その頃の大砲は打つというほど飛ばないのだから仕方がない、こういう珍手もあみだした。事に当って策略縦横、戦えば常に勝ったが、一方の仙石権兵衛は単純な腕力主義で、猪突一方、石川五右衛門をねじふせるには向くけれども、参謀長は荷が重い。大敗北を蒙《こうむ》り、領地を召しあげられる始末であった。けれども秀吉は毒気のない権兵衛が好きなので、後日再び然るべき大名に復活した。如水は大いに武功があったが、一国を与える約束が豊前のうち六郡、たった十二万石。小早川隆景が七十万石、佐々成政が五十万石、いささか相違が甚しい。

見透しは如水の特技であるから、之は引退の時だと決断した。伊達《だて》につけたるかカサ頭、宿昔青雲の志、小寺の城中へ乗りこんだ青年官兵衛は今いずこ。

秀吉自身、智略にまかせて随分出すぎたことをやり、再三信長を怒らせたものだ。如水も一緒に怒られて、二人並べて首が飛びそうな時もあった。中国征伐の時、秀吉と如水の一存で浮田と和平停戦した。之が信長の気に入らぬ。信長は浮田を亡して、領地を部将に与えるつもりでいたのである。二人は危く首の飛ぶところであったが、猿面冠者《さるめんかじゃ》は悪びれぬ。シャアシャアと再三やらかして平気なものだ。それだけ信長を頼りもし信じてもいたのであるが如水は後悔警戒した。傾倒の度も不足であるが、自恃《じじ》の念も弱いのだ。

如水は律義であるけれども、天衣無縫の律義でなかった。律義という天然の砦《とりで》がなければ支えることの不可能な身に余る野望の化け者だ。彼も亦一個の英雄であり、すぐれた策師であるけれども、不相応な野望ほど偉くないのが悲劇であり、それゆえ滑稽笑止である。秀吉は如水の肚を怖れたが、同時に彼を軽蔑した。

ある日、近臣を集めて四方山話《よもやまばなし》の果に、どうだな、俺の死後に天下をとる奴は誰だと思う、遠慮はいらぬ、腹蔵なく言うがよい、と秀吉が言った。徳川、前田、蒲生《がもう》、上杉、各人各説、色々と説のでるのを秀吉は笑ってきいていたが、よろし、先ずそのへんが当ってもおる、当ってもおらぬ。然し、乃公《だいこう》の見るところは又違う。誰も名前をあげなかったが、黒田のビッコが爆弾小僧という奴だ。俺の戦功はビッコの智略によるところが随分とあって、俺が寝もやらず思案にくれて編みだした戦略をビッコの奴にそれとなく問いかけてみると、言下にピタリと同じことを答えおる。分別の良いこと話の外だ。狡智無類、行動は天下一品速力的で、心の許されぬ曲者《くせもの》だ、と言った。

この話を山名禅高が如水に伝えたから、如水は引退の時だと思った。家督を倅《せがれ》長政に譲りたいと請願に及んだが、秀吉は許さぬ。アッハッハ、ビッコ奴《め》、要心深い奴だ。困らしてやれ。然し、又、実際秀吉は如水の智恵がまだ必要でもあったのだ。四十の隠居奇ッ怪千万、秀吉はこうあしらい、人を介して何回となく頼んでみたが秀吉は許してくれぬ。ところが、如水も執拗だ。倅の長政が人質の時、政所《まんどころ》の愛顧を蒙った、石田三成が淀君党で、之に対する政所派という大名があり、長政などは政所派の重鎮、そういう深い縁があるから、政所の手を通して執念深く願いでる。執念の根比べでは如水に勝つ者はめったにいない。秀吉も折れて、四十そこその若さなのだから、隠居して楽をするつもりなら許してやらぬ、返事はどうじゃ。申すまでもありませぬ。私が隠居致しますのは子を思う一念からで、隠居して身軽になれば日夜伺候し、益々御奉公の考えです。厭になるほど律義であるから、秀吉も苦笑して、その言葉を忘れるな、よし、許してやる。そこで黒田如水という初老の隠居が出来上った。天正十七年、小田原攻めの前年で、如水は四十四であった。

ある日のこと、秀吉から茶の湯の招待を受けた。如水は野人気質であるから、茶の湯を甚だ嫌っていた。狭い席に無刀で坐るのは武人の心得でないなどと堅苦しいことを言って軽蔑し、持って廻った礼式作法の阿呆らしさ、嘲笑して茶席に現れたことがない。

秀吉の招待にウンザリした。又、いやがらせかな、と出掛けてみると、茶席の中には相客がおらぬ。秀吉がたった一人。侍臣の影すらもない。差向いだが、秀吉は茶をたてる様子もなかった。

秀吉のきりだした話は小田原征伐の軍略だ。小田原は早雲苦心の名城で、謙信、信玄両名の大戦術家が各一度は小田原城下へ攻めこみながら、結局失敗、敗戦している。けれども、秀吉は自信満々、城攻めなどは苦にしておらぬ。徴募の兵力、物資の輸送、数時間にわたって軍議をとげたが、秀吉の心痛事は別のところにある。小田原へ攻めるためには尾張、三河、駿河を通って行かねばならぬ。尾張は織田信雄《のぶかつ》、三河駿河遠江は家康の所領で、この両名は秀吉と干戈《かんか》を交えた敵手であり、現在は秀吉の麾下《きか》に属しているが、いつ異心を現すか、天下万人の風説であり、関心だ。家康の娘は北条氏直の奥方で、秀吉と対峙の時代、家康は保身のために北条の歓心をもとめて与国《よこく》の如く頭を下げた。両家の関係はかく密接であるから、同盟して反旗をひるがえすという怖れがあり、家康が立てば、信雄がつく、信雄は信長の子供であるから、大義名分が敵方にあり諸将の動向分裂も必至だ。

さて、チンバ。尾張と三河、この三河に古狸が住んでいるて。お主は巧者だが、この古狸めを化かしおわして小田原へ行きつく手だてを訊きたいものだ。古狸の妖力を封じる手だてが小田原退治の勝負どころというものだ。ワッハッハ。そうですな、如水はアッサリ言下に答えた。先ず家康と信雄を先発させて、小田原へ先着させることですな。之という奇策も外にはありますまい。先発の仲間に前田、上杉、などという古狸の煙たいところを御指名なさるのが一策でござろう。殿下はゆるゆると御出発、途中駿府の城などで数日のお泊りも一興でござろう。しくじる時はどう石橋を叩いてみてもしくじるものでござろうて。

このチンバめ！　と、秀吉は叫んだ。彼が寝もやらず思案にくれて編みだした策を、言下に如水が答えたからだ。お主は腹黒い奴じゃのう。骨の髄まで策略だ。その手で天下がとりたかろう。ワッハッハ。秀吉は頗るの御機嫌だ。

ニヤリと如水の顔を見て、どうだな、チンバ、茶の湯の効能というものが分らぬかな。お主はきつい茶の湯ぎらいということだが、ワッハッハ。お主も存外窮屈な男だ。俺とお主が他の席で密談する。人にも知れ、憶測がうるさかろう。ここが茶の湯の一徳というものだ。なるほど、と、如水は思った。茶の湯の一徳は屁理窟かも知れないが、自在奔放な生活をみんな自我流に組みたてている秀吉に比べると、なるほど俺は窮屈だ、と悟るところがあった。

ところが愈々小田原包囲の陣となり、三ケ月が空しくすぎて、夏のさかり、秀吉の命をうけて如水は家康を訪問した。このとき、はからざる大人物の存在を如水は見た。頭から爪先まで弓矢の金言で出来ているような男だと思い、秀吉が小牧山で敗戦したのも無理がない、あのとき俺がついていても戦さは負けたかも知れぬ、之は天下の曲者だ、と、ひそかに驚嘆の心がわいた。丁度小牧山合戦の時、折から毛利と浮田に境界争いの乱戦が始まりそうになったから、如水は秀吉の命を受け、紛争和解のため中国に出張して安国寺坊主と折衝中であった。親父に代って長政が小牧山に戦ったが、秀吉方無残の敗北、秀吉の一生に唯一の黒星を印した。なるほど、ふとりすぎた蕗《ふき》みたい、此奴は食えない化け者だ、と家康も亦律義なカサ頭ビッコの怪物を眺めて肚裡《とり》に呟《つぶや》いた。然し、与《くみ》し易いところがある、と判断した。

二

温和な家康よりも黒田のカサ頭が心が許されぬ、と言うのは、単なる放言で、秀吉が別格最大の敵手と見たのは言うまでもなく家康だ。

名をすてて実をとる、というのが家康の持って生れた根性で、ドングリ共が名誉だ意地だと騒いでいるとき、土百姓の精神で悠々実質をかせいでいた。変な例だが、愛妾に就《つい》て之を見ても、生活の全部に徹底した彼の根性はよく分る。秀吉はお嬢さん好き、名流好きで、淀君は信長の妹お市の方の長女であり、加賀局は前田利家の三女、松の丸殿は京極高吉の娘、三条局は蒲生氏郷《うじさと》の妹、三丸殿は信長の第五女、姫路殿は信長の弟信包《のぶかね》の娘、主筋の令嬢をズラリと妾に並べている。たまたま千利休という町人の娘にふられた。

ところが、家康ときた日には、阿茶局が遠州金谷の鍛冶屋の女房で前夫に二人の子供があり、阿亀の方が石清水八幡宮の修験者の娘、西郷局は戸塚某の女房で一男一女の子持ちの女、その他神尾某の子持ちの後家だの、甲州武士三井某の女房（之も子持ち）だの、阿松の方がただ一人武田信玄の一族で、之だけは素性《すじょう》がよかった。妾の半数が子持ちの後家で、家康は素性など眼中にない。ジュリヤおたあという朝鮮人の侍女にも惚れたが、之は切支丹《キリシタン》で妾にならぬから、島流しにした。伊豆大島、波浮《はぶ》の近くのオタイネ明神というのがこの侍女の碑であると云う。徹底した実質主義者で、夢想児の甘さが微塵《みじん》もない人であった。

秀吉は夢想家の甘さがあったが、事に処しては唐突に一大飛躍、家康のお株を奪う地味な実質策をとる。家康は小牧山の合戦に勝った、とたんに秀吉は織田信雄と単独和を結んで家康を孤立させ、結果として、秀吉が一足天下統一に近づいている。降参して実利を占めた。

和談の席で、秀吉は主人の息子に背《そむ》かれ疑られ攻められて戦わねばならぬ苦衷《くちゅう》を訴えて、手放しでワアワアと泣いた。長い戦乱のために人民は塗炭《とたん》の苦に喘《あえ》いでいる。私闘はいかぬ。一日も早く天下の戦乱を根絶して平和な日本にしなければならぬ。秀吉は滂沱《ぼうだ》たる涙の中で狂うが如くに叫んだというが、肚の中では大明《だいみん》遠征を考えていた。まんまと秀吉の涙に瞞着《まんちゃく》された信雄が家康を説いて、天下の平和のためです、秀吉の受売りをして、御子息於義丸を秀吉の養子にくれて和睦しては、と使者をやると、家康は考えもせず、アア、よかろう、天下の為です。家康は子供の一人や二人、煮られても焼かれても平気であった。秀吉は光秀を亡しているのだから、時世は秀吉のものだ。信雄は主人の息子、一緒なら秀吉と争うことも出来るけれども、大義名分のない私闘を敢て求める家康ではない。あせることはない。人質ぐらい、何人でもくれてやる。

秀吉は関白となり、日に増し盛運に乗じていた。諸国の豪族に上洛朝礼をうながし、応ぜぬ者を朝敵として打ち亡して、着々天下は統一に近づいている。一方家康は真田昌幸に背かれて攻めあぐみ、三方ケ原以来の敗戦をする。重臣石川数正が背いて秀吉に投じ、水野忠重、小笠原貞慶、彼を去り、秀吉についた。家康落目の時で、実質主義の大達人もこの時ばかりは青年の如くふてくされた。

秀吉のうながす上洛に応ぜず、攻めるなら来い、蹴ちらしてやる、ヤケを起して目算も立てぬ、どうともなれ、と命をはって、自負、血気、壮《さか》んなること甚だしい。連日野に山に狩りくらして秀吉の使者を迎えて野原のまんなかで応接、信長公存命のころ上洛して名所旧蹟みんな見たから都見物の慾もないね。於義丸は秀吉にくれた子だから対面したい気持もないヨ。秀吉が攻めてくるなら美濃路に待っているぜ、と言って追い返した。

けれども、金持喧嘩せず、盛運に乗る秀吉は一向腹を立てない。この古狸が自分につけば天下の統一疑いなし。大事な鴨で、この古狸が天下をしょって美濃路にふてくされて、力んでいる。秀吉は適当に食慾を制し、落付払うこと、まことに天晴《あっぱ》れな貫禄であった。天下統一という事業のためなら、家康に頭を下げて頼むぐらい、お安いことだと考えている。そこで家康の足もとをさらう実質的な奇策を案出したのであるが、こういう放れ業ができるのも、一面夢想家ゆえの特技でもあり、秀吉は外交の天才であった。

先ず家康に自分の妹を与えてまげて女房にして貰い、その次に、自分の実母を人質に送り、まげて上洛してくれ、と頭を下げた。皆の者、よく聞くがよい、秀吉は群臣の前で又機嫌よく泣いていた。俺は今天下のため先例のないことを歴史に残してみようと思う。関白の母なる人を殺しても、天下の平和には代えられぬものだ。

ふてくされていた家康も悟るところがあった。秀吉は時代の寵児である。天の時には、我を通しても始まらぬ。だまされて、殺されても、落目の命ならいらない。覚悟をきめて上洛した。

家康は天の時を知る人だ。然し妥協の人ではない。この人ぐらい図太い肚《はら》、命をすてて乗りだしてくる人はすくない、彼は人生三十一、武田信玄に三方ケ原で大敗北を喫した。当時の徳川氏は微々たるもの、海内《かいだい》随一の称を得た甲州の大軍をまともに受けて勝つ自信は鼻柱の強い三河武士にも全くない。家康の好戦的な家臣達に唯一人の主戦論者もなかったのだ。たった一人の主戦論者が家康であった。

彼は信長の同盟者だ。然し、同盟、必ずしも忠実に守るべき道義性のなかったのが当時の例で、弱肉強食、一々が必死を賭けた保身だから、同盟もその裏切りも慾得ずくと命がけで、生き延びた者が勝者である。信玄の目当の敵は信長で家康ではなかったから、負けるときまった戦争を敢て戦う必要はなかったのだが、家康ただ一人群臣をしりぞけて主戦論を主張、断行した。彼もこのとき賭博者だ。信長との同盟に忠実だったわけではない。極めて少数の天才達には最後の勝負が彼らの不断の人生である。そこでは、理智の計算をはなれ、自分をつき放したところから、自分自身の運命を、否、自分自身の発見を、自分自身の創造を見出す以外に生存の原理がないということを彼らは知っている。自己の発見、創造、之のみが天才の道だ。家康は同盟というボロ縄で敢て己れを縛り、己れの理知を縛り、突き放されたところに自己の発見と創造を賭けた。之は常に天才のみが選び得る火花の道。そうして彼は見事に負けた。生きていたのが不思議であった。

大敗北、味方はバラバラに斬りくずされ、入り乱れ前後も分らぬ苦戦であるが、家康は阿《あ》修羅《しゅら》であった。家康が危くなると家来が駈けつけて之を助け、家来の急を見ると、家康が血刀ふりかぶり助けるために一散に駈けた。夏目次郎左衛門が之を見て眼血走り歯がみをした。大将が雑兵を助けてどうなさる、目に涙をため、家康の馬の轡《くつわ》を浜松の方にグイと向けて、槍の柄で力一杯馬の尻を殴りつけ、追いせまる敵を突き落して討死《うちじに》をとげた。

逃げる家康は総勢五騎であった。敵が後にせまるたびに、自ら馬上にふりむいて、弓によって打ち落した。顔も鎧《よろい》も血で真ッ赤、ようやく浜松の城に辿《たど》りつき、門をしめるな、開け放しておけ、庭中に篝《かがり》をたけ、言いすてて奥の間に入り、久野という女房に給仕をさせて茶漬を三杯、それから枕をもたせて、ゴロリとひっくり返って前後不覚にねてしまった。堂々たる敗北振りは日本戦史の圧巻で、家康は石橋を叩いて渡る男ではない。武将でもなければ、政治家でもない。蓋《けだ》し稀有なる天才の一人であった。天才とは何ぞや。自己を突き放すところに自己の創造と発見を賭るところの人である。

秀吉の母を人質にとり、秀吉と対等の格で上洛した家康であったが、太刀、馬、黄金を献じ、主君に対する臣家の礼をもって畳に平伏、敬礼した。居並ぶ大小名、呆気にとられる。秀吉に至っては、仰天、狂喜して家康を徳としたが、秀吉を怒らせて一服もられては話にならぬ。まだ先に楽しみのある人生だから、家康は頭を畳にすりつけるぐらい、屁とも思っていなかった。

秀吉は別室で家康の手をとり、おしいただいて、家康殿、何事も天下の為じゃ。よくぞやって下された。一生恩にきますぞ、と、感極まって泣きだしてしまったが、家康はその手をおしいただいて畳におかせて、殿下、御もったいもない、家康は殿下のため犬馬《けんば》の労を惜む者でございませぬ。ホロリともせずこう言った。アッハッハ。とうとう三河の古狸めを退治てやった、と、秀吉は寝室で二次会の酒宴をひらき、ポルトガルの船から買いもとめた豪華なベッドの上にひっくり返って、サア、日本がおさまると、今度は之だ、之だ、と、ベッドを叩いて、酔っ払って、ねむってしまった。

小田原の北条氏は全関東の統領、東国随一の豪族だが、すでに早雲の遺風なく、君臣共にドングリの背くらべ、家門を知って天下を知らぬ平々凡々たる旧家であった。時代に就て見識が欠けていたから、秀吉から上洛をうながされても、成上り者の関白などは、と相手にしない。秀吉は又辛抱した。この辛抱が三年間。この頃の秀吉はよく辛抱し、あせらず、怒らず、なるべく干戈を動かさず天下を統一の意向である。北条の旧領、沼田八万石を還してくれれば朝礼する、と言ってきたので、真田昌幸に因果を含めて沼田城を還させたが、沼田城を貰っておいて、上洛しない。北条の思い上がること甚しく、成上りの関白が見事なぐらいカラカワれた。我慢しかねて北条征伐となったのだ。

秀吉は予定の如く、家康、信雄、前田利家、上杉景勝らを先発着陣せしめ、自身は三月一日、参内して節刀を拝受、十七万の大軍を率いて出発した。駿府へ着いたのが十九日で、家康は長久保の陣から駈けつけて拝謁、秀吉を駿府城に泊らせて饗応至らざるところがない。本多重次がたまりかねて、秀吉の家臣の居ならぶ前で自分の主人家康を罵った。これは又、あっぱれ不思議な振舞をなさるものですな。国を保つ者が、城を開け渡して人に貸すとは何事です。この様子では、女房を貸せと言われても、さだめしお貸しのことでしょうな、と青筋をたてて地団駄ふんだ。

小田原へ着いた秀吉は石垣山に陣取り、一夜のうちに白紙を用いて贋城をつくるという小細工を弄したが、ある日、家康を山上の楼に招き、関八州の大平野を遥か東方に指して言った。というのは昔の本にあるところだが、実際は箱根丹沢にさえぎられてそうは見晴らしがきかないのである。ごらんなさい。関八州は私の掌中にあるが、小田原平定後は之をそっくりあなたに進ぜよう。ところで、あなたは小田原を居城となさるつもりかな。左様、まず、その考えです。いやいやと秀吉は制して、山を控えた小田原の地はもはや時世の城ではない。二十里東方に江戸という城下がある。海と河川を控え、広大な沃野の中央に位して物資と交通の要地だから、ここに居られる方がよい、と教えてくれた。そうですか。万事お言葉の通りに致しましょう、と答えたが、今は秀吉の御意のまま、言いなり放題に振舞う時と考えて、家康はこだわらぬ。秀吉の好機嫌の言葉には悪意がなく、好意と、聡明な判断に富んでいることを家康は知ってもいた。

二十六万の陸軍、加藤、脇坂、九鬼等の水軍十重二十重に小田原城を包囲したが、小田原は早雲苦心の名城で、この時一人の名将もなしとは言え、関東の豪族が手兵を率いてあらかた参集籠城したから、兵力は強大、簡単に陥《おと》す見込みはつかない。小早川隆景の献策を用いて、持久策をとり、糧道を絶つことにした。

秀吉自身は淀君をよびよせ、諸将各妻妾をよばせ、館をつくらせ、連日の酒宴、茶の湯、小田原城下は戦場変じて日本一の歓楽地帯だ。四方の往還は物資を運ぶ人馬の往来絶えることなく、商人は雲集して、小屋がけし、市をたて、海運も亦日に日に何百何千艘、物資の豊富なこと、諸国の名物はみんな集る、見世物がかかる、遊女屋が八方に立ち、絹布を売る店、舶来の品々を売る店、戦争に無縁の品が羽が生えて売れて行く。大名達は豪華な居館をつくって書院、数寄屋、庭に草花を植え、招いたり招かれたり、宴会つづきだ。

この陣中の徒然《つれづれ》に、如水が茶の湯をやりはじめた。ところが如水という人は気骨にまかせて茶の湯を嘲笑していたが、元来が洒落《しゃれ》な男で、文事にもたけ、和歌なども巧みな人だ。彼が茶の湯をやりだしたのは保身のため、秀吉への迎合という意味があったが、やりだしてみると、秀吉などとはケタ違いに茶の湯が板につく男だ。小田原陣が終って京都に帰った頃はいっぱしの茶の湯好きで、利休や紹巴《じょうは》などと往来し、その晩年は唯一の趣味の如き耽溺《たんでき》ぶりですらあった。一つには彼の棲む博多の町に、宗室、宗湛、宗九などという朱印船貿易の気宇遠大な豪商がいて茶の湯の友であったからで、茶の湯を通じて豪商達と結ぶことが必要だったせいもある。

如水は高山右近のすすめで洗礼を受け切支丹であったが、之も秀吉への迎合から、禁教令後は必ずしも切支丹に忠実ではなかった。カトリックは天主以外の礼拝を禁じ、この掟《おきて》は最も厳重に守るべきであったが、如水は菅公廟を修理したり、箱崎、志賀両神社を再興し、又、春屋和尚について参禅し、その高弟雲英禅師を崇福寺に迎えて尊敬厚く、さりとて切支丹の信教も終生捨ててはいなかった。彼の葬儀は切支丹教会と仏寺との両方で行われたが、世子長政の意志のみではなく、彼自身の処世の跡の偽らざる表れでもあった。

元々切支丹の韜晦《とうかい》という世渡りの手段に始めた参禅だったが、之が又、如水の性に合っていた。忠義に対する冷遇、出る杭《くい》は打たれ、一見豪放磊落《らいらく》でも天衣無縫に縁がなく、律義と反骨と、誠意と野心と、虚心と企みと背中合せの如水にとって、禅のひねくれた虚心坦懐《たんかい》はウマが合っていたのである。彼の文事の教養は野性的洒脱《しゃだつ》という性格を彼に与えたが、茶の湯と禅はこの性格に適合し、特に文章をひねくる時には極めてイタについていた。青年の如水は何故に茶の湯を軽蔑したか。世紀の流行に対する反感だ。王侯貴人の業であってもその流行を潔《いさぎよ》しとせぬ彼の反骨の表れである。反骨は尚腐血となって彼の血管をめぐっているが、稜々《りょうりょう》たる青春の気骨はすでにない。反骨と野望はすでに彼の老い腐った血で、その悪霊にすぎなかった。

ある日、秀吉は石垣山の楼上から小田原包囲の軍兵二十六万の軍容を眺め下して至極好機嫌だった。自讃は秀吉の天性で、侍臣を顧て大威張りした。どうだ者共。昔の話はいざ知らず、今の世に二十六万の大軍を操る者が俺の外に見当るかな。先ずなかろう、ワッハッハ。その傍に如水がドングリ眼をむいている。之を見ると秀吉は俄に奇声を発して叫んだ。ワッハッハ。チンバ、チンバ、そこにいたか。なるほど、貴様は二十六万の大軍がさぞ操ってみたかろう。チンバなら、さだめし、出来るであろう。者共きけ、チンバはこの世に俺を除いて二十六万の大軍を操るたった一人の人物だ。

如水はニコリともしない。彼は秀吉に怖れられ、然し、甘く見くびられていることを知っていた。如水は歯のない番犬だ。主人を嚙む歯が抜けている、と。

だが、こういう時に、なぜ、いつも、自分の名前がひきあいにでてくるのだろう。二十六万の大軍を操る者は俺のみだと壮語して、それだけで済むことではないか。それは如水の名の裏に別の名前が隠されているからである。歯のある番犬の名が隠されて、その不安が常に心中にあるからだ。それを如水は知っていた。その犬が家康であることも知っていた。その犬に会ってみたいという思いが、肚底《とてい》に逞しく育っていたのだ。

三

小田原包囲百余日、管絃のざわめきの中にも造言の飛び交うのはどこの戦場も変りがない。話題の主は家康と信雄で、北条と通謀して夜襲をかける、奥州からは伊達政宗が駈けつける手筈になっているなどと、流言必ずしも根のないことではない。当の家康の家来共が流言の渦にむせびながら腕を撫《ぶ》し、いつ夜襲の主命下るか、猿めを退治て、あとはこっちの天下だと小狸共の胸算用で憶測最も逞しい。

ところが、家康は温和であった。之は秀吉の用いた表現であるが、家康は温和な人だから宜しいが、黒田のカサ頭は油断のできない奴だ、ということを言っていた。

秀吉は山崎合戦で光秀を退治て天下を自分の物としたが、光秀退治が秀吉一人の手によらず織田遺臣聯合軍というものによって為されたならば、天下の順は秀吉のところへは廻ってこない。信長には子供もあるし、柴田という天下万人の許した重臣もあり、之を覆《くつがえ》す大義名分がないからである。秀吉は柴田と丹羽にあやかりたいというので羽柴という姓を名乗った。然しながら、柴田といえども信長の家臣だ。ところが、家康は家臣ではない。駿遠三の領主で、小なりといえども一王国の主人、信長の同盟国で、同盟国も格が下なら家臣と似たようなものではあるが、ともかく独自の外交策によって信長と相結んだ立場であった。

信長と信玄の中間に介在して武田の西上を食いとめ信長の天下を招来した縁の下の力持が家康で、専《もっぱ》ら田舎廻りの奔走、頼まれれば姉川へも駈けつけて急を救う、越後の米つき百姓の如き精神を一貫、行動した。下剋上は当時の自然で、保身、利得、立身のために同盟を裏切ることは天下公認の合理であったが、家康の同盟二十年、全く裏切ることがなく、専ら利得の香《かんば》しからぬ奔命に終始して、信長の長大をはかるために犬馬の労を致したのである。土百姓の律義であった。素町人の貯金精神というものだ。けれども一身一王国の存亡を賭けてニコニコ貯金に加入する、百姓商人に似て最も然からざるもの、天下に賭けて命をはった賭博者は多いけれども、ニコニコ貯金に命をはった家康は独特だった。

本能寺の変が起ったとき、家康は堺にいた。武田勝頼退治の戦功で駿河を分けて貰ったから、その御礼挨拶のために穴山梅雪と上洛して、六月二日という日には堺に宿泊したのである。平時の旅行であるから近臣数十人をつれているだけ、兵力がないから、本能寺の変と共に驚くべき速力をもって堺を逃げだし、逃げ足の早いこと、あの道この道と逃げ方の巧妙なこと、さすが戦争の名人である。穴山梅雪は逃げる途中に捕われて横死をとげたが、家康は無事岡崎に帰着して、軍兵を催し、イザ改めて出陣という時には、光秀退治に及び候という秀吉の使者が来たのである。家康は不運であったが、然し、秀吉も家康も、四囲の情況によって自然に天下を望む自分の姿を見出すまで、不当に天下を狙い、野望のために身が痩せるということがなかった。木下藤吉郎は柴田と丹羽にあやかるために羽柴秀吉と改名したが、秀吉の御謙遜だというのは後日の太閤で判断しての話で、改名の当時は全く額面通りの理由であったに相違ない。彼の夢は地位の上昇と共に育ちはしたが、信長存命の限りは信長の臣、これが夢の限界で、信長第一の臣、それから信長の後継者、そういう夢はあったにしても、本能寺の変、光秀退治、自然の通路がひらかれるまで、それを狙いはしなかった。

家康の夢は一そう地道だ。親代々の今川に見切をつけて信長と結んだ家康は、同盟二十年、約を守り義にたがわず、信長保険の利息だけで他意なく暮し、しかも零細な利息のために彼の為した辛労は甚大で、信玄との一戦に一身一国を賭して戦う。蟷螂《とうろう》の斧《おの》、このとき万一の僥倖《ぎょうこう》すらも考えられぬ戦争で、死屍累々、家康は朱にそまり、傲然斧をふりあげて竜車の横ッ面をひっかいたが、手の爪をはがした。目先の利かないこと夥《おびただ》しく、みすみす負ける戦争に命をかけ義をまもる、小利巧な奴に及びもつかぬ芸当で、時に際し、利害、打算を念頭になく一身の運命を賭けることを知らない奴にいわば『芸術的』な栄光は有り得ない。芸術的とは宇宙的、絶対の世界に於けるということである。

信長の横死。天下が俺にくるかも知れぬ、と考えたのは家康も亦、このときだ。けれども天運に恵まれず、堺に旅行中であったから這々《ほうほう》の体《てい》で逃げて帰る、秀吉にしてやられて、天下は彼から遠退いた。けれども、織田信雄と結んで秀吉と戦うことになって、俄に情熱は爆発する、天下を想う亢奮《こうふん》は身のうちをたぎり狂って、家康時に四十の青春、始めて天下の恋を知った。

破竹の秀吉を小牧山で叩きつけて、戦争に勝ったが、外交に負けた。上昇期の秀吉はまさに破竹であった。滾々《こんこん》尽きず、善謀鬼略の打出の小槌《こづち》に恵まれていたのだ。秀吉はアッサリ信雄に降伏して単独和議を結び、家康の戦争目的、大義名分というものを失わせたから、負けて勝った。家康も負けたような気がしない。秀吉信雄両名の和議成立に祝福の使者を送って、小策我関せず、落付払っていたけれども、信濃あたりに反乱があって田舎廻りの奔走にかけずらううち、秀吉は着々天下統一の足場をかためて、二人の位の距《へだた》りが誰の目にもハッキリしたから、家康も一代の焦りをみせた。四十の恋というのがあるが、之も四十の初恋で、家康遂に青春を知り、千々に乱れ、ふてくされて、喧嘩を売ろう、喧嘩を買おう、規格に大小違いはあっても恋の闇路に変りはない。

けれども翻然《ほんぜん》として目覚めた。上洛に応じ、臣下の礼を以て秀吉の前に平伏したが、四十の初恋、このまぼろしを忘れ得るであろうか。けれども、ひとたび目覚めたとき、彼の肚裡《とり》を測りうる一人の人もいなかった。

秀吉は彼に大納言を与え、つづいて内大臣を与える。時人は彼を目して副将軍の如くに認めたが、その貫禄を与えることが彼を温和ならしめる手段であると秀吉は信じた。雄心未だ勃々《ぼつぼつ》たる秀吉は死後の社稷《しゃしょく》のことなどは霞をへだてた話であったし、思いのままに廻りはじめたパノラマのハンドルをまわす手加減に有頂天になっていた。家康という人はおだてておけば温和な人だ。俺の膝の上にのせてみせるから黙って見ておれ、こう侍臣に言う秀吉だ。小田原陣でも、家康を陣屋に招いて群臣の居並ぶところでおだてあげて、大納言、貴公は海内一の弓取だから、この戦争では策戦万事御指南をたのむ、皆の者も戦略は徳川殿にきくがよい、臆面もなくわめきたてて好機嫌。ところが或日のことである。秀吉は列座の大名共に腹蔵なく威張りはじめていたのである。古に楠氏あり、当今は豊臣秀吉ここにあり、日本一の兵法の達者とは俺のことだ。戦えば必ず勝つ。負けたためしは一度もない。古今東西天下無敵、ワッハッハ。すると家康が俄に気色《けしき》ばみ、居ずまいを正して一膝のりだした。之は不思議、いささかお言葉が過ぎてござる。殿下は小牧山で拙者に負けたではござらぬか。余人は知らず、拙者の控える目の前で日本一の兵法家はやめにしていただきたい。開き直って、こう言った。膝元からいきなり袴《はかま》に火がついたとはこのこと、秀吉満面に朱をそそぎ、皺《しわ》だらけの小さな顔に癇癪の青筋だらけ、喉がつまって声が出ぬ。プイと立ち荒々しく奥へ消えた。この始末や如何に。暫時して、元の陽気な猿面郎《さるめんろう》、機嫌を直してニコニコ現れたのが秀吉で、イヤハヤ、大失敗、猿公木より墜落じゃ。小牧山で三河の狸に負けたことがあったとは残念千万。

大名共は呆れ返った。自慢のし返し、子供みたいに臆面もなく開き直って食ってかかる、古狸の家康もとより酒席のざれ言の分らぬ男であろう筈はないのだから、開き直る方が結局秀吉を安心させるということを心得た上での芝居だろうと判断した。家康は老獪《ろうかい》だから、と言って、侍臣達も家康の手のこんだ芝居を秀吉にほのめかしたが、秀吉は笑って、お前たちはそう思うか、一応は当っているかも知れぬ。然し、家康は案外あれだけの気のよいところもある仁じゃ、お前たちにはまだ分らぬ、アッハッハ、と言った。

小田原包囲百日、流言などはどこ吹く風で、ある日、秀吉はたった数人の侍臣をつれ、家康の陣へ遊びに行った。井伊直政がにじり寄って、目の玉を怪しく光らせて、家康にささやいた。殿、猿めを殺すのは今でござる。夢をみて寝ぼけるな、隠し芸でも披露して関白を慰め申せ。家康とりあわぬ。

秀吉は腹蔵なく酔っ払った。梯子酒《はしござけ》というわけで、家康をうながし、連立《つれだ》って信雄の陣へ押掛ける。小田原は箱根の山々がクッキリと、晴れた日は空気に靄《もや》が少くて、道はかがやき、影黒し、非常に空の澄んだところだ。馬上から野良に働く鄙《ひな》には稀な娘を見つけて、オウイ、俺は関白秀吉だ、俺のウチへ遊びにこいよウ、待ってるゾウ。胸毛を風になぶらせて、怒鳴っている。

然しながら、秀吉は一人立ちのできない信雄を、一人立ちの出来ない故に、警戒した。彼の主人信長はその終生足利義昭になやまされた。この十五代将軍は一人立ちのできない策士の見本である。三好松永を覆滅して足利家再興のため、終生他力本願、専ら人の褌《ふんどし》を当にして陰謀小策を終生の業としたのである。佐々木承禎にたより、武田にたより、朝倉に、上杉に、北条に、最後に信長にたよって目的を達し、十五代将軍となることができた。そこで年下の信長を臆面もなく「父信長」などと尊敬して大いに徳としながら、さっそく裏では父信長を殺すことを考えて、本願寺に密使を送り、信玄と結び、朝倉、浅井、上杉、毛利、信長と兄弟分の徳川家康、手当り次第に密使を差向けて信長退治のふれを廻す。一応の大義名分のあるところ、本人自体が無力なほど始末が悪く、不断に陰謀の策源地である。信長の困却ぶりをウンザリするほど見てきた秀吉であるから、小田原陣が終り己れの足場が固定したのを見定めると、信雄の領地を没収して、秋田に配流、温和な狸の動きだす根を絶やしてしまった。

当時、中部日本、西日本は全く平定、帰順せぬのは関東の北条と奥州だった。この奥州で、自ら奥州探題を以て任じ、井戸の中から北国の雪空を見上げて、力み返っていたのが伊達政宗という田舎豪傑である。この豪傑に片目の無いのは有名であるが、時に二十四歳、ザンギリ髪という異形《いぎょう》な姿を故意に愛用し、西に東に隣り近所の小豪族を攻めたてて領地をひろげ、北の片隅でまるで天下に怖るる者もない気になっていた。

　政宗は田舎者ではあるけれども野心と狡智《こうち》にかけては黒田如水と好一対、前田利家や徳川家康から小田原陣に参加するようにという秀吉の旨を受けた招請のくるのを口先だけで有耶《うや》無耶《むや》にして、この時とばかり近隣の豪族を攻め立て領地をひろげるに寧日《ねいじつ》もない。家康が北条と通謀して秀吉を亡すだろうという流言をまともに受けて、そのドサクサに一気に京都へ攻めこんで天下を取る算段まで空想、むやみに亢奮して近隣をなぎ倒していた。

　ところへ家康から手紙が来た。待ちかねた手紙であるが、甚だ冷静なる文面、思いもよらぬ手紙である。秀吉への帰順、小田原攻めの加勢をすすめ、天下の赴く勢というものを説き、遠からざる北条の滅亡を断じ、北の片隅の孤独な思索には測りきれぬ天下の大が妖怪の如く滲み出ており、反乱どころの話ではない。百年このかた秀吉の番頭をつとめているかのような家康の手紙であった。政宗の背筋を俄に恐怖が走った。野心と狡智の凝りかたまった田舎豪傑、思いもよらぬ天下の妖気を感得して、果もなく不安に沈み、混乱する。遠からずして北条が滅亡する、二十六万の大軍が余勢をかって奥州へ攻めこんでは身も蓋もない。目先はくもらぬ男であるから、即刻小田原へ駈けつけて秀吉の機嫌をとりむすばぬと命が危いということを一途に思い当てていた。

　火急の陣ぶれ、夜に日をつぎ、慌てふためいて箱根に到着、陣弁だらだら加勢を申出る。秀吉は石田三成を差向けて先ず存分に不信をなじらせたが、この三成が全身才智と胆力、冷水の如き観察力、批判力で腸《はらわた》にえぐりこむ言葉の鋭いこと、言訳、陳弁、三拝九拝、蒸気のカマの如き奥州弁で、豆の汗を流した。才能の限度に就て根柢から自信がぐらつき、秀吉の威力の前に身心のすくみ消える思いである。

その翌日が謁見の日で、登る石垣山一里の道、屠所《としょ》にひかれる牛の心で、生きた心持もなく広間にへいつくばつていると、ガラリと襖《ふすま》があいて、秀吉が真夏のこととは言いながら素肌に陣羽織、前ぶれもなくチョロチョロ現れてきた。ヤア、御苦労御苦労、よくぞ来てくれたな。遠路大変だったろう。何はおいても先ず一献《いっこん》じゃ。これよ、仕度を致せというので、政宗の夢にも知らぬ珍味佳肴《かこう》、豪華つくせる大宴会、之が野戦の陣地とは夢又夢の不思議である。石垣山の崖上へ政宗をつれだして小田原城包囲の陣形を指し、田舎の小競合《こぜりあい》が身上のお前にはこの大陣立の見当がつくまいな。それ、そこが早川口、伊豆の通路がここでふさがれているから、こっちの浜辺を水軍でかためると伊豆からの連絡はもう出来ぬ、小田原の地形、関八州の交通網を指摘して二十六万の陣立を解説してきかせる。如何なる仕置かと思いつめてきた二十四の田舎豪傑、ザンギリ頭の見栄などは忘れ果てただ茫然、素肌に陣羽織、猿芝居の猿のような小男が箱根の山よりも大きく見えてしまうのだった。この人のためならば水火をいとわず、という感動の極に達した。

とはいえ奥州探題を自任する政宗の威力必ずしも小ならず、彼を待望せる北条の失望落胆如何ばかり。之もひとえに家康の尽力である。

家康は北条氏勝に使者をさしむけて氏政の陣から離脱させたり、小田原城内へ地下道を掘り之をくぐって城内へ侵入、モグラ戦術によって敵城の一角をくずしたり、神謀鬼策の一端を披露に及んで、雞群の一鶴《いっかく》、忠実無私の番頭ぶり、頼まれもせぬ米をついて大汗を流している。

早春はじめた包囲陣に真夏がきてもまだ落ちぬ。石田三成、羽柴雄利に命じて降伏を勧告させたが徒労に終った。十万余の大軍をもち兵糧弾薬に不足を感ぜぬ籠城軍は四囲の情勢に不利を見ても籠城自体にさしたる不安がないのであった。

浮田秀家の陣所の前が北条十郎氏房の持口に当っていた。そこで秀家に命じ氏房を介して降伏を勧告させる。秀家から氏房の陣へ使者を送って、長々の防戦御見事、軽少ながら籠城の積鬱を慰めていただきたいと云って、南部酒と鮮鯛《せんたい》を持たせてやった。氏房からは返礼に江川酒を送ってよこし、之を機会に交りの手蔓《てづる》をつくって、秀家氏房両名が各々の櫓《やぐら》へでて言葉を交すということにもなり、氏政父子に降伏をすすめてくれぬか、武蔵、相模、伊豆三国の領有は認めるからと取次がせる。氏房自身に和睦の心が動いて、この旨を氏政父子に取次いだが、三国ぐらいで猿の下風に立つなどとは話の外だと受つけぬ。

北条随一の重臣に松田憲秀という執権がおった。松田家は早雲以来股肱閥閲《ここうばつえつ》の名家で、枢機にあずかり勢威をふるっていたが、憲秀に三人の子供があって、長男が新六郎、次男が左馬助、末男が弾三郎と云った。古来、上は蘇我、藤原の大臣家から下は呉服屋の白鼠共に至るまで、股肱閥閲の名家に限って子弟が自然主家を売るに至る、門閥政治のまぬがれ難い通弊であるが、新六郎は先に武田勝頼に通じて主家に弓をひき、討手に負けて降参、累代の名家であるからというので命だけは助けられたという代者《しろもの》であった。父憲秀と相談して裏切の心をかため、秀吉方に密使を送って、伊豆、相模の恩賞、子々孫々違背あるべからず、という証状を貰った。六月十五日を期し、堀秀治の軍兵を城内へ引入れて、一挙に攻め落すという手筈をたてた。

ところが次男の左馬助は容色美麗で年少の時から氏直の小姓にでて寵を蒙り日夜側近を離れず奉公励んでいる。遇々《たまたま》父の館へ帰ってきて裏切の話を耳にとめ父兄を諫《いさ》めたが容れられる段ではない。父を裏切り一門を亡す奸賊《かんぞく》であるというので父と兄が刀の柄に手をかけ青ざめて殺気立つから、私の間違いでありました、父上、兄上の御決意でありますなら私も違背は致しませぬ、と言って一時をごまかした。けれども必死の裏切であるから憲秀新六郎も油断はない。氏直に訴えられては破滅であるから、左馬助の寝室に見張の者を立てておいたが、左馬助は具足櫃《ぐそくびつ》に身をひそめ、具足を本丸へとどけるからと称して小姓に担ぎださせ、無事氏直の前に立戻ることができた。父兄の陰謀を訴え、密告の恩賞には父兄の命を助けてくれと懇願する、憲秀新六郎は時を移さず捕われて、左馬助の苦衷《くちゅう》憐むべしというので、首をはねず、牢舎にこめる、寸前のところで陰謀は泡と消えた。

この裏切に最も喜んだのは秀吉で、大いに心を打込み、小田原落城眼前にありとホクソ笑んでいたのであるが、案に相違の失敗、憎い奴は左馬助という小僧であると怒髪天をついて歯がみをした。

百計失敗に帰して暫時の空白状態、何がな工夫をめぐらして打開の方策を立てねばならぬ。秀吉はクスリと笑って如水を召寄せた。如水は小田原陣の頃からめっきり差出口を控えてしまったが、表向き隠居したせいでもあり、同時に、秀吉の帷幕《いばく》では石田三成が頭をもたげて一切の相談にあずかり、如水の影は薄くなっていたのである。三成の小僧の如き、如水は眼中に入れていないが、流れる時代、人才も亦常に流れ、澱みの中に川の姿はないのである。目の玉をむき、黙々天下を横睨みに控えているが、如水はすでに川の澱みに落ちたことをさとらない。尚満々たる色気、万策つきたら俺にたのめ、という意気込みの衰えることのない男、秀吉は苦笑して、これよ、即刻チンバ奴を連れて参れ、深夜であった。

改めて如水の方寸をたずね手段をもとめる。腹中常に策をひそめて怠りのない如水であるが、処女の含羞、少々は熟慮の風もして慎みのあるところを見せればいいに、サラバと膝をのりだして、待っていました、と言下に答える。

徳川殿をわずらわす一手でござろう。あの仁以外に人はござらぬ。北条の縁者であるし、関東の事情に精通し、和談の使者のあらゆる条件を具備してござる。三成など青二才の差出る幕ではないのに、この人を差しおいて三成だ秀家だと手間のかかったこと、これぐらいの道理がお分りにならぬか、という鼻息であった。

秀吉は心得ているから、好機嫌、よかろう、万事まかせるから大納言の陣屋へ出向いて然るべく運んで参れ。万事まかせてしまえば何かしら手ミヤゲを持って戻ってくる如水。

その翌日は焼けるような炎天だった。如水は徳川家康の陣屋へでかける。家康と如水、この日まで顔を見たことがない。顔ぐらいは見たかも知れぬが、膝つき合せて語り合うのは始めてで、温和な狸と律義な策師と暗々裡に相許したから、遠く関ケ原へつづく妖雲のひとひらがこのとき生れてしまった。頭から爪先まで弓矢の金言で出来ている大将だと如水はたった一日で最大級に家康を買いかぶる。家康は四十の初恋、如水は四ツ年少の弟だったが、この道にかけては日本一の苦労人、下世話に言う十五六から色気づくとは彼のこと、律義な顔はしているが、仇姿ねたまも忘れ難し、思うはただ一人の人、まさしくこの恋人はかけがえのない天下ただ一人、いわば恋仇同志であるが、仕方がなければ百万石で間に合せるという手もあるし、恋仇同志は妙に親近感にひかれるもので、まして振られた同志ではあり、ふられた同志というものは労《いた》わりあった挙句《あげく》の果に、結局実力の足りない方が恋の手引をするような妙な巡り合せになりがちなものだ。

家康は如水の口上をきき終って頷《うなず》き、なるほど、御説の通り私の娘は氏直の女房で、私と北条は数年前まで同盟国、昵懇《じっこん》を重ねた間柄です。ところが、昵懇とか縁辺は平時のもので、いったん敵味方に分れてしまうと、之が又、甚だ具合のよからぬものです。色々と含む気持が育って、ない角もたち、和議の使者として之ぐらい不利な条件はないのですね、と言って拒絶した。如水が家康を見込んで依頼した口上とあべこべの理窟で逆をつかれたのであるが、理窟をまくしたてると際限を知らぬ口達者の如水、ところが、この時に限って、アッハッハ、左様ですか、とアッサリ呑みこんでしまった。

如水は家康に惚れたから、持前のツムジをまげることも省略して、呑込みよろしく引上げてきた。秀吉に対する忿懣《ふんまん》の意識せざる噴出であった。否、秀吉に対する秘密の宣戦布告であった。如水は邪恋に憑かれた救われ難い妄執の男、家康の四十の恋を目にとめたが、その実力秀吉に頡頏《けっこう》する大人物と評価して、俄に複雑な構想を得た。この人物に親睦すれば、再び天下は面白く廻りだしてくる時期があるかも知れぬ。天命は人事を以てはかり難し。天命果して徳川家康に幸するや否や。俄に眼前青空ひらけて、如水は思わず百尺の溜息を吹き、猿めの前には隠居したが、又、人生は蒔《ま》き直し。

何食わぬ顔、秀吉の前に立戻り、徳川大納言の口上は之々、駄目でござった。然し、ナニ、北条を手なずけるぐらい、人の力はいり申さぬ。拙者一人でたくさん、吉報お待ち下されい。屁でもない顔付、自らこう力んで大役を買ってでた。壮《さか》んな血気は持前の如水であったが、人生蒔直しの構想を得た大亢奮に行きがかりを忘れ、ムクムクと性根が動いて、大役を買ってしまった。

四

如水は城中へ矢文を送って和睦をすすめる第一段の工作にかかり、ついで井上平兵衛を使者に立てて酒二樽、糟漬《かすづけ》の魴《ほう》十尾を進物として籠城の積鬱を慰問せしめる。氏政からはこの返礼に鉛と火薬各十貫目を届けて城攻めの節の御用に、という挨拶。城中の弾薬貯蔵をほのめかす手段でもあったが、実際、鉄砲弾薬の貯蔵は豊富であった。之は先代氏康の用意で、彼は信玄、謙信と争い譲るところのなかった良将であり、当代氏政は単に先代の豊富な遺産を受けついだというだけだった。

そこで如水は更にこの答礼と称し、単身小田原城中へ乗りこんだ。肩衣に袴の軽装、身に寸鉄を帯びず、立ち姿は立派であるが、之がビッコをひいて、たった一人グラリクラリと乗込んで行く。存分用意の名調子、熱演まさに二時間、説き去り説き来る。時機がよかった。伊達政宗の敵陣参加で城中の意気に動揺のあったところへ、松田憲秀の裏切発見、随一の重臣、執権の反逆であるから将兵に与えた打撃深刻を極めている。氏政も和睦の心が動いていた。

如水は四国中国九州の例をひき、長曾我部《ちょうそかべ》、毛利、島津等、和談に応じた者はいずれも家名を存しておる。師匠の信長は刃向う者は必ず子々孫々根絶せしめる政策の人であったが、その後継者秀吉は和戦政策に限って全くその為すところ逆である。武田勝頼が天目山に自刃のとき、秀吉は中国征伐の陣中でこの報告をきいたが、思わず長大息、あたら良将を殺したものよ、甲斐信濃二ケ国を与えて北方探題、長く犬馬の労をつくさせるものを、と嘆いた。同じ陣中にいた如水はまのあたりこの長大息を見て、秀吉の偽らぬ心事を知ったのである。これのみではない。秀吉と如水は二人合作の上で、浮田と和議をむすび、信長の怒りにあって危く命を失いかけたこともある。蓋《けだ》し、信長はあくまで浮田を亡して、領地を部下の諸将に与えるつもり、然し、秀吉は木下藤吉郎の昔から和交を以て第一とすること誰よりも如水が良く知っている。今や日本六十余州、庶民はもとより武将に至るまで長々の戦乱に倦《う》み和平をもとめて自ら秀吉の天下を希んでいる。之を天下の勢いと言う。過去の盟約、累代の情義の如きも、この大勢の赴く前では水の泡に異ならぬ。しかも天下の大勢は益々滔々《とうとう》たる大流となって秀吉の統一をのぞむ形勢にあるのだから、この大流に逆うことや最も愚。秀吉の内意は和平降伏の賞与として、武蔵、相模、伊豆三国を存続せしめるというのだから、和譲に応じ、祖先の祭祀を絶さぬ分別が大切である。和平条約の実行については、万違背のないこと、自分が神明に誓うから、と言って、懇々説いた。

如水の熱弁真情あふれ、和談の使者の口上を遠く外れて惻々《そくそく》たるものがあるから、かねて和平の心が動いていた氏政は思わず厚情にホロリとした。そこで日光一文字の銘刀と東鑑《あづまかがみ》一部を贈って厚く労をねぎらい、その日は即答をさけて、如水を帰した。この報告をうけた秀吉は大いに喜び、如水の言うままに、武蔵、相模、伊豆三国の領有を許す旨を誓紙に書いて直判を捺した。

如水は之をたずさえて小田原城中にとって返し、重ねて氏政を説く。氏政の心も定まって、家臣一同の助命を乞う、いわば無条件降伏である。和談は成立、如水の労を徳として、氏直からは時鳥《ほととぎす》の琵琶という宝物などが届けられたが、一族率いて軍門に降ったのが七月六日であった。

ところが、降伏に先立って、松田憲秀をひきだして、首をはねた。之は一応尤もな人情。裏切りを憎むは兵家の常道で、落城、城を枕に、という時には、押込みの裏切者をひきだして首をはね、それから城に火をかけて自刃する。けれども、北条の場合は、城を枕にと話が違って、降伏開城というのである。しかも尚裏切者を血祭りにあげる、人情まことに憐むべしであるけれども、いわば降伏に対する不満の意、不服従の表現と認められても仕方がない。北条方には智者がなく何事につけてもカドがとれぬ。こういうことに敏感で、特に根に持つ秀吉だから、関白を怖れぬ不届きな奴原《やつばら》、と腹をたてた。

そこで秀吉は誓約を裏切り、武蔵、相模、伊豆三国を与えるどころか、領地は全部没収、氏政氏照に死を命じる。蓋し、織田信雄の存在が徳川家康の動きだす根に当るなら、北条氏の存在は火勢を煽《あお》る油のような危険物。特別秀吉の神経は鋭い。そこで誓約を無視して、北条氏を断絶せしめてしまった。

顔をつぶしたのは如水である。

けれども、権謀術数は兵家の習。まして家康に火の油、明かに後日の禍根であるから、之を除いた秀吉の政策、上乗のものではなくても、下策ではない。権謀術数にかけては人に譲らぬ如水のことで、策の分らぬ男ではない。

けれども、如水は大いにひがんだ。俺のととのえた和談だから、俺の顔をつぶしたのだ、と、事毎《ことごと》に自分の男のすたるように、自分の行く手のふさがるように仕向ける秀吉。凡愚にあらぬ如水であったが、秀吉との行きがかり、ひがむ心はどうにもならぬ。心中甚だひねくれて、ふくむところがあった。

秀吉は宏量大度《こうりょうたいど》の如くありながら、又、小さなことを根にもって気根よく復讐をとげる男でもあった。憲秀の裏切を次男左馬助の密告でしくじった、この怒りが忘れられぬ。そこで如水をよびよせたが、選りに選って如水をよぶとは、秀吉は無心であったか知れないが、之はあくどいやり方だ。ハテ、何と言ったな、あの小僧め、憎むべき奴、首をはねて之へ持て。アア、あの小僧、左様ですか、承知致した。

如水は引きさがったが、父の憲秀、之は落城のとき北条の手で殺された。然し、長男の新六郎はまだ生きて、之は厚遇を受けている。何食わぬ顔、新六郎を戸外へ呼びだして、だしぬけに一刀両断、万感交々《こもごも》到って痛憤秀吉その人を切断寸断する心、如水は悪鬼の形相であった。獅子心中の虫め。屍体を蹴って首をひろい、秀吉のもとへブラ下げて、戻ってきた。ハテナ、之は長男新六郎の首と違うか？　ハ、何事で？　アッ、やったな！　チンバめ！

秀吉は膝を立てて、叫んだ。俺に忠義の新六郎を、貴様、ナゼ、殺した！

之はしたり。左様でしたか。如水はいささかも動じなかった。冷静水の如く秀吉の顔を見返して、軽く一礼。とんだ人違いを致して相済まぬ仕儀でござった。あの左馬助は父の悪逆に忠孝の岐路に立ち父兄の助命を恩賞に忠義の道を尽した健気《けなげ》な若者、年に似合わぬ天晴《あっぱれ》な男でござる。この新六郎めは父憲秀と謀《はか》り主家を売った裏切り者、かような奴が生き残ってお歴々との同席、本人の面汚しはさることながら、同席の武辺者がとんだ迷惑などと考えておりましたもので、殿下のお言葉、よくも承りませず、新六郎とカン違いを致した。イヤハヤ、年甲斐もない、とんだ粗相。また、とぼけおる！　チンバめ！　秀吉は叫んだが、追求はしなかった。

チンバめ、顔をつぶして、ふてくされおる。持って生れた狡智、戦略政策にかけて人並以上に暗からぬ奴、いささかの顔をつぶして、ひがむとは。秀吉は肚《はら》で笑ったが、如水は新六郎の首をはねて、いささか重なる鬱を散じた。家康にめぐる天運を頻《しき》りにのぞむ心が老いたる彼の悲願となったが、その家康は、さすがに器量が大きかった。

氏政は切腹、世子氏直は高野へ追放、この氏直は家康の娘の聟《むこ》だ。一家断絶、誓約無視は信長など濫用《らんよう》の手で先例にとぼしからぬことではあるが、見方によれば、家康の手をもぎ爪をはぐやり方、家康のカンにひびかぬ筈はない。けれども、家康は平気であった。

秀吉が家康をよびよせて、北条断絶、氏直追放の旨を伝え、氏直は貴殿の聟、まことにお気の毒だが、と言うと、イヤイヤ、殿下、是非もないことでござる。思えば殿下の懇《ねんごろ》な招請三ケ年、上洛に応ぜぬばかりか四隣に兵をさしむけて私利私闘にふける、遂に御成敗を蒙るは自業自得、誰を恨むところもござらぬ。一命生きながらえるは厚恩、まことに有難いことでござる、と言って、敬々《うやうや》しく御礼に及んだものである。

家康は人の褌《ふんどし》を当にして相撲をとらぬ男であった。利用し得るあらゆる物を利用する。然しそれに縋《すが》り、それに頼って生きようという男ではない。松田憲秀の裏切露顕の報をきいて、家康は家臣達にこう諭した。小田原城に智将がおらぬものだから、秀吉勢も命拾いをしたものだ。俺だったら、裏切露顕を隠しておいて、何食わぬ顔、秀吉の軍兵を城中に引入れ、皆殺しにしてしまう。秀吉方一万ぐらいは失っておる。裏切などは当にするな、と言った。奇策縦横の男である故奇策にたよらぬ家康。彼は体当りの男である。氏直づれ、信雄づれの同盟がなくて生きられぬ俺ではない。家康は自信、覇気満々の男であった。

小田原落城、約束の如く家康は関八州を貰う。落城が七月六日、家康が家臣全員ひきつれて江戸に移住完了したのが九月であった。その神速に、秀吉は度胆をぬかれた。移住完了の報をうけると、折から秀吉は食事中であったが、箸《はし》をポロリと落すのはこういう時の約束で、秀吉は暫《しば》し呆然、あの狸めのやることばかりは見当がつかぬ、思わず長大息に及んだという。

如水には、ビタ一文恩賞の沙汰がなかった。

第二話　朝鮮で

一

釜山郊外東莱《とうらい》の旅館で囲碁事件というものが起った。

石田三成、増田《ました》長盛《ながもり》、大谷刑部《ぎょうぶ》の三奉行が秀吉の訓令を受けて京城を撤退してきて、報告のため黒田如水と浅野弾正をその宿舎に訪れた。ところが如水と弾正は碁を打っている最中でふりむきもしない。三奉行はそうとは知らず暫時控えていたが、そのうちに、奥座敷で碁石の音がする。待つ人を眼中になく打ち興じる笑声まで洩れてきたから、無礼至極、立腹して戻ってしまった。さっそくこの由を書きしたためて秀吉の本営に使者を送り、如水弾正の驕慢を訴える。

秀吉は笑いだして、イヤ、之は俺の大失敗だ。あのカサ頭の囲碁気違いめ、俺もウッカリ奴めの囲碁好きのことを忘れて、陣中徒然、碁にふける折もあろうが、打ち興じて仕事を忘れるな、と釘をさすのを忘れたのだ、さっそく奴めしくじりおったか。之は俺の迂闊《うかつ》であった。まア、今回は俺にめんじて勘弁してくれ、と言って三成らを慰めた。

ところが如水は碁に耽《ふけ》って仕事を忘れる男ではない。それほど碁好きの如水でもなかった。

野性の人だが耽溺派とは趣の違う現実家、却々《なかなか》もって勝負事に打ち興じて我を忘れる人物ではない。このことは秀吉がよく知っている。けれども斯《こ》う言って如水のためにとりなしたのは、秀吉が朝鮮遠征軍の内情軋轢《あつれき》に就て良く知らぬ。遠征軍の戦果遅々、その醜態にいささか不満もあったから、律儀で短気で好戦的な如水が三奉行に厭味を見せるのも頷ける。そこで如水のために弁護して、之は俺の大失敗だと言って笑ってすました。

たかが碁に打ち耽って来客を待たしたという、よしんば厭味の表現にしても、子供の喧嘩のようなたあいもない話であるから、自分が頭を搔いて笑ってしまえばそれで済むと秀吉は思っていた。

ところが、そうは行かぬ。この小さな子供の喧嘩に朝鮮遠征それ自体の大きな矛盾が凝縮されていたのであったが、秀吉は之に気付かぬ。秀吉はその死に至るまで朝鮮遠征の矛盾悲劇に就てその真相の片鱗すら知らなかったのであるから、この囲碁事件を単なる頑固者と才子との性格的な摩擦だぐらいに、軽く考えてしかいなかった。

元来、如水が唐入《からいり》(当時朝鮮遠征をこう言った。大明進攻の意である)に受けた役目は軍監で、つまり参謀であるが、軍監は如水壮年時代から一枚看板、けれども煙たがられて隠居する、ちょうど之と入換りに秀吉帷幕《いばく》の実権を握り、東奔西走、日本全土を睥睨《へいげい》して独特の奇才を現わしはじめてきたのが、石田三成であった。

如水はことさらに隠居したが、なお満々たる色気は隠すべくもなく、三成づれに何ができるか、事務上の小才があって、多少儕輩《せいはい》にぬきんでているというだけのこと。最後は俺の智恵をかりにくるばかりさ、と納まっていたが、世の中はそういうものではない。昨日までの青二才が穴を塡《う》め立派にやって行くものだ。そうして、昨日の老練家は今日の日は門外漢となり、昨日の青二才が今日の老練家に変っているのに気がつかない。

如水は唐入の軍監となり、久方振りの表役、秀吉の名代、総参謀長のつもりで、軍略はみんな俺に相談しろ、俺の智囊《ちのう》のある限り、大明の首都まで坦々たる無人の大道にすぎぬと気負い立っていた。

けれども、総大将格の浮田秀家を始め、加藤も小西も、如水の軍略、否、存在すらも問題にせぬ。各々功を争い腕力にまかせて東西に攻めたてる。朝鮮軍が相手のうちは、これで文句なしに勝っていた。之は鉄砲のせいである。朝鮮軍には鉄砲がない。鉄砲の存在すらも知らなかった。彼らの主要武器たる弩《ゆみ》は両叉の鉄をつけた矢を用い、射勢はかなり猛烈だったが、射程がない。城壁をグルリと囲んだ日本軍が鉄砲のツルべうち、百雷の音、濛々《もうもう》たる怪煙と異臭の間から見えざる物が飛び来って味方がバタバタと倒れて行く。魔法使を相手どって戦争している有様であるから、魂魄《こんぱく》消え去り為す術《すべ》を失い、日本軍が竹の梯子をよじ登って足もとへ首をだすのに茫然と見まもっている。之では戦争にならない。京城まで一気に攻めこんでしまった。

そこへ明の援軍がやってきた。明は西欧との通交も頻繁で、もとより鉄砲も整備しているから朝鮮を相手のようには行かぬ。

如水は明軍を侮りがたい強敵と見たから、京城を拠点に要所に城を築いて迎え撃つ要塞戦法を主張、全軍に信頼を得ている長老小早川隆景が之に最も同意して、軍議は一決の如く思われたのに、突然小西行長が立って、一挙大明進攻を主張し、単独前進を宣言して譲らないから、軍議は滅茶滅茶になってしまった。結局行長は単独前進する、果して明軍は数も多く武器もあるから、大敗北を蒙り、全軍に統一ある軍略を失っている日本軍、一角が崩れるとたあいもなくバタバタと敗退して、甚大の難戦に落ちこんでしまった。

如水は立腹、それみたことかとふてくされた。病気を理由に帰国を願いでる。帰朝して遠征軍の不統一を上申し、各人功を争い、自分勝手の戦争にふけって統一がないのだから、整備した大敵を相手にすると全く勝ちめがない。総大将格の秀家に軍議統一の手腕がないのだから、と言って、満々たる不平をぶちまけた。もとより秀吉は不平の根幹が奈辺《なへん》にあるか見抜いている。如水も老いた。若い者に疎略にされて色気満々のチンバ奴がいきり立つこと。秀吉は、まだそのころは聡明な判断を失わなかった。

遠征軍はともかく立直って碧蹄館で大勝した。然し、明軍も亦立直って周到な陣を構え対峙するに至って、戦局まったく停頓し、秀吉はたまりかねて焦慮した。自ら渡韓、三軍の指揮を決意したが、遠征の諸将からは、まだ殿下御出馬の時ではないと言って頻りにとめてくる。家康、利家、氏郷《うじさと》ら本営の重鎮に相談をかけると、殿下、思いもよらぬことでござる、と言って各々太閤を諫《いさ》めた。

当時日本国内は一応平定したけれども、之は表面だけのこと、謀反《むほん》、反乱の流言は諸国に溢れている。朝鮮遠征に心から賛成の大名などは一人もおらず、各人所領内に匪賊《ひぞく》の横行、経済難、困《こう》じ果てている。町人百姓に至っては、大明遠征の気宇の壮、そういうものへの同感は極めて僅少で、一身一家の安穏《あんのん》を望む心が主であるから、不平は自ら太閤の天下久しからず、謀反が起ってくつがえる、お寺の鐘が鳴らなくなったから謀反の起る前兆だなどと取沙汰している。

家康が名護屋《なごや》に向って江戸を立つとき、殿も御渡海遊ばすか、と家臣が問いかけると、バカ、箱根を誰が守る、不機嫌極る声で怒鳴った。まことに然り。謀反を起す者、家康如水の徒ならんや。広大なる関八州は家康わずかの手兵を率いて移住を完了したばかり、土着の者すべて之北条恩顧の徒ではないか。日本各地おしなべて同じ事情で、領主の武力がわずかに土賊の蜂起《ほうき》を押えているばかり。家康が関東へ移住と共に、施政の第一に為したことが、領内鉄砲の私有厳禁ということであった。

真実遠征に賛成の大名などは一人もおらぬ。伊達政宗は相も変らず領土慾、それとなく近隣へチョッカイをだして太閤の怒りにふれ謀反の嫌疑を受けた。大いに慌ててこの釈明を実地の働きで表すために自ら遠征の一役を買って出て、部将の端くれに連なり、頼まれぬ大汗を流している。こういう笑止な豪傑もいたけれども、家康も利家も氏郷も遠征そのことの無理に就て見抜くところがあったし、国内事情の危なさに就ても太閤の如くに楽天的では有り得ない自分の領地を背負っていた。秀吉が名護屋にいるうちは睨みがきくが、渡韓する、戦果はあがらぬ、火の手が日本の諸方にあがって自分のお蔵に火がついて手を焼くハメになるのが留守番たち、一文の得にもならぬ。

家康、利家、氏郷、交々《こもごも》秀吉の渡韓を諫める。然し、秀吉は気負っているし、家康らは又、異見の根柢が遠征そのことの無理に発しているのであるが、之を率直に表現できぬ距《へだた》りがあり、ダラダラと一は激し、一はなだめて、夜は深更《しんこう》に及んだけれども、キリがない。このときであった。襖を距てた隣室から、破鐘《われがね》のような声できこえよがしの独りごとを叫びはじめた奴がある。如水であった。

「ヤレヤレ。天下の太閤、大納言ともあろう御歴々が、夜更けに御大儀、鼠泣かせの話じゃ。御存知なしとあらば、遠征軍の醜状いささかお洩《もら》し申そうか。彼らは兵士にあらず、ぬすびと、匪賊《ひぞく》でござる。日本軍の過ぐるところ、残虐きわまり、韓民悉《ことごと》く恐怖して山中に逃避し去り、占領地域に徴発すべき物資なく、使役すべき人夫なく、満目ただ見る荒蕪《こうぶ》の地、何の用にも立ち申さぬ。のみならず諸将功を争うて抜け駈けの戦果をあさり、清正の定めた法令は行長之を破り、行長の定めた法令は清正之を妨げる。総大将の浮田殿、無能無策の大ドングリ、手を拱《こまね》いでござるはまだしも、口を開けば、事毎に之失敗のもとえでござるよ。この将卒が唐入などとは笑止千万、朝鮮の征伐だにも思いも寄り申さぬ。この匪賊めらを統率して軍規に服せしめ戦果をあげるは天晴大将の大器のみ。大将の器は張子《はりこ》では間に合わぬ。日本広しといえども、江戸大納言、加賀宰相、然して、かく申す黒田如水、この三人をおいて天下にその人はござるまいて」

破鐘の独りごと。

如水は戦争マニヤであった。なるほど戦争の術策に於て巧妙狡猾を極めている。又、所領の統治者としても手腕凡ならず、百姓を泣かすな、ふとらせるな、というのが彼の統治方針。百万石二百万石の領地でも大きすぎて困るという男ではない。けれども、所詮《しょせん》武将であり、武力あっての統治者だ。彼は切支丹《キリシタン》で常に外人宣教師と接触する立場にありながら、海外問題に就て家康の如く真剣に懊悩推敲《おうのうすいこう》する識見眼界を持ち合せぬ。民治家としても三成の如く武力的制圧を放れ、改革的な行政を施すだけの手腕見識はなかった。明国へ攻め入ればとて、この広大、且《かつ》言語風俗を異にする無数の住民を擁する土地を永遠に占領統治し得べきものでもない。如水はかかる戦争の裏側を考えておらぬ。否、その考えの浮かばぬ如水ではなかったが、之を主要な問題とはせぬ如水であった。

四人は顔を見合せた。年甲斐もない血気自負、甚だ壮烈であるけれども、あまり距りのある如水の見識で、言葉もでない。秀吉まで毒気をぬかれて、渡韓は有耶無耶《うやむや》、流れてしまった。

秀吉は渡海を諦めたが、如水の壮語に心中頷くところがあって、再び軍監として渡海せしめることにした。一応の任務を持たせて戦地に放っておく限り、功にはやり、智嚢をかたむけ、常に何がしかのミヤゲを持って立ち戻る如水だからだ。それで旌旗《せいき》を授け、諸将にふれて従前以上の権力をもたせ、浅野弾正と共に渡海せしめた。そこで二人は釜山に到着、東萊の宿舎に落付く。囲碁事件の起ったのは、この時のことであった。

ちょうど、このとき、前線では和議が起っていた。秀吉を封じて大明国王にするという、こんな身勝手な条約に明軍が同意を示す筈は有り得ないのだから、諸将は誰あって和議成立をまともに相手にしてはおらぬ。如水は特別好戦的な男だから和談派の軟弱才子を憎むや切、和談を嫌うが故に、好戦的ですらあった。

朝鮮遠征の計画がすすめられているとき、石田三成は島左近を淀君のもとに遣《つかわ》して、淀君の力によってこの外征を思いとどまるよう説得方を願わせた。小田原征伐が終り奥州も帰順して、ともかく六十余州平定、応仁《おうか》以降うちつづく戦乱にようやく終止符らしきものが打たれたばかり。万民が秀吉の偉業を謳歌するのは彼によって安穏和楽を信ずるからで、然る時に、息つくまもなく海外遠征、壮丁《そうてい》は使丁にとられ、糧食は徴発、海辺の村々は船の製造、再び諸国は疲弊して、豊臣の名は万民怨嗟《えんさ》の的となる。明を征服したればとて、日本の諸侯をここに移して永住統治せしめることは不可能で、遠征の結果が単に国内の疲弊にとどまり実質的にはさらに利得の薄いことを三成は憂えたから、淀君の力によって思いとどまらせたいと計った。

とはいえ、三成は周到な男であるから、一方遠征に対して万全の用意を怠らず、密偵を朝鮮に派して地形道路軍備人情風俗に就て調査をすすめる。輸送の軍船、糧食の補給、之に要する人夫と船の正確な数字をもとめて徴発の方途を講じてもいた。

如水は三成の苦心の存するところを知らぬ。淀君のもとに島左近を遣して外征の挙を阻止する策を講じたときいて、甚しく三成を蔑み、憎んだ。如水の倅《せがれ》長政は政所の寵を得て所謂《いわゆる》政所派の重鎮であり、閨閥《けいばつ》に於て淀君派に対立しているものだから、淀君派の策動は間諜の手で筒抜けだ。小姓あがりの軟弱才子め、戦争を怖れ、徒《いたずら》に平安をもとめて婦女子の裾に縋《すが》りつく。

三成は如水隠退のあとを受けて秀吉の帷幕随一の策師となった男であるから、尚満々たる血気横溢の如水にとって、彼の成功は何よりも虫を騒がせる。三成は理知抜群の才子であるが、一面甚だ傲岸不屈、自恃《じじ》の念が逞しい。如水の遺流の如きはもとより眼中になく、独特の我流によって奇才を発揮している。人づきの悪い男で、態度が不遜であるから、如水は特別不快であり、三成の名をきいただけでも心中すでに平《たいら》でない。その才幹を一応納得せざるを得ないだけ憎しみと蔑みは骨髄に徹していた。たまたま淀君の裾に縋って外征阻止をはかったときいたから、如水の軽蔑は激発して、彼が不当に好戦意慾に憑かれたのもそういうところに原因のひとつがあった。

だが、この遠征には、秀吉も知らぬ、家康も知らぬ、如水はもとよりのこと、三成すらも気づかなかった奇怪な陥穽《かんせい》があったのである。

二

信長は生来の性根が唯我独尊、もとより神仏を信ぜず、自分を常に他と対等の上に置く独裁型の君主であったが、晩年は別して傲慢になった。

秀吉が信長の命を受けて中国征伐に出発のとき、中国平定後は之をお前にやるから、と言われて、どう致しまして、中国などは他の諸将に分与の程を願いましょう。その代り、中国征伐のついでに九州も平らげてしまうから、九州の年貢の上りを一年分だけ褒美《ほうび》に頂戴致したい、之を腰にぶらさげて朝鮮と明を退治してきます、と言って、信長を笑わせた。秀吉の出放題の壮語にも常に主人の気持をそらさぬ用意が秘められており、信長の意中を知る秀吉は巧みに之を利用して信長の哄笑を誘ったのだが、やがてそれが秀吉自身の心になってしまうのだった。

秀吉は九州征伐の計画中には同時に朝鮮遠征の計画をも合せ含めて、対馬の領主宗義調《そうよししげ》に徴状を発し、如水や安国寺恵瓊《えけい》に向って、九州の次は朝鮮、その朝鮮を案内に立てて大明征伐が俺のスゴロクの上りだからお前達も用意しておけ、と言って痩せた肩を怒らせていたという。

ところが、九州が平定する。すると秀吉は忘れていない。さっそく宗義調に命じて、平和的に朝貢《ちょうこう》するよう朝鮮にかけあえ、と言ってきた。宗は秀吉の気まぐれで、九州征伐余勢の気焔だろうと考え、本心だとは思うことができないから、なんの朝鮮如き、殿下の御威光ならば平蜘蛛《ひらぐも》の如く足下にひれふすでございましょう、と良い加減なお世辞を言って秀吉を喜ばせておいた。

だが、秀吉は人が無理だということを最もやる気になっていた。なぜなら、他人にはやれないことが自分にだけは出来るのだし、又、それを歴史上に残してみせるという増上慢にとり憑れてしまったからだ。この増上慢の根柢には科学性が欠けていた。彼はさしたる用意もなく、日本平定の余勢だけで大明遠征にとりかかった。人には出来ぬ、然し俺には出来るという信念だけがその根柢であったから、彼に向って直接苦言を呈する手段がなかったのである。

まだ小田原征伐が残っている、奥州も平定していないというのに、秀吉は宗義智《よしとし》に督促を発して、まだ朝鮮が朝貢しないが、お前の掛合はどうしている。直ちに朝貢しなければ、清正と行長を攻めこませるから、と厳命を達してきた。

宗義智は驚いた。義智の妻は小西行長の妹で義の兄弟、この両名は朝鮮のことに就ては首尾一貫連絡をとっている。行長の父は元来堺の薬屋で唐朝鮮を股にかけた商人、そこで行長も多少は朝鮮の事情を心得ていたから、殿下が遠征の場合は拙者めに道案内を、と言って、兼々《かねがね》うまく秀吉の機嫌をとりむすび、よかろう、日本が平定すると唐入だから怠らず用意しておけ、その方と清正両名が先陣だ、こう言って、清正と二人、肥後を半分ずつ分けて領地に貰い、その時から唐入の先陣は行長と清正、手筈はちゃんときまっていた。

秀吉の計画は唐入、即ち明征伐で、朝鮮などは問題にしておらぬ。朝鮮づれは元々日本の領地であった所であり、宗の掛合だけでただの一睨《ひとにら》み、帰順朝貢するものだと思っている。そこで朝鮮を道案内に立て明征伐の大軍を送る、之が秀吉のきめてかかったプラン、宗義智に命じて掛合わせたところも帰順朝貢、仮道入明《かどうにゅうみん》、即ち明征伐の道案内ということで、秀吉は簡単明快に考えている。応じなければ即刻清正と行長を踏みこませるぞ、と言って義智に命じた。

然しながら朝鮮との交渉がしかく簡単に運ばぬことは、行長、義智、両名がよく心得ていた。朝鮮は明国に帰属していたが、明は大国であり、之に比すれば日本は孤島の一帝国にすぎぬ。あまつさえ足利義満が国辱的な外交を行って日本の威信を失墜している。即ち彼は自ら明王の臣下となり、明王の名によって日本国王に封ぜられ、勘合符の貿易許可を得たものだった。だから朝鮮の目には、日本も自分と同じ明王の臣下、同僚としか映らず、同僚の国へ朝貢する、考えられぬ馬鹿なことだと思っている。まして、その同僚のお先棒を担いで主人退治の道案内をつとめるなどとは夢の中の話にしても阿呆らしい。

行長と義智は這般《しゃはん》の事情を知悉《ちしつ》しながら、之を率直に上申して秀吉の機嫌をそこねる勇気に欠けていたのである。真相を打開けて機嫌をそこねる勇気はない。然し、厳命であるから、ツジツマは合せなければならぬ。

そこで博多聖徳寺の学僧玄蘇を正使に立て、義智自身は副使になって渡韓した。帰順朝貢などという要求は始めから持ちださない。けれどもシッポがばれては困るから秀吉の要求だけは相手に告げた上で、どうも成上り者の関白だから野心に際限がなく身の程を知らなくて自分らは無理難題に困っている。貴国の方で帰順朝貢仮道入明などという馬鹿馬鹿しいことは出来る筈でないけれども、自分が間にはさまって困っているから体よくツジツマを合せてくれ。つまり交隣通信使をだしてくれぬか。交隣通信使は二ケ国間の対等の公使であるが、之を帯同して秀吉の前だけは帰順朝貢と称して誤魔化してしまう。その代り、御礼として、叛民の沙乙背同と俘虜《ふりょ》の孔太夫を引渡すし、又、倭寇《わこう》の親分の信三郎だの金十郎だの木工次郎というてあいを引捕えて差上げるから、と言って、三拝九拝懇願に及んだ。

ともかく朝鮮側の承諾を得ることができて、交隣通信使たる黄允吉、副使の金誠一らを伴って京都に上り、之を帰順朝貢と称して上申したのだが、朝鮮王からの公文書は途中で偽造してシッポのでないものに造り変えておいたのだ。

この朝鮮使節が上洛したのは小田原征伐の最中だったが、朝鮮などは元々日本の臣下ときめてかかった秀吉、ああ、左様か、ヨシヨシ、待たしておけ、問題にしない。五ケ月間、京都に待たせておいた。

小田原遂に落城、秀吉は機嫌よく帰洛する。途中駿府まで来たとき、小西行長が駈けつけてきて拝謁し、改めて朝鮮使節の来朝に就て報告する。秀吉は満足して、アッハッハ、あっさり帰順朝貢しおったか、さもあろう、それに相違あるまいな、と念を押したが、頭からきめてかかって疑う様子がないのだから、行長は圧倒されて、否定どころか、多少の修正をほどこすだけの勇気もない。そこで秀吉がたたみかけて、然らば唐入の道案内も致すであろうな、と問いただすと、それはもう、殿下の御命令に背《そむ》く筈はございませぬ、こうハッキリと答えてしまった。

朝鮮使節の一行が交隣通信使にすぎぬなどとは秀吉もとより夢にも思わず、行長と義智の外には日本に一人の知る者もない。三百名の供廻りをつれ、堂々たる使節の一行であるから、之が帰順朝貢とは殿下の御威光は大したもの、折から印度副王からの使節なども到着して京都は気色の変った珍客万来、人々は秀吉の天下を謳歌したが、五ケ月間の待ちぼうけ、この間の使節一行をなだめるために行長と義智は百方陳弁、御機嫌をとりむすぶのに連日連夜汗を流し痩せる思いをしたのであった。

外交官というものは人情に負けると失敗だ。本国と相手国の中間に於て、その両方の要求を過不足なく伝えるだけの単なる通話機械の如き無情冷淡を必要とする。要は之だけのものではあるが、考えるという働きあるために単なる機械に化することが至難事だ。本国の雰囲気にまきこまれても不可、相手国の雰囲気にまきこまれても不可、秀吉の怒りを怖れて相手国の情勢を率直に伝える勇気がなくても不可であり、朝鮮側の意向を先廻りして帰順朝貢の筈がないときめてかかる、之も亦不可。人情に負け、自分だけの思考によって動きだすと失敗する。とはいえ、単なる通話機械と化するには一個の天才が必要だ。行長も義智も外交官の素質がなかった。帳面づらと勘定を合せるだけの機智はあったが、商人型の外交員にすぎなかった。

けれども、行長はむしろ正直な男であった。秀吉の独断的な呑込み方に圧倒されて小細工を弄せざるを得ぬ立場になったが、之はその人選に当を得ぬ秀吉自身の失敗。

行長は切支丹であったが如水も亦切支丹であった。行長はその斬罪の最後の日に到るまで極めて誠実なる切支丹で、秀吉の禁教令後は追放のパードレを自領の天草に保護して布教に当らせ、秀吉と切支丹教徒の中間に立って斡旋《あっせん》につとめ、自らの切支丹たることをついぞ韜《とう》晦《かい》したことがなかった。如水は然らず。彼はパードレに向って、自分は切支丹であるために太閤の機嫌をそこね、昇進もおくれ禄高も少い、と言って、暗に切支丹を韜晦する自分の立場を合理化し、一方に禅に帰依して太閤の前をつくろっていた。尤も之には両者の立場の相違もある。行長は太閤の寵を得ており、如水はさらでも睨まれている。切支丹を韜晦せずにはいられない危険な立場にいたのであったが、行長とても、多少の寵は禁教令の前に必ずしも身の安全の保証にはならぬ。高山右近の例によって之を知りうる。行長は如水に比すれば正直であり、又、ひたむきな情熱児であった。

駿府の城で行長の報告をきいた秀吉は大満足。その晩は大酒宴を催して、席上大明遠征軍の編成を書きたてて打興じ、遠征の金に不自由なら貸してやるから心配致すな、ソレ者共、というので、三百枚の黄金を広間にまきちらす馬鹿騒ぎ。

京都へ帰着。日本国関白殿下の大貫禄をもって天晴れ朝鮮使節を聚楽第《じゅらくだい》に引見する。秀吉は紗《しゃ》の冠に黒袍束帯《くろほうそくたい》、左右にズラリと列坐の公卿が居流れる。物々しい儀礼のうちに国書と進物を受けたけれども、酒宴が始まると、もう、ダラシがない。朝鮮音楽の奏楽が始まると、鶴松（当時二歳）をだいて現れて、之をあやしながら縁側を行ったり来たり、コレコレ泣くな、ホレ、朝鮮の音楽じゃ、と余念がない。すると鶴松が小便をたれた。秀吉アッと気付いて、ヤア小便だ小便だ。時ならぬ猿猴《えんこう》の叫び声。「容貌矮陋《わいろう》、面色黎黒《れいこく》」下賤無礼、話の外の無頼漢だ、と朝鮮使節はプンプン怒って帰国の途についた。

そうとは知らぬ秀吉、名護屋に本営を築城して、大明遠征にとりかかる。行長と義智は困惑した。遠征軍が平和進駐のつもりで釜山に上陸すると、忽《たちま》ちカラクリがばれてしまう。どうしても一足先に赴いて何とか弥縫《びほう》の必要があるから、ひそかに秀吉に願いでた。即ち、朝鮮使節はああ言って帰ったけれども、彼等は元来表裏常ならぬ国柄であるから、果して本心から道案内に立つかどうか分らない。日本軍が上陸してから俄《にわか》に違約を蒙って齟齬《そご》を来しては重大だから、彼らの本心を見究めるため、自分らを先発させて欲しい。朝鮮の真意が分り次第報告するが、ともかく、三月一杯は全軍の出陣を見合せるよう訓令を発していただきたい、と願いでて、許可を得た。

行長と義智は直ちに手兵を率いて先発する。彼らは必死であった。釜山に上陸、直ちに交渉を開始して、清正の軍勢は目と鼻の先の島まで来ているし、後詰の大軍はすでに対馬に勢揃いを完了している。十数万の精鋭であるから、今、太閤を怒らせると、朝鮮はてもなく足下に蹂躪《じゅうりん》されるのが運命である。かくなる以上は遠征の道案内に立つ方が身の為だ、と言って、彼らも死物狂い、なかば脅迫の言辞を弄して迫ったけれども、朝鮮の態度は傲慢で、下賤の猿面郎が大明遠征などとは蜂が亀の甲を刺すようなものだ、という頭から軽蔑しきった文書によって返答してきた始末であった。

宗義智はこの数年間屢次《るじ》にわたって朝鮮側と屈辱的な折衝を重ね、太閤の意志とうらはらな返翰《へんかん》を得て、之を中途で握りつぶしていたのであるから、露顕の恐怖に血迷った。行長と打合せる余裕すらも失い、単独鄭撥《ていはつ》に交渉したが、軽蔑しきって返事もくれぬ。義智はすでに逆上した。進め、殺せ、狂乱叱咤《しった》、釜山城へ殺到して、占領する。然し、血の悪夢からさめた時には、単なる一小城の蹂躪と殺戮《さつりく》が自分を救う何の役にも立たないことを見出したばかりであった。彼は絶望を抑えるために亢奮《こうふん》し、ゴロゴロした屍体の中を歩き廻って血刀をふりあげながら絶えず号令を叫んでいた。東萊《とうらい》の府使へ急使を派して、仮道入明に応じなければ釜山同様即刻武力をもって蹂躪すると脅迫したが、使者のもたらした返事は簡単な拒絶の数言にすぎなかった。義智はその言葉がよく聞きとれなかったような変な顔でボンヤリしていたが、みんな殺すのだと呟《つぶや》いた。急に名状し難い勢いで崩れた塀の上へ駈け上ると進軍の命令を下していた。殺到して東萊城を占領する。つづいて、水営。つづいて、梁山。義智の絶望と混乱のうちに飛火のように血煙がたち、戦争はまったく偶発してしまったのである。

かくなれば、是非もない。道は一つ。行長は決意した。他の誰よりも真ッ先に京城に乗込み、朝鮮王と直談判して仮道入明を強要し、ツジツマを合せなければならぬ。京城へ。京城へ。行長は走った。

清正をはじめ待機の諸将はそうとは知らない。行長が功をあせって彼等をだしぬいたとしか思わなかった。激怒して上陸、京城めがけて殺到する。統一も連絡もなく各々の道を走ったが、鉄砲を知らぬ朝鮮軍は単に屍体を飛び越すだけの邪魔となったにすぎなかった。日本軍は一挙に京城を占領し、朝鮮王は逃亡した。

京城の一番乗は言うまでもなく行長だったが、一日遅れた清正は狡猾な策をめぐらし、自分の京城入城を知らせる使者を誰よりも早く名護屋本営へ走らせた。この報告には一番乗とは書き得ないので、ただ今入城、と書いておいたが、一番早く入城の報告を行うことによって太閤に一番乗を思いこませるためであった。清正は行長にだしぬかれた怒りと一番乗が最大関心の大事であったが、行長は一番乗の報告などにかけずらってはいられなかった。

京城に到着、行長は直に密使を朝鮮軍の本営に送って、仮道入明、否々々、彼は太閤の訓令も待たず、直に明との和平交渉にとりかかった。即ち、明との和平を斡旋せよ、単刀直入、朝鮮軍にきりだした。彼は破れかぶれであった。毒食わば皿まで、彼はもう弥縫のための暗躍に厭気《いやけ》がさして、卑屈な自分を呪ったが、所詮弥縫暗躍がまぬがれがたい立場なら、いっそ全てを自分一存のカラクリで仕上げてやれという自暴自棄の結論に達していた。朝鮮の説得だの、朝鮮風情を相手に小さなツジツマを合せているのは、もう厭だ。どうせ死ぬ命が一つなら、大明を直接相手に大芝居、即刻媾和《こうわ》を結んでしまう。どんな国辱的な条件でも、秀吉が気付かなければいいではないか。自分が中間に立って誤魔化してしまう。一文の利得もなく一条の道義もないよしなき戦争、徒《いたずら》なる流血の惨事ではないか。間違えば自分の命はなくなるが、無辜《むこ》の億万人が救われる。日本六十余州にも平和がくる。明も、朝鮮も、無意味な流血から救われるのだ。

そこで朝鮮本営へ密使を送って明への和平斡旋方を切りだしたが、根が正直な男であるから自分一個の思いつめた決意だけしか分らない。外交の掛引だの、朝鮮方の心理などには頓着なく、お互に無役《むえき》な血を流すのは馬鹿馬鹿しいことではないか、我々日本の将兵は数千里の遠征などは欲していないし、朝鮮も明も恐らく同じことだろう。要するに戦争の結果が単に三国の疲弊を招くだけのことにすぎないのだから、どっちの顔も立つようにして、こんな戦争は一日も早く止す方がいい。そうではないか。即刻明へ和平斡旋に出向いてくれ。和平の条件などは自分と明とで了解し合えばそれでいいので、どんな条件でも構わぬ。自分が途中でスリ変えて本国へ報告してシッポがでなければ、それでいい、之が人道、正義と云うものではないか、と言って、洗いざらい楽屋を打開けて、単刀直入切りだした。

楽屋を打開けたものだから、朝鮮軍は軽蔑した。彼らは日本軍に文句なしの敗戦を喫したけれども、明軍を当にしている彼等、自分一個の実力評価の規準がない。自分は負けたが明軍がくれば日本などは問題外だときめている。その明軍の到着がすでに近づいていることが分っていたから、至極鼻息が荒くなっているところへ、行長が楽屋を打開けたから、日本軍はもはや戦意を失っている、明の援軍近しときいてすでに浮足立っているのだと判断した。こういう有様の日本軍なら明の援軍を待つまでもない、俺の力でも間に合うだろう、と唐突に気が強くなり頭から甜《な》めてきた。そこで行長の交渉に返答すらも与えず、返事の代りに突然全軍逆襲した。行長は不意をつかれて一度は崩れたが、何がさて相手は鉄砲もない朝鮮軍のことで、行長を甘く見たから一時鼻息を荒くしたというだけのこと、坡州から援兵が駈けつけて日本軍の腰がすわると、もう駄目だ。元の木阿弥、てもなく撃退されてしまった。

明の大軍が愈々近づく。之ぞ目指す大敵、将星一堂に会して軍略会議がひらかれる。このときだ、隠居はしても如水は常に一言居士《いちげんこじ》、京城に主力を集中、その一日行程の要地に堅陣を構え、守って明軍を撃破すべしと主張する。大敵を迎えて主力の一大会戦であるから理の当然、もとより全軍異議なく、軍議一決の如く思われたとき、小西行長が立って奇怪な異見を立てはじめた。

　行長の意見は傍若無人、軍略の提案ではなく自分一個の独立行動の宣言にすぎないのだった。諸氏、明軍来るときいて憶したりや、行長の調子は此《かく》の如きものだった。源平の昔から勝機は常に先制攻撃のたまもの、之が戦争の唯一の鍵というものだ。自分の兵法に守勢はない、よって自分は即刻平壌に向って前進出撃するが、否、平壌のみにとどまらぬ。独力鴨緑江を越えて明国の首府に攻め入ることも辞さぬであろう。傲然として、四囲の諸将を睥睨《へいげい》した。

　然り。行長は平壌まで前進しなければならないのだ。他の誰よりも先頭に立たねばならぬ必要があるからである。朝鮮が和平斡旋を拒絶したから、道は一つ、全軍の先頭にでて、直接明の大将と談判しなければならないのだ。

　諸将はこのことを知らぬから、行長の決然たる壮語、叱咤、万億の火筒の林も指先で摧《くじ》くが如き壮烈無比なる見幕に驚いた。怒り心頭に発したのは如水。豎子《じゅし》策戦を知らず、徒《いたずら》に壮語を弄して一時の快を何とかなす。然し、つとめて声を和《やわら》げ、余勢をかっての前進は常に最も容易であるが、遠く敵地に侵入して戦線をひろげ兵力を分散して有力な敵の主力を邀《むか》えることは不利である。諺《ことわざ》に「用心は臆病にせよ」とはこのことだ、と説いたけれども、もとより戦略などが問題ではない行長、焦熱地獄も足下にふんまいて進みに進む見幕は微塵《みじん》も動かぬ。ボンクラ諸将は俄に心中動揺して、成程《なるほど》守る戦争は卑怯だなどと行長の尻馬に乗る。大将格の浮田秀家自体がこの動揺に襲われてしまったから、軍議は蜂の巣をつついた如く湧きかえって、結局、行長の前進を認めてしまった。

行長は平壌へ前進する。ほっとくわけにも行かぬから、平壌から京城にかけて俄ごしらえの陣立をつくり諸将が分担布陣したが、延びすぎた戦線、統一を欠く陣構え。すでに戦争は負である。

如水は全くふてくさった。怒気満々、病気と称して帰国を願いでる。許可を得て本国へ引上げたが、今に見よ、行長め、負けてしまえ。果して行長は敗北する、全軍大混乱。ザマを見よ、如水は胸をはらした。大政所の葬儀に列し、京大坂で茶の湯をたのしみ、暫《しば》しは戦地を忘れて閑日月《かんじつげつ》。然し、一足名護屋へ立戻ると、ここは戦況日夜到り、苦戦悲報、こうなると忽ちムズムズ気負い立たずにはいられぬ如水。去年の憂さがもう分らぬ。とうとう襖越《ふすまご》しに色気満々の独言となり、再び軍監を拝命渡韓するに至ったが、之は後の話。

行長の平壌前進のおかげで全軍敗退、一時は大混乱となったが、ともかく立直って碧蹄館に勝つことができた。小早川隆景、立花宗茂、毛利秀包《ひでかね》らの戦功であった。明軍も日本の侮り難い戦力を知って慎重布陣、両軍相対峙してみだりに進攻を急ぐことがなくなったから、戦局全く停頓した。行長はぬからず使者を差向けて和議につとめる。日本の実力が分ってみると、明軍とても戦意はない。明の朝廷は元々和談を欲していた。

日本軍の朝鮮侵入、飛報に接した明の朝廷はとりあえず李如松《りじょしょう》に五万の兵を附して救援に差向け、之にて大事なしという考えであったが、朝鮮軍は風にまかれる木の葉の如く首府京城まで一気に追いまくられてしまう。自力で立てない朝鮮軍は明の兵力を過信して安心しきっているけれども、自分の力量の限界に目安のついている明国では、日本軍の意想外な進出ぶりに少からず狼狽した。属領の如くに見ている日本と争い苦戦してともかく追払っても元々だ。否、苦戦しただけ損だという勘定が分っている。莫大な戦費を浪費して遊ぶ金に事欠いては無意味だという計算は行届いているから、和談でケリがつくなら戦争などはやらぬがよい。日本の軍隊が強いのは一時的な現象だから、いずれ日本も落目になろう、そのとき叩きつければよい。敵勢が勢いに乗るときは下手から誤魔化すに限る、という大司馬石星の意見で、沈惟敬《ちんいけい》という誤魔クラガシの天才を選びだし、口先一つで日本軍をだまして返せ、彼を和議使節として特派した。沈惟敬は元来市井の無頼漢で、才幹を見込まれて立身した特異の怪物であった。

沈惟敬は朝鮮軍の情報から判断して、日本は明との貿易復活を欲しているのが本心で、侵略は本意でないという見透しを得た。そこで和議の可能、それも自国に有利な和議の可能に満々たる自信をいだいておった。救援軍の大将李如松は和議などは不要、ただの一撃、叩きつぶしてしまうと息まいているが、之を制して、五十日間の休戦を約束させ、単独鴨緑江を渡って平壌の行長と交渉を始めていた。

行長は根が正直者、国を裏切り暗躍に狂奔しているが、陰謀はその本性ではない。よしなき戦争は罪悪だという単純な立前で、三国いずれの立場からもこの戦争で利得を受ける者はないのだから、いずれの思いも同じこと、如何なる陰謀悪徳を重ねても和議には代えられぬ筈ときめている。自分の一存で如何なる条約を結んでも構わぬ。本国への報告は両軍の大将が相談ずくで誤魔化す限りシッポはでないし、シッポが出たら俺が死ぬ。それだけのこと。こういう度胸をきめ、楽屋のうちをさらけだして談判にかかってきた。外交に異例の尻まくりの戦術、否、戦術ですらもない、全く殺気をこめ、眼は陰々とすわって一点を動かずという身構えで、死者《しにもの》ぐるいにかかってくる。

沈惟敬は筋の正しい国政などとは縁のない市井の怪物、元来がギャングの親方であるから、人生の裏道で陰謀に半生の命をはりつづけて生きてきたこの道の大先輩、行長の覚悟、尻まくり戦術は自らのふるさとで、話をすれば、行長の決意裏も表もよく分る。この男はすべてをさらけだして、全く命をはっているのだと見極めをつけた。談判破裂となれば死者ぐるいで襲いかかるに相違ない殺気であるから、ここは悪どく小策を弄せず、この男の苦心通りに和議をととのえてやる方が簡単にして上策だという判定を得た。それにつけても、行長が条約に譲歩の意をほのめかしているのだから、徹底的に明国に有利な条約まで持って行こうというのが沈惟敬の肚だった。けれども条約を結ぶに就ては日本軍は先ず釜山まで撤退すべしということ、並びに捕虜の朝鮮二王子を返還すべしということ、之は行長の一存のみでは決しかねる問題だ。朝鮮の二王子を捕えたのは清正で、事は大きくないけれども、清正の意中が難物である。

この二ケ条は一時的な面子《めんつ》の問題、和議のととのった後では軍兵の撤退も王子の返還も面倒のいらぬことだから、急ぐことはない。つまらぬことに拘泥《こうでい》せず実質的な媾和条約をかせぐ方が利巧だという惟敬の考え、戻ってきて、この二ケ条は今は無理だと朝鮮側を説いたけれども、宋応昌はきき容《い》れるどころか、激怒した。日本軍の釜山撤退、二王子の返還、朝鮮側では譲歩のできぬ必死の瀬戸際の大問題。オレに任せておけなどと大きなことを言って出掛けて、撤退もさせぬ二王子も返還させぬ、それで媾和とは開いた口がふさがらぬ。明国の威信を汚す食わせ者だ、というので、李如松が朝鮮側に輪をかけて立腹、刀に手をかける。沈惟敬はむくれてしまった。喧嘩だ、刃物だと言って、身の程も知らぬ奴に限って鼻息の荒いこと。朝鮮軍など戦争らしい戦争もせず一気に追いまくられて首府まですてて逃げだしたくせに、今更虫のよすぎる要求だ。明軍とて日本軍を釜山まで押し戻せるものなら押し返してみるがいい。今に吠え面《づら》かかぬようにせよと言って、切るなり突くなり勝手にするがいいや、ヨタモノの本領、ドッカとあぐら、はどうだか、支那式によろしくあぐらに及んで首すじのあたりを揉みほぐしたりなぞしている。

媾和などとは余計なことだと、そこで李如松は平壌の行長へ使者をたてて沈惟敬が和議を結びにきたからと誘いださせて、突然之を包囲した。日本軍は大敗北、行長はからくも脱出、散々の総崩れである。

けれども日本は応仁以降打ちつづく戦乱、いずれも歴戦の精兵だから、立直ると、一筋縄では始末のつかぬ曲者《くせもの》である。図に乗った明軍も碧蹄館で大敗を喫し、両軍相対峙して戦局は停頓する。李如松も日本軍侮り難しと悟ったから、和談の交渉は本格的となり、惟敬の再登場、公然たる交渉が行われ始めた。

日本には有勢な海軍がなかった。応仁以降の戦乱はすべて陸戦。野戦に於ては異常なる進歩を示しているが、海軍は幼稚だ。海賊は大いに発達して遠く外洋まで荒しておりこの海賊が同時に日本の海軍でもあったけれども、軍隊としては組織も訓練も経験も欠けている。近代化された装備もない。秀吉も之を知ってポルトガルの軍艦購入をもくろんでいたが、コエリヨが有耶無耶《うやむや》な言辞を弄して之を拒絶したから、秀吉は激怒して耶蘇《ヤソ》禁教令を発令する結末に及んでしまった。

然るに、朝鮮側には亀甲船があり、之を率ゆるに名提督李舜臣がある。竜骨をもたない日本船は亀甲船の衝突戦法に破り去られて無残な大敗北。制海権を失ったから、日本の海上連絡は釜山航路一つしかない。京城への海路補給が出来ないから、釜山へ荷上げして陸路運送しなければならぬ。占領地帯は満目荒涼、徴発すべき人夫もなければ物資もない。補給難、折から寒気は加わり、食糧は欠乏する、二重の大敵身にせまって戦さに勝てど窮状は加わるばかり、和議を欲し即刻本国へ撤退を希う思いは全軍心底の叫び、清正すらも一時撤退の余儀なきことを思うに到っていたのであった。

そこで秀吉も訓令をだして一応軍兵を釜山へ撤退せしめる、二王子を返してやれ、本格的に和談の交渉をすすめよとあって、三成らが訓令をたずさえ兵をまとめて撤退せしめる、例の囲碁事件が起ったのはこの時の話。如水の好戦意慾などには縁のない暗澹《あんたん》たる前線の雰囲気であった。

明からも形式的な和平使節が日本へ遣わされることになる、このとき秀吉から日本側の要求七ケ条というものをだした。

一、明の王女を皇妃に差出す
一、勘合符貿易を復活する
一、両国の大臣が誓紙を交換する
一、朝鮮へは北部四道を還し南部四道は日本が領有する
一、朝鮮から王子一人と家老を人質にだす
一、生擒《いけどり》の二王子は沈惟敬に添えて返す
一、朝鮮の家老から永代相違あるまじき誓紙を日本へ差出す

というのだ。

王女を皇妃に入れるとか人質をだすのは日本の休戦条約の当然な形式で、秀吉は当り前だと思っているが、負けた覚えのない明国が承諾する筈がない、南部四道も多すぎる、というので、行長は勝手に全羅道と銀二万両という要求に作り変えて交渉したが、一寸の土地もや

らぬ、一文も出さぬ、と宋応昌に蹴られてしまった。明側で要求に応じる旨を示したのは貿易復活という一条だけだ。

クサることはないですよ、と沈惟敬は行長にささやいた。彼はもう外交などという国際間の交渉が凡《およ》そ現状の実際を離れて威儀のみ張っているのにウンザリして、大官だの軍人だの政治家などという連中の顔は見るのも厭だ、まだしも行長にだけは最も個人的な好意をいだいていた。貿易さえ復活すればいいではないですか、全羅道だの、銀二万両などにこだわらなくとも、貿易さえ復活すれば儲けは何倍もある、太閤の最も欲していることも貿易復活の一点に相違ないのだから之さえシッカリ握っておけばあとの条件などはどうなろうと構わない、実際問題として之が日本の最大の実利なのだ。あとのことはあなたと私が途中でごまかしてシッポがでたら、私も命はすてる、地獄まであなたにつきあうよ、と言って、行長を励ました。

そこで内藤如安（小西の一族で狂信的な耶蘇教徒だ）を媾和使節として北京に送る、明国からは更に条件をだして貿易を復活するに就ては、足利義満の前例のように、明王の名によって秀吉を日本国王に封ずる、それに就ては秀吉から明へ朝貢して冊封《さくほう》を請願して許可を受ける、要するに秀吉が降伏して明の臣下となって日本国王にして貰う、という意味だ、こういう条件をだしてきた。この難題にさすが行長も思案にくれていると、行長さん、いいじゃないか、惟敬は首をスポンと手で斬って、これ、ネ、私もあなたにつきあうよ、ネ。ここまで来たら、最後の覚悟は一つ、ネ、行長も頷いた。

そこで行長と惟敬が合作して秀吉の降表を偽造したが「万暦二十三年十二月二十一日、日本関白臣平秀吉誠惶誠恐、稽首頓首《けいしゅとんしゅ》、上言請告」と冒頭して、小西如安を差出して赤心を陳布するから日本国王に封じて下さい、と書いてある。

明側は大満足、日本へ冊封使を送る。この結果が秀吉の激怒となって再征の役が始まったが、秀吉が突立ち上って冠をカナグリすて国書を引裂いたという劇的場面は誰でも知っている。尤も引裂かれた筈の国書は引裂かれた跡もなく今日現存しているのである。伝説概《おおむ》ね斯《かく》の如し。

三

秀吉はもうろくした。朝鮮遠征がすでにもうろくの始まりだった。

鶴松（当時三才）が死ぬ。秀吉は気絶し、食事は喉を通らず、茶碗の上へ泣き伏して顔中飯粒だらけ、汁や佳肴をかきわけて泳ぐように泣き仆《たお》れている。その翌日の通夜の席では狂える如くに髻《もとどり》を切って霊前へささげた。すると秀吉につづいて焼香に立ったのが家康で、おもむろに小束《こづか》をぬき大きな手で頭をかかえて髻をジョリジョリ糞落付きに霊前へならべる。目を見合せた満座の公卿諸侯、これより心中に覚悟をかためて焼香に立ち頭をかかえてジョリジョリやる。葬儀の日に至って小倅の霊前に日本中の大名共の髻が山を築くに至ったという。秀吉は息も絶えだえだった。思いだすたび邸内の諸方に於てギャアと一声泣きふして悶絶する、たまりかねて有馬の温泉へ保養に行ったが、居ること三週間、帰京する、即日朝鮮遠征のふれをだした。悲しみの余り気が違って朝鮮征伐を始めたという当時一般の取沙汰であった。

捨松（後の秀頼）が生れた。彼のもうろくはこの時から凡愚をめざして急速度の落下を始める。秀吉はすでに子供の愛に盲いた疑り深い執念の老爺にすぎなかった。秀頼の未来の幸を思うたびに人の心が信用されず、不安と猜疑の虫に憑かれた老いぼれだった。生れたばかりの秀頼を秀次の娘（これも生れたばかり）にめあわせる約束を結んだのも秀次の関白を穏便に秀頼に譲らせたい苦心の果だが、秀吉の猜疑と不安は無限の憎悪に変形し、秀次を殺し、三十余名の妻妾子供の首をはねる。息つくひまもなかった。秀次を殺してみれば、秀次などの比較にならぬ大きな敵がいるではないか。家康だった。秀吉は貫禄に就て考える。自分自身の天下の貫禄に就て考え貫禄はその自体に存するよりも、時代の流行の中に存し、一つ一つは虫けらの如くにしか思わなかった民衆たちのその虫けらのような無批判の信仰故にくずれもせずに支持されてきた砂の三角の頂点の座席にすぎないことを悟っていた。その座席を支えるものは彼自身の力でなしに、無数の砂粒の民衆であることを見つめ、無限の恐怖を見るのであった。愚かな、そして真に怖るべき砂粒、それのみが真実の実在なのだ。この世の真実の土であり、命であり、力であった。天下の太閤も虚妄の影にすぎない。彼の姿はその砂粒の無限の形の一つの頂点であるにすぎず、砂粒が四角になればすでに消えてしまうのだった。

そして又秀吉は家康の貫禄に就て考える。その家康は砂粒のない地平線に坐りながら、その高さが彼といくらも違わぬくらい逞しかった。けれども砂粒は同時に底なしに従順暗愚無批判であり、秀吉がその頂点にある限り、家康は一分一厘の位の低さをどうすることもできない。秀吉は家康を憫笑《びんしょう》する。ともかく生きていなければ。家康よりも、一日も長く。長生きだけが、秀吉の勝ちうる手段であった。家康に対しても、又、砂粒に対しても。死と砂粒は唯一の宇宙の実在であり、ともかく生きることによって、秀吉はそれを制し得、そして家康の道をはばみ得るだけだった。

けれども秀吉は病み衰えた。食慾なく、肉は乾き、皮はちぢみ、骨は痩せ、気力は枯れて病床に伏し、鬱々として終夜眠り得ず、めぐる執念ただ秀頼のことばかり。五大老五奉行から誓紙をとり、永世秀頼への忠勤、神明に誓って違背あるまじく、血判の血しぶきは全紙にとびしたたりそれを我が棺に抱いて無限地底にねむるつもり。地底や無限なりや一年にして肉は蛆虫これを食い血は枯れ紙また塵となり残るものは白骨ばかり。不安と猜疑と執念の休みうる一もとの木蔭もなかった。前田利家の手をとり、おしいただいて、頼みまするぞ、大納言、頼みまするぞ。乾きはて枯れはてた骨と皮との間から奇妙や涙は生あたたかく流れでるものであった。哀れ執念の盲鬼と化し、そして秀吉は死んだ。

第三話　関ケ原

一

秀吉の死去と同時に戦争を待ち構えた二人の戦争狂がいた。一人が如水であることは語らずしてすでに明らかなところであるが、も一人を直江山城守《なおえやましろのかみ》といい上杉百二十万石の番頭で、番頭ながら三十万石という天下の諸侯に例の少い大給料を貰っている。如水はねたまも天下を忘れることができず、秀吉の威風、家康の貫禄を身にしみて犇々《ひしひし》と味いながら、その泥の重さをはねのけ筍《たけのこ》の如き本能をもって盲目的に小さな頭をだしてくる。人一倍義理人情の皮をつけた理窟屋の道学先生、その正体は天下のドサクサを狙い、ドサクサまぎれの火事場稼ぎを当にしている淪落の野心児であり、自信のない自惚《うぬぼれ》児だった。

けれども直江山城守は心事甚だ清風明快であった。彼は浮世の義理を愛し、浮世の戦争を愛している。この論理は明快であるが、奇怪でもあり、要するに、豊臣の天下に横から手をだす家康は怪《け》しからぬという結論だが、なぜ豊臣の天下が正義なりや、天下は廻り持ち、豊臣とても廻り持ちの一つにすぎず、その万代を正義化し得る何のいわれも有りはせぬ。けれども、そういう考察は、この男には問題ではなかった。彼は理知的であったから、感覚で動く男であった。はっきり言うと、この男はただ家康が嫌いなのだ。昔から嫌いであった。それも骨の髄から嫌いだという深刻な性質のものではなく、なんとなく嫌いで時々からかってみたくなる性質の——彼は第一骨の髄まで人を憎む男ではなく、風流人で、通人で、その上に戦争狂であったわけだ。だから、家康が天下をとるなら、俺がひとつ横からとびだしてピンタをくらわせてやろうと大いに張切って内心の愉悦をおさえきれず、あれこれ用意をととのえて時の到るのを待っている。彼の心事明快で、家康をやりこめて代りに自分の主人を天下の覇者にしてやろうなどというケチな考えは毛頭いだいていなかった。

この男を育て仕込んでくれた上杉謙信という半坊主の悟りすました戦争狂がそれに似た思想と性癖をもっていた。謙信も大いに大義名分だとか勤王などと言いふらすが全然嘘で、実際はただ「気持良く」戦うことが好きなだけだ。正義めく理窟があれば気持が良いというだけで、つまらぬ領地問題だの子分の頼みだの引受けて屁理窟を看板に切った張った何十年あきもせず信玄相手の田舎戦争に憂身をやつしている。義理人情の長脇差、いわば越後高田城持ちのバクチ打ちにすぎないので、信玄を好敵手とみて、大いに見込んで、塩をくれたり、そしてただ戦争をたのしんでいる。信玄には天下という目当てがあった。彼は田舎戦争などやりたくないが、謙信という長脇差は思いつめた戦争遊びに全身打ちこみ、執念深く、おまけに無性に戦争が巧い。どうにも軽くあしらうというわけには行かず、信玄も天下を横に睨みながら手を放すというわけに参らず大汗だくで弱ったものだ。勤王だの大義名分は謙信の趣味で、戦争という本膳の酒の肴のようなもの。直江山城はその一番の高弟で、先生よりも理知的な近代化された都会的感覚をもっていた。それだけに戦争をたのしむ度合いは一そう高くなっている。真田幸村という田舎小僧があったが、彼は又、直江山城の高弟であった。少年期から青年期へかけ上杉家へ人質にとられ、山城の思想を存分に仕込まれて育った。いずれも正義を酒の肴の骨の髄まで戦争狂、当時最も純潔な戦争デカダン派であったのである。彼等には私慾はない。強いて言えば、すこしばかり家康が嫌いなだけで、その家康の横ッ面をひっぱたくのを満身の快とするだけだった。

直江山城は会津バンダイ山湖水を渡る吹雪の下に、如水は九州中津の南国の青空の下に、二人の戦争狂はそれぞれ田舎の逞しい空気を吸いあげて野性満々天下の動乱を待ち構えていたが、当の動乱の本人の三成と家康は、当の本人である為に、岡目八目の戦争狂どもの達見ほど、彼等自らの前途の星のめぐり合わせを的確に見定め嗅ぎ当てる手筋を失っていた。特に三成は四面見渡す敵にかこまれ、日夜の苦悶懊悩、そして、彼の思考も行動も日々夜々ただ混乱を極めていた。

秀吉が死ぬ。遺骸は即日阿弥陀峯へ密葬して喪の発表は当分見合せとかたく言い渡した三成、特に浅野長政とはかって家康に魚をとどけて何食わぬ顔。その翌日、家康何も知らず登城の行列をねってくると、道に待受けたのは三成の家老島左近、実は登城に及び申さぬ、太閤はすでにおかくれ、三成より特に内々の指図でござった、と打開ける、前田利家にも同様打開けた。家康は三成の好意を喜び、とって帰すと、その翌日はすでに息子秀忠は京都を出発るが如く江戸に向う、父子東西に分れて天下の異変にそなえる家康例の神速の巻、浅野長政は家康の縁者で、喪を告げぬとは不埒な奴と家康の怒りを買う、だまされたか三成めと長政は怒ったが、長政をだしぬくなどの量見は三成にはない。彼はただ必死であった。自信もなければ、見透しも計画もなく、無策の中から一日ごとの体当り。鍵はかかって家康と利家両名の動きの果にかかっていることが分るだけ。その両名に秘密をつげて、天下の成行《なりゆき》をひきだすことと、そのハンドルを自分が握らねばならないことが分っているだけであった。

先ず家康が誰よりも先に覚悟をきめた。家康はびっくりすると忽ち面色変り声が喉につかえて出なくなるほどの小心者で、それが五十の年になってもどうにもならない度胸のない性質だったが、落付をとりもどして度胸をきめ直すと、今度は最後の生死を賭けて動きだすことのできる金鉄決意の男と成りうるのであった。年歯三十、彼は命をはって信玄に負けた、四十にしてふてくされ小牧山で秀吉を破ったが外交の策略に負け、その時より幾星霜、他意のない秀吉の番頭、穏健着実、顔色を変えねばならぬ立場などからフッツリ縁を切っている。その穏健な影をめぐって秀吉のひとり妄執果《はて》もない断末魔の足掻《あが》き。機会は自らその窓をひらき、そして家康をよんでいた。家康は先ず時に乗り、そして生死の覚悟をきめた。彼はただ、生死の覚悟をかためることが大事であり、その一線を越したが最後鼻唄まじりで地獄の道をのし歩く頭ぬけて太々《ふてぶて》しい男であった。

彼は先ず誓約を無視して諸大名と私婚をはかり、勢力拡張にのりだす。あっちこっちの娘どもを駆り集めて養女とし、これを諸侯にめあわせる算段で、如水の息子の黒田長政の如きはかねての女房（蜂須賀の娘）を離縁して家康の養女を貰うという御念の入った昵懇《じっこん》ぶり、これも如水の指金《さしがね》だ。もとより四方に反撥は起り、これは家康覚悟の前。それは直ちに天下二分、大戦乱の危険をはらんでいるのであったが、家康は屁でもないような空とぼけた顔、おやおやそうかね、成行きの勝手放題の曲折にまかせ流れの上にねころんで最後の時をはかっている。

前田利家は怒った。そして家康と戦う覚悟をきめた。彼は秀吉と足軽時代からの親友で、共々に助け合って立身出世、秀吉の遺言を受けて秀頼の天下安穏、命にかけても友情をまもりぬこうと覚悟をかためている。彼の目安は友情であり、その保守的な平和愛好癖であり、必ずしも真実の正義派ではなかった。彼は理知家ではなく、常識家で、豊臣の天下というただ現実の現象を守ろうという穏健な保守派。これを天下の正義でござると押つけられては家康も迷惑だったが、利家はその常識と刺違えて死ぬだけの覚悟をもった男であった。利家は秀頼の幼小が家康の野心のつけこむ禍根であると思っていたが、実際は、豊臣家の世襲支配を自然の流れとするだけの国内制度、社会組織が完備せられていなかったのだ。秀吉は朝鮮遠征などという下らぬことにかけづらい国力を消耗し、豊臣家の世襲支配を可能にする国内整備の完成を放擲《ほうてき》していた。秀吉は破綻なく手をひろげる手腕はあったが、まとめあげる完成力、理知と計算に欠けていた。家康には秀吉に欠けた手腕があり、そして時代そのものが、その経営の手腕を期待していた。時代は戦乱に倦み、諸侯は自らの権謀術数に疲れ、義理と法令の小さな約束に縛られて安眠したい大きな気風をつくっている。それにも拘らず天下自然の窓がなお家康の野心のためにひらかれ、天下は自ら二分して戦乱の風をはらんでいる。それは豊臣家の世襲支配の準備不足のためであり、いわば秀吉の落度《おちど》であった。その秀吉の失敗の跡を、家康は身に沁《し》みて学び、否、遠く信長の失敗の跡から彼はすでに己れの道をつかみだしていた。彼は時代の子であった。彼が自ら定めた道が時代の意志の結び目に当っていた。彼はためらわず時代をつかんだ。彼は命をはったのだ。彼に課せられた仕上げの仕事が国内の整備経営という地味な道であったから、彼は保身の老獪児であるかのように見られているが、さにあらず、彼はイノチを賭けていた。秀吉よりも、信長よりも太々しく、イノチを賭けて乗りだしていた。

利家は不安であった。彼の穏健な常識がその奇妙な不安になやんでいた。彼は家康の威風に圧倒されて正義をすて戦意を失う自分の卑劣な心を信じることができなかったし、事実彼は勇気に欠けた卑怯な人ではなかったから、その不安がなぜであるか理解ができず、彼はただ家康の野望を憎む心に妙な空間がひろがりだしていることを知るのであった。彼は穏健常識の人であるから時代という巨大な意志から絶縁されておらず、彼はいわばたしかに時代を感じていた。それが彼に不安を与え、心に空間を植えるのだったが、友情という正義への愛情に執着固定しすぎているので、その正体が理解できず、むしろ家康と会見し、一思いに刺違えて死にたいなどと思うのだった。その彼は、すでに一間の空間を飛び相手に迫って刺違える体力すらも失っていた。

家康は利家の小さな正義をあわれんだ。彼は利家を見下していた。利家の会見に応じ、刺違えて殺されないあらゆる用意をととのえて、懇願をきき、慰め、いたわり、慇懃《いんぎん》であったが、すでにイノチを賭けている家康は二十の青年自体であった。その青年の精神が傲然として利家の愚痴を見つめていた。利家の正義は愚痴であった。利家は老い、考え深く、平和を祈り、そしてただそれだけの愚痴の虫にすぎなかった。

その答礼に利家の屋敷を訪れた家康は、その夜三成一派から宿所を襲撃されるところであったが、万善の用意は家康の本領、はったイノチを最後の瀬戸際まで粗末に扱う男ではない。身辺の護衛はもとより、ハダシに一目散、なりふり構わず水火かきわけて逃げだす用意のある男。その用心に三成は夜襲をあきらめ、島左近は地団太ふんで、大事去れり、ああ天下もはや松永弾正、明智光秀なし、と叫んだが、要するに島左近は松永明智の旧時代の男であった。家康は本能寺の信長ではない。信長の失うところを全て見つめて、光秀の存在を忘れることのない細心さ、匙《さじ》を投げた三成は家康を知っていた。

まるで家康の訪れを死の使者の訪れのように、利家は死んだ。その枕頭に日夜看病につとめていた三成の落胆。だが、三成も胆略すぐれた男であった。彼は利家あるゆえにそれに頼って独自の道を失ってすらいたのであるが、それ故むしろ利家の死に彼自らの本領をとりもどしていた。天才達は常に失うところから出発する。彼等が彼自体の本領を発揮し独自の光彩を放つのはその最悪の事態に処した時であり、そのとき自我の発見が奇蹟の如くに行われる。幸いにして三成は落胆にふける時間もなかった。

利家が死ぬ、その夜であった。黒田長政、加藤清正ら朝鮮以来三成に遺恨を含む武将たちが、時至れりと三成を襲撃する。三成は女の乗物で逃げだして宇喜多秀家の屋敷へはいり、更にそこを脱けだして、伏見の家康の門をたたき、窮余の策、家康のふところへ逃げこんだ。

なぜ三成が利家に頼っていたか。なぜ三成に自信がなかったか。彼には敵が多すぎた。その敵を敵と見定める心がなくて、味方にしうるものならばという慾があり不安があった。今はもう明かな敵だった。彼は敵と、そして、自分をとりもどした。三成は家康を知っていた。彼は常に正面をきる正攻法の男、奇襲を好まぬ男であった。

追っかけてきた武骨の荒武者ども家康の玄関先でわいわい騒いでいる。家康はこれをなだめて太閤の薨去日も尚浅いのに私事からの争いなどとは如何《いかが》なものと渋面ひとつ、あなた方の顔も立つようにはからうから私にまかせなさい、と引きとらせた。そこで三成には公職引退を約束させ佐和山へ引退させる。尚その道で荒くれ共が現れてはと堀尾吉晴、結城秀康の両名に軍兵つけて守らせる。三成をここで殺しては身も蓋もない。ただ一粒の三成を殺すだけ。生かしておけば多くの実を結び、天下二分の争いとなり、厭でも天下がふところにころがりこもうという算段だ。家康は一晩じっくり考えた。同じ思いの本多正信が一粒の三成もし死なずばという金言を家康に内申しようと思いたち、夜更けに参上してみると、家康は風気味で寝所にこもっており、小姓が薬を煎じている。襖の外から、殿はまだお目覚めでござるか。何事じゃ。石田治部のこといかが思召《おぼしめ》すか。さればさ、俺も今それを考えているところじゃ。左様ですか、御思案とならば、私めから申上げることもござりますまい、と正信は呑込みよろしく退出したというのだが、もとより例の「話」にすぎない。家康は自信があった。僥倖にたよる必要がなかったのである。

三成は裸一貫ともかく命を拾って佐和山へ引退したが、彼は始めて独自の自我をとりもどしていた。彼は敵を怖れる必要がなくなり、そして、彼も亦己れのイノチを賭けていた。

直江山城という楽天的な戦争マニヤが時節到来を嗅ぎ当てたのはこの時であった。彼は三成に密使を送り、東西呼応して挙兵の手筈をささやく。誰はばからず会津周辺に土木を起し、旧領越後の浪人どもをたきつけて一揆を起させ戦争火つけにとりかかったが、家康きたれと勇みたって喜んでいる。

けれども三成は直江山城の如く楽天的ではあり得なかった。彼は死んではならなかった。

是が非でも勝たねばならぬ。彼は味方が必要だった。利家に代るロボットの総大将に毛利を口説《くど》き、吉川、小早川、宇喜多、大谷、島津、ゆかりあっての口説《くどき》であるがその向背は最後の時まで分りかねる曲芸。その条件は家康とても同じこと、のるかそるか、千番に一番のかねあい。三成は常に家康の大きな性格を感じていた。その性格は戦争という曲芸師の第一等の条件であった。自ら人望が集るという通俗的な型で、自ら利用せられることによって利用している長者の風格であった。三成はそれに対比する自分自身の影に、孤独、自我、そして自立を読みだしている、孤独と自我と自立には常に純粋というオマジナイのような矜持《きょうじ》がつきまとうこと、陋巷《ろうこう》に孤高を持す芸術家と異るところはなかったが、三成は己れを屈して衆に媚びる必要もあったので、彼は家康の通俗の型に敗北を感じていた。その通俗の魂を軽蔑し、それをとりまく凡くら諸侯の軽薄な人気をあわれんだが、通俗のもつ現世的な生活力の逞しさに圧迫され、孤高だの純粋だの才能などの現世的な無力さに自ら絶望を深めずにいられなかった。

三成には皆目自らの辿る行先が分らなかった。彼はただ行うことによって発見し、体当りによって新たな通路がひらかれていた。それは自ら純粋な、そして至高の芸術家の道であったが、彼はその道を余儀なくせられ、そして目算の立ち得ぬ苦悩があった。家康には目算があった。その小説の最後の行に至るまで構想がねられ、修正を加えたり、数行を加えてみたり減らしてみたり愉しんで書きつづければよかったのだ。家康は通俗小説にイノチを賭けていたのである。三成の苦心孤高の芸術性は家康のその太々しい通俗性に敗北を感じつづけていたのだ。

直江山城は無邪気で、そして痛快だった。彼は楽天的なエゴイストで、時代や流行から超然とした耽溺派であった。この男は時代や流行に投じる媚がなかったが、時代の流れから投影される理想もなかった。彼は通俗の型を決定的に軽蔑し、通俗を怖れる理由を持たない代りに、ひとりよがりで、三成すらも自分の趣味の道具のひとつに考えているばかりであった。家康も直江山城を怖れなかった。怖れる理由を知らなかった。山城は家康を嫌っていたが、それはちょっと嫌いなだけで、実は好きなのかも知れなかった。反撥とは往々そういうもので、そして家康は山城に横ッ面をひっぱたかれて腹を立てたが、憎む気持もなかったのである。

二

如水雌伏二十数年、乗りだす時がきた。如水自らかく観じ、青春の如く亢奮すらもしたのであったが、時代は彼を残してとっくに通りすぎていることを悟らないのだ。

家康も三成も山城も彼等の真実の魂は孤立し、死の崖に立ち、そして彼等は各々の流義で大きなロマンの波の上を流れていたが、その心の崖、それは最悪絶対の孤独をみつめ命を賭けた断崖であった。この涯《はて》は何物をも頼らず何物とも妥協しない詩人の魂であり、陋巷に窮死するまでひとり我唄を唄うあの純粋な魂であった。

如水には心の崖がすでになかった。彼も昔は詩人であった。年歯二十余、義理と野心を一身に負い死を賭けて単身小寺の城中に乗りこんだ如水ではなかったか。そして土牢にこめられ執拗なる皮膚病とチンバをみやげに生きて返った彼ではないか。その皮膚病とチンバは今も彼の身にその青春の日の栄光をきざみ残しているのであるが、彼の心は昔日の殻を負うているだけだ。

彼は二十の若者の如き情熱亢奮をもって我が時は来れりと乗りだしたが、彼の心に崖はなく、絶対の孤独をみつめてイノチを賭ける詩人の魂はなかった。彼はただ時代に稀な達見と分別により、家康の天下を見ぬいていた。家康が負けないことも、そして自分が死なないことも知りぬいていた。已れの才と策を自負し、必ず儲る賭博であるのを見ぬいていた。彼は疑らず、ためらわなかった。すべてを家康にはり、倅長政の女房を離縁させて家康の養女を貰う全身素ッ裸の賭事。彼は自ら評して常に已れを賭博師という。然り、彼は賭博師で、芸術家ではなかったのだ。彼は見通しをたてて身体をはったが、芸術家は賭けの果に自我の閃光とその発見を賭けるものだ。

彼は悠々と上洛した。彼の胸には家康によせる溢れるばかりの友情があった。小田原にあい見てこのかたこの日に至って頂点に達した秘められた友愛。彼はそれを最も親身に、又、義理厚く表現したが、その友愛はただ自我自らを愛する影にすぎないことを家康は見ぬいていた。如水の全身はただ我執だけ。それを秀吉に圧しつぶされて、そのはけ口が家康に投じられているだけのこと。友愛は野心と策略の階段にすぎないのだ。

だが、如水はただもう友愛の深みに自らを投げこんで、悪女の深情けとはこのこと、日夜の献策忠言、頼まれもせぬに長政を護衛につけたり、家康の伏見の上屋敷は石田長束《なつか》増田《ました》らの邸宅に近く不意の襲撃を受け易いと向島の下屋敷へ引越させたのも如水であった。その頃はまだ前田利家が生きていた。如水は細川忠興に入智恵して利家を訪ねさせ、家康利家の離間を狙うは三成の計で、彼はかくして家康を仆《たお》し、おもむろに残った利家を片づけて天下を我物にするつもり、とささやかせる。加藤清正、福島正則ら三成を憎みながらも家康を信用しない荒武者どもを勧誘して家康に加担せしめたのも如水であった。

だが関ケ原の一戦、その勝敗を決したものは金吾《きんご》中納言秀秋の裏切であるが、この裏切を楽屋裏で仕上げた者も如水であった。元来秀秋は秀吉の甥で秀吉の養子となったものである。秀吉は秀次以上に寵愛して育てたが、先ず秀次関白となり、ついで実子も生れたので、然るべき大々名へ養子にやりたいと考えている。この気持を見抜いたのが如水で、ちょうど毛利に継嗣がないところから分家の小早川隆景を訪れ、秀秋を毛利の養子にしてはと持ちかける。隆景が弱ったのは秀秋は暗愚であり、又毛利家は他の血統を入れないことにしているので、隆景はことわるわけに行かず、覚悟をかため、自分の後継者の筈であった末弟を毛利家へ入れ、秀吉に乞うて秀秋を自分の養子とした。如水は毛利の為を考え太閤の子を養子にすれば行末良ろしかろうと計ったわけだが、隆景は実は大いに困ったので、如水の世間師的性格がここに現れているのである。こういう因縁があるところへ、朝鮮後役では秀秋は太閤の名代として出陣し如水はその後見として渡海した。帰朝後秀秋はその失策により太閤の激怒を買い筑前五十余万石から越前十五万石へ移されたが、移るに先立って太閤が死んだので、家康のはからいでそのままもとの筑前を領している。

関ケ原の役となり元々豊臣の血統の秀秋は三成の招に応じて出陣したが、このとき如水は小倉へ走り、例の熱弁、秀秋の裏切りを約束させた。秀秋の家老平岡石見、稲葉佐渡両名も同意し、秀秋が馬関海峡を渡るに先立ちすでに関ケ原の運命は定まったもので、如水は直ちに家人神吉《かんき》清兵衛を関東へ走らせて金吾秀秋の内通を報告させた。如水黒幕の暗躍により関ケ原の大事はほぼ決したのだが、これは後日の話。

さて三成は佐和山へ引退する。大乱これより起るべし。如水は忽ちかく観じて、長政に全軍をさずけ、大事起らばためらうことなく家康に附して存分の働きを怠るなと言い含め、お膳立はできたと九州中津へ引上げる。けれども秘密の早船を仕立て、大坂、備後鞆《びんごとも》、周防上《すおうかみ》の関《せき》の三ケ所に備えを設け、京坂の風雲は三日の後に如水の耳にとどく仕組み。用意はできた。かくて彼は中津に於て、碁を打ち、茶をたて、歌をよみ、悠々大乱起るの日を待っている。

三

そのとき如水は城下の商人伊予屋弥右衛門の家へ遊びにでかけ御馳走になっていた。そこへ大坂留守居栗山四郎右衛門からの密使野間源兵衛が駈けつけて封書を手渡す。三成、行長、恵瓊の三名主謀して毛利浮田島津らを語らい家康討伐の準備とととのえる趣き、上方の人心ために恟々《きょうきょう》たり、とある。如水は一読、面色にわかに凛然、左右をかえりみて高らかに叫ぶ。天下分け目の合戦できたり、急ぎ出陣用意。身をひるがえして帰城する、即刻諸老臣の総出仕を命じたが、如水まさに二十の血気、胸はふくらみ、情火はめぐり、落付きもなければ辛抱もない。

並居る老臣に封書を披露し、説き起し説き去る天下の形勢、説き終って大声一番、者共、いざ出陣の用意、と怒鳴ったという、血気横溢、呆気にとられたのは老臣どもで、皆々黙して一語を答える者もない。ややあって井上九郎衛門がすすみでて、君侯のお言葉は壮快ですが、さきに領内の精鋭は長政公に附し挙げて遠く東国に出陣せられております。中津に残る小勢では籠城が勢一杯で、と言うと、如水はカラカラと笑って、貴様も久しく俺に仕えながら俺の力がまだ分らぬか。上方の風雲をよそに連日の茶の湯、囲碁、連歌の会、俺は毎日遊んでいたがさ、この日この時の策はかねて上方を立つ日から胸に刻んである。家康と三成が百日戦う間に、九州は一なめ、中国を平げて播磨でとまる。播磨は俺のふるさとで、ここまでは俺の領分さ、と吹きまくる大法螺《ぼら》、蓋《けだ》し如水三十年間抑えに抑えた胸のうち、その播磨で、切りしたがえた九州中国の総兵力を指揮して家康と天下分け目の決戦、そこまで言いたい如水であるが、言いきる勇気がさすがにない。彼の当にしているのは彼自らの力ではなく、ただ天下のドサクサで、家康三成の乱闘が百日あればと如水は言ったが、千日あればその時は、という儚《はかな》い一場の夢。然し如水はその悪夢に骨の髄まで憑かれ、ああ三十年見果てぬ夢、見あきぬ夢、ただ他愛もなく亢奮している。

領内へふれて十五、六から隠居の者に至るまで、浪人もとより、町人百姓職人この一戦に手柄を立て名を立て家を興さん者は集れ、手柄に応じ恩賞望み次第とあり、如水自ら庭前へでて集る者に金銀を与え、一人一人にニコポンをやる、一同二回三回行列して金銀の二重三重とり、如水はわざと知らないふりをしている。

九月九日に準備ととのい出陣、井上九郎衛門、母里《もり》太兵衛が諫めて、家康がまだ江戸を動いた知らせもないのに出陣はいかが、上方に両軍開戦の知らせを待って九州の三成党を平定するのが穏当でござろうと言ったが、なに三成の陰謀は隠れもないこと、早いに限る、とそこは如水さすがに神速、戦争は巧者であった。

翌《あく》れば十日豊後《ぶんご》に進入、総勢九千余の小勢ながら如水全能を傾け渾身の情熱又鬼策、十五日には大友義統を生捕り豊後平定。だが、あわれや、その同じ日の九月十五日、関ケ原に於て、戦争はただ一日に片付いていた。百日間、如水は叫んだが、心中二百日千日を欲し祈り期していた。ただの一日とは！　如水の落胆。然し、何食わぬ顔。家康の懐刀《ふところがたな》藤堂高虎に書簡を送り、九州の三成党を独力攻め亡してみせるから、攻め亡したぶんは自分の領地にさせてくれ、倅は家康に附し上国に働いているから、倅は倅で別の働き、九州は俺の働きだから恩賞は別々によろしく取りなしをたのむ、という文面。

かくて如水は筑前に攻めこみ、久留米、柳川を降参させる、別勢は日向《ひゅうが》、豊前《ぶぜん》に、更に薩摩に九州一円平定したのが十一月十八日。

悪夢三十年の余憤、悪夢くずれて尚さめやらず、一生のみれんをこめて藤堂高虎に恩賞のぞみの書面を送らざるを得なかった如水、日は流れ、立ちかえる五十の分別、彼は元々策と野心然し頭ぬけて分別の男であった。悪夢ついにくずる。春夢終れりと見た如水、茫々五十年、ただ一瞬ひるがえる虚しき最後の焔。一生の遺恨をこめた二ケ月の戦野も夢はめぐる枯野のごとく、今はただ冷かに見る如水であった。

独力九州の三成党を切りしたがえた如水隠居の意外きわまる大活躍は、人々に驚異と賞讃をまき起していた。ただそれを冷かに眺める人は、家康と、そして本人の如水であった。家康は長政に厚く恩賞を与えたが、如水には一文の沙汰もない。高虎がいささか見かねて、如水の偉功抜群、隠居とは申せなにがしの沙汰があってはと上申すると、家康クスリと笑って、なに、あの策師がかえ、九州の働きとな、ふッふッふ、誰のための働きだというのだえ、と呟いただけであった。

けれども家康にソツはない。彼は幾夜も考える。如水に就て、気根よく考えた。使者を遥々《はるばる》つかわして如水を敬々《うやうや》しく大坂に迎え、膝もと近く引き寄せて九州の働きを逐一きく、あの時は又この時はと家康のきき上手、如水も我を忘れて熱演、はてさて、その戦功は前代未聞でござるのと家康は嘆声をもらすのであった。思えば当今の天下統一万民和楽もひとえにあなたの武略のたまものです。なにがさて遠国のこととて御礼の沙汰もおくれて申訳もない、さっそく朝廷に申上げて位をすすめ、又、上方に領地も差上げねばなりますまい。今後は特別天下の政治に御指南をたのみます、と、言いも言ったり憎らしいほどのお世辞、政治の御指南、朝廷の位、耳には快いが実は無い。如水は敬々しく辞退して、忝《かたじけな》い御諚《ごじょう》ですが、すでに年老いて又生来の多病でこの先の御役に立たない私です。別してこのたびは愚息に莫大な恩賞をいただいておりますので、私の恩賞などとはひらに御許しにあずかりたい、とコチコチになって拝辞する。秀忠がその淡泊に驚いて、ああ漢の張良とはこの人のことよと嘆声をもらして群臣に訓《おし》えたというが、それが徳川の如水に与えた奇妙な恩賞であった。如水は家康めにしてやられたわいとかねて覚悟の上のこと、バクチが外れたときは仕方がないさ、とうそぶいている。応仁以降うちつづいた天下のどさくさは終った、俺のでる幕はすんだという如水の胸は淡泊にはれていた。どさくさはすんだ。どさくさと共にその一生もすんだという茶番のような儚さを彼は考えていなかった。

我鬼

秀吉は意志で弱点を抑えていた、その自制は上り目の時には楽しい遊戯である。盛運の秀吉は金持喧嘩せず、心気悠揚として作意すらも意識せられず、長所だけで出来あがった自分自身のようであった。彼は短気であったが、あべこべに腹が立たなくなり、馬鹿にされ、踏みつけられ、裏切られ、それでも平気で、つまり実質的な自信があった。家康に卑屈なほどのお世辞を使い、北条の悪意のこもった背信に平然三年間も人事のように柳に風、すべては昇運の勢である。けれども、実際は狭量で、変質的に嫉妬深く、小さなことを根にもって執拗に又逆上的に復讐する男であった。その気質を家康は知っていた。それに対処する方法は、親しんで狎《な》れず、ということで、一定の距離を置き、その距離を礼節で填《う》める方法だった。

朝鮮遠征は一代の失敗だった。秀吉は信長以上の人物を知らないので、信長のすべてを学んで長をとり短をすてたが、朝鮮遠征も信長晩年の妄想で、その豪壮な想念がまだ血の若い秀吉の目を打った。それは信長晩年の夢の一つというだけで、ただ漠然たる思いであり、戦場を国の外へひろげるだけのただ情熱の幻想であり、国家的な理想とか、歴史的な必然性というものはない。秀吉は日本を平定して情熱が尚余っていたので、往昔ふと目を打たれた信長の幻想を自分のかねての宿志のようにやりだしたのだが、彼は余勢に乗りすぎていた。明とは如何なる国であるか、歴史も地理も知らない。ただ情熱の幻想に溺れ、根柢的に無計画、無方針であった。

遠征に賛成の大名は一人もなかった。気宇の壮、そういうものへの同感はなお漠然と残っていても、戦乱に倦み疲れていた。風俗人情の異る土地を占領しても平穏多幸に統治し得るとは思われぬ。大名達は恩賞の新領地を旧主の情誼から切離して手なずけるだけでも手をやいている。三成も家康も不満であった。三成は淀君を通して遠征をやめさせようと試みたが駄目だった。その三成も家康も、国内事情と思想から割りだした不満はあったが、明とは如何なる国であるか、やっぱり知っていなかった。

鶴松が死んだ。五十をすぎ、再び授り得ようとは考えられない子供であった。秀吉は気絶し、鶴松を思いだすたび日に幾度となくギャアと泣いて気を失う。食事も喉を通らず、たまたま茶碗をとりあげても、鶴松を思いだすと茶碗をポロリととり落してこぼれた御飯へ顔を突っこみギャアと泣いて俯伏《うつぶ》してしまう。

お通夜の席で秀吉は黙禱の途中にやにわに狂気の如く髷《まげ》を切ってなきがらにささげて泣きふした。つづいて焼香の家康が黙禱を終って小束《こづか》をぬいて大きな手で頭を抑えてジョリジョリとやりだしたので一座の面々目を見合せた。各々覚悟をかためて焼香のたびに髷をきる。天下の公卿諸侯が一夜にザンバラ髪になり、童《わらべ》の霊前には髷の山がきずかれた。

秀吉は翌朝有馬温泉へ発った。家にいては思いだして、たまらない。秀吉が頭を円めて諸国遍歴に旅立つそうだという噂が世上に流れた。有馬の滞在三週間、帰城して即日朝鮮遠征のふれをだした。悲しみに気が狂って朝鮮遠征をやりだしたと大名共まで疑ったほどだ。

朝鮮軍は鉄砲を持たないから戦争は一方的で京城まで抵抗らしい抵抗もなく平地を走るよ

うなものであったが、明の援軍が到着すると、そうはいかない。対峙して一進一退、戦局は停頓する。日本海軍は朝鮮海軍の亀甲戦術に大敗北、京城への海路輸送の制海権を失ったから、釜山航路がひとつだけ、ここへ陸揚げして陸路京城へ運送するには車が足りない馬が足りない人手が足りない。日本軍の過ぎるところ掠奪《りゃくだつ》暴行、威令は行われず、統治管理の方針がないので、人民は逃避して、畑には耕す者がなく、町々の家屋には人影がなく、徴発の食糧も人手もなかった。全軍栄養失調で、太平洋の孤島へ進出した日本軍と同じこと、冬があるだけ苦痛が一つ多かった。

始めのうちは名護屋へつめて戦果に酔っていた秀吉も、一度京坂の地へ引きあげると、もう名護屋へ戻る気がしなかった。西の空を思いだしても不快であった。

秀頼が生れた。

生れた秀頼をいっぺん捨子にして拾いあげるのは長生きの迷信で、拾った子供だから俺の子供ではない、そもじもそう思わねばならぬと淀君へ宛ててくどく手紙をかく秀吉であった。閻魔をだますに余念もなく、子への盲愛が他の一切の情熱に変った。

秀吉の切望は秀次の関白を秀頼に譲らせたいということだ。生れたばかりの秀頼を秀次の娘（これも生れたばかり）と許婚《いいなずけ》の約をむすばせる。そのとき秀次は熱海に湯治の最中であった。そこへ使者がきて秀吉の旨を伝えたが、勝手にするがいいさ、秀次は陰気な顔をそむけたばかりで、却《かえ》って帰洛の予定を延して旅寝の陰鬱な遊興に沈湎《ちんめん》した。

京大坂で豪華な日夜をくりひろげている秀吉は、然し凋落《ちょうらく》の跫音《あしおと》に戦《おの》のいていた。朝鮮出兵の悔恨が、虚勢の裏側で暗い陰をひろげている。その結末の収束と責任と暗い予感が虫のように食いこんでいた。ただ成行にまかせて成算も見透しも計画すらもないこと、彼はそれを誰に咎められることもなく怖れる必要もなかったが、何物かに、怖れずにいられなかった。それが先ずぬきさしならぬ凋落であった。

如何にして秀頼に関白を譲らせるか。勢運の秀吉は我慾を通す必要がなく、人々がおのずから我慾をみたしてくれたが、凋落の秀吉は我慾と争い、否応《いやおう》なく小さな自分を見つめなければならなかった。自制の鎖は断ち切れようとし、我慾の中に明滅する小さな自分の姿に怖れた。然し、秀吉の小さな惨めな人間をさらに冷めたく凝視している一人の青年がいたのだ。秀次であった。

秀次は関白になることなどは考えていなかった。彼は秀吉の養子のうちで最も秀吉に愛されておらず、十七の年には長久手の合戦に家来を置き去りに逃げ延びて、秀吉の怒りにふれて殺す命を助けてもらった。小器用でこざかしくて性格的に秀吉の反撥を買う。彼はおどおどと育ち、彼と秀吉との接触は彼の長所がいつも反撥され憎まれることであり、性格以外に深い根柢のないものだった。学問すらも、教養すらも、性格的に反撥され、反撥する秀吉自体の教養は秀次を納得させるものではなかった。秀次は秀吉の小さな人間だけを相手におどおどと育ち、天下者の貫禄に疑いを持ち、その卑小さを蔑んだ。

鶴松が死ぬ。秀吉はもはや実子の生れる筈がないと思った。彼の愛する養子秀秋は暗愚であった。秀吉は利巧者より愚か者が好きであり、その偏向は家来に就ても同様で、豪傑肌の愚直な武骨者が好きなのだ。さすがに天下の関白に暗愚な秀秋を据えかねて秀次に与えたのだが、成行のすべてが秀吉に満足なものではなかったのである。

はからざる関白となり、天下の諸侯公卿は昨日と変って別の如くに拝賀する。秀次は現実の与える自分の姿を見出した。自分の心も見出した。その現実は秀吉の与えてくれたものだったが、現実から育つ心に過去はない。彼は関白秀次であった。

秀次は大名を相手に将棋をさすにも、関白と思ってわざと負けるのではあるまいな、そうでない誓言をとり、それから将棋をさしはじめる。一応人の心はよく分り、特に秀吉の小さな自我に虐げられ痛めつけられた人の不満はよく分った。彼はそれらの犠牲者達に、たとえば戦功がありながら鬼才を憎まれて恩賞のない黒田如水に自分の所領から三千石の沐浴料をさいてやったり、不運不遇の大小名に秀吉の間違いを修正する意味で黄金を与えたり領地をやったりする。彼は秀吉の小さな欠点を修正して、それとは別なところにある秀吉の大きさよりも、自分を大きく感じて満足した。彼は古《いにしえ》の武将の書き残したもの逸事などから、秀吉にない素質を見ると大袈裟《おおげさ》に感動し、つまらぬ武将の一面を賞讃して秀吉への否定をたのしんでいた。その秀吉への反逆は憎悪と軽蔑で表されていたが、内心は秀吉の大きな影に圧倒せられ、力量の完全なる敗北感と、そして偉大なる魂に甘える心、秀吉の大きな慈愛の抱擁と認められ愛され賞讃されたい悲しい秘密でみたされていた。彼すらも悲しい秘密に気付くことは稀だった。そして秀吉への対立感と、秀吉の小さな自我への軽蔑によって、憎み否定し満足していた。

文事や風流への傾倒にも秀吉を修正する満足があった。然し人々は彼が秀吉の小さな欠点を修正して満足し、それとは別のところにある大きな秀吉を不当に抹殺している小ざかしさを憐れみ蔑んだ。そして秀吉への修正的な好意を受ける大名達は喜ぶよりも煙たがり、内心はうるさがっているのであった。

秀頼が淀君の腹に宿ったときから、秀次はその宿命に暗い陰のさしたことをすでに漠然と戦いていた。彼は秀吉の外征すらも自分に対する陥穽《かんせい》がその本当の意味ではないかと疑った。彼が異国に執着するのはそこへ自分を封ずるためであり、ていよく日本から追いだすためだと考える。それは筋の立たない妄想であったが、人の企みは首尾一貫筋を要するものではなく、偶発し、事態の変に応じて育つものである。時々遠征から戻ってきて祗候《しこう》する大名達は彼が老齢の太閤に変って遠征軍の指揮を引受けて申出ることをほのめかしたが、そこが秀吉の思う壺だと考えた。然し、実際の心情は現実の快楽に執着しすぎ、戦野の労苦に堪える心がなかったのだ。その言訳の妄想だったが、俺が異国へ行く、あとの日本は親子水入らずさ、悪魔的な陰鬱な笑いをもらす秀次には、憎悪と裏切りの快感だけが心の底に埃《ほこり》のようにつもっていた。

彼の心は連日の深酒と荒淫で晴れ間のない空の如くに陰鬱であった。諸国の美女をあつめても心は晴れず、魂は沈みこむばかりであった。不健康は顔にあらわれ、面色は黄濁し、小皺《じわ》がつもり、口が常にだらしなく開き、顔の長さが顎《あご》から下へ延びて垂れているような様子《こ》であった。眼だけが陰気に光っていた。彼は生きた人体の解剖に興味を持ち、孕《はら》み女の生き腹をさき、盲人をやにわに斬ってうろたえぶりをたのしみ、死ぬ人間の取りみだしたけたたましさ見ぐるしさに沈鬱な魂をわずかに波立たせた。食事の飯に砂粒があったというので料理人をひきだして口中へ砂をつめて血を吐くまで噛ませ、貴様は砂が好きなそうな、もそっと噛め、俯伏すのを引起して片腕をスポリと斬落して、どうじゃ、命が助かりたいか、ハイ、助かりとう厶《ござ》ります、左様か、然らばこうしてとらせる、残る片腕をスパリと斬落す、どうじゃ、まだ、助かりたいか、料理人はクワッと眼を見開いて、馬鹿野郎、貴様の口は鮟鱇《あんこう》に似て年中だらしなく開いているから砂があるのは当り前だ。秀次は気違いのようにその首を斬落した。

★

熱海温泉で秀吉の苛立《いらだ》つ様を思い描いてことさら逗留を延していた秀次は、小さな鬱を散ずるあまり大きな敵を自ら作った後悔に苦しんだ。彼は自ら秀吉を敵と思わねばならなかっ

なかった。すべてを悪意に解釈して、それを憎まねばならなかった。然し彼は秀吉の冷めたい心、その怖ろしい眼の色を知っていた。彼はその眼を思いだして、いわれなく絶望せずにいられなかった。

彼が関白の格式で公式に太閤を招待する饗宴がまだ延び延びになっていた。そしてようやく定められた饗宴の当日に使者がきて、訪問中止を伝えた。世上では秀次が秀吉を殺さなければ、秀吉が秀次を殺すであろうと噂され、秀次の計画が裏をかかれたのだと取沙汰した。然し世上の流説は秀次の身辺ではさらに激烈な事実であった。彼の侍臣は常に彼にささやいた。殺さなければ、殺される。然し、秀次は応じなかった。彼は小心な才子であり、自己の限界を知っていた。秀吉を殺しても天下はとれぬ。太閤あっての関白であり、太閤あっての味方であった。彼は侍臣のささやきに、また世上の流説にとりまかれ、然し、ひそかに、殺さなければ殺されないと必死に希《ねが》っているのであった。

彼は絶望しなかった。絶望してはならないのだ。日を改めて秀吉を招待する。彼は必死であった。殺さない、それを秀吉に分らせたい。もし秀吉が疑ったら、彼は気違いになりそうだ。そして秀吉が疑ることを考えると殺したいほど憎かった。秀吉の数日の滞在を慰めるための催しも、饗宴の食物も、彼は一々指図した。彼は心をこめていた。熱中した。そして苛立つ毎日に人を殺したくなるのであったが、太閤がそれを好まぬことを知ると、それも我慢するのであった。

秀吉は饗宴に応じ、連日のもてなしに満足したが、異変にそなえて部屋部屋には武器をかくした秀吉の軍兵たちがつめていた。三日目の夜、狂言の舞台を移すために人足達が立騒いだとき、町の人々はとうとうやったと考えた。

秀吉は名護屋で能の稽古をはじめた。人見知りせずやりたてる流儀であるから長足の進歩をとげ、秀吉自身も案外な上達ぶりであった。得意想うべし、暇さえあれば稽古に余念がなく、天覧に供し、大名に見せ、妻妾侍女に見せ、果は京都の町家の女子衆も一人あまさず悩殺してやろうというので一般に公開して見物させ、頻りの興行、ほめる者には即座に着ている着物まで脱いでくれてやる。彼の「芸術」への情熱と没入は言うまでもなく余技であり趣味であり冗談ごとですらあったのに、所詮うぬぼれは自尊心で、秘められた凋落の不安と自信の喪失は、冗談ごとのうぬぼれにいわれのない奇妙ないのちをこめていた。

大坂城で能の興行が行われ、秀次も招ぜられて出席した。秀吉の仕舞は喝采をあびたが、もとめに応じて立上った秀次の演技は更に満座の嘆賞をさらった。秀次は特別仕舞に巧者であり、我流の秀吉や武骨な大名どもに比べれば雲泥のみがきのかかった芸だった。太閤の不満と嫉妬と憎しみはかきたてられ、その眼の底に隠しきれずに氷っていた。つづいて織田信《のぶ》雄《かつ》がもとめられて演じたが、信雄は信長の遺子であり、怖れを知らぬ青年の頃は家康と結んで秀吉と戦い、後に厭まれて秋田へ流され、家門の尊貴のみによっては自立し得ざる力の世界、現実の冷めたさを見つめてきた。今は召されて秀吉のお伽衆の一人であったが、彼の心は卑屈にゆがみ、浮世の悲しさが泌《し》みついていた。信雄は秀吉の燃える憎悪の眼にふるえた。彼はとりわけ下手くそに演じた。秀吉の同情は切実だった。彼は即座に六千石の墨附を与えて労をねぎらい、傍へよびよせて父信長に愛された頃の思い出を語り、その取立ての厚恩、海よりも深く山よりも高い恩義を思えばそなたを辺地へ流したことは苛酷な仕打のようであるが、今日のそなたの心掛けが見たい為のことであり、その忠勤の心差《こころざし》一つで益々所領をとらしてやりたい微意であった、と語りながらポロポロと涙を流した。

秀次ははからざる秀吉の嫉妬と憎悪に心が消えた。この招待の返礼に、そして太閤の意外な憎悪のつぐないのために、善美のかぎりの饗宴へ招きたいと思った。秀吉も承諾したので、あれこれ指図して待ちかまえると、当日になって、今日はだめだが、明日にしようという。その日になると、又、明日だ、と言う。その明日も亦《また》今日はだめだという返事で、そして最後に当分延期だと流れてしまった。秀吉の目の消えぬ憎悪が伝えられる返事の裏から秀次に見えた。やがて憎悪は冷笑に変り、血に飢えてカラカラ笑って見えるのだった。秀次の心には憎悪と戦慄が掻き乱れて狂ったが、殺さなければ殺されない、その秘められた一縷《いちる》の希いも絶望にすら思われた。彼はむやみに人を殺した。深酒に酔い痴《し》れ、荒淫に身を投げ沈鬱の底に重い魂が沈んでいた。彼の心は悲しい殺気にみちていた。彼は武術の稽古を始めた。秀吉を殺すためのようであったが、襲撃にそなえ身をまもるための小さな切ない希いであった。秀出歩く彼は身辺に物々しい鉄砲組の大部隊を放さなかった。いつ殺されるか分らない。然し、殺さなければ殺されない、その希いは益々必死に胸にはばたき、見つめる虚空に意外な声があふれでた。叔父さん、私はあなたを愛しています。こんなにも切なく。私のような素直な弱い人間を。神様。

★

秀吉は大度寛容の如くであるが、実際は小さなことを根にもって執拗な、逆上的な復讐をする人だった。千利久も殺した。蒲生家も断絶させた。切支丹《キリシタン》禁教も二隻の船がもとだった。その最後の逆上までに長い自制の道程があり、その長さ苦しさだけ逆上も亦強かった。秀吉は大義名分を愛す男であった。彼は自分の心を怖れた。秀頼への愛に盲《めし》いて関白を奪う心を怖れた。人の思惑はどうでもよかった。自分をだますことだけが必要だった。能の嫉妬は憎悪の陰から秀頼の姿を消した。その憎しみにかこつけて、あらゆる憎悪が急速に最後の崖にたかまっていた。

彼は突然世上の浮説を根拠にして秀次の謀叛《むほん》に誓問の使者をたて、釈明をもとめた。秀次はその要求に素直であった。直ちに斎戒沐浴し白衣を着け神下しをして異心の存せざる旨誓紙を書いた。彼は必死であった。生きねばならぬ一念のみが全部であった。彼は現世の快楽に執着した。その執着の一念であった。

秀吉は秀次の性格を知っていた。こざかしい男であるが、小心で、己れを知り、秀吉の愛に飢えているのだ。五人の使者から身の毛もよだつ神下しの状景をきき一念こらして誓紙に真心をこめてみせる秀次の様子をきくと、彼はほろりと涙もろくなるのであった。彼は誓紙を手にとると唐突に亢奮して膝をたて感動のためにふるえていた。彼は誓紙を侍臣に示して、関白の忠義のまごころは見とどけた。これを見よ、世上の浮説は笑うべきかな。血は水よりも濃し。まして誠意誠実の関白に異心のあろう筈はない。口さがない百万人の人の言葉はどうあろうとも、一人の肉身の心の中は信じなければならぬものよ。そなたらもこれを今後の鑑《かがみ》にせよ、秀吉は見廻し眺めて大音に喚いたが、尚亢奮《こうふん》はおさまらず誓紙をぶら下げて部屋部屋を歩き、行き会う者に、女中にまで誓紙を示して、心に棘のある者のみが人の心に邪念を想う、神も照覧あれ、秀次の心に偽りはない、叫ぶ眼に涙があふれた。

けれどもすでに使者を立て異心なきあかしを求めた秀吉は心の堰《せき》を切っていた。誓紙を握ってホロリとする秀吉は、切られた堰の激しさがその激しさの切なさ故に自らむせぶ心の影のくるめきに過ぎなかった。一週間。その時間が切られた堰の逆上的な奔騰に達するまでの時間であった。五人の使者がでた。使者の一人は戦場名うての豪傑の大名だった。喚問に応じなければその場で秀次の首をはねる役だった。そうすれば彼もその場で腹を切らねばならぬ。豪傑も慌てていた。道の途中に知人のまんじゅう屋があった。そこへ馬を寄せて形見の小袖をやり家族へ遺書を托して馬を急がせた。然し秀次は素直に応じた。豪傑は又まんじゅう屋の店へ寄り、さっきは失礼、いやどうも今日は天気のまぶしいこと、豪傑は汗をふいた。

秀次は登城する、秀吉は会わなかった。もはや会うにも及ばずと口上を伝え、即刻高野へ登山すべしと云う。秀次は観念して直ちに剃髪、袈裟をつけて泊りを重ねて高野へ急ぐ。切腹の使者があとを追った。

秀吉の一生の堰が一時にきられた。奔流のしぶきにもまれて彼のからだがくるくる流れた。耳もきこえず、目も見えず、たった一つのものだけが残っていた。秀頼。秀頼。秀頼。彼は気違いだった。秀次の愛妾達とその各々の子供達三十余名が大八車につみこまれ三条河原にひきだされて芋のように斬り殺され、河原の隅に穴がほられて、高野から運び下された秀次の死骸と合せて投げこまれて、石が一つのせられた。その石には悪逆塚と刻《ほ》らせてあった。

秀吉は子供の頃を考える。彼は悪童であった。放恣《ほうし》であった。然し、そのころが、今よりも大人のような気がするのだ。何かの鞭《むち》を怖れていた。怖れのために控えていたが、やりたいことはやっていた。秀吉は悟らないのだ。人間は子供の父になることによって、子供よりも愚な子供になることを。

秀次を殺してみたが、秀次よりも大きな影がさらに行く手にたちこめていた。家康の影であった。それは全く影だった。つかまえることができないのだ。秀次の身体といのちは彼の我意と憎しみが摑んで引裂くことができた。然し、家康の影は、彼の現身《うつしみ》と対応せず、その凋落の跫音と差しむかい、朝鮮役の悔恨や又諸々の悔恨の影の向うに立っていた。悪童の秀吉は見えざる母の鞭の影と争ったが、その影のように遥かであった。

秀吉は病床に伏し、枯木のように痩せ、しなびていた。骨をつつむ皺だらけの皮のほかに肉があるとも見えなかったが、不思議に心が澄んでいた。ただ妄執の一念だけが住んでいた。五大老、五奉行に誓紙をかかせ、神明に誓い、秀頼への忠誠、違背あるまじきこと、血判の血しぶきは全紙に飛びちり、ぽたぽた落ちた。それを棺に入れ、抱いて眠るつもりであった。肉の朽ち白骨と化すごとく、紙も亦土に還るであろう。

秀吉は病床の枯木の骨を抱き起させ、前田利家の手をとり、おしいただいて、大納言、頼みまするぞ、頼みまするぞ。利家はたった一人の親友だった。枯木のうちに、不思議に涙はあるものだった。

秀吉はふと目をひらいた。もっと大きな目をひらくために努力しているようだった。そして突然顔が目だけであるように大きくうつろな穴をあけた。古いすすけた紙のように濁って鈍く光っていた。朝鮮の兵隊たちを、あとはよく聞きとることが出来なかった。殺すな、と言ったようだった。そして眼がだんだん閉じた。秀吉は死んでいた。

直江山城守

昨秋、友人の家で、辻参謀の相棒と称する中佐に会ったことがある。友人のところへ原稿を持参し、雑誌社へスイセン方を依頼に来たのだそうである。

この人物、日本では海軍中佐であったが、中共軍では中将で、武道十八般及び唐手《からて》等の段を合計すると四十七段になると称しておった。

この豪傑の話をどこまで信用してよろしいか分らないが、太平洋戦争のはじめに潜水艦に乗ってドカンと敵地を砲撃したと思うと、アッツ島へまわり、一転して南方の陸地の戦場に現れているというグアイであり、終戦後は、中共軍を指揮して朝鮮へなだれこんだと思うと、翌月には台湾に南国気分を味い、そのまた翌月は中共の博士と一しょに横浜へ上陸しているというようなグアイであった。

この豪傑にかかると、三千里どころか、三十万里でも三千万里でも潜行旅行は易々《いい》たるもののようで、お釈迦《しゃか》サマの説法すらも信じない私に、豪傑の話を信じろというのはムリである。

私の留守宅へも一度現れたそうだ。それは私が友人宅で彼に初対面の翌々日だった。

「郷里へ行く途中ですから、ちょッと入浴に立寄りました。東京では辻のことで種々《くさぐさ》御主人のお世話になりましたが、幸い辻の病気もよくなりそうですから御安心下さい」

玄関へ姿を見せた女房に向って、道路の上から大きな声で叫んだそうである。辻というのは目下も潜行中の参謀のことである。私が辻にいろいろ世話をしてやったなどとは外聞のわるい話であるから、女房はキモをつぶしたそうである。私が辻参謀の世話をしてやったなぞとはマッカなウソで、辻参謀に対面したこともなく、一文の喜捨もしていない、が面食った女房がお酒をもてなしてやると、ナポレオンの遠征も物の数ではないような武勇伝の数々を語ってきかせて、ひそかに某所に入院中の辻の病状をつぶさに伝えて立ち去ったそうだ。

女房の話をきいた消息通の説によると、辻参謀の入院中の場所と病状はウソではなかったそうである。

以上の話だけだと、いかにもホラフキのイカサマ師のようであるが、ホラフキの点は確かなようだが、必ずしもイカサマ師ではないような気がする。その目がいかにも澄んでいるし、常に嘻々としてミジンもカゲリのない様が、彼の童心を証しているようであったから。

ちかごろ昔の将軍連がハリキリはじめたそうであるが、そういう時世におされた俄《にわ》かづくりのハリキリ方とは意味がちごう。多くの昔の将軍連はションボリした時期があってのハリキリ方だが、この豪傑の人生には一度もションボリした時間がなかったように見えた。

戦争もたのしかったが、負けて逃げまわってイタズラするのが、これまた無性にたのしくてやりきれないというように見えた。

「たぶん、辻参謀も同じような男だろう」

と私は考えた。私が豪傑に対面したとき、私自身も潜行中ではあったが、とても彼のように嘻々として無性にハリキるような上質な潜行ぶりではなかったから、そのオドロキはいささか妙であった。怒心していいのか、バカにしていいのか、分らんようなオドロキではあった。

辻参謀という男も彼同様にハラン万丈の戦争狂、冒険狂というのであろうが、戦地の将軍連の酒池肉林の生活に激怒して、抜刀してパンパン屋へ乗りこみ遊興中の将軍連をふるえ上らせたそうだ。冒険に対して生一本で他に俗念のすくない清潔な様子は私が対面した彼の相棒と称する人物に於ても同じであった。

ちょッとスケールは違うが、海軍の山本元帥という人が、俗念なく戦争にうちこんでいたようである。彼はこの戦争に反対だったそうだが、負けることがハッキリ分っていたから反対だったただけの話で――否、負ける戦争と承知でも、その戦争ぶりには天来のハリキリ方が感じられるようである。

紀元二千六百年式典に招待されたとき、

「司令長官が軍艦を離れては、誰が海をまもるか」

と出席を拒絶したそうである。まだ大戦争のはじまる前の話だ。彼の生来のハリキリ方を見るべきである。

★

直江山城守《なおえやましろのかみ》という人物も一面に於ては無邪気で素直なハリキリ将軍であった。私は彼の時代に同じように生一本のハリキリ将軍を他に二人知っている。

一人は彼の主人であり、師であった上杉謙信である。

他の一人は、彼の弟子たる真田幸村である。なぜ弟子かと云うと、天正十三年に彼は上杉家へ人質となり、直江山城の教育をうけたらしいフシがあるからである。

教祖の謙信は仏門に帰して僧形《そうぎょう》で戦場へ現れるという一生不犯《ふぼん》の戦争狂であるが、弟子の山城も、又弟子の幸村も、同じように正義をたて、勇みに勇んで戦争をやり、戦略をねるのが大好物の俗念のすくない人物であった。まったく慾得ぬきなのだ。義を立てて、一肌ぬいで戦うのが好きなだけだ。そして、謙信と山城の生れた国から山本元帥も生れたのである。教祖謙信の流れをくむ最後の弟子かも知れない。私も同じ国の生れであるが、とてもこう無邪気で勇敢で俗念のない戦争マニヤになれるような大ソレた人物ではないのである。

無慾な奴ほど手にあまるものはない、という南洲先生の説の由であるが、まったく右の三人の師弟は、彼を相手にまわした者にはヤッカイ千万な困り者であった。まず謙信には武田信玄が手こずった。

信玄は都へ攻めのぼって日本の大将軍になりたいのだが、謙信という喧嘩好きの坊主が彼をみこんでムヤミに戦争をうり、全然たのしがっているから、都へゆっくり攻め上るヒマがないのである。見こまれた信玄は、大こまりであった。なにぶん相手の坊主は天下の大将軍になろうというような慾がないのである。ただもう信玄を好敵手と見こんで、その戦略に熱中して打ちこんでいるのである。

謙信も晩年に於て都へ攻め上ろうとし、まさに出陣に当って、病死した。これだって、自発的に都へ攻め上ろうと思ったわけではない。時の朝廷にたのまれた。そこで、ミコシをあげることになった。この「たのまれる」というのが大事なところなのである。大義名分が何よりの大好物だ。末の弟子の山本元帥も似たようなことを云ってる。

「負ける戦争には反対である。けれども国家が戦争を決意した以上は、徹底的にやる」

謙信流と云うべきであろう。

山城も、幸村も、そうだった。彼らは頭は悪くはない。つまり、見透しは至極シッカリしているのである。けれども、ハッキリ負ける見透しが分っていながら、たのまれれば、嘻々として、勇みに勇み、また冷静メンミツそのものの作戦にうちこむのであった。

読史家の多くは云う。まさに京をめざして出陣という時に謙信が死んだから、織田信長は命拾いもしたし、天下も拾った、と。そうでしょうか？　私は信長が勝ったと思うよ。

史家は云う。信長は膝を屈し、まさに哀願泣訴《きゅうそ》する如くにして、謙信の上京をおくらせ思い止まらせようとした、と。しかし、それが信長の作戦であったろう。そして、出陣のおくれた謙信は、それだけ田舎豪傑であったと私は思う。

信長は刀よりも槍を、槍よりも鉄砲を、兵器の主要なものとして選び、それによって戦争に勝っていた。謙信が鉄砲を重視したような形跡は見られない。

なるほど、後年の上杉藩は鉄砲を重視した。上杉家に伝わる「鉄砲一巻の事」はその事実を語っているが、そこに語られていることは、越後から会津へ国替えになる時から後のことで、謙信の歿後、主として直江山城守の事蹟にかかっている。

信玄相手に田舎のイザコザにたのしく打ちこんでいた謙信は、近代兵器ということを余り考えない男であった。相手の信玄は織田信長よりも早く鉄砲に注目し、それを取り寄せた男であった。しかし、当時の鉄砲は火縄銃であるから、タマごめして火がつくまでに時間がかかる。一発うって二発目までの時間に敵に斬りこまれる不利があった。

そこで信玄は鉄砲に見切りをつけた。そして、敵の鉄砲と闘うには、一発目を防ぐ用意があればよい。それを防げば二発目までに斬りこむことができるから。そう考えた。

そこで第一発目のタマよけ専門の楯《たて》をつくった。それでよいと思ったのである。

織田信長はその反対をやった。彼は一発と二発目の時間をなくすることを工夫した。鉄砲そのものの改良は不可能であったが、その用法によってタマごめの時間をなくしたのである。

彼は鉄砲陣地の前面に竹の柵《さく》をかまえ、その内側に鉄砲組を三段に配列させた。第一列の発射の次に第二列が、そのまた次に第三列が、そして、第三列の発射が終る時には第一列のタマごめの用意ができ上っているという方法であった。

武田軍は第一発目だけを防ぐ楯に守られて、信長の鉄砲組の柵に向って向う見ずに突撃し、大半が討ち死して敗走したのである。これらの武田方の猪武者と追いつ追われつ勝敗なしの好取組をたのしんでいた謙信は、信長の鉄砲作戦に打ちかつ用意があったかどうか、私はあやしいものだと思うのである。

さすがに弟子の山城は、新兵器に敏感であった。彼の時代になって、上杉家の鉄砲戦術は完備したのである。

謙信が死んだおかげで信長が命を拾ったかどうかは疑問だが、信長が死んだおかげで、直江山城とその主人の上杉景勝が命を拾ったのは事実であった。山城はほぼ天下平定しつつあった信長にたてつき、まったく勝味のない防戦中、信長の死によって、助かった。負けはハッキリ分っているのに、オレだけはたった一人信長にたてついてみせる、と景勝は豪語した。それはむしろ軍師たる直江山城の考えであろう。山城はそういう男だ。信長が憎いわけでもなければ、恨みがあるわけでもない。行きがかり上の問題だ。むしろ戦争の相手である故に、彼にとってはある種の「なつかしさ」のこもった相手であるかも知れない。謙信の流儀も、そうであった。

★

直江山城のこの流儀に一番イヤな思いをさせられたのは、徳川家康であった。

家康の兵力を東へひきつけておいて、そのヒマに、西で秀頼を擁《よう》して挙兵するという関ケ原の策戦の第一課は直江山城が立案し、それに力を得て石田三成が事を起したと云われている。

しかし、石田三成はどうしても関ケ原の戦争にまで至らねばならぬ筋があったが、直江山城にはそれがない。これも行きがかりの問題にすぎないのだ。そして、また、困ったことには、大義名分という謙信流の戦争憲法第一条がチャンとそろっていた。

直江山城の行きがかりとは、三成と彼との年来の交誼《こうぎ》である。信長の死後、彼に代った秀吉と上杉景勝とは一転して交誼を深めるようになった。信長の死の翌年には、すでに両者は誓書を交し、両家の交誼は、三成と山城が代表して行うようになったのである。それからの交誼であった。

秀吉は上杉景勝を会津百二十万石に封じた。家老の直江山城は米沢三十万石の領地をもらった。これは秀吉が特に景勝に命じてさせたという説があるが、確証はない。

上杉百二十万石は、徳川、毛利につぐものだ。山城はその家老にすぎないが、彼以上の石《こく》高《だか》をもらった大名はたった十人しかいない。即ち、徳川、毛利、上杉、前田、伊達、宇喜多、島津、佐竹、小早川、鍋島、の十家である。次に堀秀治が越後三十万石で、彼と同じ石高。次が加藤清正二十五万石。石田三成も二十万石にすぎない。名実ともに大名以上の家老が現れたのである。

会津は奥州という熊の、月の輪に当るようなところであった。奥州は昔から反乱の多かったところで、その気風は秀吉のころに至っても絶えなかったところである。仙台には伊達政宗という小うるさい田舎豪傑も居るが、常陸《ひたち》から秋田へ封ぜられた佐竹氏が土民に信者の少からぬ豪族であった。

こういう小うるさい奥州の熊をノドの月の輪でグッと押えつけている力が必要であった。表裏の少い上杉景勝はその適役であったが、秀吉としては、景勝よりも、家老の直江山城の方がもッと実質的にタヨリとなる人物であったろう。

山城の領した米沢が、まさに月の輪の要点だった。秋田方面からの通路をさえぎり、一山こえて仙台の背面へなだれこむ要点であった。

伏見城に大名たちが集ったとき、伊達政宗が金貨をとりだして見せた。みんなが手にとって珍しがって眺めたが、山城だけは扇の上にうけて、ころがして眺めている。それを見た政宗は、奴め、陪臣《ばいしん》だから（陪臣とは大名の又家来ということ）卑下して手にとらないのだなと考え、

「遠慮なく手にとって眺めたまえ」

と云った。すると山城は答えて、

「先公謙信以来、先鋒《せんぽう》の任について兵馬をあやつる大切な手に金貨なんか握られないね」

と扇子《せんす》を一と煽《あお》ぎしたから、金貨は政宗の膝の前へとんでいって落ちたという。

これは伝説のたぐいであろうが、しかし政宗という田舎豪傑を押える役割の山城の位置を巧まずして表わしているように思う。

山城守は中央政府に接触以来、三成とは最も深く交り、また秀吉に信頼せられた。そういう行きがかりはあったけれども、家康と反目しなければならないような必然的なものは他に見出すことができない。彼が関ケ原の首謀者であったことから考えて、彼と家康との本来の不和を人々は想像し、当てはめているだけのことにすぎない。

家康はたしかに英傑である。そして、英傑を知る明のすぐれている山城がそれを知らなかった筈はない。のみならず、家康は石橋を叩いて渡る人のように思われているが、盟約に義理をたてて、負けることが分りきった戦争を買ってでて、大敗北し、危く生きて逃げ戻り、大飯食って血まみれのままグッスリねることが出来るようなバカげたことのできた大人物でもあった。性格に於て一脈山城に通じている人だ。そして山城よりも一まわり大きい人物だった。

むしろ二人はひそかに相手の人柄を知り合い、心境を知り合っていたであろう。

関ケ原の乱後、首謀者の一人とハッキリ分っている山城が、山城だけが、さしたる刑もうけず、ただ会津百二十万石の上杉家が米沢三十万石に減らされただけだった。米沢三十万石とは本来山城の領地であった。

私は思うに、行きがかりの義理を愛する戦争マニヤという以外に他意のない山城の心境を、家康は誰よりも見ぬいていた。のみならず、山城という人物が自分にとって有用なことを知っていた。なぜなら、この光風霽月《こうふうせいげつ》の心境とも称すべき策戦マニヤが、自分のためにも奥州の熊のノドの月の輪を押えてくれることを信じていたのだ、と私は思うからである。

　主家が三十万石にへらされても、山城は五万石もらった。けれども、五千石しか受けとらなかったという。彼は家康からもA級戦犯扱いはうけなかったが、彼のために領地の大半を失った主人からも全然怒られもしなかった。無慾テンタンの冒険家で、天下を狙うわけでもなく、光風霽月の策戦マニヤの心境が主人にも理解せられ、愛されていたのであろう。主人は山城よりも五ツ兄であるが、まるで二三十も弟のように、そして、山城に傾倒師事しているかのように察せられるフシも見える。そのために家来が大きく見えるのは当然だが、主人も大きく見える。そして主従に共通していることは、表裏が少く、慾念が薄かった、ということであった。そして、策戦マニヤではあったが、野心家ではなかった。こんなのを敵にまわすと、余計な大汗をかかねばならぬ。家康はまさに大汗をかかされたけれども、怒らなかった。今度山城に大汗かかされる人物は、すでに自分ではなくて、自分の敵がそうなるハメになるだろうということを見ぬいたからであった。

　関ケ原戦争の作戦第一課、挙兵の巻は山城が立案した。そして、その通りに挙兵の巻はうまく運んだ。しかし、西へ引返した家康は、関ケ原の戦争に於て、たった半日の戦争に於て、三成を破った。金吾《きんご》秀秋の裏切によってである。それも、作戦であった。三成の敗北に変りはない。山城の敗北にも変りはなかった。また何をか云わんや、である。山城は光風霽月であった。

★

山城守は、生家は樋口という。生家の身分は低かったが、後に重臣の直江家へ養子となったのである。

彼は少年時代に謙信の小姓に上った。石田三成は彼と同年の生れで、秀吉のお茶坊主上り。育ち方もちょッと似ている。

謙信の側近に侍《じ》して、その死に至る彼の十九歳まで薫育をうけたから、主人であり教祖でもある策戦マニヤの良いところは大がい取り入れてワガ物にしていた。

謙信は文事も愛し、詩人でもあった。さもあろう。詩人でなければ、彼のように慾念のすくないチャンバラ・マニヤは考えられないことである。天下の大将軍などということは殆《ほとん》ど考えたこともなく、ただもうたのしんで信玄を追いまわし、敵が困れば塩を送ってやったり、その敵の死をきけばポロリと箸《はし》を落して、アア好漢を殺したか、と一嘆きとは、実にバカバカしいほどたのしそうではないか。

弟子の山城も文事を愛し、彼もまた詩人であった。決してヒネクレた詩人ではない。当り前だ。非常に素直な詩人であった。どうも、漢詩であるから、私には充分な鑑賞の能力はないが、月を月とよみ、白を白とよむような、素直で、また平凡な詩人であった。ヒネクレたところがなく、深みを出そうとするようなアガキも見られない。つまり、慾のない詩と云うべきであろう。彼の人柄はそういうところにも現れている。

山城は朝鮮役に従軍のとき、宋版の漢籍等、当時すでに本国の支那で見かけることのできないような貴重な活版本を持って帰った。それは今日でも米沢に残っているそうだ。彼は師の謙信、弟子の幸村に比べて、人柄は一番温厚で、特に事を好まぬ性質のようだ。策戦マニヤではあるが、戦争マニヤではなかった。決して、いわゆる策師ではなく、光風霽月の策戦マニヤと云うべきであった。

こういう彼の温和で素直な心境は、新井白石のようなヒネクレた史家には分りッこない。直江山城といえば大そう才走った策師黒幕と考えられがちであるが、彼の目的を正しく考えると、俗人の俗念のようなものが殆ど見ることができないのだ。

関ケ原の役後、彼は景勝に従って江戸へでた。徳川秀忠はこの主従の懐柔策として上杉邸訪問を考えていたが、危うんで実行しかねているのを山城は見てとったから、景勝の方からどうぞと御来臨を乞わせ、自分たちの家来は全部別邸へ遠ざけ、徳川家の家臣に来邸を乞うて準備接待一切に当らせた。秀忠は安心して交驩《こうかん》したと云う。

いかにも、へつらッて策をねっているように見られ易いであろうが、秀忠に訪問の意志があり、ただ危険を怖れて実行し得ないことが分っている上に、山城自身にも一向に他意も害心もないとあれば、一番カンタンにそれを実証して心おきなく交驩するカンタン明快な手はこれに限るではないか。策というよりも、むしろメンドウで、ヒネクレたところや、表裏というものが、ないせいだ。一見、奇策の如くであるが、実は甚だ明快に、ただ手ッとり早くその物ズバリと物の本質をつく策をとっているだけのことであろう。彼にとっては奇も変もなく至極平凡当然な手段にすぎなかったのであろう。

領地を治めるにも、一番当り前のことをしているだけだ。政治と云い、戦略と云い、要はそこであろう。鉄砲のタマごめに時間がかかるとあれば、その時間をなくする何かの工夫が必要なだけだ。実に当然な話であるが、それが実は天才にだけしか分らない。本当に当り前のことは、天才の独創によって発見されるものだ。

直江山城は信長、秀吉、家康に比べれば、どうしても一まわりスケールの小さい人物ではあるが、その天分は田舎豪傑の域を脱したものであった。

伊達政宗とか黒田如水のような策略的な田舎豪傑の目から見ると、たかが大名の家老に満足している山城がバカに見えたであろう。なるほど石高は三十万石という一流の大名のものではあり、豊臣家も徳川家も山城を扱うには別格で、よその家老は呼びすてだが、彼にだけは殿をつけていた。そういう特別の格式はあったが、要するにたかが大名の家老にすぎんじゃないか。別格の扱い程度に満足しているなんぞは尚さらバカの証拠だ。こういうように考えられたかも知れない。

しかし、本当に天分ある人間は、道をたのしむことを知っており、本来の処世に於ては無策なものである。秀吉にしても、家康にしても、信長が急死して天下の順が自分にまわりそうになるまでは、自分の天下、というようなことは考えていないのだ。秀吉は信長の一の家来で満足したのであろうし、家康は別格の盟友で満足していたであろう。本当に天分ある人は、本来そういうものである。

直江山城だって、その通りである。直接天下者の家来であろうと、又家来であろうと、家来に二ツはありやしない。真に実力ある人間にとっては、そういうものだ。

政宗や如水はそうではなかった。彼らは天下の広大のことも、物の怖れも知らない田舎侍にすぎないのだ。ただもうドサクサまぎれに一かせぎして、それで天下がとれる気になっていたのだから、笑止である。

直江山城に至っては、秀吉や家康よりも、性格的にひどく無慾淡泊で、あるいは、そういうところに彼の弱点があったかも知れない。なぜなら、必要は発明の母という通り、慾念は成功の母かも知れないからである。

彼は百二十万石の大名ぐらいには、いつでもなれる立場にいた。つまり、主人を倒して、とって代ればすぐさま天下一二の大大名になれる立場におり、主人と意見が対立してもフシギではないような場合も再三ならずあった筈である。

しかし彼には主人にとって代る必要などは毛頭なかったのである。上杉の家老で充分に自分の天分をたのしむ機会はあるのだから。上杉の主人であることと、家老であることにはなんの変りもない。要するに上杉家を動かす者は彼なのだ。主人と家老に実質的に差がないこと、そこに至ることが大そうな天分ではないか。その上の必要がないことを知るのも天分である。

山城はその鋭さに於ては信長に通じ、快活なところでは秀吉に通じ、律儀《りちぎ》温厚なところでは家康に通じ、チミツな頭とふてぶてしさでは三人に同時に通じていた。つまり三人の長所はみんな持っていた。しかし、なんとなくスケールが小さいのは、その天性の無慾のせいによるのかも知れない。

★

謙信、山城、幸村と三人ならべると、私は山城が一番好きである。山城が一番素直で、ひねくれたところがないせいもあるが、天分も一番すぐれているように思う。

人々は彼が上杉の家老にすぎないために天分が家老なみだと思うようだが、彼がもしも謙信の立場におれば、その時こそ信長は安心できなかったろうと思うのである。山城が謙信ならば、もッと早く中原《ちゅうげん》に向って進撃し、したがって信長の征覇《せいは》も危かったように私は考えているのである。

山城は武田信玄相手の戦争ごッこに、いつまでも、いつまでも、全然たのしんで打ちこんでいるようなチャンバラ好きの気風は少いのである。もッと本質的なものに打ちこむ男である。

山城が上杉家の中心人物となった時には、すでに上杉家が中原へ進撃できるような機会も大義名分もなくなっていたし、中原を定めた人の努力ははるか強大なものに育っていた。そういうメグリアワセであり、行きがかりであっただけである。そして、そのメグリアワセや行きがかりに抗して一か八かの勝負を強《し》いてやりたがるようなヒネクレ方は彼にはなかった。彼が強大な信長や家康に抗したのは別の行きがかりである。そして、いったん抗した以上は、傲然《ごうぜん》として相手をヘイゲイし、ひるまない。

関ケ原の戦争全体を通観すれば、山城が立案して果した彼の役割までは、完全に彼が勝っていた。負けたのは三成である。

もしも三成が勝った場合、三成が西国を領し、山城が東国を領する密約であったなぞと勝手な邪推があるけれども、山城とはおよそそのような人物ではないのである。東国を領したいような根性があれば、天下を領するであろう。しかし、彼にそのような野望があれば、たかが大名の家老の職に平然と甘んじている筈がないではないか。この彼の素直さがヒネクレ人に分らないのだ。

彼の一生はハラン万丈というべきものであった。身は大名のただの家老でありながら関ケ原の主謀者の一人であり、そしてその戦争に負けた。しかも彼の一生はどこにもアクセクしたようなカゲリがなく、悠々としてせまらない。鉄のような「責任」の念が確立していなければ、こんな生き方はできるものではない。武人としてはまことになつかしい人柄ではないか。

謙信や幸村に似たハリキリ将軍は現れるが、山城のようななつかしい武人はめったに現れるものではない。

小西行長

信長が秀吉に中国征伐を命じたとき、中国が平定したら、お前にやろうと云った。すると秀吉が答えて、中国なんぞはいりません。私にまかせておいて下されば中国の次は九州、九州の次は朝鮮を征伐しますから朝鮮をいただきましょう。その次には大明《だいみん》を征伐いたします、と云って信長を煙にまいたという。

ところが中国征伐の最中に信長が横死し、秀吉は自然に後継者となって、予定の通り九州を征伐すると、対馬《つしま》の宗義調《そうよししげ》に命じて、次には朝鮮を征伐するから用意しておけと伝えた。また側近の者にも、九州の次は朝鮮、その次は大明だと壮語して当るべからざる勢いであった。

今日の常識から考えれば、九州と同じように朝鮮と支那も攻略できるとカンタンに考えるのはムチャであるが、当時の常識とてもそうで、家康や三成はじめ当時の優秀な武将でこの遠征に賛成のものは殆《ほとん》ど居らなかったし、世人も秀吉は一粒種の鶴松《つるまつ》が死んだために発狂して朝鮮征伐を発令したと噂した。鶴松が死んだとき、秀吉は一時まったく発狂状態で有馬へ保養に行き、その死後十八日目に大陸へ遠征を発令したのであった。ところが、その五年前、九州征伐の時からもう秀吉は宗義調に朝鮮征伐の用意を命じていた。

秀吉は食糧や弾薬の輸送にはメンミツに意を用いてヌカリのなかった戦略家で、大陸遠征の距離の条件、異国の風習の中で戦う不利な条件などによほどの対策があって成算がなければ事を起さない人のようにも思われる。だから世間の常識ではなくとも彼の一存では充分に用意と成算あっての断行であったと見てやりたいが、彼が発言したり文字に書き残して今日に伝わるものはイタズラに大言壮語だけで、周到な計画性はうかがえない。

オレは日本の誰もまだやれなかったことをやってみせる。朝鮮大明はおろか南蛮天竺《てんじく》にもオレの名をとどろかしてやる。もっぱらこういう無邪気な広言を喚いているだけだ。そしてヨーロッパの宣教師に向って、オレはこれから大明を征伐するが、いずれ印度の方へも行くから王様によろしく云っとけ、と威勢を見せて喜んでいる。

まだしも内地の戦争には研究も計画性もあったが、外地遠征に限って、向う見ずの鼻息だけなのも奇怪だ。昔元寇《げんこう》というものがあった。支那の方から朝鮮対馬を経てチャンと九州まで攻めてきている。さすればオレの方から対馬朝鮮を経て大明も攻めこめない筈《はず》はない。こういうことが彼の可能性の基礎となっているかのようだ。

もっとも、秀吉自身の言説には見られないが、支那側は何からの判断かは分らないが秀吉の真意は貿易再開にありと見ている。当時ヨーロッパ船の入港によって海外貿易について新しい認識が生れており、また当時の支那貿易に於ては二束三文の日本刀で何倍の値の貴金属や織物などが買えるという利得も分っているし、海外貿易の商人だけで町をなしている堺の繁栄というものは秀吉のスイゼンの的《まと》でもあった。彼が海外貿易の重要さを痛感していたのは明らかだ。

けれども、それが彼の本心であったにしても、彼自らは決してそれを表明しておらず、もっぱら支那朝鮮日本三国にオレの名をとどろかし日本人のいまだやれなかったことをしてみせるというのが、この遠征に限って一貫して変らぬ、広言であった。支那と日本との歴史的関係がどうで、支那は昔からどのような強大国であるか、その距離がどれだけあるか、そんなことは問題にもせぬ。オレが出かければ一足で踏みにじるだけだと、頭からきめてかかっている。

細心周到の研究心を欠いて支那とはいかなる国か、敵国についてシサイに人の意見に耳を傾ける用意も心構えも失っている。これが、どうも、奇妙だ。秀吉は人に問うて耳を傾けることを知るについては常に心構えのあった人だが、この大遠征に限って向う見ずの鼻ッ柱と慢心だけが彼のむやみに表明し気負い立つ全部のものの支えのように見える。

重臣の多くは遠征に反対で、内々思い止まらせるよう淀君などを通じて裏から働いてみたりした者もあるが、誰も秀吉の向う見ずの鼻ッ柱に対して面と向って云うことができない。家康が秀吉の意に反したッた五千人の手勢をひきいて本営へ参加することによって、それとなく不本意を表明したぐらいが表向き現れた抵抗の全部であったのである。

重臣第一の家康も、側近筆頭の三成も表向き何も云えない有様だから、最初に遠征の用意を命じられ、朝鮮とのカケアイを命じられた対馬の宗義調、義智《よしとし》父子がこまったのは云うまでもない。

★

宗義智は朝鮮の事情に明るい者を秀吉のもとへつかわして、出兵の代りにミツギモノと人質をとってすませてはと一応は云わせてみたが、秀吉はききいれるどころか、朝鮮王が日本の家来となって進んで入朝拝謁に応じなければ征伐の軍勢を送るから、そうかけあえと厳命した。

対馬は朝鮮貿易にたよって命脈をつないでいる小国だから、とても朝鮮に向って大きなことは云えない。そこで朝鮮から日本へ通信使を送ってくれないかとたのんだ。それを秀吉の前では朝鮮が帰服して入朝したというようにごまかして戦争をさけようとの腹であったが、通信使の派遣を朝鮮に二度たのんで、二度とも拒絶をくった。

ところが秀吉は小西行長と加藤清正を朝鮮遠征の先鋒《せんぽう》に予定して九州に領地を与えて用意を命じており、朝鮮が帰順しなければ行長と清正をただちに攻めこませるから、と宗に向ってきびしくトクソクした。

もう猶予できぬから宗義智は自ら朝鮮へのりこみ、日本の派兵の用意ができていることを告げて、通信使の来朝を懇願した。そこで朝鮮でも事を荒立てたくないから、通信使をさしむけることになった。

むろん朝鮮側では対等国へ外交使節を送ったつもりで、宗義智と小西行長がこれを朝鮮帰服の使節ですと称して秀吉にひきあわせるものとは知らなかった。

宗義智は小西行長の妹を室としており、二人はこの件でははじめからレンラクがあったようである。まだそのころの秀吉は支那まで征服するなどとは言っておらず、朝鮮王の帰順入朝を命じさせて、きかないと軍兵を送って征伐すると公言していただけだから、秀吉をだまして朝鮮帰順と思いこませることができれば戦争は避けられると二人は考えていた。

朝鮮は当時は明国《みんこく》の属国であるが、歴史的に見れば日本も支那の属国で、席次は自分の下の国だと朝鮮側では考えていたのだから、日本の家来となって入朝せよと談判したってムダなことは分りきっている。だから名目は通信使で結構だから、外交交渉によって派遣に応じてもらう可能性のある使節をだしてもらい、これを秀吉の前へ連れて行って帰服の使者でございとごまかしてしまう。朝鮮語通訳は対馬に居るだけで、日本内地へ来てしまえば、学僧を間に立てて漢文で筆談してどうやら意志が通じるというテイタラクだから、秀吉と朝鮮使節の双方をごまかして、秀吉には帰服入朝と思いこませ、それを朝鮮側にはさとらせないという方策も可能であろう。これでうまく行きさえすれば戦争がさけられるのだから、と行長と義智は考えていた。

計画通りうまく行けば、当を得た策であったと云えよう。そして、事実うまく行ったのだが、足もとから思わぬ伏兵がとびだした。これで戦争がまぬかれたと思いのほか、朝鮮の次には大明征服だと秀吉の慾が急に一ケタふくれてしまった。秀吉は朝鮮の使者に向って、

「お前の国がオレの家来になったから、次は大明国だ。近々大明国へ攻めこむからお前たちは道案内の用意をしておけ」

と命じ、それと同じ意味のことをもっと威張り返って表明した朝鮮王への返書を与えた。

朝鮮使節がこの返書を読んでみると、自分の国が日本の家来になって入貢《にゅうこう》したことになっているから驚いて談判すると、行長の通辞の学僧がシドロモドロにツジツマを合せ、返書の字を勝手に書き直してしまった。

こういう行きがかりによって、秀吉のみならず日本人全体が朝鮮は日本の家来になったものと考えた。

★

そこで大明進攻が発令されると、行長と義智はこまった。

朝鮮が案内に立たないと、自分たちのカラクリがバレてしまうから、進攻に先立って秀吉に願いでて、朝鮮はああ云っても本当に道案内するかどうか不確かだからと交渉を許してもらった。後づめの清正以下の大軍を朝鮮の島や対馬や本土に待機させて、釜山に上陸、城主にかけあって、朝鮮近海だけでもすでに十数万の日本軍を待機しており、後づめは本土に無数に出陣準備完了して命令を待っている。いま秀吉を怒らせると忽《たちま》ち大軍が攻めこんでくるから、おとなしく道案内に立つ方がよかろうと脅迫したが、猿面郎《さるめんろう》が大明進攻などとは蜂が亀の甲を刺すようなものだ、と相手はせせら笑ってとりあわない。

義智の永年の屈辱的な折衝と板ばさみの苦痛がここに至って逆上的にバクハツし、いきなり釜山城へ攻めこんで攻め落す。

行長もあきらめた。こうなれば仕方がない。幸い自分が先鋒であるから、行く手に立ちふさがる敵を斬りふせ、まッしぐらに京城へ乗りこみ、朝鮮王と直談判《じかだんぱん》して道案内を要求しなければならぬ。覚悟をきめて行長は進軍の号令一下京城めざして走った。

後づめの清正はじめ諸将は行長の心を知らないから、功をあせってだしぬいたと考えた。そこで待機の大軍はつづいて上陸、負けてなるかと京城めがけて殺到する。

清正は行長に一日おくれて京城に入ったが、京城突入の使者を急がせて誰より先に秀吉の本営へ到着させ、まさか一番のりでございとは云えないから、ただ今入城と報告、我こそは一番のりと思いこませる苦肉の策をめぐらしたが、行長の方は一番のりの戦功などにこだわっているような心境ではない。

京城に突入するや密使を朝鮮の本営にさしむけて、道案内の交渉をはじめたかと思うと、実はそうでないから面白い。彼は朝鮮の道案内などそッちのけに、明との和平交渉をきりだして、朝鮮にそのアッセン方を申入れた。

行長の腹では明との和平条約はどうでもよいという考えだ。朝鮮の通信使を帰順入朝の使節だとごまかしたデンで、明国とどんな国辱的な和平条約を結んでも、それを握りつぶして表向き分らなければ構わんじゃないか。その代り、とにかく名目はなんでもいいから明国の使者を日本へつれて帰って、これを明国の降服入朝の使者でございとごまかしてしまう。

和平条約の内容がどうあろうと、明の使者を連れ帰ってなんとかツジツマが合いさえすれば戦争をしなくともすむ。シッポがでたら、オレが死ぬまでのことだという覚悟であった。

首府京城まで攻めこまれれば、朝鮮も日本の実力が分ったであろう。すでに朝鮮は足下にふんまえられたようなものだから、言われるままに明との和平アッセンに立ち働くものと見たのが大マチガイであった。

朝鮮側は日本軍を軽蔑した。いきなり明との和平アッセンを申入れるのは、ここまで攻めてくるのが精いっぱいのせいだろう。

朝鮮は明の援軍を当にしている。自分に実力がなくて人の力を当にする者に限って、後楯《うしろだて》をタノミに相手を軽蔑し易いものだから、なんだい、日本はそれだけかとにわかに甜《な》めてかかって、返答の代りに突然全軍をあげて行長陣へ逆襲をかけた。

行長も不意をくらッて一度は崩れたが、立ち直ると相手は鉄砲も持たない弱兵のことで、いっぺん進軍が止るとその一線が同時に逃走開始の地点、てもなく撃退されてしまった。

明の大軍が近づいた。京城に参集した日本軍はこの大敵をいかに迎え討つべきか軍略会議がひらかれる。敵の主力を迎えての一大会戦だから、主力を京城に集中、堅陣を要所にかまえて敵の来るを待ち一大決戦を考えるのは理の当然。

しかるに行長がすッくと立ち上り、傍若無人の怪気焔をはいた。

「お前さん方は明の大軍ときいて臆しましたね。源平の昔から日本の戦争では勝機は先制攻撃にありときまったものだ。拙者が習い覚えた兵法には守るという手がないね。よって、お前さん方がここに守陣をかまえるなら、それはお前さん方の勝手だが、拙者だけは只今より平壌に向って進撃します。ナニ、平壌までとは限らない。鴨緑江《おうりょっこう》を越えて明国の首府北京までオレ一人で突ッ走るよ」

ムチャなことを言いだした。しかも当人は傲然とそッくり返って、他の将軍どもをこの弱虫めという顔だった。

行長にとっては戦略もヘチマもなかった。なんでもかまわん、全軍の先頭へでて、明軍の総大将と直接和平ダンパンしなければならぬ。先頭へ。先頭へ。問題は、それだけなのだ。

行長は平壌へ勝手に前進してしまう。他の者も仕方なしに、先頭の行長に合せてタテにのびた妙な陣をしいてしまった。このおかげで日本軍は大敗北を喫したが、改めて備えを立てると、歴戦にきたえた日本軍のこととて弱くはなかった。両々対峙《たいじ》して戦局停頓。行長はぬからず使者をたて秘密の和議に熱中した。

明国政府は軍隊が到着するまでのツナギの役のツモリかも知れなかったが、市井の無頼漢の沈惟敬《ちんいけい》という者の才能を見こんで、和平使節として派遣していた。

沈惟敬は元来が国政などと縁のない市井人で、商人あがりの行長とは素性に於ても考え方に於ても相通じたものを持っていた。

彼は国家なぞというものが尊大にふんぞり返って名誉だの面子《メンツ》だのとこだわるのがおかしくて仕様がない。ムダな戦争なんぞしなくてすむならこれに越したことはないではないか。和議ですむなら、和議にかぎる。

彼は市井人の鋭敏なカンで日本の狙いは貿易だと見ていた。それが日本の狙いなら和議は易いと思っていたが、行長と交渉をはじめてみると、行長の気持は彼にピッタリ分って、和議などといういかめしさでなく、まるで商談のように気合の通じるものがあった。

行長が条約に譲歩の意をほのめかして、よしなき戦争をさけるためにしきりに和平を急いでいるから、惟敬はそこにつけこんで徹底的に支那に有利な条約へ持ってゆく算段ではあったが、しかし、とにかく戦争せずに和平の線でうちきりたいという点では両者はカンタン相てらし、和平などはいらぬことだという明軍の総大将李如松《りじょしょう》よりもむしろ行長の方が惟敬は好きであった。行長とてもそうで、好戦的な日本将軍よりも惟敬と相許す気持の方がはるかに強いものだった。

和議の条件として、朝鮮側から日本軍の釜山撤退と、清正に捕虜となった二王子の返還という二ケ条をだした。ところが日本軍の撤退は日本軍を怒らせるし、二王子は清正の捕えたものだから行長の一存では決しかねることだった。すると沈惟敬は行長の気持を察して、日本軍の撤退も王子の返還も単なる面子問題で、急いでどうこうという大事ではない。実質的に有利な条約をかせぐのが今の急務だと考えたから、

「日本軍の面子をシゲキするだけのことに拘泥《こうでい》して和平をおくらせるのは無意味だから、この二ケ条は見合せて実質的に利得をもたらす条約をかせぐ方が得ですよ」

と説いたが、朝鮮側はこれをきいて大立腹、李如松またそれに輪をかけて怒って、

「この二ケ条をけずって媾和《こうわ》とは明国の威信を汚す食わせ者だ」

と刀のツカに手をかけた。市井の無頼漢沈惟敬は本性を発揮してむくれた。

「あなた方は日本軍と対峙して睨《にら》み合ったまま自分の力で一歩も日本軍を押し戻せぬではないか。朝鮮軍ときては風にまかれる木の葉のように首府まで捨てて逃げだしたくせに、媾和条約を利用して撤退を要求してゆずらないとはお前さん方こそ国の威信を汚すものだ。たって撤退させたかったら自分の武力でやってごらん。お前さん方が敵を一寸一尺も押返す力がないにも拘《かかわ》らず敵をまるめて有利な条約を結ぶためにオレが苦心しているのに、手前の力不足を条約で間に合わそうとは何事だ」

斬るなり突くなり勝手にしやがれと李如松の刀の前へどっかと大アグラ。沈惟敬とはこういう男であったから、自分方に条約の実質をとれば、あとは行長のタノミをきいてやり、彼の苦しい立場を救うために日本へ行って秀吉をだますための一役をかうことも辞さないような大胆不敵でキップのいい市井の俠客的な外交官であった。

日本側からの要求は全部蹴られて、貿易復活一ツだけ明側が承認した。ところが、これにも但し書があって、足利義満の前例のように秀吉が、明に降伏してその家来となり、明王の名で日本国王に封じてもらう。その上でなら貿易再開を許可してやると云う。

この但し書に行長が思案にくれていると、惟敬は首をスポンと手で斬ってみせて、

「ネ。これ、ネ。私もあなたにつきあって、日本へ行ってあげるよ。日本に降参した明の使者を連れてきたと云いふらして、日本の面子たてるよろし。それでもアンタがしくじるなら、地獄までもつきあってあげるよ」

そこでカンタン相てらした二人は、秀吉の降表を偽造して明に奉りよって日本へ冊封使《さくほうし》が送られる。この冊封使が日本の国では明からの降伏に来た使節とまちがえて扱われるのを承知の上で、沈惟敬は悠々と、約束通り行長に地獄までつきあってやる覚悟で来た。

と、秀吉は使節を引見し、お前を日本国王にしてやるという明の国書をきく段でカンムリをつかみすて、国書を引き裂くという騒ぎが起きた筈であるが、実はこの国書は引き裂かれた跡もなく現存している。

朝鮮役というものは、このような細部に至るまで、史伝は現存の史料に食い違い、今もって真相はナゾなのだ。

以上のべたところは日本の史伝と支那朝鮮の史料の食い違いを池内宏博士や徳富蘇峰氏らが整理してこれが朝鮮役の真相だとほぼ定説化していることを土台に書いたものであるが、

これが果して真をうがち、行長の外交の失敗に責を帰すべきや否や、これまた大いに疑問であろうと思う。

★

日本の使節が支那朝鮮へでむいて説得し、お前が日本に降参して家来にならないと攻めこむから、入朝の使節をだせとかけあうだけで、恐れ入りましたと使者をさしだすようなことが有りうると秀吉が信じていたろうか。日本のチッポケな城主でもカケアイだけでオイソレと帰服しなかったものだ。まして朝鮮は日本と対等の大国で、その上、大明国という後楯がついている。そういう大国が対馬の小大名のカケアイ一ツで降参して日本の家来になるなどということが有りうべからざることであるのは秀吉に分らぬ筈はなかろう。

通信使節が持ってきた朝鮮王の国書は、隣好を深めましょう。他の国よりも仲よくしましょうというだけの手紙だ。たったそれだけの意味の甚だ事務的なもので読み誤り様のないものであるし、秀吉も読み誤ってはいなかろう。国書の文面が分り易い善隣使節のものであるにすぎないのに、仲介者の補足する説明で帰服し入朝したものと納得理解したなどということは、すくなくとも当事者その人にとっては有りうべからざることだ。まして人生の表裏に通じた秀吉に於てをや。問題は次の一点だろう。

「しかし、当事者が読みあやまるフリをすることにより人々をも読みあやまらせることはできる」

秀吉が朝鮮国王に与えた返書をよむと、お前の国が早々と、入朝したのは深謀遠慮の致すところで結構であるが、オレが大明征伐するとき、オレの軍営に来り投じるなら更に一そう隣好を深めることになろうとある。

つまりお前の入朝によって隣好を深めたが、さらに明征伐の軍事同盟に発展すれば一そう隣好を深めるものと云うべきであろう、という文章の綾で、この文章を表面的に解すれば、いかにも通信使節の国書にすぎない文章を入朝の国書と読みちがえているようにうけとれる文章ではある。

ところが実はその国書は入朝と誤解し様のないもので、お前さんが日本統一したいのはかねて聞いていたが、道路湮晦《いんかい》のため気にかけながらも賀辞《がじ》をのべるのがおくれた。今後仲よく致しましょう、というだけの何の綾もないアッサリした文面にすぎない。

ところがこの事務的な儀礼文に対する秀吉の返書の気負い方は大変なものだ。自分の母が日輪フトコロに入るとみてオレを孕《はら》んだなどという自伝にはじまって、自分の強さや富力や政治才能をのべたて、オレの向うところ敵なく大明まで一本道だと大言を弄して威張りまくっている。要するに大ボラをふいて威勢を見せるのが返書の目的にすぎないようだ。

つまり朝鮮王の国書が電報のように事務的でアッサリしているのを、秀吉の返書が一生ケンメイに補っているようなものだ。そういう心理作用を汲みとることもできる文章なのである。

つまりその「実」がないと知ればこそ、この誇大な文章の必要もあったというカタムキを見ることができる。本当に先方がコッちを怖れ敬まって入朝したのなら、むしろ威張ることはない。お前の赤心見とどけた。以後忠誠をつくせというような事務的な返書の方がむしろ至当であろう。

しかるに返書は誇大で長文であるが、さてこの返書を読んだだけでは、朝鮮が日本の家来となるため挨拶に来たそうだが、その挨拶は国書によって示されたのか、使者の口頭で示されたのか他の何かで示されたのかは知る由もない。そして、そんな証拠は示さなくとも、これが何よりの証拠だとばかりに、威張り返り、ダボラを吹きまくって威勢を見せ、相手を一段も二段も低く見下して、早々とよくぞ入朝に気がついた、なぞとこれ見よがしである。かほどまでこれ見よがしにやらないと世人を説服できないためのくろうがうかがわれるような大努力である。

末尾に至ってにわかに軽く「いろいろの珍しい方物をおさめておく」と結んでいるが、この結びの一句に限っていと軽いのは、ここにだけ方物という言葉の示す入朝の物的証拠があるためで、ために文章を重くゴテゴテ弄する必要がないというオモムキを見ることもできるのである。

むろん朝鮮使節のもたらしたのはただの手ミヤゲで、入朝の方物とは意味が違うが、善隣使節にすぎなくとも国家から国家への手ミヤゲだから莫大な数量で、その数量は大名から大名へのチャチな手ミヤゲを見なれた世人をビックリさせるものであったから、そこにつけこんで、これを入朝の方物と見立てても不自然でなく、この一点に限って世人に入朝の事実ありと納得させる実力があった。したがって、この一事だけは実力があるから、この一句に限って文章軽く、しかも末尾に至ってさも何気なくちょッと思いついて執りあげた余計物のように軽く流すことによって他の全文が実力をましたように見える。今までのゴタゴタとむやみに気負いたった威勢や見栄にもそれぞれ更に磐石《ばんじゃく》の根があるように納得させる効果がある。それを狙っているようである。そういう巧妙な文章と解する見方が可能なのである。中間に通訳が介在するにしても、この通信使節の国書のように飾りのない事務的な文章を議題にして、これを入朝使節の国書也と論断するに至る過程は考えられないものである。すくなくとも論議を交す当事者にとって不明確な外交問題はあるまい。正確な認識に至るまで論議されて余すところがないのが自然だ。

ただ外交は国民にとっては全く不明確でありうるし、一二の当事者以外の閣僚重臣にとってすら全く不明確でもありうるだけだ。私はこの戦争の結果そういうことを知った。そしてこの戦争から得た教訓のようなものは、歴史を解釈するメドとしては書斎の百年の推論をくつがえすに足る力があろう。

私は当事者の秀吉や側近随一の三成のような鋭い人々が通信使の明快な国書を入朝の国書と誤断して疑わなかったということを信じることができない。

秀吉も三成も単なる善隣通信使と知りながら、入朝使と故意に断じた。それは国民の目をそう信じさせるためだろうと私は思う。

こう断ずれば附随して結論しうることは、二人のほかにこの事実を知っていた更に一人の人物は小西行長で、彼こそは秀吉の密旨をうけて実地に活躍した朝鮮役の唯一の主役だという事実であろう。

行長は元来堺の貿易商人の倅《せがれ》で、備前の商人のところへ養子に行った男であったが、浮田が秀吉に攻められたとき商人ながらも外交手腕を買われて降伏の使節にバッテキされ、それが縁で秀吉にも外交手腕を認められて武士にとりたてられた経歴の持主であった。

その彼が朝鮮役の最初のプラン時代から清正と共に遠征軍の先鋒に予定され、しかも清正よりも先頭の第一陣に定められていたということは、彼の役目がはじめから全軍の先頭に立って外交交渉に当ることにあり、つまりこの遠征には秘密の外交にゆだねられた隠された目的があったのだと私は思う。

その目的は恐らく貿易再開であろう。沈惟敬その他支那側がどういうわけか日本の真意は貿易にありといち早く見ているのはそのためであろう。

しかし、日本人にはなぜそれを隠す必要があったろう？　私の考えでは、朝鮮や支那に向ってカケアイだけで入朝しろ朝貢しろと命じてもハイ致しますときぎいれるとは考えられないと同様に、従来の行きがかりから判じて貿易再開もカケアイだけでは見込みがなかったせいではないかと思う。今日と違って当時は貿易が重く見られていないから、貿易再開の要求のために大軍を動かすということは天下の英雄をもって任ずる秀吉にとってハバカリがあったろう。どっちみちカケアイで埒《らち》があかぬことなら、入朝を要求し、その拒絶を口実に戦争する方が外聞がいいし、秀吉の好みにも合っていよう。また表面入朝征伐を呼号する方が貿易を有利な条件で再開する一因になりうるという可能性も考えられよう。

だから、秀吉がカンムリをかなぐりすてて国書を破るべき場合は、朝鮮使節の国書の場合だってそうあってフシギはない筈だが、実はどっちの場合もそんなに怒ってやしないのだ。彼は知っていたのだ。ただ朝鮮使節の場合は入朝使節と思いこんでみせたり人にも思いこませたりする手段があったが、明の使節の場合はその国書を冊封使以外のものにこじつける手段がないと分ったから、二日目に至ってようやく怒ったのだろう。熟考して手段をもとめて良策を得ず、また人々の声をさぐってビボー策なしと知り、しからば怒る以外に手なしと断じておもむろに怒ったように私は思う。

秀吉としては大軍を動かすことの損失も貿易再開によって取り返せるとの計算あってやったのかも知れんが、なるべく損をしないように、またイタズラに戦争を大きくしないように、それが彼のひそかな、しかし激しい願望でもあったろう。

そして日本人には真の目的が知られぬようにツジツマを合せ、実情は自分が降参しても構わんが日本人には朝鮮と支那が負けて降伏入朝したと見せかけて、実は貿易再開の一事を成就すれば足るという計画であったろうと私は思う。

それらの願望をひッくるめて密旨の全部を一身にうけ、一任されて先頭に立ち、死にもの狂いで苦難の任務に挺身したのが行長であったと私は思う。

恐らく秀吉と三成以外の誰も知らない困難な任務であったが、行長の苦痛にみちた苦労がいかばかり激しいものかということは身にしみて知る秀吉であり、朝鮮通信使派遣にはじまって彼がむずかしい秘密の任務を人に知られず着々果してくれることに深く感謝していた秀吉ではなかったろうか。

清正が朝鮮の人々に向って行長は卑しい商人の生れだとヒボーしたカドによって召還されて罰を受けたのも、人に知られぬ行長の辛苦に深いイタワリがあってのせいではないかと考えられるのである。

戦略上では行長の平壌前進などは大失敗であるが、もっと小さな戦略の失敗でクビになって呼び戻された人があるのに、彼だけはお咎めなしであるし、外交上のことでも、沈惟敬に向って秀吉が投げつけた烈火の怒りの何分の一かは行長にも向けられて然るべきだが、そのこともない。むしろ行長は常にいたわられてために愛臣清正すらも不興を蒙るほどであった。

行長に限って高山右近とともに最も深い彼の切支丹《キリシタン》信仰や宣教師保護が問題にもされず、はるかに信仰の浅い黒田如水らが睨まれるというムジュンは、外交官行長の才腕が秀吉に高く評価され、支那朝鮮の次にヨーロッパとの外交や貿易の問題が秀吉の意中にあって、その外交の立役者も行長に予定されていたせいではないかと私は思う。

要するに行長は、秀吉が己れの意中を安んじて一任し得た当代抜群の外交家であったと私は判断するのである。

行長は朝鮮役の大役が完全な秘密外交に終始して、しかも失敗の全責任は己れの一身に着る必要があったような割の悪い役割であったために、その才腕は人の知るところとはならなかったし、また、切支丹は自殺を禁じられているために関ケ原の役に負けて甘んじて縄目の恥をうけた事が武将にあるまじき卑怯なフルマイと批難されるようなことが重なって、彼の才能は過小に評価されすぎてしまった。

しかし朝鮮役に行長の秘密外交が前線武将たちにも知られなかったという一事だけですら見上げたものではないか。公然と外交手腕をふるう機会にめぐまれたならその活躍は目ざましかったろう。

彼は随一の切支丹保護者とうたわれたほど信仰生活を偽らぬマジメな信徒であった反面、怪物的な無頼漢外交家沈惟敬ともカンタン相てらして利用され利用する境地をひらきうるほどの幅の広さもあった。しかも彼と相許した支那の怪物は、自分の国の将軍を裏切っても、行長を裏切ったことはなかったのである。

外交官の才能の絶対的な条件は誠意であると云われているが、行長はその条件にかない、しかも神の国の人とも、怪物とも自在にそれぞれ正しく交わるという珍しい幅の広さと術策にも恵まれていたのであった。

以上の評価は、行長が朝鮮役に見せた活躍を、秀吉は朝鮮の通信使節を入朝使節と誤断する筈はないという仮定から出発して考えない場合でも、当てはまるように思う。独断で和平を策したとすれば、その識見もまた偉なりと云うべきではないか。そして全ては行長独自の画策断行であったとすれば、最後までシッポのでなかった神通力が一そう奇怪で怖しいようなものだ。

とにかく、実にジミで衒気《げんき》なく、しかも痛快な外交官であったと私は思う。

家康

徳川家康は狸オヤジと相場がきまっている。関ケ原から大坂の陣まで豊臣家を亡すための小細工、嫁をいじめる姑婆アもよくよく不埒《ふらち》な大狸でないとかほど見えすいた無理難題の言いがかりはつけないもので、神君だの権現《ごんげん》様だの東照公だのと言いはやす裏側で民衆の口は狸オヤジという。手口が狸婆アの親類筋であるからで、民衆のこういう勘はたしかなものだ。

けれども家康が三河生来の狸かというと、そうは言えない。晩年の家康は誰の目にも大狸で、それまで家康は化けていたというのだが、五十何年も化けおおせていた大狸なら最後の仕上げももうすこしスッキリとあかぬけていそうなものだ。関ケ原から大坂の役まで十年以上の時日があり、その間家康はすでに天下の実権を握っており、諸侯の動きもほぼ家康に傾いていていて、彼が大狸ならもっとスッキリやれた筈だ。十年余の長い時間がありながら彼のやり方は如何にも露骨で不手際で、まったく初犯の手口であり、犯罪の常習者、あるいは生来の犯罪者の手口ではなかったのである。

十三の年に伊豆へ流されてそれから三十年、中年に至るまで一介の流人《るにん》で、田舎豪族の娘へ恋文でもつけるほかに先の希望もなかった頼朝だが、挙兵以来の手腕は水際立ったもので、自分は鎌倉の地を動かず専《もっぱ》ら人を手先に戦争をやる、兵隊の失敗、文化人との摩擦など遠く離れて眺めていて、自分の直接の責任にならないばかりか、改めて己れの命令によって修正したり禁令したり、失敗まで利用している。こうして一度も京都へ行かないうちに天下の権が京都から鎌倉へ自然に流れてくるような巧みな工作を施したものだ。

もっとも頼朝の場合は京都を尊敬するという形式を売って実権を買ったので大義名分があり、京都の方に敵もあったが味方も多い。藤原一門の対立の如きものもあり、九条兼実《かねざね》の如く頼朝から関白氏《うじ》の長者を貰って、頼朝に天下の実権を引渡すような、いつの世にも絶えまのないエゴイストの存在が巧みに利用せられているのである。

家康の場合は先ず根本が違っていて、豊臣徳川は同一線上に並立するものであり、朝廷と武家というぐあいに虚名を与えて実をとるということができない。亡ぼすか、さもなければ四五十万石を与えて自分の家来にするか、どっちみちその一方が名も実権も共にとらざるを得なかった。彼は征夷大将軍を称し頼朝の後裔《こうえい》たることを看板にしたが、幕府の経営方針などにも多分に頼朝を学んだ跡があり、義経だ行家だとバッタバッタ近親功臣を殺してまで波立つ元を絶っていった血なまぐさいやり口まで頼朝に習った感がある。昔はそうでなかったのだが初犯以来は別人で、だんだん慾がでてきたのである。豊臣家乗取りの方策などでも出来れば頼朝の故智を習って綺麗にやりたかったであろうが、何と云っても両家対立の事情と朝廷武家対立の事情とは根本が違うので綺麗ごとというわけに行かない。元来が保守的な性癖で事を好まぬ家康で、狸どころか番犬のような気の良いところもあるのだが、ええママヨとふてくされて齧《かじ》りつくと忽《たちま》ち狂犬の如くになったので、アラレもなくエゲツないやり口が寧ろ家康の初々《ういうい》しさを表していると見てもよい。

信長が横死する。いちはやく秀吉が光秀を退治して天下は秀吉のものとなったが、同時に世人は家康を目して天下の副将軍というようになった。小牧山で戦闘の上では秀吉をたたきつけていることが評価せられた意味もあるし、信長とは旧来の同盟国の家柄で成上りの秀吉とは違うというようなその不遇に対する同情もあった。然し、家柄への同情といっても本人に貫禄がなければ仕方がないので、織田信雄《のぶかつ》が信長の子供だと云っても実力がなければ仕方がない。万事実力が物を言う戦国時代であった。

ところが実力といっても各人各様で、人物評価の規準というものは時代により流行によって変化する。陰謀政治家が崇拝せられる時期もあれば平凡な常識円満な事務家の手腕が謳歌《おうか》せられる時期もある。家康がおのずから天下の副将軍などと許されるようになったのは、たまたま時代思潮が彼の如き性格をもとめるようになったので、彼は策を施さず、居ながらにして時代が彼を祭りあげて行った。

当時の時代思潮は何かといえば、つまり平和を愛し一身の安穏和楽をもとめるようになったということだ。一般庶民が平和を愛するのはいつの世も変りはないが、槍一筋で立身出世をし、戦争を飯よりも愛した連中が戦争に疲れてきた。

日本の戦争は武士道の戦争だなどと考えると大きな間違いで、日本の戦史は権謀術数の戦史である。同盟だの神明に誓った血判などと紙の上の約束が三文の値打もなく踏みにじられ、昨日の味方は今日の敵、そうかと思うと昨日の敵は今日の味方で、共通する利害をめぐってただ無限の如く離合する。一身の利害のためには主を売り友を売り妻子を売り、掠奪《りゃくだつ》暴行、盗賊野武士から身を起して天下を望むのが自然であるから時代の道徳も良識もその線に沿うたているのは自然である。

親類縁者といえども信用できず、又、信用しておらず、常時八方に間者を派し、秘密外交、術策、陰謀は日常茶飯事だ。ルールというものはなく、ルールというものがありとすれば、力量や器量にまかせて何をやってでも勝てば良い、勝った者に全ての正義があるというルールなのである。力量に自信ある者、野心家、夢想児にとって、力ずくの人生は面白い遊戯場だ。ところが力にも限度があって、昨日の大関、関脇などが幕下へ落ち遂には三段目へ落ちて引退するというようなことにもなり、限度は力業《ちからわざ》には限らない。智力にも限度があり年齢があるものだ。気力とてもそうである。

芸術の仕事はそれ自体がいわば常に戦場で、本来各人の力量が全部であるべきものである。力量次第どんな新手をあみだしても良く、むしろ人の気附かぬ新手をあみだすところに身上があり、それが芸術の生命で、芸術家の一生は常に発展創造の歴史でなければならないものだ。けれども終生芸に捧げ殉ずるというような激しい精進は得難いもので、ツボとかコツを心得てそれで一応の評価や声名が得られると、そのツボで小ヂンマリと安易な仕事をすることになれてより高きものへよじ登る心掛けを失ってしまう。別段間者がいるわけでもなく寝首をかかれるわけでもなく生命の不安があるわけでもない芸術の世界ですらそうなので、自由の天地へつきはなされ、昨日の作品よりは今日の作品がより良くより高く、明日の作品は更に今日よりもより高く、と汝の力量手腕を存分にふるえと許されると始めは面白いやってみようという気でいても次第に自分の手腕力量の限度も分ってきて、いざ自分がやるとなると人の仕事を横から批評して高く止っていたようには行かないことが分ってくる。それで始めの鼻息はどこへやら、今度は人のつまらぬ仕事までほめたりおだてたりするのは、自分の仕事もそのへんで甘く見逃して貰いたいという意味だ。

本当に自由を許されてみると、自由ほどもてあつかいにヤッカイなものはなくなる。芸術は自由の花園であるが、本当にこの自由を享受し存分に腕をふるい得る者は稀《まれ》な天才ばかり、秀才だの半分天才などというものはもう無限の自由の怖しさに堪えかねて一定の標準のようなもので束縛される安逸を欲するようになるのである。

戦国時代の権謀術数というものはこれ又自由の天地で、力量次第というのであるが、こうなると小者は息がつづかない。薬屋の息子だの野武士だの桶屋の伜《せがれ》から身を起して国持ちの大名になったが、なんとかこのへんで天下泰平、寝首を掻かれる心配なしに、親から子へ身代を渡し、よその者だの自分の番頭に乗ッ取られるような気風をなくしたいということを考えるようになった。

信長が天下統一らしき形態をととのえ得たころから諸侯の気持はだいたい権謀術数の荒ッポイ生活に疲れて、秩序にしばられ君臣の分をハッキリさせて偉くもならぬ代りに落ちぶれも殺されもしない方がいいと思うようになってきた。秀吉の朝鮮征伐に至って諸侯の戦争を厭う気持はもうハッキリした。そこでそれまでは松永弾正だの明智光秀のような生き方がまだ通用していたのだが、その頃からはこういう陰謀政治家やクーデタ派は一向に尊重せられない気風となり、諸侯は別に相談したわけでもなく家康を副将軍と祭り上げ、それにつづく人物は前田利家だときまってしまった。これが三十年前、信長青年頃の世相であったら家康だの利家が人物などと言われる筈はない。黒田如水とか島左近などというのがむしろ人物と言われたであろう。

家康の出処進退というものは戦国時代には異例であった。彼は信長と同盟二十年間、ついぞ同盟を破らなかった。同盟を破らないのは当り前じゃないか、と今日は誰しも思うであろうが、当時は凡《およ》そ同盟をまもるということが行われておらぬので、利害得失のために同盟を破るのが普通であり、損を承知で同盟をまもり義をまもるなどとは愚かであり、笑うべきことであり、決して美談だとは考えられておらなかった。家康はその愚かにして笑うべきことを二十年間まもりつづけ、信長の乞いに応じて勝つ筈のない信玄相手の戦争もやる。この戦争のときは家来が全部反対で、絶対に勝ちみがないのだから同盟の約を破って信玄に降伏する方がいいと主張したものだ。戦争を主張し同盟を守ることを固執した唯一の人物が家康であった。そして予想せられた如く完膚なく敗北し、家康は血にそまって、ともかく城へ逃げ帰ることができたのである。そうかと思うと姉川の戦には乞いにまかせて取る物もとりあえず駈けつける。金ケ崎で退却となり、退却の殿《しんが》りのいのちがけの貧乏籤《くじ》を木下藤吉郎と二人で引受ける。家康はこういう気風の人で、打算をぬきに義をまもるという異例の愚かしいことをやり通した。

前田利家という人は、秀吉が木下藤吉郎という足軽時代からの親友で、その頃から女房をとりもったりとりもたれたりの間柄。ともども出世して友情に変りはないが、同時に正義のためには友情とても容赦はしないというのが利家で、彼は正義派だ。その正義とは義であり忠であり、これ又秘密外交陰謀政治の当時には異例で、秀吉の天下になってのちは豊臣家というものを日本の中心と心得、自分の天下というような野心はもたない。

こういう御両人であるから信長以前の戦国乱世では大人物どころか三流四流の小者であり、大馬鹿野郎の律義者で笑われてもほめられることはない筈だが、天下の気風が変ってきたから、自然に諸侯の許す大人物となった。芸術の仕事は書き残しておけば他日認められて正当の評価を受けることも有りうるけれども、政治家などは現実に機会にめぐり合わなければそれまでで、家康や利家ぐらいの人物はいつの時代にもいたであろうが、ちょうど時代に相応する、機会にあうということで力量手腕を全的に発揮して歴史に名を残すこととなる。力量手腕を存分に発揮する機会を得れば十人並以上の人なら相当のことは誰でもやれる。時代の支持があるかどうか、ということが問題で、家康の場合は時代の方が先に買い被《かぶ》ってでてきた。家康は十人並よりはよっぽど偉い人で、公平に判断しても当代随一の人傑であったが、時代が先についてきたのでむしろ時代に押されて自分自身を発見して行ったようなお人好しで鈍感でお目出度《めでた》いところのある人であった。

家康が副将軍だなどと言われて大変な人望があるものだから、秀吉の側近の連中は家康の変に鄭重慇懃《ていちょういんぎん》な律義ぶりを信用せず、三河の古狸には用心しなければというような疑心をいだいてそれとなく秀吉にほのめかす。そのたびに秀吉は、家康という人は案外あれだけの人で、温和な人だ、と言いきかせていた。家康は温和な人だという評言は秀吉の家康についての極《きま》り文句のようであった。秀吉は知っていたのである。然し、怖れていた。秀吉自身、彼は今こそ天下者であったが、信長の家来のころは天下などは考えない。彼の野心の限界は信長第一の家来ということで、その信長のあとをついで天下をという野望はなかった。たまたま信長が横死して自然に道がひらかれたから天下を狙って動きだしたにすぎなかった。彼もいわば温和な野心家、節度のある夢想児であったのだ。家康も温和な人だ。けれどもいつの日かその眼前に天下に通じる道が自然にひらかれたとき、そのときを思うと家康という人は怖しい。いったん道がひらかれた時、そのかみの彼自身が俄に天下をめざす獰猛《どうもう》な野心鬼に変じた如く、家康も亦いのちを張って天下か死かテコでも動かぬ野心鬼となる怖れがある。そういう怖れをいだくのも、家康自体にその危さが横溢しているためよりも、時代の人気があまり家康に有利でありすぎたせいだった。信長の下の秀吉などは凡そ世評はただ有能な家来の一人というだけのこと、柴田も丹羽も同じことで、信長と肩を並べるぐらいに副将軍など言われるような人物はいなかったものだ。そこで秀吉は家康の温和さを疑ることはなかったが、世評の高さのために彼の心中ひそかに圧迫せられるものを堆積するようになっていた。それも彼が気力旺盛のころは、別に家康を怖れるというほどでもなかったのだ。

家康は子供の時から親を離れて人質ぐらし、他人の飯をくいながら育った人である。彼の生家は東海道の小豪族で、今川と織田にはさまれ、一本立の自衛ができず、強国にたよって生きる以外に術がない。家康の父広忠は今川にたより家康を人質として送ったが、今川の手にとどく前に織田の手に奪われてしまった。このとき家康は六ツであった。

織田信秀（信長の父）は家康を奪ったから広忠に使者をたて、今川との同盟を破って自分の一味につくように、さもないと子供を殺すと言わせたが、広忠は屈せず、子供の命は勝手にするがいい、同盟はすてられない、とキッパリ返答した。信秀はせっかくの計も失敗したが別段家康を殺しもせず、むしろ鄭重に養ってやったということで、二年間織田のもとに養われていた。八ツの年に信秀が死に、これにつけこんで今川勢は織田を攻めて、家康は助けだされたが、このとき父広忠はすでに死んでいた。改めて今川の人質となってお寺住い、坊主から教育を受けて十五まで他人の飯をくって育ったのである。

八ツの年に、人質にでている間に父を失ったのであるから、家康には父の記憶がなかった。広忠は二十四の若さで死んだが、聡明な人だが病弱で神経質で短慮であったという。家康にとって父の記憶といえば父の風貌面影に就ては殆《ほとん》ど何も残っていない。ただ、今川へ人質に送られる途中、織田家の者に奪いとられ、その彼自身を種にして織田から徳川へ一味をせまったとき、子供ぐらい勝手にするがいいさ、同盟は破られぬ、とキッパリ答えてきたという父、これぐらいハッキリと記憶に残っている父はないのである。殺されるべき六歳の家康は殺されもせず、むしろ鄭重に育てられた。それは今川家に於けるお寺暮しの八年間よりもむしろもてなされ、いたわられたほどで、したがって家康の織田に対する記憶は元来悪くない。しかしながら、幼少年期の数奇な運命を規定した一つの原理、原理という言葉は異様な用法に見えるかも知れないけれども、幼少の家康にとって、それは恰《あたか》も原理の如きものであったと思われる。なぜなら少年にとっては最も強烈な印象、強烈な信仰が原理なのであり、それは家康にとって最も強烈な印象であり信仰に外ならなかったからである。

その原理とは、父は自分をすてても同盟に忠実であった、という正義である。家康はその正義を信仰し、その父を心中ひそかに英雄化してはぐくんだ。父は自分をすてたにも拘《かかわ》らず、自分はむしろ織田の厚遇を受けた、そのことすらも父の正義の当然の報酬の如く感じた、或いは感じたがろうとした。こうして彼の環境をつらぬく原理が、やがて彼自身の偶像たる独自な英雄像を育てあげたので、彼が後年信長との二十余年の同盟に忠実であった当代異例の独自の個性がこうして生れつつあったのである。

彼の父が彼を棄てた如く、家康も亦自分の子供を人質にだし、煮られようと焼かれようと平気であった。家康を人質にだして勝手に殺すがいいさとうそぶいた広忠のまことの心事はどうであったか、これをたずねるよしもないが、わが子わが孫を人質にだした家康の場合は冷然たるもので、子供や孫ぐらい、彼は平然たるものであった。従って、彼は秀吉が小牧山の合戦のあとで母を人質によこしたり妹を嫁にくれたりして上洛をうながしたときにも、母や妹の人質などということにはなんの感動もなかったので、ただ時の勢いというものに冷静に耳をすまし目を定めていただけのことであった。

一般に野心家というものはわが子の一人や二人犠牲にしても野心のためには平然たるもののように見えるけれども、案外野心家には肉親的な感情の強い人が多いもので、祖先とか家というものと同化した動物のような保守家の方が却《かえ》って肉親的に不感症で、家のためには子供の一人や二人煮られようと焼かれようと本能的なつめたさを持っているものなのである。家名のためだなどと云って我が子を冷酷に追いだしたり、中には肺病の子供を家名のために早く死んでくれと願ったりする、そういう冷酷な特異性がもはや特に鋭く訴えてこないほど我々の身辺には家名の虫のつめたさが横溢《おういつ》しているのだ。その御当人が自分のつめたさに気附かずに、甘ったるい家庭小説か何かに涙を流しているのだから笑わせる。人は涙というものを何かマジメに考えがちだが、笑いの裏と表にすぎないので、笑いが単なる風とその音にすぎなければ、涙などは愚かしい水にすぎない。妙に深刻に思われるだけむしろバカげたものである。

家康も保守家であった。そして彼は子供だの孫だのの二人三人はどうなろうと平気の平左《へいざ》の人であった。律義者で、温和な考えの人だ。そして、自分に致命傷の危険がなければ人が何をしようと、どんなに威張ろうと、朝鮮へ遠征しようと、親類の小田原を亡ぼそうと、我関せずでいる人だ。時世時節なら何事も仕方がないという考えで、秀吉の幕下に参じて関白太閤などと拝賀することぐらい蝿が頭にとまったほどにしか考えていない。

このままいつ死んでもそれでよし、そういう肚《はら》の非常にハッキリした家康で、そういう太々《ふてぶて》しい処世の骨があったから、野心家のようにあくせくしないが、底の知れないようなところがある。それで古狸などと思われるが、根は律儀で、ただいつ死んでもいいという度胸の生みだした怪物的な影がにじんでいるだけである。

いつ死んでもいいという最後の度胸はすわっていたが、平常の家康はお人好しで、小心な男であった。彼は五十ぐらいの年配になっても、まだ、たとえば近臣が何かの変事を告げ知らせると、忽《たちま》ち顔色青ざめて暫《しばら》く物が言えなくなるたちであったという。秀吉の死後、三成一派が家康を夜襲するという噂の時にも彼は顔色を変えてしまったということで、いい年配になってもそういう素直な人だ。素直という意味は、たとえば我々のような凡人でも、四十五十になれば事に処して顔色を変えないぐらいの稽古はできる。我々は内心ビクついておりながら顔色だけはゴマかすぐらいの習練はできるのである。それは形の上の習練で内容的には一向に習練されてはいないのだが、家康という人は、つまりそういう虚勢の、上ッ面だけのお上手が下手であった証拠だ。彼は顔色を変えしばしば声もでなくなるぐらい顛倒するが、やがて考え、そして考え終ると度胸をきめる。そうするとテコでも動かない度胸の男になるので、負けると分った信玄との一戦にも断々乎として出陣する、秀吉と小牧山で戦い、そうかと思えばアッサリ上洛し拝賀もする。彼の家来の目には薄水を踏むような危険にみちた道を、主たる彼のみが常に自信をもって踏み渡っていた。その自信とは、ままよ、死んでもいいや、ということだ。彼は命をはる人であった。そのくせ彼は命をはって天下を望んでいたわけではない。命をはって、ただ現在の生存を完《まっと》うしていたというだけのことなのである。

秀吉が死ぬ。すると家康が意志するよりも、世間の方が先に意志し、彼は世間の意志に押されて自分自身を発見し、意志するような有様だった。加藤清正などという秀吉子飼いの荒武者まで三成を憎むのあまり家康支持に傾くというのだから家康とても思いの外であったろう。福島正則の如きまで禁を承知で家康と婚を結ぼうとする、いわんや黒田如水などはわざわざ九州から出ばってきて家康を護衛する、名目は三成の天下の野望を封ずるためとあるのだが、それはうわべだけのことで内実は家康の天下を見越してすこしも先に忠勤を見せようというさもしい心掛けだ。

前田利家が死んだ夜、黒田、浅野、加藤などという朝鮮以来三成に遺恨を含む連中が三成を襲撃しようとした。三成は女の籠に乗って浮田の邸へ逃げこんだが、更に家康の邸へ逃げこんできた。追跡してきた面々が騒いでいるのを家康が玄関へ出て行って、諸君の顔も立つようにする、三成は政界から引退させるから助命させてやってくれと頼んで引きとらせた。

その夜更けに本多正信が家康の寝所へでかけて行って、三成のことはどうお考えで、と尋ねると、家康は、アア今それを考えているところだ、左様ですか、お考え中となら別に申上げることもありますまい、と引下ってきたという。正信の考えでは三成を生かしておけば今に徒党を結んで反乱を起す。なまじいに今殺してしまうと、反家康党の反乱という一とまとめに敵を平《たい》げる火口を失うことになるから、ここは生かしておいて反乱を起させる方がよいという考え、それを家康に上申するつもりであったが、家康が思案中だというから、家康の思案なら自分の考えと同じところへ落ちる筈だと呑みこみよろしく引下がったのだという。こんな話は無論後世の作り話で、家康一代の浮沈を決する大問題を禅問答の要領で呑みこんでくるなどというバカげた筈があるべきものではない。特に家康正信はしつこいほど慎重なたちで、かりそめにもかかる軽率なやりとりですませるような人柄ではなかったのである。

然し三成をかくまい、翌朝は護衛までつけて佐和山へ送ってやった家康の肚は、三成を生かしておけばやがて反乱のあげく三成党を一挙に亡しうるという、家康がその肚であるばかりでなく、三成がその肚を見抜きここへ逃げれば必ず助けられると見越して逃げこんだのだという。両々ゆずらず、神謀鬼策、蛇の道は蛇、火花をちらす両雄の腹芸というところだが、話が出来すぎているようだ。

家康は温和な人だという秀吉の口癖は見る人には共通の真実であり、三成もそれを知っていたのだと思う。家康とてもこの微妙な時代に先の見透しなどがあるべき筈はない。結果に於て関ケ原で勝っているから、まるでそれを見越した上での芸当だったと片づけているのだが、関ケ原は一大苦戦で、秀秋の裏切りまでは、家康はすでに自らの敗北を信じていた。彼は無我夢中で爪を噛んで、小伜《こせがれ》めにだまされたか、口惜しや口惜しやと歯がみをしていたという。彼は不利の境地に立つと夢中で爪を噛む癖があったそうで、小伜めというのは金吾中納言秀秋のことだ。この小伜は元来秀吉の甥で、秀吉の養子となって育ったのだが、黒田如水らのとりもちで小早川隆景の養子となった。朝鮮役では秀吉の名代格で黒田如水を参謀に出陣したが生来の暗愚で、朝鮮の戦争でも失策をやり秀吉の怒りにふれて筑前七十余万石から越前十五万石へ移封を命ぜられたのである。ところがまだ越前へ移らぬうちに秀吉が死に代って政務を見るようになった家康のはからいで移封は有耶無耶《うやむや》に立消えてしまった。如水とは深い関係があり家康には恩義があるから、関ケ原へ出陣のため九州を立つ時から如水のすすめで裏切りの約束を結んでいた。この裏切りがなければ、まさしく家康は爪を噛み噛み関ケ原の露と消えていたのであった。

三成は四面楚歌であるとはいえその背後には豊臣家があり、家康の党類は多いと云っても、その中のある者は反三成の故に家康に結ぶだけで、豊臣徳川となればハッキリ豊臣につく連中だった。そういう微妙な関係にあって、三成にことさら反乱を起させてまとめて平げようなどという利いた風な細工が自信満々でっちあげられるものではないので、家康には利いた風な見透しなどというものはなかった。彼はただ肚をきめていた。なるようになれ、死ぬか生きるか。そして彼はともかく自分をたよって逃げこんできた三成を殺すような小細工はできないのだ。うられた喧嘩は買うが、逃げこんだ敵は殺すことができない。家康はまさしく温和で、モグリのできない人であった。

関ケ原で勝つまでは何が何やら目算の立てようもなかったろうと思われる。淀君派と政所《まんどころ》派の対立だの、反三成党の発生だの、それらは曾《かつ》て目算に入れようもなかったことで、まったく目新しい現実であり、彼は現実に直面して一つ一つ処理するだけで精一杯であったろう。そしてそれらの現実の勢いというものを嗅ぎわけて、その勢いに乗れるところまでは乗ろうとする。副将軍むしろ摂政というような格式で諸侯の拝賀まで要求する、どこまで勢いに乗って行けるか、ともかく最後は戦争だ。それだけは分っていた。全てをその一戦に賭ける肚だけはきまっていたが、そこから先の目算はなかった筈だ。

彼が始めて天下をハッキリ意識したのは関ケ原に勝ってからだ。ここで始めて慾というものがでてきた。其時までは肚をきめて一々の現実に対処するのが精一杯というだけのことであった。

保守家で温和で律儀な男が、はからずも自然に天下を望む最前面へ押しだされてしまったので、保守家で事なかれの小心者でも往々にして野心を起して投機などにひっかかるのは世の中に良くある例だが、こういうてあいが慾にからみ我を失うとあくどいことをする。家康は持って生れた用心深さでウィリアム・アダムスから外国事情をきき、自身幾何学の初歩の講義をうけたりして外国というものを知ろうとしたが、又、間者を外地へ派して外国の風俗文化宗教などを探らせ、このやり方は言うまでもなく内地の諸侯に対しては一層綿密であったのは言うまでもない。

けれども豊臣を亡すという最大眼目のこととなると、駄目なので、どうせ奪いとる天下なら有無を言わさず取ってしまえばよいものを、何がなそれらしい名目なしに事を起すということがやりにくい。三好松永流のクーデタができない性分なのである。

こう慾がでてしまうと彼はもう凡人で、この頃から変事にあっても顔色を変えなくなったそうだが、つまり大人になったのだ。その代り肚をすえ命をすててかかるという太々しさ純潔さは失われて、勢いに乗じて自我の抑制もつつしみも忘れただ慾の皮の仕上げをたのしむだけの老獪《ろうかい》な古狸になってしまつた。彼は齢をとってきた。クーデタがきらいだなどというちにいつ死ぬかも知れない怖れもまじってきて、恥も外聞もなく狸婆アの嫁いじめのような泥くさいことを平然とやってのけたが、古今東西、天下をとった男の中でこれぐらい不手際のとり方はめったにない。こんな下手クソな見えすいた口実をつけるぐらいなら始めからアッサリ武力に訴えて然るべきであろうに、それが出来ずにこういう泥くさい不手際でかすめとったというのは、彼はつまり凡そ人の天下をとるにふさわしくない場違い者であった証拠である。

時代というものは奇妙なもので、決してその時代の最大最高とは限らない人物が、時の流行の思潮によって最大最高の位置につく。その下役の参謀などに却《かえ》って人物がいても、時代は識見と相応せずに人柄と取引するような場合が多いので、柄が時代に合わないと、どうにもならないものである。

芸術などは思潮自体流行的なものだから別してそうで、流行作家というものは時代思潮を血肉化して永遠の足跡を残す人は案外少くむしろ歴史的には埋没する性質の多いものなのである。

家康という人は力ずくで人の天下をとるべき性質の人ではないので、よい番頭、よい公僕、そういう人で、議会政治の政治家としては保守党の領袖《りょうしゅう》などにまア似合う人だ。そして新聞から優柔不断だの新味がないだのと年中コッピドクたたかれている人だ。それが戦国時代に生れて奇妙に衆に押されて前面へでて、最後にはファッショの御大のようなクーデタをやらざるを得なくなったから何とも珍無類な古狸の化けそこないのような不手際な天下のとり方をしたのである。

政治家としては新味もなく政策も平凡な保守家で、ただ間違いがないという点で結局保守党の領袖にはなる人であったろう。然し、いざという時に際して、いのちを賭けて乗りだしてくる気魄だけは稀であり、その賭博が野心に賭けられているのでなく、ただ現実を完《まっと》うするだけの小さな現実の誠意にかかっている点で、珍重すべきものであったと思われる。

アメリカの軍陣医学によると、爪を嚙む癖の男は戦争にでると恐怖のあまり発狂するのが通例だということである。すると家康も一兵卒で戦場へでると、臆病者で物の役に立たないような男であったかも知れぬ。実際彼は小心で、驚くたびに顔色を変えるという人物でもあったのである。幸い彼は桶屋の倅や百姓の二男坊や足軽の家などに生れずに、大将の家に生れて、始めからそういう教育を受け、戦争を自主的に行う立場であったから、兵卒なら発狂する線を踏み越えて意慾的な行動をすることができたのかも知れない。彼の足跡をつぶさにふりかえると、この想像も必ずしも奇矯ではないようである。古狸よりは、むしろお人好しの然し図太いところもある平凡な偉人であったようだ。

狂人遺書

水を得た魚という言葉がある。オレが信長公に仕えて後はずッとそういう感じで進退に不自由を覚えることがなかったものだ。だが近年はまるで水のない魚だ。朝鮮へ兵を送る前後から、巷ではオレを狂人と噂していることも知っている。子が死んだので発狂して出兵したと大名どもまで心に思うていることも察している。それも事実かも知れぬ。オレにはオレのことが何より分らなくなってしまった。だがただ一ツ、何よりも分りすぎて苦しんでいることがある。この一ツのために疲れきってしまったのかも知れぬ。巷ではオレが腹に物をためておかれぬ男だと云うそうだが、この一ツだけはまだ誰にも云うたことがなく、この遺書のほかでは死ぬまで必ず誰にも云うまい。オレにはそれが怖しくてたまらなくなった。そこでそれを書きのこしてオレがミセシメになる日の恥をいまわの恃《たの》みにしたいと思う気持になった。

話はだいぶさかのぼるが九州征伐の時のことだ。オレは小西行長にみちびかれ有家《ありえ》の宿舎をでてさる小さな山寺へ行った。そこにオレを待っていたのは六名の唐人であった。小西が九州の諸港から選んで呼び集めた唐の商人であった。唐はいま国号を明《みん》と呼ぶそうだが、オレは小さい時から呼びならわしたように唐《から》とよびたい。オレの心はオレが子供のころのように怯《おび》えにみちて、オレはその頃がなつかしい。

小西は薬屋の倅《せがれ》で、その父は行商に唐朝鮮を股にかけて歩きまわった男だ。そういう家に育ったせいで、小西は海外の事情に通じ、唐朝鮮の人々の気質ものみこみ、貿易のことに明るい。商人の生れながら律儀者で、主に対しては忠誠であり、奴だけは天主を信じても、オレと天主の区別を忘れたことがない。オレが後年、小西の領地にだけはバテレンの居住や布教を黙認したのも奴の気質を見てではあるが、しかしオレの本心は、唐朝鮮の貿易再開に失敗したら、小西の領内で南蛮貿易をやろうとの抜け道をのこしておいたのだ。

しかしオレは九州征伐に出むいたのち、唐との貿易に心をひかれるようになった。もともとオレは貿易には甚だ心をひかれていた。貿易の商人だけで町をつくって諸大名も遠く及ばぬ繁栄をみせている堺の町ほどオレの羨んだものはない。この町は小者に至るまで富み栄え、詩歌や茶道をたしなんでいる。オレは堺の町の繁栄をオレの領地、日本全体のものにしたいと思った。日本全土を平定の後はそれがオレの仕事で、さすがは秀吉よ太閤よ天下者とようたいはやされたいと思った。

オレは日本の貿易が、その利得が、独占したかった。南蛮人は利にさとくて貿易の利得は小さかったが、それすらもオレの一人占めにしたいと思っていた。オレは九州征伐にでかける前から、九州征伐のついでに、南蛮貿易で利を占めている九州の諸大名を制して南蛮貿易を一人占めする手を打とうとひそかに考えていたのである。

ところが九州へ来てみると、おどろいた。ここでは唐朝鮮との密貿易が諸国の港で公然と行われており、また品目の優秀なのにもキモをぬかれたのだ。南蛮の商品は日本の一般家庭にはなじみが薄く受け入れにくいが、唐の品々は小間物織物陶器等すべて美術品でもあれば同時に極めて一般的な実用品でもある。九州諸国の港町ではその実証をアリアリ見ることができたのである。

唐の貿易を再開し独占できたら、とオレは考えた。日本全土の民を裕富にしてやり、そしてオレの一人占めの貿易品を全ての家庭に行きわたらせ、オレは一人で日本全土の富の何割をまきあげることができようというものだ。オレの美名は末代にとどろき、豊臣家の繁栄もつきる時がなかろう。オレの心はにわかにきまった。

そこでオレは直ちに小西をよんで相談し、唐との貿易再開、利得の独占を天下平定後のオレの施政の目標と定めたのだ。そしてまず小手調べに唐の商人をよんで唐の事情や貿易再開の見透しについて知識を得ようと考えたのだ。

さて小さな山寺で六名の唐商人に会ってみて、彼らの品性の卑しからぬのがまずオレをよろこばせた。彼らには学の素養もあった。品のよい礼儀もあった。

「とるにも足らぬ私らが日本の王たる殿下にお会いできるなぞとは子々孫々への誇りです」

と厚い感謝を言葉や様に表すのも常套の儀礼にすぎぬであろうが、彼らを海賊なみに思うていたこととて、その神妙さにうちおどろき、君子の国の品の高さにあこがれる思いすらもうごいた。しがない出稼ぎの商人ながらも一同貴紳の高風があったのである。雑談ののちにオレはきいた。

「御身ら、航海は安全かの？」

「とても、とても。安全の段ではございませぬ。南蛮船とちがいまして、とるにも足らぬ小船のこと、暴風荒海の難はもとより、わが国朝鮮また御当国等それぞれの海賊が横行いたしまして、航海は危険にみちております」

「南蛮船ならば危険はないのか」

「いえ、南蛮船といえども年に一季の順風をえらんでのことで、荒天の航海はいかな船でもかないませぬ。おそれながら殿下といえども海を思うがままにすることは至難でしょう」

「そうであろう。ついては、御身らの国王とオレとの間に通商が行われるに至った場合、御身ら、オレのために荷船をうごかしてくれるかの？」

オレがさりげなくこう訊くと、彼らは黙って答えなくなってしまった。彼らはながく考えておった。いかにも真剣に考えておった。まさに思いに沈む様子であった。考えるだけ考えた上で答えをきめて彼らの一人が答えた。

「私どもはいずれも市井の一商人、位階もなければ誰に名も知られぬいわば名なしの権兵衛です。航海の難にあって一命を落しても私どもの帰らぬことをいぶかる者もおりませぬ。国と国との通商のことなどで、私どもがお答えできることは何一ツございません」

彼らは正直者であった。身にあまる約束、ホラのたぐいは吹きまくろうとしないのである。オレは小西らを通じて唐の商法の律儀なことをきいてはいたが、それを目のあたりに見ることができて心持よいと思った。素姓《すじょう》の知れぬ南蛮船との通商は後々にまわして、まず第一に心がけなければならぬことは唐との貿易再開だとオレは臍《ほぞ》をかためたのだ。いわばオレの運命の日であった。

オレは唐が話のほかの大国であることを知っていた。日本は全てを唐に学んだ国である。歴史のはじめからそうだった。その歴史をオレだけがくつがえしてみることができれば小気味よいには相違ないが、オレはそのような無理が通らぬことは百も承知であった。オレはその晩宿舎にもどると小西とそれに石田三成を加えて密談したが、唐との貿易再開の見透しについては彼らの意見は甚しく悲観的であった。

「明は老大国で甚しく先例を尊ぶ国であります。しかるに足利義満の先例なぞがありまして、彼は明王の名において日本国王に封ぜられ、明の属国のような立場において貿易の許可をうけております。あるいは平清盛、奥州藤原氏等の先例もそうであったのかも知れません。先例がそうであってみますると、対等の貿易ということはあの老国の気風が許しますまい。殿下の威光によりましても、老国の気風を変えるわけには参りません。名をすてて実をとれ、と申しますから、先例にしたがえば事は容易と存じますが」

「日本が明の属国とあってはオレの顔もたつまいの」

「ま、そうです。しかし貿易の利得は甚大ですから、最悪の場合はそれでも引きあうかと思いますが、なるべく有利な名目で貿易できるよう打診してみることに致しましょう。私の妹の聟《むこ》、対馬《つしま》の宗義智《そうよしとし》が朝鮮といろいろ交渉がありますから、それとなく宗に命じ朝鮮を通じて打診してみましては」

「それもよいが、明の下風についても貿易したいオレの下心が知れてはこまるな」

「それはもう、この席の三名以外誰にも知れぬようにはからいます」

「では、よろしかろう。表向きはなるべく威張りかえってオレが属国に命じるようにやってくれ」

「心得ました」

小西は律儀で着実な男であるが、神信心の一ツもしようという心ガケの男だけに、主に対して従順にすぎるところがあった。忠実にすぎるところがあった。彼は事のはじめから対等の貿易は不可能と知りきっていた様子であったが、それを強くあくまで言いきることができずに、ともかく有利な名目で貿易できるよう努力してみましょうとオレに無理な約束を結んでしまった。三成は妙に怒り肩に腕を組んでいるばかり、この席ではたしか一言も発しなかったように覚えている。

★

九州征伐を終えてもどるとオレは小田原征伐の準備にかかった。小田原を攻め従えてしまえば、奥州は雑魚《ざこ》のようなものでおのずから帰順するばかり、オレの日本平定のスゴロクはこれでアガリだ。そこでオレは威勢がよかった。

威勢がよすぎたせいで、オレはそのころから、日本平定の次は朝鮮、朝鮮の次は大明《だいみん》征服などと思わぬことを口走るようになってしまった。もとより唐のような大国を武力で征服できないことはよく知っていたし、たとえ武力で征服しえてもこれを統治することが不可能なのは知りつくしていた。けれども対等の貿易が不可能な場合、オレの武力に物を云わせて有利な条件にみちびいてやってもよいというぐらいのウヌボレと空想を次第にハッキリ持つようになっていたのは事実であった。

単に唐との貿易ならば平清盛もやったし足利義満もやった。別段兵をうごかすこともなく貿易をやって巨億の富をえているのだ。単なる貿易のために海外に兵をうごかすなどということは日本の常識にはなかったのだ。そのために、オレは貿易のために、ということがどうしても言うことができない。自然、朝鮮征伐、大明征伐と威勢のよい文句で云ってしまう。平清盛、足利義満の如きですらさりげなく為しとげた貿易を太閤秀吉ともあろうものが兵を海外にうごかしてようやく為しとげたと云われては我慢できなかったのだ。こうして大明征伐を酔余の大言壮語としているうちに、事の次第によっては海外へ兵をうごかしてもよいではないかというような気持が日に日に安易に形づくられてしまっていた。

そこでオレは対馬の宗に督促を発し、朝鮮がなかなか帰順入貢しないが、キサマの交渉はどうしているか。グズグズしていると兵隊をやって朝鮮を攻め従えてやるぞ、と凄味をきかせてみせたものだ。宗には小西の内命がよく行きとどいて伝っているから、オレは表向き大きなことを云っても大丈夫だと思っていた。たとえ一時はオレの無体な命令におどろいても、小西に相談するに相違ないから、小西がよろしきようにしてくれるものと安心してのことであった。そこでオレは世間には威勢のよいところを見せたいものだから、朝鮮の帰順入貢と云いたててやったばかりでなく、次は大明征伐、その道案内を朝鮮にさせるのだから、と大きなことを宗への督促状に書いてやった。

オレがどうしてこういう大きなことを書いたかといえば、オレの気持が次第に海外へ出兵しなければならない非常の場合を想定しがちになっていたからで、オレの名にかけて過去の歴史をくつがえしたい、対等の貿易へ持ってゆきたい、オレならば、そしてオレの武力ならばそれができる、というようにオレの夢想が発展していたからであったに相違ない。しかし夢想が発展すれば、それに対する反撥が不安となって生じるのは当然で、まして夢想に根拠がなければ尚更《なおさら》のこと、オレはオレのこの夢想を実は敵のように怖れていた。とにかく小西がよろしきようにしてくれるだろうと、それをタノミにしていたのだ。

小西はよくやってくれた。オレの督促命令をうけて青くなった宗義調《よししげ》義智の父子が小西のところへ相談に馳せつけて、

「さきに殿下のお言葉でも、また、あなたからのお話でもこんな話ではなかったはずですが。朝鮮は大明の属国で日本とはこのところ何の交渉もなかった上に、足利義満が勘合符《かんごうふ》をうけ

るために明国の属国のような形式をとったものですから、朝鮮の目から見れば日本も自国と同じように明の属国、小さな同輩だと思っております。その日本から降参して家来となって入貢しろといわれたって無理な話、朝鮮が相手にしないのは分りきっていますし、またこのようなバカげた申入れをすれば、さきにお話のあった貿易のことや、明との仲介のことなぞもブチこわしになってしまいます」

「まさにその通りです。しかし殿下は日本平定も近づいて威勢にのっていられるから、つい威勢がすぎてこんな命令もだしてみたかったのでしょうな。その御気持をそこねてもいけませんから、こう致しましょう。朝鮮に頼んで交隣通信使、つまり対等の公使を日本へよこしてもらいましょう。そして殿下の前や世間体は帰順朝貢だと申上げておけば間に合うじゃありませんか」

「公使には公使の公文書がありますから、ごまかしはきくものではありませんよ」

「そこをうまくつとめるのがわれわれの手腕です。ひとつ、やってみようじゃありませんか」

というように小西は巧みにもちかけて、博多聖徳寺の学僧玄蘇《げんそ》を正使に、宗義智はわざと副使になって渡韓した。小西とちがい、宗はオレの本心を知らないから、必死であった。朝鮮側に帰順朝貢ということを伏せておいてオレの前へ出た時にツジツマがあわないと困ったことになるから、実は太閤の命令はこれこれであるがその要求が無法なのは自分らがよく知っているからこの際公使をだしてツジツマだけあわせてくれ、その御礼にはと、宗が捕えていた叛民《はんみん》の沙乙背同と俘虜《ふりょ》の孔太夫を朝鮮に引き渡すこと、また朝鮮沿岸を荒しておった日本の海賊の親分数名をひッ捕えて引き渡すことを約束して朝鮮側の承諾をうることができたそうな。公使の公文書は小西が途中で偽造したものにすり代えて、日本へ到着しての名目は帰順朝貢ということにしてしまった。

この使者が日本へ来たのはオレが小田原へ遠征中であった。オレの陣へは奥州の伊達政宗という片目の田舎豪傑が馳せつけてそれまでの無礼をわびて帰順を申しでてきたり、全ては甚しく順調であった。戦火をひらくことなく早晩は小田原も落ちる見込み。労せずして事がトントン運ぶ感じ。つまり大海を得た魚の中の王者のような感じであった。そこへ三成がやってきて、ただいま朝鮮の使節が京都へ到着したという知らせがありましたと告げたから、

「そうか。きたか。よし、よし。京都に待たせておけ」

まるで奥州の田舎侍が降参に来たのと同じように鼻先であしらう威勢であった。三成はオレがあまり浮き浮きしているのに渋い顔をくもらせて一膝よせ、

「殿下、安易なお考えは危険です。小西からの来信によりますと、朝鮮が帰順朝貢に応じないと出兵してふみにじるぞと宗に督促せられた由でありますが、小西の苦心が気の毒です。小西が内々の打診によりますと貿易再開の見込みはあるとのことですが、武力をひけらかしては事をぶちこわすばかりですし、いかなる場合でも海外へ出兵するなぞとは考えるべきでありません。海外におきましては全土が敵地でありますから糧食を徴発するにも困難で、そ

れを輸送するだけの能力すらもわが国力では不足かと思われるほどです。日本は疲弊のドン底に落ち、国民の怨嗟《えんさ》は殿下の一身にあつまるばかりでしょう」

「むろんそれは心得ておる。ただ火急に督促をうながすための手段だ。だからこのように早々と朝鮮使節が来たではないか」

「そのお考えが危険なのです。朝鮮はそれですみましたが、明の場合はちがいます」

「もとよりそれも心得ておる。大言壮語はオレの日々の骨休めだ。心配するな」

「小西からくれぐれも云って参っておりますが、明は別して面子《メンツ》を重じる老国ですから、武力外交は成るべき事をこわすばかり、この点は特に御留意ねがいます」

三成はオレの海外出兵熱をことのほか怖れておったが、実のところはオレ自身がオレの海外出兵熱を魔物のように怖れておったのだ。あまりにトントン行きすぎるぞ。いまに踏み外すぞ、という怖れの声もきこえておった。とまることができないような不安に怯えておったのだ。

小田原征伐がめでたく終ってそれからついでに奥州を征伐して帰洛の途中オレが駿河まで来たとき、小西が待ちかまえていて、朝鮮使節来朝についてさらにくわしく報告した。その真実の報告はむろん後刻別室に於て余人をまじえず行わるべきものであったが、オレが何より人に見せたいのはオレの威勢であるから、まず公式に拝謁にでた小西に向ってオレが群臣の前で云うには、

「朝鮮が降参して貢物を持って参ったとのことであるが、相違あるまいな」

「相違ございませぬ」

「しからば明国征伐の時に道案内いたすことも承知しての上であろうな」

「それに相違ございませぬ」

むろん小西が群臣の前ではオレの顔を立ててくれることを承知の上でのオレの言葉であったが、だまされたのは群臣ではなくてむしろオレ自身であったかも知れない。オレはオレ自身がつくりだしたニセの現実にだまされて実は誰よりも酔っていた。小西がせつない目でオレをチラと見上げながら、

「殿下の御威光の前では唐朝鮮はもとより南蛮天竺《てんじく》なびきしたがわぬものがありましょうか」

などとうまいことを云ってオレをこの上もなく喜ばせたが、あのときオレをチラと見たせつなげな目は、お世辞をのべたのではなくてオレを諫《いさ》めての皮肉の意味であったのだろう。オレはあの目を思いだすと、いまでも胸がはりさける苦しみにおそわれる。小西は律儀者である。オレの増上慢に、居ても立ってもいられぬ思いであったろう。

オレはその晩、群臣を前にこの上もなくよい気持に酒に酔った。あげくに、

「次の征伐は大明国ときまったぞ。一同その用意をいたしておけ。路銀のないものにはオレが用立ててやる。それ持って行け」

と景気よく三百枚の黄金をバラまいたりした。そして明国征伐の軍編成をしたためて興じ

たものであったが、まさか、それが事実になろうとはオレが信じていなかったはずだ。

朝鮮使節はオレが小田原から奥州征伐にまわって戻るまで五ヵ月も京都に待たされていた。奴らはカンカンに怒っておったが、何がさて外国に来ての話であるから、ウッカリしたことを云えば首をはねられて異国の土になるばかり、それでジッと胸をさすっていたのであろうが、オレはそんなことを計算しての上ではなしに平気でほッたらかしておいたのである。そのころのオレは生涯に一番の盛運のときで、人間どもはすべてデクノボーにしか見えなかったものだ。

オレは聚楽第《じゅらくだい》に朝鮮使節を引見したが、左右にズラリと公卿が居並ぶ、オレは紗《しゃ》の冠に黒《くろ》袍束帯《ほうそくたい》、重々しい儀礼のうちに国書と進物をうけたけれども、酒宴がはじまると、もうダメだ。例の気分がニョロニョロと大鎌首をもたげる始末になって、

「明征伐はさしせまっている。キサマらの国では道案内の十万の軍兵と糧食と輸送の人夫車力を用意しておけ。帰国次第用意にかかれば二ヵ月の時日はいるまい。用意のでき次第報告に参れ。わかったか！」

わざと怒りつけるような割れ鐘の大音声《だいおんじょう》。オレの大音声はオレがたまげるほどのものであるから、時ならぬ大音声に言葉の意味も分らぬうちから朝鮮使節らはヘヘエと平グモのように平伏して青くなってしまったものだ。何か失礼を怒られて首でもはねられると思ったのだろう。意味が分ると一安心して、

「さっそく用意いたしまして殿下の軍兵をお待ちいたします。いかなる御命令にも誠心誠意応じまするから」

ペコペコとあやまるように答えたものだった。むろん彼らが内心赤い舌をだしていることはよく知っていたが、それは問題ではなかったのである。

やがて朝鮮音楽がはじまったからオレは鶴松を呼んでだいて、ホレ、朝鮮の音楽だ、いい子だ、いい子だ、一段高いところを歩きまわっていると、奴め小便をたれおってオレの袖をぬらしたから、

「ソレ、小便だ！」

思わず発する大音声。使節の奴らめ朝鮮に戻って言うたげな。時ならぬ猿猴《えんこう》の叫び声とな。小さくて真ッ黒で醜怪な猿面郎《さるめんろう》、下賤失礼な無頼漢だと悪い言葉のあるたけを用いて報告したげな。

こういうわけで、朝鮮の方とはまとまる話もオジャンになった。むろんその原因がみんなオレ一人にあることはよく分っているから、オレは小西が来たときに頭をかいて、

「キサマの苦労も水の泡にしてしまった。甚だ相すまんな。朝鮮の方はもうどうしても脈がなかろうな」

「脈がなかろうかと存じます。しかし朝鮮を当てにしたのは仲介の労というだけのことで、むしろ明と直接交渉する方が手間ヒマはいらないのですから多く案じるほどのこともござい

ますまい。それとなく明の意向をさぐりに堺の商人を明へだしておきましたし、内藤如庵を密使に差向ける用意もいたしております」

「そうか。御苦労であった。なにぶんともによろしく頼むぞ」

小西はむしろ、オレをはげますように云ってくれた。こういうわけで、朝鮮から音沙汰ないのは分りきっていたし、それが当然だということもオレはちゃんと納得していたのだが、それがそうでないような悲しむべき状態になってしまった。

★

五十をすぎてオレにはじめて実子が生れた。淀《よど》の生んだ鶴松だ。子供が生れた翌年には小田原と奥州が平定して日本全土がオレのものとなった。まさに全盛、オレが最盛時とともに鶴松が生れてきたのだ。オレのよろこびが一様のものでなかったことは云わずとも知れよう。

しかるに、その鶴松が三ツの正月に病気になって死んだ。掌中の珠を失ったオレは同時に生涯の上昇を終えて下降をはじめたのであったが、人はこれを気の迷いと云うであろうが、鶴松が二ツの年、朝鮮使節を引見した折、オレにだかれていた鶴松が小便をたれて関白の装束をぬらした、それが宿命の兆《きざし》のように思われてならぬのだ。

オレはそのころ、日本も平定したので大仏造営にとりかかっていたが、信長公が総見寺建立に当ったような情熱はなかったように思う。総見寺建立は信長公にとっては安土築城と同じぐらいの事業であったが、オレがうぬぼれるわけではないが大坂城も聚楽第も大仏もオレにとっては趣味、オモチャのようなもので、さしたることではない。オレが考えていたことはオレの領土をみんなオレの屋敷のようにしてしまうことで、そのためには莫大もない金がいる。オレとオレの次の金持大名の差が千倍も万倍も、否、何百何千万倍もなければならないという風に考えておった。湯水のように使っても使っても尚それだけの大差がなければオレの天下とは云いきれないと考えていたのだ。そのために是が非でも唐との貿易が必要だ。天下を保つものは城ではなくて金だ。金だけが終局的に力の源泉なのだ。オレはオレの天下を仕上げるために是非とも唐との貿易を開かなければと不動の覚悟をかためていたのだ。

そのころから世間では太閤の力も海の外には及ばないなぞと云う声がチラホラ起るようになった。オレの厳命をうけたはずの朝鮮から何の音沙汰もなかったからだ。朝鮮から音沙汰の有りようがないことは知りつくしていたし、小西が唐との直接工作にひそかにとりかかっている以上朝鮮などはもはや問題とするに足らなかったのであるが、世間の声がそうである以上、オレも表面威勢を見せておかなければならない。そこで宗に命じて明国征伐の道案内の用意はどうなっているかとくどく督促させる一方、用意がおくれると朝鮮を一踏みにふみにじり明国へ攻めこむからと、それとなく日本国内にも明国遠征の支度にとりかかっているようなカケ声だけはかけておかねばならなかった。しかし、実際の用意にかかっていたわけではない。オレにはまだ心にユトリも残っていた。小西の工作が成功すれば兵を動かす必要はあり得ないのだ。貿易という真の目的がかなうなら、国内工作はそれからどうにでもなることだ。

長い戦乱が終った。諸国の大名はそれぞれ己れの最終的な領土を得て、いまや各自の領地経営に専心している。日本平定ということが結果的にはそういう事柄であることが分って、オレは次第に見えざる敵を怖れるような気持になった。すくなくとも焦るような気持になった。全ての大名どもがめいめい領土経営に必死となっている。奴らには金が乏しい。しかしやがて金もたまるようになろう。金山銀山を掘り当てる奴もいよう。密貿易をする奴もいよう。商工業をおこしてもうける奴もいよう。天下者たるオレとの金力の差が次第につまってくる。オレは旱天《かんてん》に雨を待つように唐との貿易を待ちこがれ、夢にも現《うつつ》にもその幻に焼けこがされるようになった。

鶴松はまだ二ツだ。この鶴松が一人前の跡とりに育つまでに、すくなくともオレは二十年生き永らえて真に実力ある天下者の富と、天下者の繁栄とを領土あまねく満ちわたらせなければならない。生き永らえる二十年にはオレもなんとなく自信があって、そこに怖れは少なかったが、真に実力ある富と繁栄の段になるとオレはまったく焦りに焦らざるを得なかった。

その鶴松が三ツの正月に病気にかかった。オレは寝食を忘れて看病にやつれたがついにダメであった。ついにことぎれた鶴松のナキガラにとりすがり泣き伏したまま息がつまってオレも気を失ってしまったのだ。それからの数日は食事もノドを通らなかった。食事の箸《はし》をとりあげたとたんに、このママをたべさせてやる鶴松がいないと思うと、目も鼻も口からも涙がほとばしり、時には膳に俯伏《うつぶ》して気を失うこともあった。部屋部屋を歩いているうちに、この部屋で鶴松とこんなことをしたがと思うと、どッと涙があふれて部屋から部屋をさまよい歩き、ついには柱にとりすがったまま気を失ったこともあった。

通夜の席で、オレがふとたまらなくなりモトドリを切ってわが子の霊前にそなえ、悲鳴のような泣声を発して部屋から逃げだしてしまった。だからオレはその後の様子は見ていないが、オレの次に江戸大納言が立ち、霊前で小柄《こづか》をぬいて静かにモトドリを切り落して捧げたげな。それで諸侯一同がモトドリを落して捧げ、霊前は髪の毛の塚をきずいたそうな。

オレは鶴松の葬儀を終えると有馬の温泉へ保養に行った。わが子の幻を忘れたかった。酔うては眠り、さめて酔い、湯につかり、歩きもした。しかし、大声を発して近侍の者を罵ることが多かったし、泣き叫ぶことも多かった。

オレがなぜ近侍の者を罵ったかと云えば、オレに似せてモトドリを切り落したという江戸大納言の姿が目にちらつき、オレの心を切りさくからであった。つづく諸侯一同がモトドリを切り落したのは、オレに似せたのか、江戸大納言に似せたのかと考える。江戸大納言が切り落さなければ諸侯一人も切り落すものがなかったろうと考える。まことにイワレのないオレのヒガミにきこえようが、オレにとっては切実であった。

諸侯みなみな新たな領土を得てその統治経営に専心している。中でも最大の領土をもつのはいうまでもなく江戸大納言で、オレが小田原を攻めたとき彼をともなって石垣山の山上に立ちはるかに関八州を眼下にながめつつ彼にこう云ったものだ。

「関八州の沃野《よくや》の中央、大河川が湾内にそそぐところに太田道灌《どうかん》が築城した江戸というところがあります。これからの城下はこの小田原のようなところは不可で、沃野の中心に位し、海と河川と陸路の四通八達した交通の要衝でなければならない。小田原平定後は関八州をあなたに進ぜるから、小田原はやめにして江戸に新しく開府なさるがよい」

関東奥羽の戦わざる平定には家康の陰の尽力がめざましいものがあったから、オレはこう云って労をねぎらい、すこぶるの上機嫌であった。そのとき家康は祖先伝来の三河をすてて未開の関八州へ移ることに内心不満の様子であったが、肚《はら》をきめればこの上もなく図太いのがこの人の持ち前で、小田原落城から二ヵ月たたぬうちに家臣家族全員の江戸移住を完了してしまったのである。

関八州は未開地も多いがその沃野にめぐまれていることでは彼の旧領に何倍するところであり、譜代の土地とちがって百姓に情けをかける義理もないから、彼は領民の食物すらつめさせて思い切った緊縮政策をとった。領内節約に節約して生産物は外へだす。開発に働くだけ働かせてその上食事をきりつめさせる。沃野にめぐまれ主として農業だけのこの土地は彼独特の緊縮政策に最適であった。農業は開発自体が直接に生産ともなり、またこの地方の第二の産物たる織物や干魚すらも土地では誰も用いずに京大坂へ売りさばく手際の良さであった。移住第一に領内鉄砲私有を厳禁し土民の蜂起をおさえたのも賢明だ。移住早々一年ですでに政策は実を結び、この先とどまるべからざる発展成果を約束しているかに見えるのである。その家中一同ケチンボーと見えるまでの倹約、緊縮政策は江戸大納言の性格的なものであり、それはまったくオレの主義とは逆のものだ。江戸を得た彼は水をえた魚の如きものであり、それがなんとなく水を失いかけたかに感じられてしかたがないオレ自身にめざましく対比して考えられて困るのであった。彼に水を与えた愚かさもくやまれるのだ。

オレは人に勝つまでは、勝つために努力し、勝つことを目標に策をねるだけで余念のないユトリある男であったが、すべてに勝った今となってはじめて失う怖れに怯える心を知るようになった。その明確な対象が江戸大納言一人であること、それが次第に明かとなり、オレの心をむしばんでいた。

オレはオレが泣きじゃくって魂のぬけた阿呆のようにモトドリを切り落してフラフラとさまようように部屋を逃げでたあさましさを知っている。その次に立って静かに小柄をぬいてモトドリを切って落した江戸大納言の落ちついた姿が能舞台の何倍も立派であったろうことを想像することができるのだ。

オレは江戸大納言がオレに似せてモトドリを切ったという素直さ律儀さを認めなければな

らないのが尚さら切ない。それはオレが信長公にいだいていた素直さや律儀さと同じもので、それこそはオレが後日信長公に代りえた人に愛される性格的なものなのである。人を統率するに足る性格的なものなのだ。だから尚さら思う。諸侯がモトドリを切ったのは江戸大納言に似せたのだ、と。江戸大納言がオレに似せてモトドリを切った素直さや律儀さが、すでにオレの昔の素直さや律儀さを圧倒し去っていることを知らざるを得ないのだ。

こうしてウカウカと五年たつ、十年たつ。オレに唐貿易という新しい財源ができなければ、江戸大納言の緊縮政策が江戸城に巨億の富を蓄積するに至るであろう。よしんば貿易再開を得ても、あと二十年のオレの夢はもうくずれた。すでに鶴松はいないのだ。

オレが朝湯をあがり酒に酔ってフラフラ山中の野良沿いに歩いていると、全ての百姓らが必ずオレに云う言葉がきこえるのだった。

「太閤も、あのザマでは、もうダメだな。子も死んだ。豊臣の後をつぐものは徳川殿か」

木が風に鳴る。谷川が流れている。全ての音が人語にきこえた。

「せっかく日本を平定したが、海の外の朝鮮に力のとどかないのが運の尽き。海の外へ手をだしたのが太閤の運の別れ目だったな」

オレはそれが悲しさに病み疲れたオレの空耳であることを知っていた。しかし実際に人々が、日本中の人々が、それと同じことを云っているに相違ないと確信してしまうのだ。

「無礼者！」

オレは木の葉に呶鳴《どな》り、谷川に呶鳴った。さすがに百姓にだけは呶鳴るまいと努力に努力し、ふらふらと宿へ戻って近侍に呶鳴るのであった。

オレは有馬の山中で、ひと知れず、一人考えていた。諸侯が着々領内を経営して蓄財しているのに、オレだけは唐との貿易も再開できない。どうすればよいか。諸侯に金を使わせるのだ。その金をオレの唐貿易再開のために使わせるのだ。諸国の畑からは人夫と食糧を徴発し、諸国の海では船と水夫を徴用し、男という男には船を車をつくらせ、日本全土を疲弊のドン底へ落し、諸侯のフトコロをはたかせてしまえ。そのあげくにオレの唐貿易だけを達成してみんなをひどい目にあわせてやるのだ。徳川家康をひどい目にあわせてやるのだ。

オレが野良や山中を歩いていると、風の中から新しい声がきこえるようになった。

「お前の悲しみも病気も治った。新しい日がひらけてくる。大明征伐に行け。大手をふるって大明征伐に！」

「お前は桃太郎になった！　鶴松がお前に宿ったのだ。日本一の桃太郎だ！」

「日本関白桃太郎！」

オレは次第に元気になり、病気も治ったと思った。そして、ある日ガバとはね起きると、叫んでいた。

「大坂城へ戻るぞ。それから名護屋《なごや》へ出発する。病気は治った。ただ今から発令する。大明遠征！　ただちに諸侯に発令するのだ！」

有馬保養にでてから十七日目のことであった。

★

大坂城へ戻るとオレは見ちがえるほど元気になっていた。もはや風の中の声はどこからもきこえなかった。人との応接に追いまくられ、大明遠征の準備や発令に忙殺されているだけだった。快い疲れから次第に清新な気力もよみがえってきた。

ある晩、淀がオレに云った。

「大明遠征をおとりやめになっては」

「なぜだ」

「諸国が平定してまだ一年を経たばかり。長の戦乱に諸国は倦《う》み疲れております。この上海外に兵をうごかしては殿の一身に諸国の怨嗟があつまるばかりです」

「そんなこともあると思うかの」

「諸侯の話では新しい領内の反乱や土民の蜂起を抑えるのが手いっぱいで、この上食糧や人民の徴発があっては後々が思いやられるとかの話ですよ」

「諸侯の話ではあるまい。何者の話か分っておるぞ。お前のような美しい女がそのような話にとりあうな」

淀に指金《さしがね》したのは三成だ。家老の島左近に命じ、淀に是非ともと頼みこませたのだそうな。オレは有馬をたつ時から三成と小西の言葉はきかぬこと。そしてただオレの言葉だけを二人にきかせて従わせることを天地神明に誓っていた。天下者秀吉のやることだ。誰の指金もうけぬ。オレは心にこう叫んでいた。しかし二人には済まぬと思った。二人へ寄せるオレの愛はやるせない胸の思いのようにつのりにつのるばかりであったが、二人の指図を拒否する肚《はら》は石よりも堅くかたまっていた。

しかしオレはまたしても江戸大納言に敗れたといえよう。あの男は不思議な人だ。離れておれば敵であるが、会えばこの人ほど友と思われる人はない。律儀である。忠実である。そのたのもしさがヒシヒシと感じられる人だ。

コヤツ心の許せぬ奴だと思いつつもタカの知れた奴と思えば屈託なく使いこなしもできるし自然心も許せるものだが、江戸大納言の場合はそうではなくて、やることと為すことが正直なのだ。腹が立っても怒れぬ人だ。

江戸大納言は五千の兵をひきつれて名護屋につめていた。五千の兵といえば江戸大納言の十分の一の兵にも足らぬ。江戸城には後嗣の秀忠がいて、すでに立派な二代目であるし、領内になお五万余の兵がいて着々と領内の整備発展につとめている。それにひきかえ、オレには実子がなく、養子はいずれも暗愚で恃《たの》むに足る者がない。

江戸大納言は名護屋の本営へ到着すると、人なき折をみてオレの海外派兵を諌《いさ》めた。ほと

んど涙を流さんばかり、オレの手をとるようにして、

「殿下よ。臣家康、殿下の命にそむくものではありませんが、心に思うことだけは言わせていただきたく存じます。天が殿下に与え給うた大業は日本平定でござった。津々浦々の田夫漁民にいたるまで殿下のためによろこんで力をつくしましたのは、日本全土が戦乱に倦み疲れ一日も早く天下和平の到らんことを乞い願っていたからであります。幸いに殿下のお力によって天下和平は到来いたしましたが、諸国の大名いずれも未知の国に新しく領土を得たばかり、領民は新領主を喜んでは迎えぬもので、おしなべて経営は困難であります。諸侯の多くは土民の蜂起を辛うじて抑えるに手いっぱいの有様、国内にしてかくの如くです。言語風俗を異にする海外に派兵して短時日に征服に成功いたしましても、これを統治するの困難は殿下のお力をもってしてもいささか無理かと察せられます。無理な海外経営に困難いたしているうちには、国内疲弊し、殿下の偉業を謳歌《おうか》した万民も掌《てのひら》かえしてその心は殿下をはなれるに相違ありません」

奴めはこう云い終ると目にいっぱい涙をためてオレの顔をジッとみつめおった。そのとき、オレは思わず奴めの祖父のようにやさしい心になって、

「ヨシ、ヨシ」

と云ったものだ。

奴めは知らない。オレが戦争を起すのは海外統治のためではなくて、ただ貿易再開のため

だということを。だからこの戦争はきわめて短時日で終らせるのだ。軍隊をやって威勢を見せて、貿易を再開すれば終りだ。国内はさのみ疲弊するにも至るまいし、たまたま国内疲弊して、たとえば江戸大納言が領内統治にも困窮するなら、それもまたオレの狙いだ。それに反し、オレのみは貿易再開で巨利をしめるに至る。彼の言々句々、すべてこれオレの思う壺のようなものだ。

しかしながら、オレの心を知らぬ奴めがかかる諫言《かんげん》を云うからには、あるいはオレの怒りにふれてついには死をまねくに至る怖れのあることも覚悟の上であろう。ここが人にはマネのできぬところなのだ。彼は正直だ。そして、マジメで、律儀で、忠実だ。額面通り、そのまま信用してよろしい男だ。友とするに足る男だ。たのむに足る男である。

「奴めは、死をもってオレを諫めているな。死ねと云えば死ぬつもりだ」

オレはすぐさまそう思ったから、奴めが可愛くて可愛くて堪《たま》らなくなり、祖父のようにやさしくただヨシヨシと云ってしまった。そしてまたやさしく云った。

「ヨシ、ヨシ。心配することはない。戦争はすぐ終る。オレにまかしておきなさい」

彼はうなずき、涙をおさえて退出した。

奴めがわずかに五千の兵をひきつれて参陣したのもオレを諫めて死ぬ覚悟であったからかも知れないが、また一面には江戸城に秀忠という二代目がおり、五万余の精兵もおり、奴めが死んでも後の憂いがないだけの備えがあればのことだろう。彼が諫死したればとてその家をつぶすわけにもいかぬことは彼の計算ずみのことで、そこまで用意周到なのに思いつくと、やっぱり奴めにしてやられたかという気持にならざるを得ないのだ。正直で、律儀で、忠誠そのものでありながら、どこかオレよりも一枚上手というようなヒケメを覚えてしてやられたような気持になる。オレがキサマ死ねと云えばすぐさま死ぬほど真ッ正直の奴めでありながら、その死の裏にすらオレよりも一枚上手なものを感じさせられ、死んだ後々の計算まで感じさせられて、なんとなく圧倒された気持にさせられてしまう。

「徳川家は万代だな」

オレは思わずそう考えこんでいるのであった。しかし、豊臣家も万代にしなければならぬ。オレは江戸大納言に会った時には必ず友達という親しさが胸にあふれ、この男は敵にまわさずに両家末代までの盟友にすべきだというように考える。この戦争を起すについても江戸大納言を困らせ領地を疲弊させ貧乏させてやることを最も念頭においていたにも拘《かかわ》らず、イザ奴めに会ってみると、奴めを一番困らせないよう軽い役目、金のかからぬ役目、そして威厳の害《そこな》われぬ役目につけてやってしまうのだ。奴はまた手前の方でもちゃんと金のかからぬようにたった五千の兵をつれ私めの朝鮮出兵はおことわりとばかりオレを諫めて戦争反対を表明しよる。諫め終って溢《あふ》れる涙でオレの顔をジッとみつめおる。みんな金がかからぬようにできている。何から何まで仕組まれたようによく出来ておる。離れて思うと、すべてが仕組まれ計算されての上のように思われるのだが、奴めの顔をみると、ただ真情だけが感ぜられ、オレの胸には友に会ったなつかしさが溢れるのだ。

先陣の小西、加藤清正、宗らが出発のとき、オレは小西を私室へよんで会いはしたが、

「よろしくやれ」

オレはそう云っただけだ。たのむ、という言葉は使わなかった。また、命令もしなかった。ただもう突ッ放してやった。オレは有馬から戻って以来、三成と小西の二人に親しみを見せずに突ッ放すような態度をとった。なぜだか知らないが、心で泣きながら、そうしていた。

小西はオレの目を見つめた。あのせつない目だ。しかしそこにきびしい覚悟がこもっていた。わかりました、と答えているようだった。すべての責は私の一身に負いますと語っているような目であった。そして事実、小西はすべての責を一身に負い、現に全ての悪名を一身に負うているのだ。オレを怨んですらおらぬ。雄々しき奴よ。あのとき奴の目はそれを約束していたのだ。

彼は一言も答えずに、オレの顔を長々と見つめただけで座を立った。そして彼らは出発したのだ。

★

先陣のうち加藤清正らは対馬その他の島に待ち、小西と宗だけがまず釜山《ふざん》に上陸して京城

まで無血進駐の交渉したがダメである。小西の考えでは京城まで無血進駐し朝鮮王から唐へ使者をださせて外交交渉の肚であった。場合によっては小西自身、兵をつれずに、単身唐の都へ乗りこんで外交交渉の肚であり、その用意は充分ととのえていたようだ。何がさて、人々には大明征伐と思わせておいてのことであるから、事毎《ことごと》に小西の苦心は並たいていではなかったのである。

小西はあくまで無血進駐を達成する覚悟をきめていたのであったが、不幸にして宗は小西の妹聟ながら小西の口が堅いからオレの真意を知らなかった。宗は数年にわたってオレの督促に困惑しつつも全力をつくして朝鮮と折衝に当り、オレの言うことが無理なのだから奴めは常に屈辱的な折衝に堪え忍ばねばならなかった。堪忍袋を抑えに抑えていたわけだ。

特に朝鮮使節が帰国して後の交渉では、交渉のたびに非常に無礼な返書のみうけとっていたが、それをオレに披露するわけにいかないから独断で握りつぶしてまだ返答がございませんとごまかしていた。小西にも相談せずに握りつぶしておったから、小西に対してもちょッとぐあいがわるい。そこで、ま、オレがちょッと交渉して様子を探ってみるからと、単独鄭《てい》撥《はつ》に交渉して日本軍が膝元まで来ているからこの際、戦う愚をさけて太閤の意志に逆らわぬ方がよいという書面をやったが鄭撥は軽蔑しきって、返事にも及ばずと使者だけ追い返されてきた。我慢に我慢してきてのことであるから宗は怒りに逆上した。オノレ、と刀をぬいて立ち上ると、行長にも相談せずに自分の兵に号令一下、釜山へ、釜山へ。進め、殺せ。釜山城へ殺到して占領してしまった。つづいて東萊城《とうらい》へ殺到してこれも占領する。戦争は偶発してしまった。

小西は困ったが事情を知らない宗を咎《とが》めるわけにはいかぬし、偶発した戦争はもう仕様がない。こうなれば真ッ先に京城へ乗りこんで朝鮮王と直談判の一手あるのみと思い決したから、自分の兵に進撃命令を下して京城へ京城へ、まっしぐらに殺到したわけだ。

後方の島に控えて小西の交渉を結果いかにと待っていた清正、オレが命令したことだから仕方なしにジッと待っていたわけだが、小西が勝手に戦争をはじめて京城へ向って進撃をはじめたから、憎い小西の奴め、京城一番乗りのため人をだましてだしぬいたかとカンちがいした。清正はむろん事情を知らないからこう思うのは是非もない。大いに焦って小西の後を追い京城へ京城へ、めいめい目的のちがう奇妙な京城一番乗りの競走となってしまったのだ。朝鮮軍はまだ鉄砲というものを知らなかったから、どの城も抵抗らしい抵抗をするものがなく、日本軍は時々鉄砲を打ちながらただ京城まで走りつづけたようなものであったげな。

小西は目的通り清正よりも先に京城へついた。ただちに朝鮮軍の本営へ密使を送って、和平の交渉をはじめた。朝鮮とは停戦する。朝鮮との戦争は同時に明との戦争も意味しているから、明とも和平したいから斡旋《あっせん》せよ、明の使節と和平交渉に移りたいという意味のことを言いおくった。つまりこの明との和平条約に貿易再開の一項目をいれようというわけだ。

朝鮮側では小西の目的を知らないから、停戦交渉ならとにかく、明と和平したいという、ハハア、さては明が怖ろしいんだな、という風に考えてしまった。小西の奴は熱心な切支丹《キリシタン》で信心深い奴であるから戦争という人殺しは実は内々大キライな奴だ。そこで朝鮮の本営へ送った手紙の中にも、かかる由なき戦争はさけるように努力しようじゃないか。日本の兵隊だって何も好んで海山幾千里もはなれた異境へ戦いにきているわけではないし、朝鮮の兵隊や人民だって自分の町や畑で戦争の起るのを欲しているわけはなかろう。一時も早く和平を結んで万民の楽土をつくるように努力しよう、と、これはまア小西の本音であろうが切々情理をつくしている。切々たる手紙というものは戦争の相手から貰うべき性質のものではないから、朝鮮側はすっかり日本を軽蔑して舐《な》めてしまったわけだ。なんだ女みたいな野郎じゃないかというわけで、こんな女みたいな奴に負けたのは備えのないのに不意をつかれての不覚。こんな奴なら明の援軍を待つまでもなく朝鮮軍だけで充分だと、小西の手紙に返事もよこさず、返事の代りに全軍どッと攻めてきた。小西は不意をくらって一度はくずれたが鉄砲のない朝鮮軍が日本軍の相手になるわけはなく、小西が立ち直るとあっさり撃退されてしまった。そういうわけで、せっかく小西が持ちかけた明との和平斡旋ということも流れてしまったのだ。朝鮮に仲介をたのんでもとてもダメと分ったから、直接明に働きかけるため、小西は明軍と決戦の日を待った。その日はどのようにもして日本軍の最前線へでなければならぬ。そして戦う前に交渉しようというのが小西の考えであった。

明の大軍が近づいた。この大軍はむろん鉄砲もありよく訓練された精兵で侮るべからざるものであるから、日本の軍議も慎重であった。京城に日本の主力を集中し、一日行程のところに堅陣をかまえて守って明軍を撃破しようというのが、大将参謀全員の一致した意見であった。強敵との一大決戦であるから、当然な決定で、オレとてもそれをとろう。

ところが小西だけは目的が違うのだから、これでは大そうこまるのである。そこで奴めは立上り、肩を怒らし、胸をはり、卓をたたいて云ったげな。

「諸氏は明の大軍に臆したようだ。源平の昔から本朝の戦争に於ては勝機は常に先制攻撃のたまものだ。守っては楠公すらも負けてしまう。自分が習い覚えた兵法には守るという言葉はないのだ。したがって諸氏全員が守ってもオレだけは平壌《へいじょう》に向って単独進撃する。否、独力鴨緑江《おうりょっこう》をこえて明国の首府まで攻めこんでみせるぞ」

このほかに仕方もなかったであろうが、イヤ、やりおったものだ。奴めの悲愴な心中察せざるをえぬ。これでは全軍の者が呆れはて、小西のバカめと罵倒するのは無理がない。しかしいかに罵倒されようと小西の奴は必死だ。是が非でも単独進撃しようとの決意は鉄石よりも堅いのだから皆々サジを投げた。

誰しも大軍をむかえての軍略会議となると臆病になるもので、だから信長公にしろオレにしろ、軍略会議などは大体にして、みな大将の一存で命令を下すようにするものだ。ところが朝鮮遠征軍にはこれというぬきんでた大将がおらぬから慎重に会議をやらねばならぬ。こうなると確信はもてなくなるから最も常識的なところへ落ちつくのが当然だ。

ところがそこへ小西のような奴がでて確信のカタマリのようなことを云うと、何がさて皆々自信がないからひきずられやすい。バカな奴ほど確信ありげに乱暴な戦法を主張しがちで、それにひきずられると戦争は負だ。負ける戦争はそういうものだ。小西の場合はこれはもう負ける戦争の見本だが、大将格の宇喜多秀家が特に自信がなかったから、小西の云うのが正しいのじゃないかと動揺し沈思黙考ののち小西説に加担したげな。そこで軍議は蜂の巣をついたようになり、行長の前進を認めることになったばかりでなく、行長を先頭に平壌から京城まで棒線のような陣立てをしくことになったげな。是非もないものだ。誰を咎めることもできぬ。他の諸将がその愚を知らなかったわけでもない。なにがさて小西の奴が必死の気魄であるから利巧な諸侯もそれにまかれて愚を知りつつヘマをやることになる。それにもまして困ったのは小西であろう。彼は主力を京城に残して単独前進したかったのだが、軍議のあげくが主として彼の意見をいれて修正されてみると、ついてくるというものをそれにも及びませぬとは云えなかったのだ。しかし戦争せずに和議にしたいというのが彼の希望であるから、必敗の陣立てもそれほど気にならなかったかも知れぬ。

小西は予定通り平壌まで前進して近づく明軍に密使を送った。ところが明軍の大将を李如《りじょ》松《しょう》といって、生えぬきの武将だからこの男とその部下には戦意があったが、明の朝廷は元々戦意がなかったのだ。明の朝廷では自国の属国のように見ている日本と戦争して苦戦に及び莫大な戦費をつかうのは愚かなことだと初めから考えが一決しておった。

日本から公式な使者こそなかったが小西という者の手先きの者がそれとなく貿易再開のことで明の朝廷の大官あたりへ働きかけておったことも分ったし、また朝鮮からの報告でも日本の真意は貿易再開ではないかとみられるフシがあると云ってきている。そこで明では日本の望みを最低限にかなえてやって戦争をさけるのが何よりの方策だと方針が定まっていたのだ。そこで大司馬《だいしば》石星が沈惟敬《ちんいけい》という人物をえらんで日本との和平交渉に当らせることにした。この男は市井の無頼漢だそうだが、見たところは大そう紳士で人の心を見ぬき冷静な判断をあやまらない人物だ。また死生の岐路に立たされても信念を変えないような度胸もあって、コヤツが日本へきた時にオレも会ったが利巧で覚悟があって見事な奴であった。明国も変った奴をえらんだものだ。

さて石星が惟敬に云い渡すには、明の朝廷の内外にかねてから小西という名が貿易再開のことについてチョクチョク現われておる。また朝鮮軍からの情報でも小西というのがしきりに和平を申しこんでいるそうだから、お前は日本軍の小西というのにまず会ってみると日本の真意が分るかも知れぬ。たぶん貿易再開で和平が結べるように思うからその線でやれ、というように、惟敬の出発前にすでに明側はだいたい日本の真意を見てとっておったそうだ。

そこで惟敬は李如松よりも一足先に朝鮮の本営へきて調査にかかっておったそうだが、日本軍の朝鮮上陸に先だってすでに小西という者が和平交渉しておるし、京城でも、いままた平壌でも、いついかなる時でも、日本軍の最前線には小西というのがおって和平交渉の意志を示しておる。現に平壌に於ても小西が最前線におって明軍の到着を待っている様子だ。ところが他の日本軍はそれを知らない様子である。そういうところから判断すると小西というのが太閤の真意をうけた本当の密使で、つまり太閤にも戦意がなく、その軍隊は条約を有利に結ぶための道具にすぎないのだろう、とそこは目のきく奴であるから、惟敬は小西に会う前にさぐりうること全てをさぐってほぼ本筋をつかんでいたそうだ。

明軍が到着する。小西から密使がくる。李如松は日本軍同様戦意満々和議などいらぬことと大の反対であったが、惟敬も朝廷の使者であるから仕方なく、ここに両軍は五十日の休戦を約し、惟敬が平壌へやってきて小西に会った。

小西は正直者だ。戦争が長びけば日本にとりまたオレにとっても非常に不利であろうと考えておるから、日本の真にもとめるところは貿易だということを単刀直入明かにして、またこの希望がかなわぬ時はその時こそ自分が日本軍の真ッ先に立って明の首府までまッしぐらに斬りこむ覚悟であることを明かにした。

この男は和平のため、また貿易のため、本当にイノチをすてる覚悟で乗りこんできた奴だということが惟敬にはよく分ったのだ。惟敬も市井の無頼漢だ。外交のカケヒキよりもイノチがけのカケヒキに生きてきた奴であるから、小西のすさまじい覚悟や気魄がよく分った。またその真ッ正直なところにもうたれるところがあったようだ。唐の国がこの無頼漢を使者にえらんだということは、実に小西にとっては好運であったといえよう。

ところが和議に先立って朝鮮側のだした条件がどうも日本側に都合がよくなかった。特に小西にとっては非常にこまる問題があった。というのは、朝鮮の二王子が日本の捕虜になっている、それを返せ、というのと、日本は釜山まで撤退すべし、という二ツの条件である。なぜ小西がこまったかというと、朝鮮の二王子を捕えたのは清正で、彼は和議だの休戦だのに大反対であったし、また他の諸将も釜山まで撤退してそれから和議ということに賛成する見込みはなかった。この二ツはどうしてもダメだということが小西の言葉で惟敬にもよく分ったから、

「よろしい、小西さん、よく分りました。あなたのように正直に云って下さる以上、あなたの仰有《おっしゃ》るギリギリの線で必ずあなたの顔をたてるために努力します。とにかく両国のため一時も早く和平条約を結ぶことが大切ですから、この朝鮮側の二ツの要求は撤回させるように努めましょう」

と約束して、惟敬は自軍の本営へ戻り、李如松と朝鮮の宋応昌《そうおうしょう》を前に、小西の言うところを報告し、

「とにかく明の朝廷におかれては一時も早く戦争をさけて戦費の浪費をまぬがれたいと望んでいられるのだから、まず至急和議を急ぐことを考えなければならない。しかるにこの朝鮮側の二要求は一時的な面子の問題にすぎない。和議がととのえば、日本軍は釜山はおろか直ちに日本へ戻るのだし、二王子だって帰ってくる。そういう下らぬ面子にこだわって和議を

おくらすわけにいかないから、この二要求は撤回して欲しい」

するとと宋応昌は怒った。大明国の特使ともあろう者が、釜山撤退、二王子の返還、これぐらいの威信を示すことができなくて和議があきれるというわけだ。また李如松が宋応昌よりも立腹して、

「明国の威信を汚す食わせ者め」

刀に手をかけた。そこで惟敬は坐りなおして、

「そうかい。刀に手をかけてどうする気だい。身の程知らぬ奴に限って鼻息の荒いこと。朝鮮軍は戦争らしい戦争もできずに追いまくられ首府もすてて国もすてて逃げるだけが精いっぱいだったくせに、日本軍の撤退を要求するとは虫がよすぎるよ。明軍とても日本軍を釜山まで押し戻せるならやってみろ。オレはいろいろのことから判断してこの際、無理な二要求を撤回し直ちに和議の交渉に入るのが何よりだと見たから云っているのだ。斬るなり突くなり、勝手にしやがれ」

沈惟敬という奴はこういう奴なのだ。彼はもうこの時から李如松や宋応昌よりも小西の方を信頼し愛しておった。しかし明国の代表者としての和議においては一文も負けてやらぬという根性も実にシッカリした奴であった。

李如松はこれに怒って、もう媾和《こうわ》などは余計なことだと、平壌の小西に使者をだし沈惟敬の使いだがとおびきだして包囲した。小西はからくも脱出したが、ここに両軍の激戦がはじ

まり、日本は例の負ける陣立てであるから散々の敗北で、悲報日に至り、まことに名護屋本営も死の色のようであった。

幸い小早川隆景、立花宗茂、毛利秀包《ひでかね》らの戦功によって、陣を立て直して、碧蹄館《へきていかん》で大勝することができた。応仁以来の歴戦によってきたえにきたえた日本軍のことゝて、負けない陣立てをしいてしまえば甚だ手強い敵だということが明軍にはよく分った。なるほど二年や三年かかっても釜山まで押し戻せるような敵ではないと李如松も気がついたから、ここにいよいよ本格的な和議ということになった。

ところがオレはそのころ非常に困っていたのだ。日本での戦争は陸戦ばかり、したがって有力な海軍がなかった。ところが朝鮮には李舜臣《りしゅんしん》という名提督がおって亀甲船という竜骨づきの船を用意していた。この亀甲船の衝突戦法によって日本海軍は全滅し制海権を失ったからだ。京城まで海路の輸送ができないから、釜山へ荷上げして陸路運送しなければならぬ。朝鮮側は焦土戦術をやって人も山中に逃げ隠れてしまったから、占領地帯は満目荒涼、徴発すべき人夫すら一人も見当らぬ。もとより一粒の米も、一枚の衣類も現地においては手に入れることができないのだ。海外においては全土すべて敵地と云った三成の言葉がつくづく思いだされて、あやまてり、あやまてりと思わずにいられなかった。

釜山から京城まで陸路の輸送ではいくらの荷物も運べないから、食糧は欠乏する、折からの寒気。朝鮮の冬は寒いげな。いかな勇士もこの二ツの大敵には勝てない。清正ほどの豪の者まで帰りたいの一念。和議を欲し本国への撤退をねごう心は全軍血の叫びであったげな。

オレは心底から悪いことをしたと思うた。三成や小西の言葉をどうして忘れたのだろうといぶかったほどボンヤリしたような毎日であった。もう威勢など云うていられぬ。オレは三成に訓令をもたせて大急ぎで朝鮮へやった。その訓令とは、全軍釜山へ戻れ。面子などどうでもよいから直ちに退いて和議にかかれという訓令だ。

さて和議にかかったが、これからの二、三年というもの、オレはつくづく天地の宏大を知った。和議なぞというものは、オレの流儀なら早くて二、三日、長くても十日とはかからぬものときめていたが、唐の奴らはそうではない。半年、一年とすぎた後で使者がくる。実に恭しく多くの珍しい進物をもって使者がくるのだな。その使者がどういう使者かというと、明国で検討したあげく新しくこれこれのことを要求したいし、また日本のこれこれの要求には不満があるということを述べる。まるでもうオレの家来のように平伏して述べながら、云うてることはオレの要求をみんなくつがえしているのだ。それから半年、一年とたったあとで、また同じような鄭重《ていちょう》インギンな使者をさしむけてオレの要求をくつがえす。オレの方では今度こそ和平の使者かと思うていると、そうではなくて、またインギンにオレの要求を蹴る使者だ。日本軍は釜山に撤退しておったが糧食も充分ではなく非常に困っていたが、明軍五万も朝鮮にとどまりこれも糧食の輸送充分でなく日本軍に劣らず困っておるときいていたが、明国の方針では五万の将兵ぐらい朝鮮で餓死しても平気、目的は日本との条約にゆずらぬこと、そのためには五万の将兵が餓死するぐらい当然の代償というぐらいに扱ってる様子、それがアリアリ見えているのだ。珍しい進物を捧げ、何十分も平伏してまるでオレを神様か天帝のようにインギンな様子をしてみせるのもその流儀だ。そしてオレの要求を少しずつけずってマル裸にし、時にはたった一ツの文字を書き直すためにインギン鄭重な使者をさしむける。人間の心をドン底からむしばむ流儀だ。そのために何年かかり何億両かかってもいいのだな。最後には利息づきでもうかることを計算しての上のことだ。

オレはその前後、台湾、シャム、ルソン、ジャガタラ、およそ日本の朱印船の行きうる国々へはみんな手紙を持たせてやったものだ。オレに降参して家来になって入貢しろとな。さもないと兵隊をやってふみにじると書いてやった。むろん手紙一本で降参したり入貢したりするバカはないが、とにかく諸人に威勢を見せておかないと気がすまないのがオレの流儀だ。しかし明国を相手にしてみて、この流儀がつくづく二流三流だということがわかった。兵隊や血刀を本当にさしむけてみたって人の肉を切るだけのことだ。明国の流儀は人の心の奥のまた奥のドン底からむしばみよる。実にもうインギン鄭重に、人を神様扱いにしてバカにしよる。何十年、何億両かけ、五万十万の自分の兵隊を飢え死させてもそれを平然とシンネリムッツリやりとげなければやまないのだ。オレが三十年我慢するなら明の方では三十一年かける気だ。オレが百年我慢するなら百一年かける気だ。あげくにどうしてもオレの心をむしばむという音も声も風も波も何もない流儀だ。

オレは明の流儀をさのみ怖れもしなかったが、オレの一生の流儀の惨敗というものを感じた。そのオレに負けた日本の奴らをあわれみもした。どいつもこいつもデクノボーがそろっていたのだなと思ってせつない涙がでるような気持であった。こんなオレに負けるとはなさけない奴らだと考えてのことだ。

明国の奴らは実にもうたっぷり三年もかけて、恭しく一字をなおしにきたりして、とうとうオレの要求をマル裸にしてしまった。小西からははじめからマル裸になれ、その方が浪費もなく諸人を疲弊せしめて怨みをかうことも少なく賢明だということを三成を通じてしきりに云ってよこしたが、オレはそれをきかなかった。明の流儀にのせられて、表向き神様扱いされるのが、妙にうれしいようなところがあったせいだ。人を本当にうれしがらせてマル裸にするという傾城《けいせい》の手が明国の流儀であった。オレはうまうま傾城にもてあそばれて、うれしがっておった。バカにされているのをよく知っていながら、群臣の前で大明国ともあろうものから神かのように恭しくやられるのがうれしくてたまらなかったわけだ。

結局最後にきまった媾和条約というものはオレから明国に使者をだして（この使者には内藤如安《じょあん》をやった）どうかオレを明国の家来にして下さいとたのませ、明国からはよろしいその願いききとどけたと云って、そのホービに貿易を許してやるぞ、ということになる一条だけ。ほかに何もないマル裸だ。オレは心の底の底までむしばまれて、疲れに疲れ、マル裸にされたと分っていても、とにかく話がついたというわけで、オレとしてみればただホッとしただけというような精根つきはてた感じであった。

　苦しかったのは小西であった。オレが世間には威勢を見せる必要のために途方もなく威ばりかえって大きな要求を書いて送ってきたそれを世間に公表するものだから、まとまる話がなかなかラチがあかなかったのも一ツはそういうわけもあった。とうとう世間ではオレの虚勢をまにうけて、朝鮮の半分が日本の物になったとか、明も日本の家来になって秀次公が治めに行かれるそうだなぞと噂がでるようになる。だからいよいよ貿易再開一ツのマル裸の媾和条約ができあがっても、これをそのまま日本で公表してよいかどうかということが小西や三成の心痛の種であった。

　とにかくこの条約ができ、明国の使節がオレに挨拶のため釜山まできた。さて釜山まできて様子を見ると、釜山にいる日本の兵隊たちが和議の内容を非常に日本に有利なもののように予想していることが分ったから、そこは目のきく沈惟敬、これは危いと考えた。日本へ行き、太閤の前で、お前を日本国王に封じて貿易をさしゆるす、とだけしか内容のないものを公表すると、ひょッとすると無事では帰れないかも知れぬ。使節が殺されたりすると、また面倒になって、明国としても面子上今度自分の方から開戦しなければならないことになるかも知れないというわけで、殺されてもいいような、鰯《いわし》の頭のような使節をつれて行くにかぎると考えた。そこで正使の宗城を明国へ逃げて帰らせ、自分が副使となり、朝鮮から非常に身分の軽い役人二人をえらんで、これを朝鮮使節に仕立てた。

小西と惟敬は媾和条約の内容を偽造して、日本人を表向きだますということも考えてみたが、釜山に日本軍がおって、日本内地の者は一応だませても、朝鮮にいる日本軍には真の内容がどうしても伝わらざるを得ないということが明かであるから、これは本当の内容そのままを日本で公表すべきだと決したわけだ。その先のことは政治力で国内を抑えて行けばよいのだし、最悪の場合には外交失敗の責任を負うて小西が死に、惟敬も同罪を蒙《こうむ》って太閤の成敗をうければ太閤の顔もたち日本の兵隊も国民も納得するであろう。イザという時は一しょに死のうやと二人はカラカラ笑って約束したそうだが、小西はオレの家来だからとにかくとして、沈惟敬という奴は見事な悪党であった。釜山にいて日本行きの準備にかかったころ、今度の使者は命がけだからと大司馬石星から何千両かふんだくっておいたそうな。

さて明の使節が日本へきて、オレを日本国王に封じるという文書を読んだときに、オレが冠をなげうち国書を裂いたと世間に伝えられているそうだが、これは大ウソだ。オレは黙って国書をうけとった。使節を叱りもしなかった。ただ、アア左様か御苦労であったというように自然の態度で国書をうけとっただけのことだ。

それからまる二日、世間の反響を見ておった。大名の心のうごきを見ておった。むろん、誰も納得し満足するはずはないが、不平不満の程度によっては国書を正式に受けてあとは政治力で国内をおさえるつもりであった。

しかしながら反響は非常によくなかった。明国征伐、秀次を明の王様にするつもりだなどと大ボラの吹き放題に吹いて大軍を海外にうごかして国民を疲弊させながら、アベコベに明の家来になって、明の王から日本王に封じる墨附をもらっておる、なんたる腰抜け、食わせ者よ、と諸侯の腹の中はみんなそうであった。

これはどうしても怒らなくちゃアならない。明の使節を一喝して追い返さなくちゃアならない。小西も叱りつけてみせなくちゃアいけない。二日間様子を見てそういうことが分ったから、オレが明の使節を呼びだして奴らの腰がぬけるほど叱りつけて追ッ払ってやったのはまる二日すぎてからのことであった。そこで、もう一度戦争を仕かけなければならないようなハメになってしまった。

★

戦争中に秀頼が生れていた。

鶴松が死んだとき再びオレに子が生れるとは思われなかったから、姉の子秀次を跡目にたてオレの関白をゆずってやった。

オレは昔から秀次が好きな方ではなかった。長久手《ながくて》の戦争で将兵を置き去りに逃げだしてあたら多くの勇士を殺すハメにさせおった時には切腹させようと思ったほどだが思い直して我慢してやった。それでも小器用でこざかしいから、学問や諸芸にタシナミがあって、身を慎しむことをわきまえておればオレの後を大過なく守ってゆくことはできようと考えた。ほかに適当な者が血縁の中に見当らぬから、進まぬながらも奴めを養子にいれて関白にしたようなわけだ。関白になった当座は奴めも非常にそれを徳として、オレの恩にこたえようと、よく訓戒をまもって身を慎しみ、オレも一時はよろこんだものであった。

何がさて小器用でこざかしくて敏感な奴であるから、秀頼が生れてみると、自分というものがオレにとって無用になったということはすぐさとった。けれども、オレにとっては無用になったが、日本にとっては有用な人材だというように考えようとつとめたわけだ。関白といえば最高位であるから、その位についた時から日本中の尊敬をうけて待遇が変り世界が一変したようになる。自分自身も一変して本当に偉くなったように考えるのは人間自然の情であるから、奴めがオレには無用になっても日本にとってはかけがえのない人物だと思うたにしても、ま、仕方があるまい。

もともと奴めは小さい時から、オレには叱られて育った奴であるから、長ずるにしたがってなんとかしてオレよりも自分の方が偉いように自ら認めようと工夫していた。そこで奴めはオレが日本で果した大きな事業というものは見ずに、オレの日常生活の小さな人間がオレの全部というようにきめこんで、それを否定して快をむさぼるようなこざかしいことを身につけた。オレが学の素養がなくて奴めにそれがあるから快をむさぼり、オレが依怙《えこ》ヒイキして好ましく思わぬ奴の勲功にねぎらうことが少かったりすると奴めはその大名をよびだして、自分の領地から二、三千石わけてやってオレの至らぬところを修正したことで自分の大を感じて快をむさぼるといったようなアンバイだ。

こういうチッポケなこざかしい気質がオレには大そう目ざわりで好ましからぬ奴であったにも拘《かかわ》らず、ほかに人がなければ仕方がなくて我慢して関白にしたのであるから、さて秀頼が生れてみると、奴の存在が実に邪魔なこまったものになってしまった。

人にそれとなく関白を辞退するように云わせてみたが辞退する気は毛頭ない。そこでオレもいろいろ考えたあげく、奴めには生れたての娘があるから、秀頼とその娘をイイナズケにし、否々、前田利家のバイシャクでちゃんと盃事をやって夫婦にしてやろうと思いついた。そうすれば秀頼も奴めにとっては可愛いい聟、わが子同然であるから、関白を辞退して譲ってやる気も起ろう。奴めもオレと同じように関白の父というわけで羽振りも悪くなることはなかろう。

こう思いついたから、すぐさま木下半助を使者にだした。このとき秀次は熱海へ湯治に行っておって、そこから戻る道で、尾張まできていたそうだ。旅先へ使者をつかわすぐらいだからオレが奴めの返事をききたがって待ちこがれていることはわかるはずだ。ところが奴めは使者の半助にはウンともイヤとも答えない。半助を返しておいて、三、四日で戻れる道をひと月の余もブラブラ諸方を遊びまわって帰ったあげく、戻ってからも返事をよこさない有様であった。奴めは人に語って、

「生れて一年の子供同士の婚礼なんてバカなことがマジメにやれるものかね。わが子可愛さのあまりとは云いながら、世の笑いものになるばかりだよ。私に関白をやめてもらいたくて仕様がないらしいが、一ツの子を婚礼させて、一ツの子に関白をつがせるような愚かしいことをして公卿どもに笑われるのはイヤなことだからね」

こざかしい奴だからオレの意のあるところはよく承知なのだ。そのうえ奴めにはカンぐりすぎて妄想を起すようなことが多かった。たとえばオレが朝鮮で戦争してるのなども、奴めを朝鮮の大名に任じて遠ざけるための努力だと思っており、たとえば人が、

「お父上も名護屋本営で日夜軍務に忙殺されておられますが、お父上の御苦労をお助けするために殿下も名護屋へおでかけになっては」

とすすめたところ、奴は濁った目をひからせて薄ら笑いをうかべ、

「なにが御苦労なのさ。しかしオレを朝鮮王に封じて遠ざけるためとはいえ多くの軍兵を飢えと寒さで半殺しにするなどとはよろしいことではないよ」

などと尤《もっと》もらしく云っていたそうだ。こんな言葉がオレに伝わってくるから、オレも大そう腹を立てた。朝鮮王の妄想の方はおかしいばかりでまだよろしかったが、子供の婚礼のことで返事もよこさずに人に向ってオレを嘲笑うような話をしているときいてはオレのハラワタはにえくりかえった。

しかしながら奴めもせつなかったのだな。こざかしい奴であるからオレの意のあるところ

をすぐさま察して逆らうようにし一応快をむさぼるけれども、そのあげくオレの怒りをかうことに気付いてヤケを起してしまうのだ。秀頼が生れて以来、奴めはにわかに不行跡になり朝から晩まで深酒に酔い痴《し》れていたそうだが、それもオレへの怖れをまぎらすためであったかも知れぬ。

奴めにとってはオレぐらい怖しいものはなかったのだ。実はオレに愛されたくて甘えたくて仕方がなかったのだが、あいにくオレに叱られてばかり育ったために表面オレを敵に見立てるような癖がついてしまったのだが、根は素直で、特にオレに対しては祈りたいような気持で甘えたくて仕方がない心をもっていたのだ。秀頼が生れ、ことごとにオレに逆らうようになってから、むしろそれが分るようになったらしい。本当にオレの怖しさが分ってみると、自分の本性も分ったのだ。

奴の家来は奴の本性を知らないから、本当にオレに逆らいオレと戦争しても関白をまもるぐらいの敵意があるものと見ている。そこでオレをおびきだして殺しなさいとすすめる家来も少くなかったらしい。

「殺さなければ、殺されますよ」

これが家来どもの云い分だ。奴めはそれに同意したことがなかった。奴めの云いたい言葉はオレには分るような気がする。

「殺さなければ、殺されない」

これが奴めの言葉だ。祈りだ。こう祈りたいのが奴めのオレに対する本心、本性というものなのだ。

奴めが関白になって公式にオレを招待する宴がのびのびになっていた。さてこの宴をやることになったから、世上では奴がオレを殺す宴だというように噂していた。オレが当日になるたび二度三度今日は行けないと断りを云わせて宴をすッぽかしてやったから、世間はオレが奴めの裏をかいたと解したが、ま、そういう意味もあったことは事実だ。二度三度とすっぽかしたあげく宴によばれてやったが、部屋部屋にはオレの軍兵がギッシリつめてるという変った宴で、オレは数日滞在したが、奴めは異心なきアカシをたててみせるため、自身台所に立って食物の指図までして寝不足で目をあかくしているような奮闘ぶりであった。

オレは大義名分ということを非常に尊ぶ。そこでオレは奴めの関白を秀頼に譲らせたくてたまらぬのだが、奴め自身が自発的にそうはせぬ以上はオレの力でそうさせることがどうしてもできない。実子可愛さのために秀次の関白をやめさせたと人に云われるのがつらいのだ。

オレが秀頼と奴の娘の婚礼に思いついた時にはこれが最上の策、これならば奴もよろこんで秀頼に関白をゆずり自分は関白の父となって満足してくれるものと思ったのだ。そう思ったものだからオレの心もはずみ一日も待っていられずに、旅先の奴めに半助を使者に急がせてやった。しかるに奴めは即答はおろか、わざと旅をひと月の余もつづけ、戻ってからも返事をせずに、陰でせせらわらうようなことをしたときいて以来、オレの頭の中には石のようなものが一ツ、どうしても動かぬかたまりのようなものができてしまった。

朝目をさますと、その石が目をさます。秀次の嘲笑だ。夜、寝床につこうとすると、その石がうずく。オレは怒りにもだえて、

「ウーム。憎い奴。憎い奴」

思わず歯ぎしりしている。その石のうずきを抑えることのできた日は機嫌がよかったが、日によっては一日に何度もくりかえし石のうずきに唸《うな》らせられることがあった。

和平の交渉ははかどらぬ。明の奴めに体《てい》よくおだてられながらマル裸の条約にもっていかれる間抜けさが身にしみて痛感される毎日のことだ。明の嘲笑かと思えば、秀次の嘲笑だ。オレのまわりの風の中にはどこにも嘲笑がみちていた。労苦にやつれはてた将兵の姿がマブタにうかんでその責任の苦しさに胸がつぶれる思いがしたかと思うと、すぐその次の風の中の嘲笑がきこえる苦しさ。

オレは大坂城で能興行を催した。そのとき、秀次も招待してやったが、オレの能は我流でヘタだが、ちかごろでは自分の能を人に見せるのが何よりの自慢で人にほめられるのが子供のようにうれしくてたまらなかった。

オレの仕舞は喝采をあびたが、オレの次にでた秀次の仕舞は、これは子供の時から奴めが特に好んで身につけた芸であるから特別に巧者で、この日の出来も甚だ見事であったから座も割れさけんばかりの大喝采であった。

オレは奴めの得々たる様子が突然見るにたえられなかった。オレを敵視してオレに負けまいとして小さなオレを想定して事ごとにそれに勝った快感に酔いしれているチッポケな卑しい根性に対する怒りがどッと溢れたった。オレは思わず蒼ざめて怒りにふるえた。オレの目は怒りに氷った。その報酬に見せてやるぞとオレは大声で織田信雄《のぶかつ》の名をよんで次の仕舞を命じた。

信雄は信長公の遺子だが今ではオレのお伽衆《とぎしゅう》をやっている。信雄の仕舞は秀次と同じぐらい巧者なのだが、オレと同じ舞台へでる日にはオレよりヘタに踊ってオレの機嫌をそこなわぬように心している男だ。そしてこの日はオレの心を見ぬいてか特別ヘタに舞ったのである。オレは直ちに信雄をよんで、

「御苦労だった。ホービをやるぞ」

即座に六千石の墨附を書いてやり、

「そなたのお父上信長公には草履《ぞうり》とりから勤めあげて小猿よ小猿よとオレが馬の手綱をとりながら、お供している時から特別目をかけていただいたものだが、そのワスレガタミたるそなたを疎略にして申訳ない。いまに所領をとらしてやるぞ」

オレは信雄の手をとって泣いてしまった。泣きに泣いたといってよいほどダラシなく泣いた。涙が溢れて嗚咽《おえつ》がとまらなかったのだ。それというのも秀次への怒りと憎しみからであろう。信長公の子供すらいまだに定まる所領もなくオレのために巧者な仕舞をヘタに演じる

忠勤をはげんでいるのに、秀次めは戦功どころか大失敗までやりながらも百万石の大名にとりたてられてやがて養子となり関白となり、しかも身の程を知らずその関白を秀頼に譲ろうともしない。オレの言外の怒りはそれだ。大恩をうけながら忠勤をもって報いる心が影すらもない。小は仕舞から大は関白辞退に至るまで、一貫して恩に報じようとの心がない。オレが信雄の小さな忠勤に即座に六千石の墨附を与えたのは、関白を辞任しなければ全てをはぎとり素裸にしてやるぞという激しい心のあらわれであった。こざかしくてカンだけはよくきく秀次にこれを見よこれを見よとの激しい心のあらわれであった。

奴めはオレの怒りだけは気がついたが、関白をやめますとはどうしても申しでようとしない。そして、オレの怒りを和らげる目的のためか、能興行御招待のお礼と称して善美をつくした饗宴へオレを招待した。まだ分らぬかバカめ。オレは饗宴へでると約したが、当日になると今日はダメ。また、ダメ。また、ダメ。何日たってもダメつづき。まだ分らぬかバカ。そして最後に無期延期という返事をやった。

奴めはオレの怒りがヒシヒシと身にせまって感じられ、ちょッとの外出にも大勢の鉄砲組をつれて歩くような用心ぶりで、それが何かのタシになるとのつもりか自ら武術の稽古まではじめたそうだが、それほどまでにオレの怒りと闘いながら、関白を辞任すれば全てが落着するという簡単なことだけはどうしても避けて通るつもりなのだ。

にわかに奴めの身辺の警戒が物々しくなり、戦争仕度の兵隊がギッシリ警戒についているものだから、秀次謀叛《むほん》という噂が世上に流れた。大名たちの中にも、そんなことをオレに知らせてくるものがあった。

オレはその流説を利用して秀次を殺してしまうことを考えた。その考えと毎日争っていた。頭の中の石が目をさましてうずきだすとオレはガバとはね起きて、

「殺してやるぞ。八ツ裂きにしてやるぞ！」

と叫ぶ。けれどもようやくそれを抑えることができると、奴の本心は素直でオレに甘えたくて祈るような心をもっているはずだと考え、オレはどッと涙を流したまりかねてタタミに顔をふせてしまうのが例であった。しかし泣きながらもふと気がつくと、やっぱり奴めを生かしてはおけぬ、大恩に報いる忠勤の心を持たない奴はまさしく謀叛人と同断ではないか、奴めは秀頼の、つまりは豊臣の天下を滅す謀叛人だ。どうしても生かしてはおけぬ。そういう決意が涙から涙の間に日ごとに堅く大きくなっていた。

ある日オレは頭の中の石がうずいて風の中の声がきこえてくると、ガバとはね起き、走りでて、人をよび、

「秀次を訪ね、謀叛の流説について釈明を求めてこい。釈明次第では許さぬぞ」

そこで使者が出向くと、秀次は事の重大さと身にせまった危険をさとり、なんと斎戒沐浴し白衣をまとうて神下しをして異心ありませぬという誓紙を書いたげな。

オレはその報告をきき誓紙をうけとると奴めの心根がいじらしくなり、思わずワッと泣き

に泣いた。そして誓紙をつかんで立ち上り、

「皆の者、これを読め。秀次は斎戒沐浴白衣をまとうて怖ろしい神下しをしてこの誓紙を書いたげな。笑うべきは世上の浮説だ。血は水よりも濃し。口さがない百万人がどう云おうとも、この秀吉は秀次の心底見とどけた。その方らもこれを鑑《かがみ》に世の浮説を信じてはならぬぞ」

こう大音声《だいおんじょう》によばわって皆々に誓紙を見せ、部屋部屋を廻って叫んでは誓紙を見せ、女中にまで誓紙を見せて、叫ぶたびに泣きに泣いた。

だがオレはその晩床についたとき、頭の中の石の声で心をよびさまされたが、怖しい神下しをしてまで誓紙を書いた秀次の一念が生きるための執念というよりも関白をまもるための執念だということを考えたとき、あくまでオレをあなどる憎い奴、あくまで忠勤を忘れた憎い奴、その神下しは忠勤どころかオレへのあなどりをごまかす謀略にすぎないものだと感じた。そしてオレは空を走って奴めを殺しに行きたいと思いながら、胸をさすり、胸をさすり、ようやく眠りにつくことができたのだ。

それからの七日間、オレは前とはアベコベに斎戒沐浴白衣をまとうて怖しい神下しをする奴めの姿を思うたびに怒りに目がくらみ、

「だましたか！　だましたか！」

そう叫んで歯ぎしりするのを人にきかれまいと抑えに抑えていたのであったが、一日、そ

の腹立ちの最中にふと誓紙を探しだしてジッと見たのが逆上の元であった。オレは人々の前へ走りでていた。

「秀次をよべ。秀次をつれてくることができなければその者は切腹だぞ。必ずつれてこい」

秀次は素直に応じて大坂城へきたが、オレは奴めに会わなかった。すぐその足で高野山へ送りこみ、切腹させた。

奴めは死んだ。オレはその首をみた。三条河原へさらした。謀叛人秀次。とうとう死んだか。秀頼、秀頼、秀頼。豊臣、豊臣、豊臣。やっと関白秀頼。すくすく育て。天下の関白秀頼。父におとらぬ関白に。豊臣秀頼よ。しかしまだオレは安心することはできない。秀次には多くの女がいて多くの子供がいるのだ。その子供らがともかく関白の子供に相違ないということは秀頼にとっては敵だ。

「謀叛人秀次の妻妾全部、子供ら全部を殺せ。大八車へのせて刑場へひッたてて必ず一人のこさず殺せ。情けをかけるな。悪逆無道の謀叛人の一族だぞ」

オレは厳命を発した。鬼よりも怖しくすさまじいオレ自身の姿と声、そしてすさまじいオレの顔をオレは見ることができないがヒシと感じとることができた。オレはそのときオレの姿にほれぼれする気持があった。秀頼、秀頼、秀頼。このオレの姿をみよ。お前の天下のためのこのすばらしい姿、すばらしい演技。鬼という鬼をあつめたこのすばらしい気魄を見よ。力全身にみなぎり、どこにも隙がないぞ。これが秀頼のためのものだ。そして秀頼が育つのだ。日本関白秀頼に。

★

二度目の戦争が朝鮮ではじまったが、日本軍は苦戦であった。苦戦は当然だ。輸送がきわめて不充分だ。寒気と食糧難。これが日本軍に疫病神《やくびょうがみ》のように憑いているのだから戦争の勝敗にかかわらず常に大苦戦大困難。栄養失調、ヨロイの下にシラミだけわかした兵隊乞食。草の根をさがして食い泥水をのみ骨と皮ばかりになって悲しい死に方をする者も少なからぬということだ。

オレはもう名護屋の本営へ行く気にもならなかった。大苦戦が分りきっている。オレがいかに命令しいかに焦りに焦ってもどうにもならぬ輸送難。見とうない。聞きとうない。

オレは京都で遊んでばかりいた。茶会、能興行、そして花見。できるだけ豪奢に、明るく、闊達に。みんな忘れて、この世はいつも春だということをオレとオレのまわりの武士町人百姓みんなの顔の上でだけは確かめたかった。

しかし、たのむ気持はあった。小西よ清正よ秀家よ毛利よ小早川よ。小西はもはや外交はダメだということを知っている。かくなる上は明の首府まで攻めこむ以外に外交の成就する見込みがないと知っている。しかし明への進撃はおろか朝鮮のたった一ツの蔚山《うるさん》城で苦戦また苦戦であった。豪気勇猛なオレが自慢の名将どもも手も足もないようなバカな戦争させられては勝ちとうても勝てなかったのだ。勝ちたいのはオレよりもお前たちであったろう。オレはもうなかば戦争をなげていたが、お前たちにはなげるになげられぬ戦争だった。草をくい泥水のんでも必死にがんばらねばならぬ戦争であった。

今年オレが醍醐で花に浮かれてその花がちって青葉になったころ朝鮮から宇喜多秀家はじめ秀秋、毛利、藤堂、脇坂、蜂須賀ら歴戦の大将どもの何人かが日本へ戻ってきた。彼らのもたらした惨また惨たる報告にオレは言葉も声もなかった。そして彼らの去ったあと、ノドも裂け血を吐くばかりに泣きに泣いた。オレは叩きのめされたのだ。あまりにもいい気なオレ、人に戦争させ自分では戦争をなげて忘れよう忘れようとのいい気なオレ。脳天から唐竹割りに斬りのめされた。秀家はオレにこう云うた。

「骨と皮ばかりにやつれはてそれでも生きる気だけはたしかな兵士が具足の重さを支えて歩く姿。ふと見ると、それは人間や動物には似ておりませぬ。白昼何千何万とうごめいている幽霊の姿をそこに見ました。朝鮮ではその幽霊がいまも歯だけはくいしばって必死に戦っているのです」

帰りたい、帰りたい、帰りたい。みんなが来る日も来る日もその一念でともかく生きているそうな。もはやオレをたのもうとせず、天をたのんでいるそうな。清正ほどの豪の者まで一口日本の清水がのみたい帰りたいぞと云うたげな。鬼をもひしぐ清正が頰は落ち目はくぼみヒゲだけがボオボオ戦わぬ日は槍にすがって歩いているげな。

まもなくオレはどッと病気になってしまった。もう起きられぬ。死も近かろう。オレが死ねば秀頼はどうなるのだ。由なき戦争を起して無益にあたら将兵を殺し多額の戦費を浪費したオレが死後に蒙るのは汚名だけであろう。それにひきかえ、はじめからこの外征に反対だった江戸大納言に人々の期待があつまるのは当然だ。否、オレがまだ生きている今ですら、これからの日本を収拾する人はこの人をおいてないというおのずからの世のうごき心のうごきを感じとることができる。

江戸大納言は律儀な人だ。誠意の人だ。忠実な人だ。裏切らぬ人である。だがそれも所詮オレが生きているうちだけであろう。オレも律儀で誠実で異心がなくて忠実な家来であったが、信長公が死んだあとではその子の信雄をだんだん素裸にして秋田へ追いやり、その秋田の領地もまたまきあげて今ではオレのお伽衆ではないか。だがオレは信長公のようにまだ戦乱の最中に不慮の死をとげたのとはちがう。ともかく秀頼に跡をゆずり天下をゆずって死ぬのだ。

オレは五大老、五奉行を枕頭によんで秀頼をまもり秀頼の天下を助けて違背あるまじき旨、天地神明に誓って誓紙に書かせ血判を捺《お》してもらった。血しぶきは全紙にとびちりポタポタおちた。オレはそれを棺に入れて抱いてねむり死んでも目をあけて秀頼のそばにいるつもりであった。オレは思わず江戸大納言の手を握りしめて、

「頼みまするぞ。頼みまするぞ」

また前田利家の手を握り、

「頼みまするぞ。頼みまするぞ」

利家とオレは信長公の足軽時代からの親友だ。おだやかな親身な野心のない人だ。官位も所領も江戸大納言につぐ人で、そのおだやかな人格によって人望も厚くこれも江戸大納言につぐ人だ。彼の目の玉の黒いうちは江戸大納言もウカウカ事が起せぬような貫禄があった。しかし人の貫禄は時のものだ。オレあるうちは江戸大納言の貫禄はさのみ冴えず利家の貫禄はわりかた冴えるが、オレの死後は逆になり両者雲泥の差になるかも知れぬ。

思えば秀頼はどうなることか。しかしオレはもうそれを言うまい。秀頼の運命がどうにかなるのもみんなこのオレが朝鮮に由なき兵を起した罰だ。小西も三成も、戦争などはいらぬこと、貿易は再開できますと堅く云うてくれたのに、そして小西は着々明との交渉準備をすすめていてくれたのに、オレはおろかにも気がふれてバカな戦争を起してしまった。実に実に思えば朝鮮使節引見の折鶴松の小便がオレの関白装束の袖をぬらした。それが全ての兆《きざし》であり、事実にそのようになってしまった。鶴松の死でヤケクソを起し朝鮮へ攻めこんで、ために秀頼の関白位もやがてはダメにしてしまうのだろう。虚勢、見栄。オレの至らぬためである。むやみに威勢をみせたがるようなオレの虚勢と見栄が知らず知らずオレをかりたててこの破滅を生んだのだ。

今日このごろオレが病床で見る夢は秀頼が泣いている夢と、朝鮮の兵隊の幽霊の夢だ。何万という幽霊の夢だ。するとまた秀頼が誰も助けにくる人がなく一人ぼっちで泣き叫んでいる夢をみる。それは身をきられるように切ない夢だが、兵隊たちの幽霊の夢はオレの全身の力をくじかせオレの涙のあるだけを流させても足りないような夢であった。その涙もだんだん涸《か》れてとぼしくなったような気がするが、オレは兵隊たちの幽霊の夢をみてどッと涙にかきくれるたびにまだしも多少の救いを感じる。オレはオレが息をひきとる時決して決して秀頼の名を叫ぶまい云うまいと思う。もしその名をよびつつ死ぬようならオレはシンからダメな人間だったと思え。オレは息をひきとるとき朝鮮の兵隊たちのことをたのんで死ぬつもりだ。どうかあの兵隊たちを殺すな、無事に日本へ帰すようにしてやってくれ、たのむ、たのむ、と云って息をひきとるつもりだ。そしてオレがそういういまわの言葉をのこして死ぬことができたら、せめてもいじらしい奴とオレのために一粒の涙を落してくれ。

皆々はオレをタワケと思うだろう。それほど兵隊のことが心配ならなぜ今すぐに命令をだしてひきあげるようにさせないのか、と。そこがオレの恥さらしのところだ。虚勢と見栄。むやみに威勢を見せたいバカ。そのためにこの無慙《むざん》なことになったのだが、せめてオレの息あるうちはこのバカを続けさせてくれ。オレの一生の見栄と虚勢を通させてくれ。身動きもめんどうな死病の床ではなおさら虚勢と見栄が通したい。その代りいまわの時にはクワッと目をひらいて必ず云うぞ。朝鮮の兵隊たちをたのむぞと。一兵も殺すことなく日本へ帰るようにしてやってくれと。そして神々も照覧あれ秀頼の名は決して云わぬぞ。

鉄砲

天文十二年八月二十五日（四百一年前）乗員百余名をのせた支那船が種子《たね》ケ島に漂着した。言葉は通じなかったが、五峯という明《みん》の儒生が乗っていて筆談を交すことができた。ところが、船中に特に異様な二名の人物がいる。一人をフランシスコ、他をダ・モータと云い、ポルトガルの商人で、この両名が各自その手に不思議な一物をブラ下げていた。

一物の長さは二三尺。中央を孔が通っている。非常に重い。火を通じる路があり、孔中に妙薬を入れ、小団鉛を添え、底を密塞しておいて、海岸に的《まと》を置く。一物を肩に当て腰をひねって横向きに構え、目を眇《すがめ》にして、火をつける。電光。驚雷の轟音。的が射抜かれているのである。見物の一同、耳をふさいで、砂の中に頭をもぐした。

この一物の一発たるや、銀山摧《くだ》くべし、鉄壁穿《うが》つべし、姦宄《かんき》の人の国に仇をなす者、之《これ》に触るればたちどころにその魄《はく》を喪《うしな》うべし、まことに稀代な珍品だ。そこで領主（種子ケ島時《とき》尭《たか》）は高価を意とせず言い値で之を購《もと》めた。二挺《ちょう》で二千両だったとさるポルトガルの水夫の一人が書いているが、当にならないそうである。

二名の南蛮人を師匠にして、目を眇に腰をひねって的を睨《にら》む秘伝の伝授を受け、同時に、篠川小四郎に命じて妙薬のねり方を会得《えとく》せしめ、金兵衛尉清定という工人に命じて模造せしめた。形は良く出来たけれども、底をふさぐ手段が分らぬ。翌年訪れた南蛮船に鉄匠がいたので、秘訣を会得したという。鉄砲伝来の日は、日本の実在が西欧に知れた最初の日でもあった。

紀州根来寺《ねごろじ》の杉坊という者がこの話を伝えきいて、千里を遠しとせず漕ぎつけ、一物の譲渡を乞うた。時尭は煩悶した由であるが、我の好むところ人も亦《また》好むという悟りに達して譲ってやったという。又、堺の商人で橘屋又三郎という男がこの島に二ケ年滞在、製法を会得して近畿に伝え、鉄砲又という渾名《あだな》を得た。時尭からは一物を将軍に献上したから、足利義輝は近江阪田郡国友村の藤二郎に百貫の知行を与えて製造に従事させ、国友村は後日信長の手に移り、技法発達して、信長の天下を将来した。

鉄砲が実戦に使用されたのは十二年後、信玄が川中島で三百挺用いたのが最も早い一つであったそうである。

信玄は戦術の研究家で、各種兵器を機能に応じて適所に使用し、各種兵器の単位を綜合して合理的に戦力を組織するというやり方だったので、新来の武器を見逃す筈はなかった。けれども、彼の用いた鉄砲は始めて伝来したばかり、まだ甚だ幼稚であった。火縄銃は弾ごめに時間がかかる。発射から次の発射に少からぬ時間があるから、歩兵に突撃の隙を与える。突撃されればそれまでだから、信玄は鉄砲の威力を見くびった。要するに鉄砲なるものは、その最初の射撃をふせぎさえすれば弾ごめの時間に蹂躙《じゅうりん》できる、という結論に達したから、竹束によって最初の射撃をふせぐ方法をあみだし、防備あれば威力なしと見切りをつけて、鉄砲の使用をやめた。信玄一代の失策であり、武田滅亡の真因であった。川中島で謙信と競《せり》合《あ》ううちはそれでよかった。両々譲らず鉄砲の威力的な使用法を知らなかったからである。

鉄砲の威力的な使用法を理解した最初の人は信長であった。

信長は理知そのものの化身であった。彼は一切の宗教が眼中にない男であったが、切支丹《キリシタン》が同時に新式の文物を輸入するので之を最大限に利用した。ヤソ会師が黒人を献上したことがあったが、信長は余りの黒さに作った物だと疑った。裸にさせ、褌《ふんどし》もとらせて、手でなでまわして、ようやく納得、大いに珍重して本能寺の変に至るまでお茶坊主代りに使ったというが、万事がこのやり方であった。鉄砲だの、時計だの、新式の航海術、天文、医学、万事に博学多識の南蛮の白坊主共が、神様というと目の色を変えて霊魂の不滅だの最後の審判などと埒《らち》もないことを吹聴する。利巧な奴らであるから然るべき魂胆あっての策略だと信長は見込んでいたが、ある日、オルガンチノというバテレンを別室に呼び入れ、侍臣全部遠ざけておいて、さて、お前も商売だから本当のことを打開けては障りがあろうが、然し、今日は家来一同遠ざけたから腹蔵なく語るがよい。天主だのアニマの不滅などというのは俗人共をたぶらかす方便だろうな、ときりだした。信長は腑に落ちぬことはトコトンまで究める性分であった。オルガンチノは地球儀をとりあげ、伊太利《イタリヤ》を指して、之は自分の生れた故国であるが、はらからを棄て、万里の海を越えて知るべもない絶東の異域へ来るからには、元より生命はすてている。殿下も御存知のように、日々斎戒窮苦の生活に従い童貞をまもり、ひたすら人々の幸福のために身命をすりへらしているというのも、現身《うつしみ》の幸を望まず、一命を天主にささげ、死後の幸福を信じるからで、神の存在を信じなくてこのようなことが出来る筈がありましょうや、と見得を切った。信長は白坊主の表裏ない言葉を諒《りょう》としたが、彼らは馬鹿だと判断した。利用価値のあるものは毒であろうと利用する。松永弾正でも切支丹でも何でも構わぬという冷血な意向であり、その意志と理知の冷たさには、利用される者共が、狎《な》れるどころか、ふるえあがり、憎み、呪った。

こういう彼であったから、鉄砲の威力に就て、信玄の如く速断、見切りをつけなかった。利用しうるあらゆる可能を究明して戦術を工夫独創した。鉄砲その物も発達したが、彼の編みだした戦術は同時に日本最初の近代戦術であったのである。

弾ごめの間隙をふせぐために鉄砲を三段にわける。三千挺の鉄砲なら、千挺ずつ三段にわけて斉射する。同時に敵の突撃の速度を落させるために、鉄砲の前面に濠をうがち柵をつくる。この陰から三段の鉄砲で順次に間隙なく射ちだすことによって、敵兵を手もとへ寄せつけず撃退しうる、という戦術であった。

この戦術を用いて大捷《たいしょう》を博したのが長篠合戦で、鉄砲に見切りをつけた武田方は、この合戦で滅亡した。

信長の軍勢は各自木杭《ぼっくい》を負うて進軍する。木杭は数万本。設楽原《しだらがはら》に達して、濠を掘り、柵をつくり、柵の内側に鉄砲組を三段に配置した。こうしておいて、歩兵が柵の前面へでて敵を誘導する。敵の突撃を見るや、退却して柵の内側へ逃れ、矢来を閉してしまうのである。

甲州勢は信長の思う壺にはまってしまった。

甲州勢の主戦武器は刀槍であった。推太鼓《おしだいこ》を鳴らし、幾段かの密集隊となって波の如くに寄せて行くという戦法で、家康が三方《みかた》ケ原で惨敗したのも推太鼓の密集隊に踏み破られたせいである。

波の如くに押し寄せる密集隊も三段構えの鉄砲に射こまれてバタバタと倒れる。さすがに百戦練磨、海内一《かいだい》の称を得た精兵で、友軍の屍体を踏み越え、六番手まで繰りだして第一柵、第二柵まで奮進したが、悉《ことごと》く倒れ、射ちまくられて敗走せざるを得なかった。主戦武器の威力に格段の相違があっては仕方がない。二万の甲州勢は一万七千戦死した。

信長の天下は、鉄砲の威力によって得ることの出来た天下であったが、鉄砲を利用し得た信長は偶然の寵児ではなかったのである。つとに鉄砲を知った信玄が利用に気付かず滅亡し、各地の諸豪鉄砲を知らぬ者はなかったが、之を真に利用し得る識見と手腕は信長のみのものだった。上杉謙信は信長と天下を争うべく進軍寸前で病死した。謙信に天寿あらば信長の天下果して如何、というのが世論であるが、鉄砲の威力を知らぬ謙信が進軍寸前に病死したのは彼の幸福であったろう。

朝鮮役の快進軍は鉄砲と弓の差であった。朝鮮軍は一挺の鉄砲なく、その存在すら知らなかった。彼らの主戦武器たる弩《いしゆみ》は射勢はかなりに激しかったが射程がない。城壁をかこんだ日本軍が鉄砲を射つ。百雷の音。怪煙万丈の間から味方がバタバタ倒れて行く。魂魄消え失せて、日本軍が縄梯子《なわばしご》をかけ城壁をよじ登るのを呆然と見まもるばかり、戦争にならない。坦々たる大道を走るが如く、京城へ攻めこむことができた。然し、明の援軍には鉄砲が整備していた。そこで両軍対峙《たいじ》のまま戦線は停頓するに至ったのである。

信長はその精神に於て内容に於てまさしく近代の鼻祖であったが、直弟子秀吉を経、家康の代に至って近代は終りを告げてしまったのである。

家康は小田原征伐の功によって、関八州を貰い、江戸に移った。このとき彼の最初の法令の一つは領内の鉄砲私有厳禁ということであった。信長は戦争に於て速力を重視した。進軍と共に輸送路の確保に重点をおき、縦横に道を通じることによって、その戦勝の因をなした。家康は鉄砲の製造発達を禁じ、橋を毀《こわ》し、関所を設け、鎖国した。

応仁から信長に至る戦国時代は弱肉強食、下剋上、信義なく、保身のため、利益のために、裏切り、裏切られ、戦術に於て外交に於て、策略縦横の時代であった。裏切って利を収め身を保ち大をなすのは快いが、いつの日わが身が裏切られるか見当がつかぬ。策略縦横の激しさに策師自ら抗しかね疲れたのだ。かほどまで安からぬ思いをして利をむさぼるには当らぬ。ともかく自国を保って安眠したいという気持が育ち、自然に君臣仁義という妥協的な生き方が時代思潮となってきた。家康はこの時代思潮の寵児であったが、自らかかる思潮の先達をなした人であり、巧みに時代を誘導、人心をおさめる天才的な手腕があった。

　君臣仁義は徳川時代に完成した武士道であった。要するに、平和を保つ思想に発した武士道で、実戦に即応したものではない。否、戦略の立場からは自縄自縛の障りとなり、戦勝には縁の遠い保守的なものだ。実戦の奇略狡智は葬り去られ、一騎打や蛮勇が謳歌される。本多正信の智略よりも大久保彦左衛門の猪突猛進が武士の正道と見られるようになってしまった。信長の精神は全く死滅したのである。

　剣道に於ても形式主義の柳生流が全盛となり、勝負第一主義、必勝必殺主義の宮本武蔵の剣法は葬り去られる。

　十年ほど以前、郷里の祭礼で、火縄銃の射撃を見た。発射の反動で、ダ、ダ、と二歩退く。肩の当て方に狂いがあると、その骨を傷害する由であったが、物々しい型が出来ていて、万事が徳川流、活花の作法のように遅々たるもので、実戦の役に立つとは思われぬ。忽《たちま》ち手もとへ飛びこまれて殺されてしまうに極《きま》っている。形骸のみあって実質なく、万事に物々しい極意書風の外貌を愛すけれども、実質を忘れたのが徳川流の本領であった。

　こうして徳川流の兵法談議がほぼ完成を見た頃に、島原の乱が起ったのである。


　一揆軍は三万七千、そのうちに数十名の浪人が加っていたが、大部分は農民で、その半数は女と子供であった。けれども彼らには鉄砲があった。鉄砲の使用は武士と農民の武力の差を失わせる。家康は之を知って領内農民の鉄砲私有を禁じたが、徳川流の兵法家はすでにこのことを知らない。百姓如き一ひねりだと弾丸の前へとびだして大敗北を喫した。

一揆の起った松倉藩では領内に鳥銃の自由使用を許していたので、農民の中には鉄砲手練《てだれ》の者が少くなかった。のみならず、松倉豊後はルソン遠征をもくろんでいて、家臣を商人に変装させてルソンに送り地理風俗を研究する、一方、三千挺の鉄砲弾薬を用意したので、小藩ながら類例のない鉄砲を貯蔵していた。この口之津の鉄砲庫を一揆軍に占領されてしまったのだ。

又、三会村に金作という鉄砲打の名人があった。針を吊して射落す手練の者で「懸針の金作」とよばれていたが、一揆と同時に一村の農民をひきつれ、お手伝いに参上しました、私共は一揆に反対の者共でございます、と言って島原城へ駈けこみ、夜がくるまで何くれ手助けして誤魔化していたが、油断を見て、城内の鉄砲庫へ忍びこみ、手に手に鉄砲を分捕ってワッと脱走してしまった。こうして一揆軍は少からぬ鉄砲鳥銃を所持することになったのだ。

とはいえ彼らには訓練がなかったから、一揆の始めは団体の統一がなく、てんでんバラバラに鉄砲を打ちだす。ために威力乏しく、突撃され斬りこまれる不手際であったが、次第に戦争のコツを会得して、三万七千の一団となり原城へ籠城した時には、濠をうがち、竹柵を構え、この陰に数段の砲列をしいて順次に射撃するという、全く信長と同一の戦法を編みだすに至った。蓋《けだ》し彼らは農民で、徳川流の形骸にとらわれる所がなかったから、武器の実質にもとづいて、純一に威力を生かす方法を発案することが出来たのである。この鉄砲の段列に対して幕府軍は刀をふりかぶって突撃した。歯がたたぬ。一挙に七千余の戦死をだして退却のやむなきに至り、総大将板倉重昌は激怒、先登《せんとう》に立ち、竹柵によじ登ろうとして手をかけ片足をかけたとき、一弾に乳下を射抜かれて戦死した。一揆軍は五六十名の死傷をだしたにすぎぬ、段違いの戦争であった。

代って総大将となった松平伊豆守は智略の人である。鉄砲の正面から刀をふりかぶって突撃しても徒《いたずら》に死傷多く戦果の少いことを見抜いた。そこでオランダのカピタンに命じて海上から砲撃させる。敵陣へ矢文を送って切崩しにかかり、甲賀者を城中に放ち（尤《もっと》も切支丹語を知らなかったので忽ち看破《みやぶ》られた）敵の弾薬の消耗を見はからって総攻撃にうつり、包囲二ケ月の後、ようやく全滅せしめることができた。一揆軍は弾薬の欠乏と共に自滅したが、弾薬と食糧が豊富にあれば、籠城は無限につづく勢だった。形骸万能の徳川流の兵法が馬脚を現したのであるが、ともかく勝利を得た彼らはそのことに気付かない。オランダ人に助太刀を頼んだり、矢文を送って泣きを入れたり、総攻撃の勇気なくダラダラと三ケ月もかかったというので、智恵伊豆苦心の策戦も、畳の水練、政治家の戦略、まったく評判が悪かった。猪突猛進の板倉重昌が甚だ好評を博したのだ。こうして鉄砲は亡びてしまった。

今我々に必要なのは信長の精神である。飛行機をつくれ。それのみが勝つ道だ。

エライ狂人の話

1

常人と狂人の差は程度の問題だといわれているが、職業上個人の思考や行為の振幅が常態以上に大きいことを必要とする立場の人たちは、職業上の立場と個人の立場が混線して、個人の狂気が判然しない場合などがある。

たとえばヒットラーはその破壊面から狂人のように描かれたり考えられたりされ易いけれども、その建設面から見れば天才と称せざるを得ない。

しかし、天才とは狂気の同義語でもあって、ヒットラー狂人説を否定することも不可能であろう。

だいたいにおいて一代にして名をなした独裁者のような偉大な成り上り者は概《おおむ》ね天才的な人物であるから狂人と紙一重の危険人物と考えてよろしいかと思う。

したがって、彼なくしては為しがたかったような建設的な業績を残す代りに、狂気の所産を置きミヤゲにする場合もすくなくない。歴史を読んでいると、ここのところは狂気の所産と判断せざるを得ない場合を見出すことが多いものである。

歴史的に考えても、独裁者は概ね狂人的と見てよろしいようだ。そのために、せっかくの業績をのこしながら自らをもまた人民の生活をも破滅にみちびいている場合が少くない。

要するに、独裁という様式が、彼の天才を生かし易い代りに、彼の狂気をも生かし易いところに欠点があるのであろう。狂気を押えるブレーキの機構を設ければ、彼の天才を押えるブレーキにもなり易いから、とかくヤリクリは面倒なものだ。

日本の独裁者で誰がどのような狂気を行っているかというと、まず豊臣秀吉の朝鮮征伐をあげることができる。

秀吉は愛児鶴松を失ったときに発狂状態になった。常態を逸してフラフラと有馬温泉へ保養に行き、鬱々たる十数日の物思いのアゲク突如として朝鮮征伐を発令したのである。

この命令は、当時においても秀吉の発狂の産物だと世人にもっぱら取沙汰されたことは、当時の文書に見かけることができる。町人たちからそういう批判の声が起ったというのはよくよくのことで、前後の史実から考えても、狂気の所産と見るべきもののようだ。

もとより朝鮮征伐というよりも、明との貿易再開ということは秀吉のかねての念願で、その志は早くあったし、またその志は真剣でもあった。その志が深くまた真剣であるために、狂気に飛躍したときに行ってしまう。

しかし、彼が望んだ最大のことは明との貿易で、それによって巨万の富を手に入れたいのが目的であるにも拘《かかわ》らず、それが戦争目的の上には常にヒタ隠しに隠されていた。

今なら貿易とか経済問題が最大の戦争理由となることは常識であるが、当時においては、そうではなくて、開戦に必要なのは他の大義名分であった。今度の太平洋戦争においても実は経済的に追いつめられて開戦しながら、大東亜理念という宗教的な大義名分を真向《まっこ》うにかかげたところを見ると、これは日本の性格的なものかも知れない。ところで秀吉の狂気は、信長の遺伝のようなものでもあった。

2

信長がひところ切支丹《キリシタン》の最大の保護者であったことは人に知られているが、晩年に於て切支丹の敵となり、外国宣教師の呪いをうけていることは案外知られていない。

なにぶん信長の伝記作者の目から見ると、切支丹の問題はさしたることではなかったから、具体的にどんな弾圧をしたかということはよく分らないが、外国宣教師が本国へ送った報告によると、信長が悪魔にみいられて信教の敵となり、そのあげく奇妙なことを発案し実行しつつあるように伝えている。

それによると、信長は安土城内に総見寺をつくり、その本尊として釈尊ではなく、彼自身の像を飾ることを考えている。信長は日本中の人間に自分の像を礼拝させる野望にみいられて悪魔になったというのである。

安土城と総見寺が完成して今日に残っていると嘘か本当かも分るし、とにかく信長というはなはだ独創的な人物の独特の着想も知ることができるのだけれども、わずかに土台ぐらいしか残っていないから、何も分らない。

しかし、切支丹教徒の邪推にしても、信長が自分の像をお寺の本尊にして、日本中の人間に礼拝させる野望につかれているというのはいかにも独創的で面白い。邪推としても独創的であるし、本当としても独創的だ。どっちにしても痛快的にバカげている。

信長は一面非常に謹直で合理派で現実主義者でありながら、宗教を軽蔑しつつ独特な角度からいつも宗教と甚だ密接につながっていたり、晩年に至ってまだ日本の半分も平定しないのに支那、朝鮮の征服を壮語したり、また明智光秀と妙にモツレた友情をもつに至っている点など、彼の性格に於て狂気と紙一重のところにあるものか、晩年における狂気の事実を考えさせるものがあるように思う。

彼の一生の行跡では喧躁なほど開放的なものと、蓋を閉じた貝のように陰気なものとが交錯していて、一見して彼ほど激烈で狂的な独裁者は日本の史上では類が少いように思われる。

徳川家康は温厚な古狸のように考えられているが、彼の側近の記録によると、自分に不利なことが起ると、たちまち顔色が蒼ざめ、ボリボリ爪をかむ癖があったという。そして、さてはかられたか、もうダメか、なぞと独り言をつぶやき、一時的にウワの空の状態がつづいたという。関ヶ原の時なぞも金吾中納言の裏切りが起る直前までというものは、味方の旗色が悪かったので、彼は全くテンドウし、蒼ざめて独り言を云いながら爪をかんでいたそうである。

平凡で小心なタイプであるが、こういう人が天下を握って家をまもるという段になると、やたらに近親を疑って謀殺に励まざるを得ないような狂気も察せられようというものだ。もともと狂的な人がエラくなっても、凡人がエラくなっても、権力を握るということは、なかばキチガイの門を開くことを意味するのではないかと私は思う。

他の時は知らず、特に昨今においては、世界も日本もその傾向ははなはだいちじるしいように私は思っているのである。

イノチガケ

――ヨワン・シローテの殉教――

前篇　マルチル・マルチレスの数々

一五四七年一月、一艘《いっそう》のポルトガル商船が九州の一角に坐礁して引卸しにかかっていると、丘の上から騎馬で駈け降りてきた二人の日本人があって、手拭を打ちふり、その船に乗せてくれないかと叫びたてている。

四名の水夫がボートを下し岸へ漕ぎ寄せて聞いてみると、事情があって追跡を受けている者であるが、こうしているうちにも追手の者が来そうであるから、船に乗せて一時の急を救ってもらいたいという頼みである。

水夫達は当惑したが、見れば一人はかねて九州ヒヤマレゴ（該当地不詳）の港で面識のある者であるから、とにかくボートに乗せて本船へ漕ぎもどることにした。

ところへ同じ丘の上から十四名の騎馬の者が現れてきて、二人の者を渡さなければ鏖殺《みなごろ》しにしてしまうと敦圉《いきま》いて罵り騒いでいる。そこへ又九名の者が駈けつけてきて、追手の数は二十三名となった。

水夫達は驚いて急ぎ本船に漕戻り、二人を乗せて印度へ向けて立去った。なかの一人を弥次郎と言った。

この船の船長はかねて印度の開教者フランシスコ・サビエルの徳を慕う者だったので、弥次郎の行末をあわれみ、改宗をすすめて、サビエルに会う手引をした。その年十一月、弥次郎は馬拉加《マラッカ》でサビエルに会うことができた。

印度土人は無智野蛮で、生活は本能のままであり、懶惰狡猾《らんだこうかつ》で信義がなかった。基督教《キリスト》のいましめは彼等にとって死を意味した。サビエルは布教の前途に失望の念を抱かざるを得なかった。

さて、弥次郎と暫《しば》らく起臥を共にして指導してみると、彼の天性怜悧《れいり》であり、信義に厚く、信仰は又熾烈《しれつ》である。日本人とはこのような者であるなら、日本こそ布教すべき地であるとサビエルは思った。弥次郎を遣わされたのも日本を伝道せよとの天父の聖旨であろうと信じ、ここに日本伝道を決意、弥次郎をゴアの学院へ送り、諸般の準備をととのえた。弥次郎はゴアで洗礼を受け、その教名をパウロと言った。

トルレス神父《ばてれん》、フェルナンデス法弟《いるまん》、その他の者を従え、パウロの案内によってその故郷鹿児島へ上陸したのは一五四九年八月十五日、聖母まりや昇天祭の日であった。

弥次郎の縁者知己はその転宗を怪しまず、遠く海外を遍歴した勇気を賞讃。島津貴久はパウロ弥次郎を引見して、跪《ひざまず》いて聖母まりやの絵姿に礼拝し、改めてその油絵を懇望したが、他に代るべき絵姿がなかったので応じるわけにいかなかった。

一般に日本人は宗教に淡泊である。異体《えたい》の知れない唐天竺《からてんじく》の神様でも、神様とあれば頭の一度や二度ぐらいいつでも下げるに躊躇《ちゅうちょ》しない代りには、先祖代々の信心にもそれほど執着していない。

日蓮が大きな迫害を受けたのは、彼自らが他宗を非難したからであり、基督教の布教でも、仏僧に宗論を吹かけ、仏僧の堕落を難じ、事毎《ことごと》に異端に向って敵対を示さなければ、彼等の受けた迫害も尠《すくな》かったに相違ない。

一般の善男善女はサビエル一行が天竺から来たときいて、仏教の本場の坊主が来たと思った。

最も磊落《らいらく》なのは禅僧であった。彼等は宗派のひとつぐらい増えたところで馬耳東風のたちだから、天竺渡来の坊主共をことごとく歓待し、大いに胸襟《きょうきん》をひらいてみせた。

鹿児島に福昌寺の忍室といって博識の聞え高い老僧があった。サビエルはこの禅僧と親交を結び、屢々《しばしば》往来したが、或る日数人の坊主が坐禅を組んでいるのを見て、あれは何をしているのかと訊ねた。

「さればさ。あした貰う布施のことやら女のことでも考えているのだろうて。どうせ碌《ろく》なことは考えおらん奴等でな」と年老いた禅僧は磊落に答えてカラカラと笑った。

サビエルの真摯《しんし》一方の精神に本来無東西の磊落は通じる筈《はず》がないのである。禅僧は己れの神も苦業も信じてはいないと断じ、仏教のこの大いなる不誠実を忽《たちま》ち本国へ報告した。

豊後《ぶんご》の国で深田寺《フカタジ》のなにがしという禅僧はじめ数名の坊主と会見したことがあった。

深田寺は禅問答の要領で、サビエルの顔を熟視しながら、見覚えのある顔だが貴公はその覚えがないかと言った。

もとより知らない顔だから、その覚えはござらぬとサビエルは答えた。

すると深田寺は失笑して旁《かたわら》の坊主に向い、この仁は見覚えがないと言うが、知らないふりをするのは奇妙千万なと語って、

「貴公は千五百年前、比叡山でおれをつかまえて絹五十反《たん》売りつけおった仁ではないか。今度もあの時の残り物を商いに来おったのだろう。ワッハッハッハ」と言った。

サビエルは禅問答の要領など聞知していなかったから、仏僧共の無智傲慢な言説に唖然《あぜん》として、貴殿はいくつになられるかと訊ねた。

深田寺は五十二になると答えた。

サビエルはこれを聞くより儼然《げんぜん》坐を正して仏僧を睨《にら》まえて、五十二歳の者がどうして千五百年前に絹を買うことができたか、又、比叡山は開かれてから千年にも満たない山だというではないか、とあたりまえの屁理窟を言って、不謹慎な言説を責めつけた。約束の違う言いがかりだから、禅僧は語に窮したとある。

禅問答には禅問答の約束があって、両者互に約束を承知の上でなければ、飛躍した論理も悟りも意味をなさない。そこでこういう問答の結果がどうかと言えば、仲間同志の禅坊主だけ寄り集って、彼奴《あいつ》は悟りの分らない担板漢《でくのぼう》だなどと言って般若湯《はんにゃとう》で気焔をあげてもいられるけれども、然し、こういう約束の足場は確固不動のものではないから、内省の魔が忍びこんでくる時には晏如《あんじょ》としてはいられない。辛酸万苦して飛躍を重ねた論理も、誠実無類な生

き方を伴わなければ忽ち本拠を失って、傲然自恃《ごうぜんじじ》の怪力も微塵《みじん》に砕け散る惨状を呈してしまう。サビエルはじめ伴天連入満《バテレンイルマン》の誠実謙遜な生き方に圧倒されて、敬服せざるを得なくなるのである。

仏僧の切支丹《キリシタン》転宗は相継いでかなりあったが、その者は禅僧であったという。

忍室もサビエルの誠実な生き方に心服、自力の本拠を失った一人であった。後年鹿児島を訪れた法弟アルメーダに向って、自分には禅僧としての地位名望があるので外聞をはばかって控えていたが、死に先立って洗礼を受けたいものだと言いだした。老僧の孤影悄然《しょうぜん》木枯《こがらし》の荒野に落ちたように哀れであるが、このあっさりした転向ぶりはカトリックの執拗な信仰できたえたアルメーダには判らないから、インチキ千万な坊主だと思って拒絶してしまった。

京畿地方を開教したビレラが将軍足利義輝に謁見して布教の免許を受けることができたのも、建仁寺の一禅僧の斡旋《あっせん》であった。

サビエルも之に先立って中国から京畿を廻ったが、当時は戦乱の最中で、京都は衰微の極に達し、布教どころではなかった。この道中、喜捨はすべて貧民に頒《わか》ち与え、自分はボロ服を着て、野宿をしたり食物にも事欠きながら、乞食のような旅行をつづけて説法した。熱帯からやって来たので特に寒気に苦しんで屢々発病したが、乗物を用いず、ミサの祭具を詰めこんだズダ袋を背負って歩いた。欧羅巴《ヨーロッパ》にいた頃から伝道の生涯をこうして押通してきたのである。諸方で信者はできたが、前途の隆盛を望み得るという程ではなかった。

ところへ一艘のポルトガル商船が豊後へ来着して、当時山口に布教中のサビエルを豊後に招いた。

サビエルは招きに応じて例の通りのボロ服にズダ袋を背負い途中に発病してフラフラと辿《たど》りついたが、ポルトガル商船の方では六十三発の祝砲をぶっぱなし、盛装したポルトガル商人が騎馬の大行列をねって、彼等の敬愛する東洋の布教長の来着を迎えた。一行は病み衰えたサビエルを見て切に乗馬をすすめたが、サビエルは肯《がえん》じないので、一同も馬から下りて、聖師の後から馬の轡《くつわ》を引っぱって戻ってきた。

府内の城では砲声をききつけて、ポルトガル商船が海賊と戦争を始めたものと考えた。早速家老を大将に加勢の一隊を差向けたが、サビエル来着の祝砲と分って復命。改めて迎えの使者を差向けたところが、ポルトガル商船の方では日本人の気質を呑込んでいて、十五発の大砲を放って使者の来着に敬意を表したから、使者一行は大満足で、サビエルの威光を肝に銘じて引下った。

サビエルが領主大友義鎮《よししげ》に謁見の日が輪をかけた騒ぎであった。砲声殷々《いんいん》と轟《とどろ》く中に、船長ガマを指揮官として、先頭に聖母の像を捧げ、ポルトガル商人水夫総勢揃って金銀の鎖で飾った色とりどりの礼服をきて行列をねり、左右二列の楽隊を配し、錦繡《きんしゅう》の国旗をひるがえして府内城下に乗込んだ。進物として異国の珍器を数々贈ったから、大友義鎮はじめ家臣一同絶大の敬意を払ってサビエルを迎え、基督教は一時に上下に浸潤した。

ここに於てサビエルは、日本人は威儀の旺《さかん》なる者を敬い、又進物を愛することを痛感し、今後の布教にこの気質を利用すべしと悟り、爾来《じらい》続々来朝の伴天連はこれを日本布教法の原則のように採用した。

始めて信長に謁見したのは神父《ばてれん》フロイスであった。

一五六九年春光麗《うらら》かな一日のことで、かねて尽力を頼んでおいた和田惟政《これまさ》から俄《にわか》に三十騎の迎えが来て、即刻出頭せよと伝えた。フロイスは黒い法衣をまとうて二条城の工事場へ行った。

信長は狩衣《かりぎぬ》をきて、堀にかかる橋の橋板の上に立ち、工事を指図していたが、フロイスが遥か遠い所から敬々《うやうや》しく一礼するのを見て、さしまねいた。フロイスが近づくと日が照るから帽子をかぶっていても構わないと言った。

信長はフロイスの年齢や出産地やどこで坊主の勉強をしたかというようなことを訊いたのち、日本人がお前の教法を信じなかったらお前は印度へ帰るのかと尋ねた。フロイスは答えて、たとい一人でも信じる人がある以上は決して日本を去らないと言った。談偶々《たまたま》仏僧の上に及んだところ、信長は大きな怒りを表して、彼等は驕奢《きょうしゃ》放逸に耽《ふけ》り愚民の浄財をまきあげて酒食に費しているものだと大声で罵った。会談二時間に及んで、京都居住と布教の免許を与えた。

フロイスは信長に就て次のように書いている。

「信長は尾張三分の二の主たる殿の二男で、その天下を統一し始めた頃は凡《およ》そ三十七歳であった。体格は中背で瘠形《やせがた》で、髯《ひげ》は少く、音声はよく響き、非常に戦に長じ、武術に身を委ね、威厳を好み、又賞罰に厳であった。苟《いやしく》も己れを侮る者があれば仮藉《かしゃく》しない。然し事柄によっては開闊《かいかつ》で、又慈心にも富んでいた。睡眠時間は少く、早起であった。貪《むさぼ》る心はなく、決断に富み、戦闘の術策に於ては甚だ狡猾であり、恐しく又強く怒る。但し必ずしも常に怒るのではない。部下の云う事に従うのは稀で、又多くは之を用いず、何人も彼を恐れ又尊敬した。酒は飲まず、小食であり、起居動作は極めて鷹揚《おうよう》で、顔付は尊大であった。何人《なんぴと》も彼を恐れ又尊敬した。日本中の大名等に対して、何《いず》れをも軽蔑して、彼等と話すには、自分の部下に対する様であった。気宇が大きく、又忍耐に富み、戦が不利でも驚かない。理解がよく、判断は明確で、神仏を拝む事や、異教の卜占や、迷信的習慣を総《すべ》て軽蔑した。名目の上では始めは法華宗に属しているやに見えたが、権勢の加わるに及んで、あらゆる偶像や神仏の礼拝を軽蔑し、又或る点では禅宗的見解を抱いて、アニマの不滅や、来世の賞罰等を考えなかった。その家居には、非常に清潔を好み、何物でも極めて気を配って順序よくした。又人が話をするのにぐずぐずしたり、長口上を述べるのを甚だしく嫌ったが、極めて卑賤な者や、最も卑しい奴僕に対しても心おきなく話をしかけた。特に好んだ事柄は、有名な茶の湯、良馬、利刀、鷹狩で、又上下の別なく、裸体で角力《すもう》をとるのを見て喜んだ。何人でも刀を帯びて彼に近づくのは禁物であった。然しどことなく陰鬱の暗影があったが、困難な仕事にかかれば大胆で恐るる所なく、言下にその命を奉じた」

一五七三年、信長天下を統一。仏教を断圧し、諸寺を焼き、僧兵を打ち亡し、切支丹を擁護した。

信長は基督教を信仰してはいなかったが、切支丹を擁護し、仏僧を断圧するのが彼の天下統一に便利であったし、坊主の堕落を憎んでいたので、清貧童貞に甘んじて私慾なく貧民病者のために奔走する伴天連の誠実を高く買った。

或る日のこと、信長は京都へ来たついでにオルガンチノとロレンソを招いて、彼等を別室へ伴って侍臣を遠ざけたうえ、お前達は常日頃説いている神の存在だのアニマの不滅だのというようなことを本当に信じているのだろうか、今日は隠さず打開けてくれないかと秘かに訊ねた。いつぞや同じことを仏僧に訊ねたところが、彼等は仏の存在も来世も信じてはいないが愚民を諭すに便利だから方便として用いているのだと答え、切支丹の伴天連だって同じことで、嘘と知りながら信仰をひろめているのだと附加えた。信長も神仏の存在だのアニマの不滅だのというようなことは馬鹿馬鹿しくて信ずる気持になれなかったので、学識高い伴天連たちが愚にもつかないことを甚だ熱心に説教するのが不思議でならなかったのである。

オルガンチノは之《これ》をきくより旁にあった地球儀をとりあげ、伊太利亜《イタリア》の地を指して、これは自分の生れた国伊太利亜であるが、本国を遠く離れ、数々の危険を冒して万里の波濤を渡り、知るべもない異国へ神の教えを弘めるために来るからには、もとより一命は神に捧げてしまっている。閣下も良く御存知のように自分達は斎戒窮苦の生活をまもって貧民病者のために又あらゆる人の幸福のために自ら求める所なく働いているというのも、現世を望まず、一命を天にましまます聖主に捧げているからに他ならない。神の存在を信じ、来世の幸福を信じなければ、どうしてこのような困苦の生活に甘んじることができましょうかと言った。

信長はこれをきいて、彼等の真摯誠実な信仰を深く喜び、廉潔を愛し、毫《ごう》も彼等の心事を疑わなかったけれども、同時に、彼等の脳髄にはどうも異状があるようだと疑う様子であったという。

一説によれば、もし基督教があくまで一夫一婦の掟を強いなければ、信長も切支丹になったであろうと言われている。然し、もとより当にはならない。豊臣秀吉ですら或る時神父に向って、殿中の侍女のうちで切支丹を奉じる者の操行端正なことを賞讃したあげく、もし一夫一掃の掟をもうすこし緩めてくれれば自分も切支丹になってもいいと公言した。もとより之は機嫌のいい時に人の喜びそうなことを言ってみる秀吉の癖であり気まぐれであった。

信長自身は一夫一婦に辟易《へきえき》したが、伴天連入満が清貧童貞に甘んじて厳しい掟に順《したが》い苟《いやしく》も私利のためには計らぬ様を賞美した。かくて切支丹は天下統一者の保護を得て、一時に隆盛に赴いた。

信長の居城安土には、城の下の水辺に壮大な南蛮寺が建立され、有馬と並んでセミナリヨ（神父を教師にした洋風の学校）が設けられて、諸国の青年貴公子がここに集い、ラテン語を学び、油絵を描き、西洋の楽器をかなでた。

信長は教会の音楽を愛したというが、後に切支丹を断圧した秀吉も西洋音楽を愛好して殿中に楽士を招いて奏せしめたということで、一般に切支丹の祭儀の荘厳、リタニヤの音調が人心を惹きつけたことは甚大であった。

ある仏教徒の大名は切支丹であった息子の葬儀に参列してその荘厳な儀式に感極まって落涙、師父に深く感謝の意を表したと云い、ガゴが山口へ来て降誕祭《ナタル》の祭儀を営んだ時には、夜半のミサに信者達は感動して泣いてしまったと云う。又長崎に初めてトドス・サントス寺院ができて、復活祭の祝をした時、その聖クワルタ（水曜）の日に、師父自ら十二名の貧民の足を洗ってキリシトの例に倣《なら》い、つづいて信者は行列を組んでジシビリナで身体を打ち血を流しながら罪を悔いる誠を表して寺院に繰込んだが、これを見る参詣の信者達は泣きだしてしまった。

こういう例は諸方に沢山行われて、やがて切支丹へ改宗の機縁をつくったに相違ない。

セミナリヨの貴公子達も特に音楽を愛好して、巧に演奏する者もできた。まだ切支丹ではない青年達も神父に就て洋学を習うことを誇とし、血なまぐさい戦乱を経てきたばかりの安土城下は忽ちハイカラ青年の楽園となった。

一五七七年、オルガンチノは本国へ次のような報告をだして、日本人は気の小さいのが大嫌いで話の分らない人間を蔑むから、日本人に接するには特に大度《たいど》が大切である。日本人自体が概して大度で自尊心が逞しく、大袈裟なことをしたいと思うと、その為には盲進もする。又、頗《すこぶ》る新奇を好む気質だから、例えばエチオピアの黒人でも連れて来て見せたら大当りをとるだろう、と書き送った。

ところが二年後、教会支部長ワリニャーニが巡察使として来朝のとき、本当に黒ん坊を連れて来た。天正九年の復活祭の余興に黒ん坊の踊りをだして絶大の人気をよび、信長に謁見せしめた。信長も度胆をぬかれて、人間の皮膚がこれほど黒い筈は有り得ないから作りものだと疑って、着物を脱がせ、褌《ふんどし》もとらせて仔細に点検した後にようやく正真正銘皮膚の色に間違いないと納得、以来この珍物が気に入って身辺に侍らせ、奴僕として使っていたが、本能寺の変に暗夜に紛れて行衛不明になってしまった。暗夜に紛れる筈であった。

一五八二年、信長変死。

秀吉は信長のあとを受けて、表面切支丹を保護することに変りがなかった。

小西行長の母マグダレナの手を経て差出した願書に許可を与えて免許状を下附し、安土の南蛮寺とセミナリヨを大坂に移させてその献堂式には自ら参列、又、日本従管区長コエリョに公式謁見を許して、支那朝鮮征伐の計画をきかせたり、軍艦二隻の斡旋《あっせん》を頼んだり、平服に着替えてきて城内や工事場を案内して説明してきかせた。切支丹断圧の気配など微塵もなかったのである。

ところが一五八七年、九州征伐のため筑前博多に出向いていた秀吉は、突然切支丹教師追放を発令した。陰暦六月十九日深夜の出来事であった。

秀吉が九州征伐を終えて博多へ来たとき、従管長コエリョは山口からやって来て謁見して戦捷《せんしょう》祝賀の辞を述べた。秀吉は大変喜んで、その答礼にわざわざコエリョを船中に訪問して、益々《ますます》切支丹を保護することを約束した。これが陰暦六月十九日昼間の出来事であった。その深夜追放令がでたのであるから青天霹靂《へきれき》で、秀吉自身も昼のうちは切支丹追放など夢想もしなかったに相違ない。

その夜、秀吉は酒宴を催して大いに泥酔していたそうだ。侍医兼侍従の施薬院全宗が御相手を承っていたが、酔っ払った秀吉に切支丹を讒訴《ざんそ》して焚きつけた。秀吉もその気になって忽ち切支丹教師追放ということになり、追放令は酒宴の席で書き上げられて発令されたということである。

尤《もっと》も一夜の気まぐれにせよ秀吉が急にその気になるためには何か理由がある筈で、丁度その頃平戸に来ていた二艘のポルトガル商船を博多へ廻航させようとして布教長コエリョに命じたところ、コエリョは航路危険と海峡狭隘を理由に拒絶した。これは多分この日の昼コエリョを船中に訪問したときの話であろう。秀吉は表面了解した風をみせたが、内心不快を禁じ得なかったという話もあり、有馬の美女を側女《そばめ》にしようとしたが、いずれも切支丹で側女になる者がなかったので、美女狩出しの役目を引受けた施薬院全宗が腹を立て、切支丹を奉じる者は小娘まで殿下の命令をきかないと言って焚きつけたのだという話もある。

天下統一を誇っていた秀吉は、命令が思い通りに行われない時には忽ち威厳を傷けられたように考えて癇癪《かんしゃく》を起し、思いをかけた美女が手にはいらぬ腹癒《はらい》せには千利久を殺し、蒲生秀行の会津百万石を没収した。有馬の小娘ひとりのことでも、酔余の癇癪にまかせて、切支丹教師追放を思い立ってしまうぐらい、有り得ない話ではなかった。

当時切支丹の勢力は天下に及びそうな形勢で、そういう勢力に対する天下征服者の漠然たる反感不安もひそかに育っていたであろう。小さな癇癪から一時に爆発、一夜のうちに堂々たる追放令が出来上ってしまった。

追放令と同時に、明石領主ジュスト高山右近に向けて、棄教命令の使者が立った。小西、大友、黒田、蒲生、有馬、大村など切支丹大名は沢山あったが、彼等には沙汰がなく、唯ジュスト高山一人にのみ棄教命令が発せられたというのは、ジュスト右近は領内の仏寺を毀《こわ》し、仏僧を追放家臣に改宗を命じる等極端な狂信ぶりであったから、仏僧側の反感が特に強烈の為であった。棄教命令の文書には、唯一の天父を信じる者が異端の君主に忠義をつくす筈がないという駄々ッ子めいた理窟が書いてあったそうだ。

ジュスト右近は棄教を拒絶、浪人した。

一方切支丹教師の方は追放令に服したふりをして有馬領に隠れ、法服をぬいで布教に従事、秀吉の癇癪の和ぐ時を待つこととしたが、折からアゴスチノ小西行長が肥後、天草の領主となったので、彼等に保護を加えることができた。

酔余の気まぐれから発令された追放令であるから、徹底して行われなかったが、秀吉も亦《また》固執せず、一々追究しなかった。

切支丹の勢力には影響少く、却《かえ》って教師が追放されるとの噂に細川ガラシャは急いで洗礼を受けたし、信長の次子北畠信雄《のぶかつ》やその叔父織田有楽斎《うらくさい》など有力な大名も洗礼を受け、筑前山門の城主田中吉政も洗礼を受けてバルトロメヨと名乗り、家臣八百三十人もつづいて信者となった。秀吉の弟大和大納言秀長や京都の所司代前田玄以は信者ではなかったけれども、切支丹に同情して保護を加えた。

表面布教に従事することはできなかったが、ロドリゲスやオルガンチノはこの最中にも通辞という名目で大坂城に出入を許され、他日を期して秀吉の怒りを和げることに力《つと》めて、朝鮮遠征軍には従軍教師を送ることもできた。


この時まで来朝の教師達はすべてゼスス会に属していた。日本の伝道を統制するため、日本に於ける伝道はゼスス会に限るというグレゴリヨ十三世の令書が発せられていたのであった。したがって、マニラに勢力をもつフランシスコ会、ドミニコ会、オグスチノ会は日本伝道を欲していたが、志をとげることが出来なかった。

日本の教師追放令がマニラに伝わり、日本教会全滅という大袈裟な誤報となって飛んできた。かねて日本伝道の機会をねらっていたフランシスカン達にとって、ゼスス会全滅の誤報は、教皇の令書を無視して日本伝道に赴く絶好の口実であった。

折からマニラのイスパニヤ商人達は、日本に於けるポルトガル商人の勢力を駆逐して貿易を独専したいと思っていたので、ポルトガルと関係密接なゼスス会凋落《ちょうらく》の報に好機到来と見て、自国の宗派によって日本教会の再興をはかり、貿易の便宜を得ようという魂胆をもつに至った。

そういう機運のあるところへ、秀吉の使節と自称してマニラに現われた野心児原田孫七郎が日比通商と教師派遣を説いたから、三者の魂胆一致して、フランシスコ会の神父ペトロ・バプチスタ一行の軽率極まる日本渡来となった。一五九三年のことであった。

日本に上陸してみれば、教会全滅は全然誤報で、ゼスス会の教師達は秀吉の怒りを避けて法服を脱ぎ表向きは布教に従事しないふりをしていたが、教会の組織は微動もせず、信者にも変動なく、隠然たる盛運を持続している。

ゼスス会への対立意識に盲《めし》いてしまったフランシスカン一行は、日本の事情に通じたゼスス会と連絡をとることも為さず、ひたすら関白の癇癪を避けて隠忍自重のゼスス会を尻目に、追放令下の国土たることを無視して、公然布教に従事しはじめた。

大坂に「ペレムの家」という僧院をたてて、長崎にサン・ラザロの寺をつくり、京都にはボルチュンクラ寺院をたててマニラから豊富な資金がくるにまかせて華々しく布教につとめ、又、癩《らい》病院をもうけて、治療の奇蹟を宣伝した。

この傲慢な布教ぶりは癇癪もちの太閤を刺戟《しげき》するに十分で、折悪しく突発したサン・ヘリペ号事件をきっかけに、切支丹の一大悲運は到来した。

一五九六年、土佐の浦戸にイスパニヤ商船サン・ヘリペ号が坐礁、五奉行の一人増田長盛《ましたながもり》が出張して、法規によって貨物を没収しようとしたところが、船長デ・ランダは憤慨して、海図を持出してきてフィリッピン、東印度、アメリカ諸州等イスパニヤ領の広大なことを示したあげく、イスパニヤを侮辱する時は忽ち日本にも禍《わざわい》がくるであろうと威嚇した。

この報告に秀吉の激怒爆発、切支丹は国土を奪う手段であると断じて、切支丹教師逮捕令を発令、石田三成に誅戮《ちゅうりく》を命じた。一五九六年十二月九日であった。

教師達は殉教の覚悟をかためて逮捕を待ち、諸国の信者は陸続《りくぞく》京都へ集って来た。ジュスト高山は死を覚悟して自首。京都所司代前田玄以の長子左近はその弟従弟と共に八名の近臣を伴って篠山《ささやま》から上洛、師父と共に殉教を覚悟。内藤如安も死を決意し、細川ガラシャは就刑の衣裳をつくって命の下る日を待った。

通辞の役で大坂城に出入していたロドリゲスの奔走で石田三成を動かすことができ、その斡旋によって、切支丹全体の問題からイスパニヤ人を主とする逮捕令に変更。マニラから来た教師のみを死刑と決定。

ペトロ・バプチスタ神父、御昇天のマルチン神父等フランシスカン六名、ほかに日本人信徒パウロ三木をはじめとして十八名、合せて二十四名逮捕。十二歳の少年ルドビコ、十三歳のアントニヨ、十四歳のトマス等も加わっていた。

彼等は京都で耳を截《き》りそがれ、京、大坂、堺の街を引廻された上、長崎へ護送。この途中、京都の大工で洗礼名をカユース、同じく京都の信者で洗礼名をペトロとよぶ二名の者が護送の一行と共に殉教を志願、合計二十六名となり、一五九七年二月五日、長崎立山の海にひらかれた丘の上でクルスにかけられて突殺された。

ペトロ・バプチスタは謝恩歌を唱え、槍の穂先が腋下に突き刺さる時、ゼスス・マリヤと叫び、少年アントニヨは聖母讃美歌を唱え、槍を受けて後に、ゼスス・マリヤと叫んだ。パウロ三木は槍を受けるまで得意の熱弁で説教し、少年ルドビコは槍が腋下に突込んだとき天国天国と叫んだが、暫く両手のみビクビク動いてのちに絶息。マルチン神父は詩篇を唱え終って、主よ我魂を御手に委せ奉ると云うとき脇腹を突かれたが、槍の穂先が折れて腹中に残ったので、刑吏はクルスへ登って行って槍を引抜いて降りてきて、もう一度突き直して殺すことができた。

一五九八年九月十八日、秀吉永眠。

家康は貿易を望んでいたので、切支丹に圧迫を示さなかったが、秀吉の断圧をきっかけにして、地方の諸侯に部分的な迫害が行われ、殉教者が現われはじめた。

加藤清正は領内の切支丹に改宗を命じて、法華経頂戴の誓をなさしめ、転宗を拒絶したヨハネ南五郎左衛門とシモン竹田五兵衛は斬首。ヨハネの母ヨハンナ、妻マグダレナ、養子ルイス（七歳）、シモンの妻イネスは磔《はりつけ》にかけられて殉教した。マグダレナは第一の突きが外れて頭巾《ずきん》が落ち、両眼を覆うてしまったので、その時までキリシトの御名を呼んでいたが、このとき、天が見えませぬ、と言った。イネスの順番が来たとき、マグダレナの殉教に感動した刑吏はイネスを十字架にかけることを拒絶したので、代りの者が現われてこれを上げたが、彼等は突き方が下手だったので数回とも急所を外れ頭巾は用捨《ようしゃ》なく眼に落ちかかって、イネスは息をひきとるまで天を仰ぐことができなかった。この磔を執行した市川治兵衛は感動して、切支丹に改宗した。

刑場をとりまいた信者達は夕暮れ役人の制止もきかず刑場へなだれこんで、布切や紙や自分の着物に殉教者の血をふくませて持帰り、翌日は血の滲んだ砂の最後の一粒まで持去った。遺骸は解き放すことを許されなかったので、くずれ落ちるにつれて集められ、長崎のコレジヨの祭壇の下へ安置されたが、ヨハネとシモンの首だけは手に入れることができなかった。

つづいて肥後の切支丹の柱石だった三人の慈悲役が四年間の責苦の後に斬首され（一六〇九年）、十二のトマスと六つのペトロが、今殺された父親の血潮の上で斬首されたが、六つのペトロが怯《おび》えも見せずに血海の中に跪《ひざまず》いて小さな首をさしのべたので、三人の刑吏は斬ることを拒み、居合せた非人が斬首の役を引受けてペトロの首に三撃を加えてのちに殺すことができた。

清正の命によって切支丹の逮捕処刑を司り、最も残酷な迫害を辞さなかった八代《やつしろ》の奉行角左衛門は、処刑を終えて槍を返しに来た役人に、自分は今日からこの槍をもつ資格がないような気がすると言っていたが、やがて、切支丹にはならなかったが、手にかけた殉教者達を讃美し、その行蹟を世に伝えた。

毛利領では、その重臣、芸州三入《げいしゅうみいり》の城主メルキオル熊谷豊前守が一族臣下百余名と共に殉教。同じく山口で神父の代理をつとめていた切支丹の中心人物、盲人の琵琶法師ダミヤンが殉教した。

切支丹の熱心な信者でその領土にコレジヨやセミナリヨや多くの神父を保護していたドン・ヨハネ有馬晴信は、政治上の失敗から息子のドン・ミカエル直純に訴人されて斬首され、ドン・ミカエルは棄教して最も惨忍な迫害をはじめ、信者の重立《おもだ》つ人々を追放し、ミカエル伊東、マシヤス小市、レオ北喜左衛門等は斬首され、レオは上意打によって突然首を刎《は》ねられたが、切支丹の正しい死に方をするために、斬られてのちに腰の刀を抜きとって遠くへ投げすてて、ことぎれた。薩摩にも迫害が起って、レオ七右衛門は片手にロザリオを片手に聖母の油絵を捧げて首を刎ねられて殉教した。

家康も漸次迫害を見せはじめて、先ず直参の切支丹を追放し（一六一二年）大奥に仕えていたジュリヤおたあを島流しにしたが、外国教師の大追放を行い、切支丹を国禁するに至ったのは一六一四年のことであった。

家康が切支丹を黙認したのは専ら貿易のためであったが、一六〇〇年、オランダ船エラスムス号が難破状態で豊後に到着、その水先案内をつとめていたウィリヤム・アダムスは徳川家に召抱えられて、家康のために船をつくり、数学の初歩を教え、それまで日本に来なかったオランダ、イギリスの商船を日本に引きつけるもとをなした。

オランダとイギリスは新教を奉じロマ教会から分離して、カトリックとは仇敵の間柄であり、中にもオランダはイスパニヤ王なる皇帝の領土から脱したもので、イスパニヤの反逆者であった。

オランダの東印度会社設立は一六〇二年のことで、ポルトガル、イスパニヤの勢力を駆逐して東洋貿易制覇の野心に燃えていたから、その仇敵たる国々を陥れるためには、卑劣な手段も択《えら》ばなかった。

彼等は日本の為政者達が切支丹を疑惑視するのを利用して、中傷密告につとめ、「オランダ人御忠節」という日本語を生んだ。

オランダが正式に日本と通商を開始したのは一六〇九年であった。

同じ年、前フィリッピン総督ドン・ロドリゴ・デ・ビベロ・イ・ベラスコは新イスパニヤ（メキシコ）へ赴くためにマニラを出帆したが、難破して日本に漂着、家康の手厚いもてなしを受けた。

ビベロは駿府《すんぷ》に於て家康に謁見したが、家康は二段から成る台の上に坐り、その四歩前に金張の衝立《ついたて》があって、ビベロはその陰に坐った。家康は六十ぐらいで、中背でふとっていた。顔の色はそれ以前に謁見した秀忠に比べると余程褐色が薄く、白味を帯びて、どことなく情味のある顔付に見えた。

偶々《たまたま》、謁見の途中に或る格式の高い大名が這入《はい》ってきたが、この大名は百歩手前で平伏して、数分間面を畳に伏せ、二万デュカットの金銀と絹を献上して引下るのを目撃した。

この日、ビベロは家康に次の要求の覚え書を提出した。
一、帝国に在住する各修道会の司祭に対する公式の保護、並びにその駐在所及び天主堂を自由に使用すべき件。
二、皇帝とイスパニヤ王間に於ける同盟承認の件。
三、該同盟の証として、イスパニヤ人の仇敵にして最悪の海賊たるオランダ人追放の件。
家康には、国際間の重要な交渉に宗教のような下らぬことを固執するビベロの気持が分らなかった。

当時新イスパニヤの坑夫は熟練をもって聞えており、日本の坑夫は取り得べきものの半分も取り得ないというので、家康は新イスパニヤの坑夫五十名の送付方をビベロに依頼したが、ビベロは之に対して、重ねて天主堂の自由使用と聖務執行の許可を条件とし、又、最悪の海賊たるオランダ人追放の請願を再び作製して差出した。

家康はこの請願に応じなかった。

一六一一年、新イスパニヤの大使ドン・ヌーニョ・デ・ソトヌヨールがフランシスコ会のソテロを伴って来朝、日本の海辺測量の許可を受けた。

御忠節のオランダ人はこれを知って勇みたち、新イスパニヤにせよルソンにせよイスパニヤ人が測量した土地は、いずれもやがてイスパニヤの領土となったと説きふせ、日本の海辺を測量したイスパニヤ及びその同腹たるポルトガルは切支丹を利用して国土を奪うものであることを家康に信じさせた。

家康はオランダとの通商開始後、切支丹を断圧しても貿易は可能であるとの確信をもつに至ったので、切支丹は国土を奪う手段であるとの口実を得て禁教を決意、一六一四年一月二十八日、切支丹国禁、外国教師追放を発令。

大久保相模守は命を受けて上洛、南蛮寺を焼き毀し、手当り次第に信徒を縛して、宗門をころべと命じ、之を拒む者は米俵に入れて、役人が街から街を押しころがして、ころべころべと囃《はや》しながら練りまわった。女は遊女屋へ預け、裸体でさらすこともあって棄教を強要、内藤ジュリヤは侍女と共に容貌をきずつけ髪を斬り落した。

外国教師の全部と日本人信徒の中の重立つ人々四百余名は天川《マカオ》とマニラへ追放されることとなり、続々長崎へ送られてきたが、船の準備と順風の都合で、出帆は秋まで延期された。

長崎の感情は激発し、日と共に亢奮《こうふん》の坩堝《るつぼ》に落込み、信徒達はマルチリヨの覚悟をかため、それに処する心得を胸にたたみ、日夜に会合をひらいた。

陽春四月、フランシスコ会はその布教長チヤンが先導となって大説教をなし、先ず癩病患者の足を洗い、上衣をぬいで自分をクルスに縛らせてキリシトの受難になぞらえ、この十字架を先頭に担《かつ》いで、信者達はジシビリナで身体を打ちながら、受難の覚悟を示して大行列を開始した。

ドミニコ会は之につづいてペンテコステの月曜に殉教覚悟の示威行列。その翌日はアゴスチノ会が長崎全市を練り歩き、最も自重していたゼスス会も堪りかねて示威行列。かくて日毎に思い思いの行列が街から街を練り歩き、叫び、祈り、行き違い、或いは合して、うねり流れた。

十一月七、八両日、数艘の船に分乗して、教師信徒四百余名天川とマニラへ追放。尚少数の教師は潜伏して日本に残った。

翌年三月、七十一名の身分ある信徒が津軽へ追放された。

ここに切支丹は全く禁令され、これより約三十年、切支丹の最後の一人に至るまで徹底的な探索迫害がくりひらかれ、海外からは之に応じて死を覚悟して潜入する神父達の執拗極まる情熱と、之を迎えて殲滅《せんめつ》殺戮最後の一滴の血潮まで飽くことを知らぬ情熱と、遊ぶ子供の情熱に似た単調さで、同じ致命をくりかえす。

一六一五年（追放の翌年）イタリヤ人の伴天連アダミ、ポルトガル人伴天連コウロス、イタリヤ人伴天連ゾラ、その随員日本人入満ガスパル定松、ポルトガル人伴天連パセオ、日本人入満シモン・エンポ、ポルトガル人伴天連コスタ、その随員日本人入満山本デオニソ、ポルトガル人バルレト、日本人ニコラス・スクナガ・ケイアン、いずれも天川《マカオ》へいったん追放されてのち、引返して日本に潜入。

アダミは潜入後十九年間潜伏布教、一六三三年長崎で穴つるし。コウロスは潜入後二十年潜伏布教、捜査に追われて田舎小屋で行き倒れ。パセオは一六二六年長崎で火あぶり。ゾラとガスパル定松は肥前肥後に潜伏布教、一六二六年島原で捕われて長崎で火あぶり。シモン・エンポは一六二三年江戸芝で火あぶり。コスタと山本デオニソは中国に潜伏布教、一六三三年周防《すおう》で捕われて、コスタは長崎で穴つるし、山本は小倉で火あぶり。バルレトは一六二〇年江戸附近で衰弱の極行き倒れた。

一六一六年。ポルトガル人伴天連デオゴ・カルバリヨ、日本人伴天連シスト・トクウン潜入。

デオゴは奥羽に潜入布教して蝦夷《えぞ》にまで進んだが、一六二四年、仙台領の下嵐江《オロシエ》鉱山で坑夫信徒六十名と共に捕えられ、仙台へ送られて、二月十八日の厳寒、広瀬川畔へ水溜を掘り杭《くい》を打ちこんだ処刑場へ縛りつけられて氷責。

第一日目は三時間後に引上げられて、マテオ次兵衛とジュリアン次右衛門が砂の上へ引上げられてから、絶息した。

二月二十二日、第二回目の氷責。膝までの水の中で、長く立たせ、又、胸までの水の中で坐らせ、二様の姿勢を繰り返させた。役人たちは棄教をうながしたが徒労であった。

夕方になって水に氷が張ってきてから急激に苦痛がまして、レオ今右衛門はひどく苦しみ、最初に息を引とった。デオゴは苦しむレオに向って「束の間ですぞ」と叫びつづけていた。

二番目はアントニヨ佐左衛門で、三番目はマチヤス正太夫。神父は彼がまだ生きていると思っていて声をかけたが、二度呼んで、縡切《ことき》れていることが分った。つづいてアンデレヤ二右衛門、マチヤス孫兵衛、マチヤス太郎右衛門が順次に息絶えて、神父はすべての信徒たちが縡切れるのを見とどけた。彼は夜半まで生きていた。すべての信徒が死んで後は、動かなかったし、喋らなかった。

日本人伴天連シスト・トクウンは長崎で穴つるし。

一六一七年。ペトロ三甫、ミゲル春甫、アントニヨ休意、ゴンザロ扶斎、いずれも天川《マカオ》へ追放されてのち、引返して潜入、一六二〇年捕えられて、いずれも火あぶり。イスパニヤ人ガルベス、イタリヤ人リカルドもこの年潜入して、いずれも火あぶり。

この年、大追放の際逃れて潜伏、布教に従事していたペトロとマチャードの二人が捕えられて斬首された。それから五日目、同じく潜伏して布教中のナバレテとエルナンドの二人は、逃げ隠れて効果の乏しい布教に余命を消すよりはと、血といのちの布教を決意、公然法服を着て、長崎の入口に小屋をつくって説教をはじめた。聴衆三千余人。翌日は伊木力《いきりき》で野外に祭壇を設けてミサ聖祭を献《ささげ》て、大村に乗込んで、棄教した領主に再び改宗をすすめる書翰を捧げて、捕われた。

三日後、高島の海辺で斬首。訣別のために群集して叫び追い泣く信徒達を避けて、役人は舟で三つの島をめぐり、四つ目の高島に上陸。二人の神父は刑吏達に感謝の言葉を述べ、彼等の首を切る筈の刀を借り受けて押しいただいたのち、各々片手にはロザリオを片手には点火した蠟燭《ろうそく》を捧げて、ナバレテは一刀のもとに首を刎ねられ、エルナンドは第一撃で耳の附根まで切られたが、立ち上って天の方を望もうとして、第三撃で倒れた。

死体は棺に入れて三十尋《ひろ》の海底に沈められた。信徒達は二ケ月探したが無効であった。六ケ月目に一つの棺のみ浮き上って海辺へあげられたので、屍体はひそかに本国へ送られた。

この殉教はマニラに伝わり、彼の地の信徒に大きな感動をひきおこした。必要ならば尚多くの致命人を送ろうと、七人の神父が潜入を決意。一六一八年、商人に扮して潜入。

オルスッチとジュアンの二人は上陸後直ちに朝鮮人信徒コスモ竹屋の家で捕われ、五年在牢して、火あぶり。

他の五人は各地に散って潜伏布教、グチエレスは一六二九年長崎附近で捕えられて穴つるし。デエゴとマルチノは消息不明、アントニヨは一六二七年殉教。

一六一九年。クルスのデエゴ、アンデレのフランシスコ、ビセンテ、ペトロ、バラジヤスの五名潜入。前者四名は一六二二年いずれも火あぶり。バラジヤスは東北地方に潜入、一六三八年、仙台で捕えられて江戸へ送られ、芝で火あぶり。伴天連火刑の最後となった。

この年、十月十七日、京都で五十二名の殉教があった。五十二名は十一台の大八車に積込まれて刑場へ送られたが、先頭と最後の二つの車が男と子供で、ほかの車は全部女と乳飲児であった。大仏殿と向き合っている加茂川べりに火刑の柱が立ち並び、少し離れて杜《もり》があった。

火の手があがると、祈念の声は煙の中で大きなひとかたまりの歌となった。テクラの娘カタリナは「お母さん、もう目が見えない」と叫び、母親は小さなルシヤを胸にしっかと抱いていたが、必死に娘の方を向いて「マリヤ様にお願いなさい」と叫びつづけた。テクラは余りしっかと小さなルシヤを抱きしめていたので、死後、その胸から幼女の屍体を離すことができなかった。

又、長崎では、十一月十八日、潜伏教師をかくまった徳庵、レオナルド木村、ポルトガル人ドミニコ・ジョルジュ、朝鮮人コスモ竹屋、ショーウン等が漫火《トロビ》によって火炙《ひあぶ》りにされた。レオナルド木村は焰が綱を焼切ったとき、地面へ屈んで燠《おき》を掻きあつめて頭にのせて、「主を讃め奉る」を歌った。小舟に乗った信徒の少年達は二つの唱歌隊に分れ、火の絶えるまで、楽器に合せて聖歌を歌い、殉教の最後を見とどけた。

一六二〇年。アゴスチノ会のズニカとフロレスは日本人で信徒の船頭平山常陳の船で潜入。

直ちに捕えられて長崎で火あぶり。平山常陳も火あぶり。ほかに累連者十二名は首を斬られた。

一六二一年。天川《マカオ》から兵士に扮して潜入した三人のゼスイトがあり、カストロは肥後島原に潜伏布教して一六二六年島原山中で行き倒れ。コンスタンツォは五島で捕われて一六二二年田平《タビラ》で火あぶり。ボルセスは一六三三年長崎で穴つるし。

ワスケス、カステレド、ミゲル・カルバリョの三名は交趾《こうし》商人、マニラ人、ポルトガル兵士に扮して潜入。交趾商人に扮してきたワスケスは東洋的な容貌であったと見えて、後には日本の武士に扮して牢内に忍び入り、とらわれの信者を慰問。カルバリョと共に一六二四年火あぶり。

カステレドも一六二四年捕われて火あぶり。

一六二二年。嘗《かつ》て支倉《はせくら》六右衛門をローマへ伴うた伴天連ソテロは日本人入満ルイス笹田を随《したが》えて潜入、直ちに捕えられて、二人共に火あぶり。

この年の九月十日に、長崎立山で五十五人の殉教があった。三十名の日本人信徒が斬首され、次に二十五名の外人及び日本人の聖職者が火刑になった。

出来るだけ苦痛を長くするために薪は柱から遠ざけられ、時々水をかけて火勢を弱め、又絶望の誘惑に曝《さら》されて逃げだすことが出来るように縄目がゆるく仕掛けてあった。それは刑場を取まいた数万の信徒達に、彼等の信ずる師父等の信仰の足らないことを納得させるためであった。

カルロ・スピノラ神父が最初に死んだ。丁度一時間後であった。一度衣服に火がついたので苦痛を長くするために多量の水がかけられた。然し、結果は窒息死で、遺骸は長衣をつけたまま硬直していた。

驚くほどしっかりしていたのは日本人神父セバスチャン木村で、死ぬまでに三時間かかり、腕を十字に組んだまま火を視凝《みつ》めて遂に姿勢をくずさなかった。

イヤシント・オファネル神父が木村師以上に長く生きて、真夜中に、そうして最後に絶命した。丈高く強壮な彼の身体から「ゼスス！　マリヤ！」という極めて強いしっかりした叫びが三度発せられて、それが最後の時であった。

結局、デエゴ柴、ドミニコ丹波というドミニコ会のイルマン二人だけが火刑の苦痛に堪えかねて、縄目を外して、飛出してひと思いに首を刎ねられることを願った。刑吏達は容赦もなく寄ってたかって二人をつかまえ、火焔の中へ投げ入れて、上から鉤《かぎ》で抑えつけて、殺してしまった。

敬虔な信徒達は砂時計を持ちだして、犠牲者達の絶息を祈りつつ視凝めていたのであった。

この年は、この外にも、長崎附近だけで百数十名の殉教があった。

一六二三年。前年の大殉教はマニラの神父達を刺戟して、その血をキリシトに捧げるために、更に十名の教師が決意をかためて潜入した。奉行は直ちに嗅ぎつけて捜査したが一人も捕えることが出来ず、彼等は諸方に分散潜伏、数年或いは十数年布教の後捕えられて、アゴスチノ会のフランシスコは火あぶり。カルバリョ火あぶり。フランシスコ会のフランシスコとラウレルも火あぶり。ゴメスは江戸で穴つるし。カブリエルは一六三二年捕えられて殺され方は不明。ルカスは長崎で穴つるし。エルキシヤ同じく長崎で穴つるし。ベルトランは一六二六年癩病小屋に潜伏中逮捕。その宿主でマルタという癩病女は神父の捕われたのを見て自分も共に捕われて処刑されることを願ったが、許されず。マルタは天に向って、自分をパアデレ様より離し給うなと叫びつつ神父に縋《すが》りつこうとしたが手先はなく、之を必死に追い縋ったが足先はなかった。ラウダアト・ドウヌム、その他日本語のオラショを唱え、パアデレ様と離し給うなと叫び追い、離れ去る気配がないので、ベルトラン神父は火あぶり。マルタほか二人の癩病者は打首。

この年、江戸で原主水《もんど》はじめ五十名、芝で火あぶり。つづいて、その妻子二十六名、同処で火あぶり。

一六二九年。日本人の伴天連が四人、故国へ潜入。トメ六左衛門は一六三三年長崎附近で行き倒れ。ミゲル益田は江戸で穴つるし。ペトロ・カッスイも同じく江戸で穴つるし。四人目のトメイ次兵衛は金鍔《きんつば》次兵衛（又は次太夫とも云う）の名によって当時天下を聳動《しょうどう》させた人物で、神出鬼没を極め、切支丹伴天連の妖術使いと信じられて、九州諸大名の軍勢数万人を飜弄した。

トメイは潜入後、長崎奉行竹中采女《うねめ》の馬廻り役に入込んで、自由に役所牢屋に出入することができ、大村に入牢《じゅろう》していたアゴスチノ会のグチエレス神父と連絡して、給金をさいて給養し、通信を運んだ。一六三二年グチエレス刑死の後は、アゴスチノ会の教師が絶えたので、トメイは独力信徒の世話につとめ、隠れて市内近郷の信者を訪ねて、慰問し、告白をきいた。嗅ぎつけられて露顕したのは一六三三年秋であった。

露顕、逃亡するや、大村領戸根の塩釜師が彼を山中にかくまっているという密告があり、大村藩では家老大村彦右衛門を指揮官に、同藩の記録によると、城内番人と諸役人、小路町諸村押の者だけを残して「家士残らず諸村の給人、小給、足軽、長柄の者、土民に至るまで悉《ことごと》く相催し、各々頭奉行を定め、手合して警固目附を一組ずつ相定めた」ということで、藩内総動員を行った。

長崎奉行は佐賀、平戸、島原の三藩から援軍を繰出させ、総勢数万。長崎から浦上への往還筋から大村湾の西海岸全体の山中到る所に関所を設け、海には見張を出し、海岸線三十里とその山中に監視網を張りめぐらした。寄せ集めの軍勢だから同志打ちの危険があるので合印しをつくり、佐賀勢は藁《わら》の占縄《しめなわ》、平戸勢は大小の鞘《さや》に白紙三つ巻、島原勢は左の袖に白紙、大村勢は背三縫に隈取《くまどり》紙をつけた。各勢は列を定めて出歩く刻限をきめ、夕暮になると合図して押止り、その場所に篝火《かがりび》を焚いて交替で不寝番を置いた。

こういう騒ぎを三十七日間つづけて、たった一人のトメイ次兵衛を追い廻したが、労して効なく、この時すでにトメイは江戸へ逐電《ちくてん》して、将軍家のお小姓組の間を伝道して廻っていた。

　布教の結果次第に感化が及んで、信者も多くなり、役人に嗅ぎつけられてきたので、再び長崎へ舞い戻り、一六三五年から七年へかけて二年間、又々長崎で大騒動をまきおこした。

　トメイは刀の鍔のあたりに金のメダイユかクルスのようなものを仕込んでいたらしく、事あるたびにそれを手にとる習慣であったのが人々の注意を惹くようになって、その金鍔に切支丹妖術の鍵があるという風説がとび、金鍔次兵衛という名前が生れた。

　一六三七年、長崎の戸町番所に近い山の穴の中で捕われ、十二月六日、穴つるし。

　一六三三年、ゼスス会の巡察使ビエイラはじめ十一名潜入。

　すでに警戒厳重を極めて殆んど活動の余地がなく、ビエイラは大坂で捕われてのち、長崎へ送られ、幕府の特命によって更に長崎から江戸へ送られ、将軍に差出す教理要略を書き残して、一六三四年、江戸市中引廻しのうえ他の六名と共に穴つるし。

　一六三七年。天草と島原の間の湯ケ島に切支丹が会合して、次のような触れ状をつくり、島原天草領内に配布した。

「態《わざ》と申遣し候。天人天下り成され候て、ゼンチヨどもは、デウス様より火のスイチヨ成され候間、何者なりとも切支丹に成り候わば、こなたへ早々御越しあるべく候。村々の庄屋、乙名《おとな》、早々御越あるべく候。島中此状御廻し可有之《これあるべく》候。ゼンチヨ方にても切支丹になり候者、御免なさるべく候。恐惶《きょうこう》謹言。

右早々村々へ御廻し成さるべく候由申入り候。天人の御使に遣し申候間、村中の者に御申附成さるべく候。切支丹になり申候者の外は、日本六十六国共に、デウス様より御定にてインヘルノへ踏込成さるべく候間、其分御心得なさるべく候。天草の内、大矢野に此中御座なされ候四郎様と申す人も、天人にて御座候。爰元《ここもと》に御座候間其分御心得あるべく候。已上《いじょう》」

天草大矢野に住している小西の旧臣益田甚兵衛の子、四郎時貞という十六歳の少年を天人に担ぎあげて、事を起そうという謀主たちの談合であった。

こういう陰謀があるところへ、百姓一揆が起った。

教会の記録によれば、島原の領主が暴政を擅《ほしいまま》にして人民を窘《しいた》げ、年貢の外にあらゆる名目をつけて重税を課し、之に応じない者は厳罰に処し、或いは妻女を捕えて水責にする習わしであったが、ここに平右衛門という百姓があって、やっぱり税の言いがかりから美人の娘を召捕られ、水責の上、裸体で杭にいましめられて、松明《たいまつ》の火で焼かれたから、平右衛門は狂気の如くなり、日頃の圧政に堪えかねて加勢した村人と共に代官所に乱入して、代官はじめ役人三十余人を殺したということであり、日本側の記録によれば、有馬村で、角蔵三吉という二名の者が、切支丹の画を祀っているところへ役人が踏みこんだところ、乱闘となり、代官林兵右衛門を殺すに至ったという。とにかくこの騒動を口火にして、益田四郎一味の陰謀が合流、島原の乱となった。

上使板倉内膳は十数万を指揮して攻撃したが却《かえ》って反撃され、内膳は銃弾を乳下に受けて戦死。第二回目の上使、松平伊豆守が代わって督戦、翌年春、原城を落して平定した。

謀反《むほん》人三万七千の軍勢は殲滅《せんめつ》せられ、生き残った女子供は三日にわたって全部斬殺された。松平伊豆守の子、輝綱の日記「剰《あまつさ》エ童女ニ至ルマデ死ヲ喜ビ斬罪ヲ蒙《こうむ》ル。是レ平生人心ノ至ス所ニ非ズ。彼ノ宗門浸々タル所以《ゆえん》ナリ」然し、武器をとって反抗したかどによって、この数万の死は殉教とは認められていない。

島原の乱の結果は鎖国が施行せられ、切支丹の迫害は又その絶頂をきわめた。かくて全国の切支丹は急速にその終滅に近づいたが、外国教師の潜入は尚つづいた。

一六三七年。イタリヤ人マルセロ・フランシスコ・マストリリ潜入。

彼は故国イタリヤに於て、血を以て日本潜入を決意。直接将軍に面接して説法の覚悟をかため、数年にわたって渡来を計画、イスパニヤ国王の援助を得てゴアに渡り、遂に単独日本に潜入、薩摩に上陸して日向《ひゅうが》の沿岸を伝い江戸へと志したが、日向の櫛の律で捕えられた。二百人の警衛づきで長崎へ引立てられ、水責の後、梯子《はしご》責で失神、三日目に焼鏝《やきごて》。十月十四日刑場へ引きだされたが、途中説法のできないように口に詰物をかまされ、頭の右半分を剃って左半分は赤く彩色し、膝までしかない赤い着物をきせて、肩から罪状を書いた小旗を流し、鎖でつないで馬に乗せた。穴つるし。四日目にはまだ息があった。

切支丹禁令以来、神父を入牢せしめれば牢番が感化され、斬首火刑に処すれば刑吏や観衆が感動して却《かえ》って改宗する者がある始末に、この対策が頭痛の種で、死の荘厳を封じることが、一代の大事となり、一六三三年、穴つるしという殺し方が発明された。この発明に二十年かかったが、効果はあって、滑稽異様なもがきぶりは聊《いささ》かも荘重を感ぜしめず、また一日や二日では死なないので、見物人もうんざりして引上げてしまうようになった。

マストリリ潜入の年に四名のドミニカンが二名の従者を随《したが》えて琉球に辿りついたが、捕われて長崎へ送られ、皆殺された。刑の執行が秘密にされて殺され方は分らない。

一六四二年。巡察使ルビノは日本潜入を天父の使命と確信、計画遂行に心を砕き、マニラ総督の援助を受けて、同志を二隊に分け、自分は第一隊を指揮して潜入。一行はパアデレ五人に従者三名、支那人に扮して来たが、薩摩の一角で岩に乗上げて、捕われた。長崎へ送られて、火責め、水責めの拷問で六ケ月責めつけられたが一人も屈する者がなく、奉行もうんざりして死刑を決し、一六四三年三月十六日、大拷問にかけてのち、マストリリに施したと同様の異様な化粧をさせて引廻しの上、一同穴つるし。

ルビノは五日目に死んだが、最後に三人生き残って、九日目にも呼吸が絶えないので、しびれを切らして、三月二十五日に首を斬った。

一六四三年。ルビノ第二隊は先発隊を追うて筑前かじめ大島に上陸。

教師五人に従者五人、合せて十名の一行で、一同さかやきを剃り、和服を着て、日本人に扮して来たが、直ちに怪しまれて捕えられ、長崎へ送られ、更に江戸小石川の切支丹屋敷へ移された。ここで様々の拷問、誘惑を受けて、全員残らず背教した。

この潜入は六十余年後に行われたヨワン・シローテの例外的な潜入を除いて、日本切支丹史の最後をなした潜入であったが、この時まで一人の棄教者も出さなかった潜入教師も、最後に至って全員残らずころんでしまった。

この一行の長、ペトロ・マルケスはころんでのち十五年生きのびて八十歳で永眠。アロンゾは一度ころび、後に立直って死んだ。フランシスコ・カッサロは切支丹屋敷の独房へ女と一緒に入れておかれ誘惑に負けてころび、いくばくもなく永眠。ジュセッペ・キヤラは我国でジョセフ・コウロと呼ばれ、ころんで後は岡本三右衛門という日本名を貰って、宗門改役《あらためやく》の御用をつとめ、四十二年後八十四歳で永眠した。小石川無量院に葬られて、戒名は入専浄真信士。日本人イルマンのビエイラはその本名は不明であるが、棄教して妻《めと》を娶り、切支丹屋敷に住んで南甫という名で呼ばれていたが、一六七八年、七十九歳で永眠。同じく小石川無量院に葬られて、大変いかめしい戒名を貰い、正誉順帰禅定門と云う。

従者のひとりに広東生れの支那人で棄教後寿庵と呼ばれた者があった。棄教後結婚して生れた娘に婿まであったが、後に至って痛悔して、立上ろうと焦り、再び切支丹を奉じる旨の上書を出しかけたのを家族の者が引留めた。一六九一年、八十一歳で永眠。交趾《こうし》人でトナトという者、棄教後は二官と呼ばれ、結婚して五十余年切支丹屋敷に生き延び、最後まで生き残って、一七〇〇年、七十八歳で永眠した。日本切支丹は全滅した。

後篇　ヨワン・シローテの殉教

その一　船出

一七〇三年春の初めゼノアの港を旅立つ一団の僧侶があった。

その首長はアンテオキヤの総司教トマス・トウルノンと云い、教皇クレメント十一世の特派使節として北京に赴く人であった。

この一行に加わって船出した一人に、ジョヴァンニ・バッチスタ・シドチとよぶ筋骨逞しい僧侶があった。この人のみは途中一行に別れて、単身日本に潜入を志しているのであった。シドチはシシリヤのパレルモに生れ、貴族の子弟であったが、羅馬《ローマ》に学んで、枢機官フェルラリの知遇を受け、年若くして重要な聖職についた人である。

少年の頃から日本潜入の夢をいだいて、コームで日本の古い書物を見つけ、その時から日本語の独習を始めた。天正年間宣教師によって印刷術が伝えられて天草学林で刊行したが、その中には外人教師の日本語独習のために和洋両様に印刷したもの、又辞書なども有ったのである。

すでに日本の切支丹は亡びていた。

外人教師の日本潜入も記録の上では一六四三年ジョゼフ・コウロ一行十名が最後で、その後一六六二年にサッカノという神父が二十年苦心の後日本に潜入殉教した筈だというが、日本の記録には現われていない。日本内地の切支丹も之と相前後して全く絶滅したのであった。

　昔より今に渡りくる黒船縁がつくれば鱶《ふか》の餌となるさんたまりや

昔、長崎にうたわれた小唄であるが、オランダ以外の紅毛船の航通もこれと前後して全く杜絶《とぜつ》した。一六四〇年にやって来たポルトガル公使一行六十余名すら容赦なく殺されて、爾今偶然暴風に吹流されて漂着した紅毛人といえども悉く処刑すべしというふれもでた。

　シドチがゼノアを船出した一七〇三年といえば、すでに日本が歴史の底へ全く沈み落ちた後であって、ひところの血で血をついだ気狂い騒ぎの情熱からは遠く離れており、全然新たな意志と冷静な情熱があるべきだったが、然しひとつの血脈をもとめることも、あながち不可能ではない。

　即ちシドチの潜入に先立つ六十余年、島原の乱の年に長崎で殉教したマルセロ・フランシスコ・マストリリという神父があった。

　この人は日本潜入の神父のうちでは特異の人で、即ちマストリリを除く潜入教師がすべて天川《マカオ》やマニラに於て、計画を立て、潜入後は潜伏の信徒と連絡して潜伏布教を志してきたのに対し、マストリリのみは本国に於て日本潜入を決意し、潜伏布教を問題とせず、直接江戸へ上って将軍に直談判し、布教の公許をもとめるために潜入した。

　当時の日本の国情では乱暴極まる計画で、将軍に会わないうちに命を落してしまうのが当然すぎる筋書だったが、拷問刑死は覚悟のことで、ただ日本開教者フランシスコ・サビエルの遺志を継ぐことだけが一途の念願であった。

マストリリが日本潜入を志すに至ったのは、瀕死の病中にサビエルの幻覚をみて日本潜入を約束し、忽然平癒したからであった。

即ち、一六三三年のこと、ナポリの府知事が聖母無原始胎胆礼を執行しようとしてマストリリに祭式の補助を頼んだ。そこで彼は工人に命じて祭壇の装飾を指図していたが、壁工の一人が重さ二斤《きん》の鉄槌を落して、下にいたマストリリの右額部に命中。マストリリはその場に嘔吐、昏倒し、早速収容手当をしたが、二日目には邪熱を発し、眼は一所を注視して動かなくなり、手足の筋は硬直するし、胃は食餌を受けなくなり、精神錯乱を見るに至って、医者も全く全快を断念してしまった。

然るにマストリリはこの危篤の病床でフランシスコ・サビエルの幻覚を見つづけていた。サビエルは夜昼となく白衣を纏《まと》うて現われてきて、看護慰問し、聖体受領も終って愈《いよいよ》死を待つばかりというときに、光彩を放ちながら病床に立ち現われて、日本に渡って天主のためにその生血を灑《そそ》ぐ誓を立てるなら病気は平癒するであろうと言った。マストリリは命を捨てて教法を護ることを誓い、国土、肉身、その他一切の日本潜入を妨げるところの愛惜物を棄絶する祈誓を立てた。

このときマストリリは突如として危篤の病床から平癒した。いきなり起上って、腹がへったから肉を食わせてくれと言った。看護の連中は驚いたが、瀕死の病人の言うことだし、長いこと流動物も摂《と》れない状態にいたのだから、どうせ死ぬなら望みをかなえさせて死なせようというわけで、肉を細切にして与えた。と、マストリリは人々の心配を嗤《わら》いながら、忽ちムシャムシャと平らげてみせた。一日のうちに平癒してしまったのである。

これが彼の一生の最初の奇蹟で、これから以後というものは長崎で命を断つまで実に至る所で奇蹟を起した。印度で、日本で、又船中で、彼の現れる所奇蹟の起らざるなしという有様で、噴きだしたくなるようなのがあり、信用しかねるものの方が多いのだが、こういう数々の奇蹟が疑われもせず語り伝えられるに至ったというのも、サビエルの幻を見て危篤の病床から忽然平癒したというのが動かしがたい事実であって、まのあたり人々を吃驚《びっくり》させたからではないかと思われる。

平癒後も折にふれてサビエルの幻を見た。遂にサビエルのフランシスコを自分に冠して、マルセロ・フランシスコと名乗り、一途に日本潜入を念願して日夜焦躁のうち、これも例の忽然平癒一件で度胆をぬかれ尊敬の念を起したイスパニヤ皇帝皇后の援助を受けることとなり、愈日本潜入を遂行。一足旅路にかかるより忽ち奇蹟を起しはじめる。

先ず彼がゴアへ一足かけるより、メリヤポルトのサン・トマスの祠堂の十字架から汗のように鮮血が流れはじめて二十四時間つづき、おまけに下の方から上へと流れて数枚のハンケチでも拭ききれない程であった。又、折しもゴアのキリシトの像が突然パッチリと眼をひらき、日本の方角を睨みはじめて、彼の行先を示しているようであった。

ゴアにはサビエルの墓があった。

マストリリは日本潜入を決意以来、印度を通過する時には何とかしてサビエルの遺体を一見し、手を触れてみたいと牢固たる宿願をかけていた。とはいえ聖者の柩《ひつぎ》をあばくという事が出来るものではないから、そこで本国にいるうちから用意周到に企らんで、イスパニヤ皇后をたきつけてサビエルの墓へ寄進の品々をことづかり、その品々の中に特にサビエルの遺体を蔽《おお》う一襲《ひとかさね》の外套を用意してもらった。おまけに、聖師の遺体にこの外套を着更えさせるに当っては、マストリリ自らの手によって之を執行すべしという命令書を貰ったのである。その熱情や怖るべく、その企らみも亦驚嘆すべしというほかはない。

印度の司教もこの命令書があっては仕方がない。立会の司祭法弟を従えて、司教自ら深夜ひそかに柩をひらいた。そこでマストリリが進みでて遺体の外套を着更えさせたのであったが、遺体の頸《くび》にまかれた白布を解いてみると、これに染みこんだ鮮血がまだ乾いていなかったという話なのである。

マストリリは自分の胸を刺した血で、わが生血を日本の地にそそぐであろうという誓言を紙片に書いた。柩を閉じるに当って、この誓紙を遺体の指間にはさませたが、さて、終ってのち宿所へ戻って、遺体の状態を筆録しようと試みたが、ただ感涙が溢れるばかりで、どうしても文を成すことができない。仕方がないので、立会の僧に代って記録してもらった。それによると、遺体はなお湿気があって異香馥郁《ふくいく》とし、片腕は羅馬へ送られて無く残った片腕を胸に当て、面部は細長く色は黒ずみ、頭髪と鬚髯《しゅぜん》は斑白《はんぱく》であった。双眼閉じず、威あって猛からざるの顔色也とある。

マニラから日本へ渡る航海では、暴風と海賊船に苦しめられたが、その都度奇蹟が起って救われた。これは妖魔の妨げであったとマストリリ自ら本国へ報告しているのであるから、これくらい確かな話は先ずないようなものであるが、然し思うにマストリリは山師ではなかったのであろう。彼自身はこれらの奇蹟を実際経験しつづけていたのであろうと思われる。だいたい日本潜入を決意するに至った瀕死の大病というのが、抑々《そもそも》頭部の打撲傷から始ったのである。病中精神錯乱したということであるし、潜入の決意も忽然たる平癒も共に幻覚の暗示から由来している。忽然平癒したときには、マストリリはすでに日本潜入の観念に憑かれた精神病者ではなかったかと疑うことも出来るのである。

何分にも一途の念願が日本潜入という至難の一事で、拷問も覚悟の上、その生血を流しきって絶息も亦《また》覚悟の上の仕事なのである。目的自体が超人的な大事業であったから、マストリリの精神異常は見分けがつかず、却って数々の奇蹟を生み残した。曾《かつ》てサビエルが苦しみ奇蹟によって救われた航海では、彼も亦同じ妖魔の妨げに逢い、又、天主の加護によって救われる奇蹟の幻覚を見つづけていたのであった。

一六三七年九月十九日、薩摩の一角に上陸。上陸に当ってアンドレ籠手田《こてだ》という信徒と連絡したが、この人はこのために捕われて刑死した。

マストリリはひとり陸路江戸を指して日向の浜辺を進む途中、林の中で焚火中に捕われた。長崎へ送られて馬場三郎左衛門の取調べを受け、水責、梯子責の拷問を受けて失神、三日目に引出されて今度は焼鏝の拷問、棄教を迫られて屈せず、十月十四日処刑と決し、口中に詰物をして途中説法や祈りのできないようにし、頭の右半分を剃り、左半分は赤く彩色し、膝までの赤い着物をきせ、肩から罪状を書いた小旗を流し、鎖でつないで馬に乗せて街を引廻した。処刑は穴つるしで、四日目か五日目ぐらいに絶息したらしい。

然るにこの殉教に際しても数々の奇蹟が語り伝えられるに至った。

先ず日向の浜辺で捕われるに際しては天地鳴動したというような件から始まって、長崎の公廷へ引出されるや、彼の頭上に光彩がかかって消えないので役人共が驚愕したとあり、彼の籠められた牢舎の屋根には夜毎に光明が走り流れ、穴に吊るされるや天人が天降《あまくだ》って額の汗をぬぐったという。穴に吊されて五日目は町の祭礼に当っていて罪人の死一等を減じることになっているので、四日目に引出して斬首することになったが、切れども切れず、刀が折れ、マストリリの祈りが終ってのち彼の励ましの言葉を受けて刀を振り降したところ一刀のもとに首が落ちたという。この時地は震い、天は忽ち黒雲を起し、又その屍体を焼いた日は、俄に大風が吹起ったにも拘らず、煙がまっすぐ天へ昇った。

マストリリの殉教がマニラや天川へ伝わると共にこういう伝説が流布した。やがてこの伝説が日本へ逆輸入されて来たから、これを聞いた宗門奉行井上筑後守をはじめ、処刑に当った役人達カンカンに腹を立てた。

マストリリは日本の記録ではマルセイロとよばれているが、これによると、穴の中で泣きわめいて死んだということになっている。どっちが本当だかもとより断定できないが、この記録のある文献の史料価値や事柄の事実性から判断して、泣きわめいたかどうか、とにかく苦悶して息果てたというのが多分本当だろうと私は思う。

だいたい穴吊しという刑にかかると、堂々たる死に方などは出来ない仕掛けになっていた。そのために幕府が三十年もかかって発明した方法なのである。

マストリリの処刑から六年目に教師五人従者五人合計十名の潜入があった。ジョゼフ・コウロ岡本三右衛門ことジュセッペ・キヤラの一行で、記録に残る日本最後の（シドチを除いて）潜入であり、この時までの潜入教師に一人の棄教者もなかったのに、この時ばかりは十人一時に背教したという異例の潜入椿事《ちんじ》であった。

井上筑後守を始め日本の当事者がマストリリの伝説にどんなに業を煮やし大腹立てていたかというと、ジョゼフ・コウロ一行の棄教誓約書の中にまで天川に流布したマストリリの伝説を持ちだしてきて「右の通り、天川にて偽申すを実と存じ此方《こなた》へ渡り承り候えば、右の通にて無之《これなく》、マルセイロ吊され、穴の中にて泣きわめき苦しみ相果て候由を承り、伴天連も驚き申候」云々という一札をとった。この糾問の条文によると、この一札を入れない限り勘弁まかりならぬという決意の程がうかがわれ「斯様《かよう》の誑《たばか》りにあい日本に渡り候四人の伴天連同宿共第一のたわけ者、異国にても人に勝れたるたわけ者ゆえ、此《かく》の如くに候儀は日本国御名誉誰か是を論ぜんや。若し是を偽と申し候わば、三右衛門を始め入満寿庵トナト白状いたさせ申すべく候」とあって、天川の伝説は間違いでしたと言わない限り車裂きにも致しかねない思いつめ方、眥《まなじり》を決し双肌ぬいで詰め寄る形相物凄い。入満寿庵トナトとあるのは潜入神父の従者で、前者は広東人、後者は交趾支那人であった。

シドチは日本潜入に当ってマストリリから伝わるという十字架を携えてきたというので、二人は祖国を同じくし、伊太利亜の地に尚華やかに語り伝えられるマストリリの英雄的な伝記がやがてシドチの強靭な決意を育てた揺籃《ようらん》の唄の一節であったかも知れない。

すくなくとも、直接将軍に直談判して布教の公許をもとめようとの潜入は、開教者サビエルについでは、マストリリ、シドチの二人があるのみだった。

シドチが日本潜入の公許を教皇に願いでたとき、その師たる人、教皇だか枢機官だか分らないが、シドチに向って、日本はつとに切支丹を国禁し、国禁を犯して潜入した教師達はほぼ百名にも及んだが一人として生きて帰って来た者がない。今また足下が潜入して、幸にもその使命が果されて布教の公許を受けることが出来ればいいが、許されず、捕われの身となる時は、日本の国法によって裁かれるより仕方がない。国に入ってはその国法に従うべきものので、斬首をもって望まれたら首を刎《はね》られて死ぬべきものだし、火炙《ひあぶ》りに処せられたら焼けて死ぬより仕方がない。いささかもその国法にたがうところが有ってはならないと言渡した。果してそのように言渡した人があったかどうかは分らないが、シドチは新井白石の取調べにそう答えているのである。もとより骨肉形骸の如きはどうなろうと国法にまかせるだけのことであるとその時も師たる人に答えて来たと述べ、日本高官の取調べを受けて真情のすべてをもって訴えて尚且《なおかつ》切支丹の公許を受けることができないなら万やむを得ない話で、自分は本国をでる時から生きて帰る心だけは毛頭持合せがなかったと言っている。渡航の船すらも求めがたい国へでかけて帰るべき船を予定することはもとより出来得べきことではない。

彼の唯やむべからざる念願は、とにかく日本へ潜入して、全滅した切支丹を再興すべくその為し得る全ての努力だけはしてみたいということであった。

渡航の機会をうかがううち、アンテオキヤの総司教トマス・トウルノンが教皇の特派使節として北京に赴くことを知り、彼も亦日本潜入を教皇に願いでて、同行を許され、一七〇三年ゼノアを出帆。シドチは三十五歳であった。

シドチがどのような資格で故国をあとにしたか？　彼も亦教皇の特派使節であったかどうか。シドチは白石の取調べに対して、自分とトウルノンは教皇の同じ使命を受けて、一は日本へ、一は北京へ赴いたものだと述べ、教皇と枢機官の会議に於て、昔チイナも切支丹を禁じていたが今は国禁を解いて天子の使が来ているし、スイヤムも亦同断である。ひとりヤアパンニヤのみ国禁すでに年久しいが、先ずメッショナリウスを送って訴え、次にカルデナアルを公使として遣したら国禁を解くことができるかも知れない、と衆議一決、シドチが選ばれて来たものであると言うのであった。

事の真偽は分りかねるが、審問者の感情に対処して、これが適切な答弁であったことは頷ける。白石は大義名分を尊ぶ人であるから、公の使たる者がなぜ堂々と乗込まないで変装潜入するような卑劣な手段を用いたかと問いつめている。これは然し日本の外交史を無視した筋違いの難問で、日本へくるなら潜入以外に手はない筈だが、然しこういう詰問の裏を流れる白石の感情に対して、シドチの応対は聡明自在で変に応じ虚実をつくして答弁した。自分の利益のためではなく、自分の托された大いなる使命の達成のためであった。

十一月六日、ポンジシエリ着。

一行はその地に於ける使命を果して、翌年七月二十一日呂宋《ルソン》へ向けて出帆。九月マニラに上陸した。

トゥルノン総司教の一行はここで新たな便船を得て北京へ向って出発したが、シドチはひとり別れてマニラにとどまり、さて愈日本潜入の機会をうかがうこととなった。

そのころマニラには三千余人の日本人が住んでいた。彼等はひとつの部落をつくり、本国の俗をそのまま伝えて士族は双刀を腰にさし、其他の者も一刀を帯びないという者がなかった。そのかみ追放を受けた切支丹の子孫もいたが、三年前漂流してマニラへ着いたという十四名の漁師がいて、シドチは特にこの人々から日本の新たな情勢をきき、また日本語を学んだ。

いくら待ってみたところで日本通いの便船があるべき道理はなかったし、金にあかして頼んでみても命を的の航海を引受けるという者もなかった。遥々《はるばる》マニラまで辿《たど》りつきながら、一歩のところで思うにまかせぬ悲運に日夜焦躁したが、徒《いたず》らに落胆すべきではないので、彼は先ず聖約翰《ヨハネ》院と名づける病院をたてて哀れな病者を収容し、日々自分で世話をみた。

余暇には四方を駈け廻って孤児や寄辺《よるべ》ない老人や貧民を訪い慰め、食物を恵み、福音を説き聴かせた。やがて富裕な同情者を得て、病院の傍に聖クレメント学院を設立、教育のためにも働いた。

四年の歳月が流れた。

比律賓《フィリッピン》総督ドミンゴ・ザルバルブル・ルシェベルリはシドチの為人《ひととなり》を知っていたく敬服の念を懐いたが、その金鉄の宿志をきいて深く憐れみ、一切の費用を負担して一艘の大船を艤《ぎ》装《そう》し、彼を日本へ送りとどける決意をかためた。

同時に、ミゲル・デ・エロリアガ提督は決死の航海を指揮するために、進んで船長の職務に当ることを申出た。

一七〇八年八月二十三日、聖三位号に乗込み、マニラ出帆。

途中三回の暴風にあい、難航をつづけて、夢寐《むび》にも忘れかねた日本の島影を初めて認めることが出来たのは十月三日のことであった。種ケ島であったろうと云われている。

その二　上陸

十月十日　聖三位号は屋久島海上にさしかかった。風向をはかって陸地に沿い一里ばかりの沖合を進んでいると、一隻の小舟を見出した。

双眼鏡で眺めると七名の漁夫が乗組んでいる。彼等は異様の大船を見て、陸地を指して急ぎ帰ろうとする様子である。

シドチは之を見て提督に向い、あの小舟に乗移らせて貰いたいと願いでた。異体《えたい》の知れない漁船に托してこのままシドチを日本に送っていいかどうか、提督は躊躇したが、シドチのやみがたい切願に抗しかね、ともかくボートを降して、数名の水夫と、通訳として一名の日本人を乗込ませた。この日本人はマニラに漂流した漁夫の一人で、今この船の船員であった。

シドチのボートは帆をはって漁舟を追うたが、漁舟の方でも帆をあげて逃げはじめた。ボートの方では更に水夫がオールを下して力漕したので、忽ち差をつめ、十間程の距離をおいて停船を命じた。

そこで通訳の日本人に命じて先ず水が欲しいということを伝えさせたが、彼は何事か話合ううち俄に顔色蒼ざめて恐怖の色を現し、頻《しき》りに本船へ漕ぎ戻りたがる様子である。

そのわけを問うと、国の掟が厳重で異国人に一杯の水を与えてすら刑死をまぬかれぬ定めであるから、たって水が欲しいなら長崎へ往けという返事であったと言う。

それにしては顔色の変りようが仰山であるし、恐怖の色がただ事でない。何か切支丹に関することを口走るか聞かされるかしたのではあるまいかという不安もあり、シドチは諦めかね、更にボートを近づけさせて自分で話しかけてみたが、彼の習った日本語では話が全く通じない。

ただ彼等の様子から、深く怪しみ、一途に怖れていることのみが分ったから、今は諦めて空しく本船へ漕ぎ戻るほかに仕方がなかった。

既にこうして日本人に顔を見せてしまった以上、風聞が伝わり、監視が厳しくなるに相違ない。一刻遅れても時機を失う怖れがあり、躊躇すべき場合ではなかったから、その夜のうちに、急ぎ上陸を決行することにきめた。

そのかみの神父達の潜入は、当時は日本に潜伏の切支丹が沢山いて、それらの信徒と連絡して上陸するのが例であった。伊太利亜で日本潜入の決意をかためてやって来たマストリリですら、天川で日本の信徒と連絡して上陸した。が、切支丹全滅の今となっては連絡すべき何者もなく、様子も地理も皆目わからぬ。

シドチはマニラで日本の武士の服装を一揃もとめて来たが、これとて確たるよりどころが有るわけではない。昔の記録によると、この変装で潜入するのが先ず定石で、マストリリもそうであったが、そこでシドチも腰に大小をさしこみ（日本の記録によると大刀ばかりの様子だが）さかやきを剃り、髭を落とし、日本風に結髪した。

荷物は袋の中へひとまとめに詰めこんで、先ずマストリリから伝わったというクルス一個、悲しみの聖母の額一面、メダイユ四十二、聖油の小箱や香具その他聖祭用の器具一式、ディシビリナ、法衣二枚、書籍十六冊、オラショ類を書いた紙片二十四枚等々。それに提督が餞別として贈った黄金の延金百八十一枚と粒百六十、ほかにマニラで手に入れた日本の金貨若干と少量の食物であった。

　夜陰に乗じて船が陸に近づく。ボートが下される。どこということは分らぬ。

　ミゲル提督自らシドチの手をとってボートに乗移った。生命をなげうち絶東の異域へ単身布教に赴いて行く偉僧の上陸をわが目でしかと見届けるためであった。そのほかに水夫、水先案内都合八名の者にまもられて、シドチのボートは暗闇へ消えた。

　漕ぎ寄せた所は高いきりぎしに囲まれた小さな入江で、岩を嚙んで打返すうねりが高くて、辛くもボートを岸へ乗りつけることが出来た時には余程時間が過ぎていた。

　遂にシドチは日本の土を踏みしめた。

　はらからを棄て、ふるさとの山河をすてて一念踏む日を焦り祈った日本の土であった。やがては彼の墓たるべき土でもあった。鉄石のはらわたからすら涙が溢れた。シドチは天を仰いで天父に謝し、感極まって地に伏して、愛する日本の土に接吻した。

　何ものの棲む所とも分りかね、ミゲル提督は心もとなく、別れかねて、シドチをいたわり、いくつかの小山を越え流れを渉《わた》って、やや広い谷間へでることが出来たときには、あたりが白みかけてきた。詮方なく「天主よ御身のために尽したるミゲル提督ならびに部下の人々を恙《つつが》なく故国へ戻らせたまえ」というシドチの祈りをあとにして、本船へ戻った。

大隅の国駆謨《ごむ》郡の海上屋久島に出漁して、その島の栗生村という所に泊っていた阿波の国久保浦の漁師、船頭市兵衛その他七名の者が、湯泊《ゆどまり》という村の沖合二里ばかりの海上で漁をしていると、見なれない大船が現れ、小舟を下して十名ばかりの異様の者が乗込み、近づいて来て、水をもとめた。市兵衛はじめ漁師一同ひたすら拒絶して一途に陸地をさして漕ぎ戻った。宝永五年八月二十八日（一七〇八年十月十日）のことであった。

同じ日の夕方、矢張りこの島の尾野間という村の沖を、沢山の帆をはった大きな船が一隻の小舟をひいて東をさして走るのを認め、村人が怪しんで浜へ出て見まもるうちに、日が暮れて、行方は分らなくなってしまった。

その翌日のことであった。

この島の恋泊《コイドマリ》という村に藤兵衛という農夫があったが、松下という所へ行って炭を焼く木を切っていると、うしろで人の声がした。ふり向いてみると、大刀を帯びた男が手招いている。

形はまさしく日本人で、さかやきを剃り、浅黄色の碁盤縞《ごばんじま》の木綿の着物をきて、二尺四寸程の刀を一本差しこんでいるが、言葉が異様で通じない。

水が欲しいという身振りをしてみせるので、藤兵衛は器物に水を汲んできて、これを地上において、自分はそこを立ち離れて男のすることを見まもっていると、男は器物を執りあげて水を飲みなおも手招きする。然し怪しんで近づかずにいると、男はふと気がついた様子で、腰の刀を鞘《さや》ぐるみ抜きとって差しだした。そこで藤兵衛も近づいて行くと、四角板の形をした黄金一枚とりだして与えようとした。

昨日見たという船の者ではあるまいかとふと藤兵衛は気付いたから、刀も黄金も受取ろうとせず、一目散に逃げだして、先ず磯へでて海上浜辺を見廻したが、それらしい船影は見えず、又ほかに人のいる気配もない。

村へ戻って近隣に人を走らせ、これを告げた。

平田村の五次右衛門、喜兵衛という二人の者がこれを聞いて、藤兵衛と連立って松下へ行ってみると、異様の男は尚その場所におり、彼等の来た方を指して、そちらへ行きたいという身振を示した。

疲れきった様子であるから、一人がそれを助け、一人は刀を、一人は袋を担って、恋泊の藤兵衛方へ辿りつき、食物を与えると、男は食べ終って、黄金の四角板一枚とまるい形をした二粒をとりだして差出したが、藤兵衛は堅く辞して受取らなかった。

このことが薩摩の国守にきこえ、宮の浦という所に牢をつくってこの男を保護、長崎奉行所へ報告した。ローマだとかロクソンだとか、この男の言う異様な言葉の断片を録したものを報告に添えて差出したが、長崎奉行所でオランダ人に訊きただしてみても、なんのことやら要領を得ない。

とにかく長崎へ護送させることになったが、冬の末で海は荒れつづき、船は二度まで吹き戻されてしまった。

男は長崎を忌み嫌う様子で、ひたすら江戸へ行きたがる様子であったが、この男の望みにまかせるわけには行かないので、多くの舟でひき、網場という所へ上陸、陸路長崎へついた。

陽暦十二月二十日長崎へついて、第一回審問は二十三日に行われた。その三日間シドチは予《かね》て用意の聖体を日に一度ずつ拝受のほかは米も水も摂らなかったが、奉行所では之を見て丸薬を用いていると思った。

長崎奉行永井讃岐守に別府播磨守の両名。通訳として和蘭《オランダ》の甲必丹《カピタン》マンスダール、商人シクス、手代ウィッセールそれに羅甸《ラテン》語のやや解るドューウという者が立会い、彼等はこの日取調べる二十五箇条を箇条書にしたものを持ち、その答弁を書きこむ手筈になっていた。

男のさかやきはすでに一分ほど延び、日本服の上に金鎖のついた木の大きな十字架を首から下げ、手に念珠をもち二冊の書籍を腋《わき》にはさみ、臂《ひじ》のやや上部を縛されて現れた。書籍の一冊はヒイタ・サントルムという天草学林刊行の羅甸語と日本語の対訳本で、他の一冊は日本語の辞典であった。

取調べは一時間半つづいたが、結局ローマカトリック教司祭ヨワン・バッティスタ・シローテという氏名が分った程度であった。氏名の訛《なまり》は白石も亦同じように聞き違えて、結局彼は日本の記録にヨワン・バッティスタ・シローテという氏名を伝えることとなった。取調べが終ってのち、和蘭人の書込みを合せてみても殆んど要領を得ず、イタリヤ、パレルモ、ローマ、フランス、カナリヤ、天主、父、子、聖霊などという単語がポッポツ通じたにすぎなかった。

この審問にシローテは甚だしく和蘭人を憎み嫌う様子が現れて、オランダという言葉がでるたびに必ず頭をふり「たぶらかしたぶらかし」と日本語で叫んだ。

こういう風では和蘭人に訊ねさせても却って沈黙させる怖れがあるというので、第二回目の審問には障子を距《へだ》てて和蘭人を隠しておいてシローテの答弁をきとらせることにしたが、之又皆目分らない。

シローテが袋につめて携えてきた品々も皆目用途が分らなくて、本人にただしてみても「れす・さくれ」と答えるぐらいで異体《えたい》が知れない。昔の長崎奉行所なら一目でそれと分る切支丹祭具で、捕吏達が鵜《う》の目鷹の目嗅ぎまわっていた品々だったが、最後の潜入からわずかに六十数年、十字架の何たるかまで分らないほど切支丹に縁遠い時世になっていた。

愈最後の試みで、ドューウに羅甸語で訊問させることになった。

シローテが和蘭人を嫌っているのが分っているから、和蘭人を上席において調べては返事をしないかも知れないと変な所へ気をまわして、ドューウとシローテの席を並べておくことにした。と、今度はドューウが腹を立て、罪人と同席は不都合であると席を蹴立てて立去った。奉行は困却してドューウをなだめ、かのシローテなる者は和蘭人を見ることも喜ばぬ様子であるからましてて上席から訊問を受けては返事も言いしぶるであろうと思ってこのように取計った次第で、事情を推察して忍んでもらいたいと説明したが、ドューウは頑として聞き入れず、余儀なく席を改めて、上席から立会わせた。

然しながら羅甸語の審問はどうやら通じて、この日のために用意した十七箇条は悉《ことごと》くシローテの明確な答を得ることができ、ここに始めて彼の来由が判明した。

如何様《いかよう》にしても江戸へ上り、将軍に拝謁して宗門の説明をなし改宗をすすめたい所存であったと述べ、屋久島で日本人に話しかけたのも一隻の船を雇って江戸へ行きたい為であったと答えた。今も唯願うところは、江戸へのぼって将軍に拝謁したいこと、この一つのみであると言うのであった。

又、足下は何事か屋久島の村民に宗門の話をしなかったかという訊問に対しては、もとよりその為に来たのであるから自分は常にその話のみ致さなければならないのであると断言した。

その三　江戸

この報告が江戸へ来て、新井白石が初めて之を耳にしたのは宝永五年十二月六日のことであった。

この日西邸へ伺候《しこう》して家宣《いえのぶ》（この時はまだ将軍ではなかった）に拝謁すると、その年八月一人の蕃夷《ばんい》が大隅海上の島へついたという長崎からの報告が話題に上って、ローマ、ロクソン、ナンバン、カステイラ、キリシタンという言葉などが聞きとれたが、ローマはとにかくとして、ロクソン、カステイラなどは甲必丹にも意味が分らなかったという話なのである。ロクソンだのカステイラなど白石でも聞き覚えのある地名だが甲必丹にも分らないとはおかしな話で、曖昧な報告であった。

そこで白石は、家宣に向って、その蕃夷は西洋の国から来た者に違いありますまいが、然し、言葉がききわけられぬとは心得られぬ話です、と答えた。

家宣は自信たっぷりの断言ぶりをあやしんで、心得られぬとはどういうわけだと尋ねた。白石は之に答えて、昔の人の話によると、西洋の国の者は極めて多くの言葉に通じ、その昔はじめてナンバンの人が日本に渡来した時も数日のうちに日本語を覚え、その宗門を伝えることもできたという話であるが、のみならず、その時以来数十年は西洋と交通があって日本人が欧洲へ行くこともあり、又禁教の後は追放されてあちらへ移住した者も相当あった筈である。それゆえ西洋の者が自分の国で日本語を習うことも不可能ではなく、まして何事か求めることがあって遥々日本へやって来る以上、日本語に通じなければその志を遂げることが出来ないわけで、必ず西洋にいるうちから日本語を習い覚えて来ているのに相違ない。とはいえ元来言葉というものには方言があり、又、昔の言葉と今の言葉とは違っている。特に切支丹が追放されたのは今から百年近く前の話で、今回やって来た蕃夷がそのような人達の子孫から日本語を習得して来たとすれば、現在我々の用いている言葉とは余程違っているに相違ない。だからそういう心得で、方言だの昔の言葉だの考慮に入れて訊きただして行けば、日本語で取調べて必ず通じる筈である。と言うのであった。

家宣も一理ある言葉であると頷いた。

宝永六年正月十日、綱吉永眠。家宣があとを継いだ。

その年の十一月九日、家宣は白石を召し寄せて、大隅の国へついた西洋人が近々江戸へ送られてくる筈であるからその来由を訊問せよと命じ、長崎奉行の注進状の写しを与えた。白石の自信たっぷりの断言を家宣は忘れていなかった。

長崎奉行がなまじ和蘭語などで訊問したからこんがらかってしまったので、日本語できけば必ず通じる。白石はあくまで之を信じていたが、地名だの宗門のことに関しては日本語になり得ない特殊の言葉がある筈で、この予備知識がないことには取調べに困難であると思ったから、切支丹の用語の飜訳したものを借していただきたいと願いでた。そこで宗門奉行が蔵を探して切支丹のことを説いた三冊の本を届けてくれた。これは例の岡本三右衛門がころんで後に書き残した切支丹の教義要略というようなもので、かなり明細に教義の大意が説いてあったが、用語の飜訳というものはなかった。

宝永六年九月二十五日、ヨワン・シローテは牢輿に乗せられ、長崎出発。大通詞今村源右衛門、稽古通詞加福喜七郎、品川丘次郎その他二十六名の者が附添い、十一月朔日《ついたち》江戸表へつき、小石川茗荷谷《みょうがだに》の切支丹屋敷へ入れられた。

この道中、シローテは牢輿に入れられたまま夜もその中で寝なければならず、外の景色も太陽も皆目見えず、足を折り曲げて三十何日揺られ通して来たものだから、江戸表へついた時には全く衰弱し、第一両足がなえてしまって不具となり、全然歩行ができないようになってしまった。

諸般の準備がととのって第一回目の審問が開かれたのは陰暦の十一月二十二日。場所は切支丹屋敷内の白洲で、二人の宗門奉行横田備中守と柳沢八郎右衛門が立会うことになった。

宗門奉行というのは作事奉行の兼官で、切支丹など一人もいない時世だから、宗門奉行は名ばかりで切支丹のことなど何一つ御存知ないのである。横田備中守が大通詞今村源右衛門に命令してシローテに詮議した十三ケ条というのが愛嬌のある代物で、切支丹のことは一つもなく「人参《にんじん》は南蛮イタリヤ国などにても朝鮮人参を用い候哉。但ロウマなどにも人参有之候哉。常々病気の時分南蛮人も人参用い候哉」こういうことを訊いている。日本とイタリヤの丁度真中は何と云う所だろうとか、蒼海には大魚獣や異形のものがいるだろうということを詮議しているのである。大変好人物でのんびりしていて何一つ屈托のない奉行であった。

さて十一月二十二日、この日先ず白石は午前中に切支丹屋敷へやって来て、シローテが携えて来た品々を検分し、つづいて通詞の人々を呼び寄せて、その心得を言いきかせた。つまり切支丹法禁以来その宗門の言葉を口にしただけで処刑される程であるし、まして禁令以来百年近い歳月が流れて切支丹の教義に通じた者も言葉に通じた者も全くいない。そのうえ通詞といっても和蘭語だけのことで伊太利亜の言葉が分らないのは是非もないが、然し万国地図を調べてみると、伊太利亜と和蘭は同じ欧羅巴《ヨーロッパ》の地続きであるし、長崎と陸奥《むつ》ほど遠くは離れていない。だから和蘭語を元にして推察すれば伊太利亜語の七八に通じることが出来ないとも限らない。公のことに関しては推量で答えることは許されないが、今の場合は用を弁じればいいのであるし、又自分としては足下等の推量をそのままに鵜呑みにしようとは思わず、それを参考にして自分の判断をするつもりだから、充分納得が行かず不安があっても構わないから、推量で大意を伝えてもらえば結構である。推量が違っていても咎《とが》めはしない、と言ったのである。

午《ひる》すぎて、審問が開かれた。

シローテは歩行できないので、二人の番卒に左右から助けられて現れた。非常な大男で六尺をはるかに越えているように見え、番卒は左右の腋にもぐりこむぐらいであつた。庭に榻《とう》をすえ、これに彼をかけさせた。

シローテは木綿の白い肌着に茶褐色の紬細の綿入を着ていた。これは薩摩の国守が与えたものであった。すでに厳寒の候であるから、これだけでは寒さを防ぐに足りない。

そこで審問に先立って、宗門奉行が着物を取り寄せて与えた。が、切支丹は異教徒の施与を受けてはならない定めであるからと言って拒絶し、毎日食物をいただくだけでも大きな国恩を受けているのに更に衣服をいただいては宗門の掟にそむくこと甚だしいし、この衣服でも寒気を防ぐに充分だから、心をわずらわしてくれるなと言った。

この問答が終ってから愈白石の審問にはいった。

白石は先ず懐中から持参の万国地図を取りだした。

この審問の眼目は言うまでもなく如何なる目的があって潜入したかということであるが、欧羅巴の国情歴史風俗、そういうものを充分に弁《わきま》えていなければ彼の来由を訊きただしても本意をつかむことが不可能であろう。白石はそう考えて来由の詮議は後まわしにして、先ずその前何回でも審問を開いて、欧羅巴の事情を得心ゆくまで問いただし、そのあとで切支丹の問題にふれる予定を立てていた。

ところが持参の地図を取りだしてシローテに示したところ、その地図は日本で刷られたものので精密を欠き、役に立たないという返事である。幸い宗門奉行に外国版の古い地図があるという話なので、次からそれを用いることにした。

さてシローテの語る言葉をきいてみると、果して白石の確信通り、とにかく日本語を語りうるのである。しかも予ての想像通り方言のごちゃまぜで、畿内、山陰、西南海道の方言が主で、これを伊太利亜の巻舌で発音するから、ちょっと聞いては日本語のように思われない。けれどもその心得で聞けば手真似を入れてなんとか日本語で通じることが出来るのだ。却って通詞達は和蘭語にとらわれているので、白石よりも分りにくい時があった。

そのうえシローテは自分の言葉を理解させたいという真摯な情熱を持っていて、ひとつの言葉を必ず反覆して言い、通詞が理解できない時は何度でも根気よく繰返して、どうしても理解させねばやまないという真面目さがある。前掲の宗門奉行の愚劣極まる詮議の条々に対しても彼の答というものは誠実で、調子を落したり、いい加減でお茶をにごすようなことはしていない。

この日は欧羅巴の事情の極めて初歩的なことをあらまし尋ねて、日の傾いたころ審問を終った。

この時シローテは通詞を通して次のようなことを申出た。

自分が日本へやって来たのは教法を伝えてこの国の人々を利し救いたいという為であったが、しかるに自分が日本へついて以来というものは事毎《ことごと》に多くの人々をわずらわすのみで恂《まこと》に本意なく思っている。あまつさえ江戸へ来てのちは、すでに年も暮れようとし、ほどなく雪の降る季節になったというのに、此処に詰めていられる士分の方々を始め番卒御一統日夜を分たず守りについていただいて、自分としては見るに忍びない思いである。それというのも自分が逃げてはとの御懸念からであろうが、自分の生涯の念願といえば、どのようにもして日本の国へ行きついて教をひろめたいというこの事のみで、万里の風波をしのぎ、六年の歳月を費してようやく一念を貫き、こうして今や江戸へ着くことが出来たのである。逃げるなどとは思いも寄らないことであるし、よしんば逃げてみたところで、一見してそれと分る異国の者が一日も無事隠れおわせるものではない。とはいえ上の命令によって御守り下さる上は務めを怠るわけには行かないであろうが、昼の守りはとにかくとして、夜間は手枷《てかせ》足枷をつけ牢につないでいただいて、せめて人々を安眠させていただくように御取計いを願いたい。

この言葉をきいて、二人の奉行をはじめ一座の人々一様に哀れと思った様子であった。白石はこれを見て、この者は見かけによらぬ偽り者じゃ、と言った。

婦女子風の感覚を嫌い、誠実の押売りを厭《いと》う日本式の儒教論理は過去の外人神父達がいずれも応接に一苦労した難物で、これに就いては、多くの報告がもたらされており、このへんの概念は漠然ながらシローテも懐《いだ》いていたであろうと思うが、事実に当ってぶつかっては誰でも驚く。

シローテは恨みをこめた顔色で白石を視凝《みつ》めていたが、人にまことがないほどの恥辱がありましょうか。まして私共の教では妄語を戒しめておりますものを。私が事の情をわきまえてこのかた一言の偽りを申した覚えがありませぬ。何故殿は私を偽り者と仰せられますか、と言った。

白石はこの詰問に押しかぶせて、おまえは年の終りも近づき寒気のきびしい折から番卒共が昼夜を分たず守りについてくれるのが見るに忍びぬと申すのであるな、と訊く。いかにも、それに相違ございませぬ、と答えた。

「さて、それならばこそ、おまえの申す言葉には偽りがあると申すのじゃ。番卒がおまえを守るのは奉行の命令を重んじてのことであり、又、奉行は公家の仰せを受けておまえを守っておられるゆえ、おまえの身に事故なきようにと思いはかられ、寒かろうとの御配慮から衣服を与えようと仰せられる。もしもおまえの申す言葉がまことの情であるなら、奉行がおまえの身を案ぜられての御心配をなぜ安んじてあげないのか。異教徒の配慮を受けることが出来ないというなら、番卒の配慮も亦こだわるに及ばないではないか。それゆえ、おまえの先程の言葉がまことなら、今の言葉は偽りの筈じゃ。又、今の言葉がまことならば、先程の言葉は偽りの筈じゃ。申しびらきもあるまい」

感情自体の真偽を無視して屁理窟一点張りの日本風の論法であるが、白石は又このような非情の理窟を自らの生活として誠実に生きぬいてきた傑人である。奉行達の感動に反撥して、紅毛人ごときにという強情で意地の悪い向う意気もあるけれども、牢固たる信条とその信条に一貫せられた誠実も亦疑い得ない。

シローテはこれをきいて成程と思う様子であったが、ややあってのち、まことに私のあやまりでございました。いかにも衣服をいただきまして御奉行の御心を安んじたいと存じます、と言った。

好人物の御奉行はすっかり喜んでしまって、よくぞ仰有《おっしゃ》って下すったと大いに白石を賞讃、感謝したとある。

ややあってのち、重ねてシローテは通詞に向い、同じようなことではありますが、絹類では私の心が安らかではありませぬので、木綿の衣服を給わるようにお願い致します、とつけくわえた。


第二回審問は三日目の十一月二十五日で、午前十時頃から始められ、専ら欧洲事情をききただした。シローテはすでに与えられた木綿の衣服をかさねていた。

白石はこの日から宗門奉行所に保存されていた万国地図を携えて行った。シローテはこれを見て、七十余年前和蘭でつくられた地図であるが、今ではあの国でも得易からぬ品物で、ここかしこ破れているのは惜しむべきであるから、修補して後々まで伝えられるが宜《よろ》しかろうと言った。

さて、この日白石が感嘆久しゅうしたことは、シローテがまことに博聞強記、天文地理をはじめとして多学にわたり、企て及ぶべしとも見えぬ学才をあらわしたことであった。

日がすでに傾いたので白石が奉行に向い、何時だろうかと尋ねたところ、このあたりには時を打つ鐘もないので何時頃とも分らないと奉行が答えた。

するとシローテは頭をめぐらし、日のある所を見て、次に地下の影を見て、指を折りまげて数えていたが、自分の国では丁度何月何日だから何時何分頃に当りましょうと言った。白石は驚いたが、然しこの程度のことなら、その方法を覚えこみさえすればまだ易しかろうという推察はついた。

ところが例の和蘭版地図を取出して、ローマはどのへんだと訊ねたところが、シローテは通詞に向てチルチヌスはありませぬかと先ずきいた。通詞がないと答えたので、白石がなんのことだと問うてみると、和蘭語ではパッスルというもの、ローマの言葉ではコンパスというもののことであると言う。ところが驚いたことには流石《さすが》に白石で、かねてコンパスを用意しており、その物ならここにあると懐中から取出してみせた。

シローテは之を受取って暫く工夫していたが、このコンパスはネジが弛《ゆる》んでいて用に立たないが無いよりはましであろうと言い、地図の目盛に合せて測っていたが、やがてコンパスを立てて此処ですと言う。そこを見ると成程西洋の文字でローマと記してある。その他和蘭であれ江戸であれコンパスで測って、さし違えたということがない。

白石は甚大の驚愕を喫し、悉く敬服してしまった。感嘆のあまりシローテに向って、おまえは全てこれらのことを学び覚えたのかと尋ねた。いかにも習い覚えたのだが、これしきのことは至極易しいことだとシローテは答える。いかにも尤もな答である。けれども白石はこの時つくづく長大息して、自分は数学に拙いからとても之だけのことは学ぶことが出来まい、と、之は又とんだ所で数学を引合いにだして大きく嘆いたものである。これではシローテが慌てざるを得ない。否々、これぐらいのことに数学など微塵も必要ではなく、殿ごとき方であるなら極めて容易に覚えこまれる筈であると言って白石を慰めた。

三百年前の和蘭版万国地図というものがどういう仕掛けの物だか知らないが、コンパスで目盛を測ってさし当てるとはどういうことであろう。コンパスで目盛を測るぐらいなら緯度経度或いは里程を正確に暗記している筈である。そんなら何もコンパスで測らなくっても地図を一見してそれと指摘できないことがなさそうだ。太陽とその影を見て時間を判断するにしても一々指など折りまげなくとも良さそうで、どうもシローテのやることには白石の気質を見込んだ芝居気がありそうだ。

白石も亦白石で、これぐらいのことで数学を引合いにだしてまで驚くほどなら、なんのためにネジの弛んだコンパスなど懐中に入れていたのか分らない。

然しながら、シローテはこういう具合に茶羅化《ちゃらか》すような人ではなかった。

和蘭の戦艦には多くの窓があり、上中下の三層があって各大砲をだしているそうだがと云うことを訊きたかったが、言葉だけでは通ぜず、手真似でも表わしにくいことであったが、仕方がないので、白石はその左の手を横に立てて四本の指をだし、その間から右手の指頭を三本だして見せた。シローテは之を見て、打ち頷き、如何にもその通りであると答え、通詞に向って、殿は敏捷であらせられると言って賞讃した。

又、通詞達がシローテのラテン語を和蘭風に訛って発音するたびに、繰返し繰返し教え、遂に習い覚えて正確に発音すると大いに賞美するのが例であった。

欧羅巴なら小学校の子供でも出来ることに数学を引合いにして長大息する白石であったが、シローテはその人物、その識見を決して見誤りはしなかった。

と云うのも、白石自体が実にすぐれて偉大であったせいもあろう。彼の質問は常に適切で要をつくし、しかもその主旨は一貫して欧羅巴文明の本質をつき、隙もなく弛みもなかった。白石はこの審問の後に十一月晦日《みそか》に三度目の審問をひらき、この時も亦宗門のことにはふれず、専ら欧羅巴の事情のみを尋ねたが、わずかに前後三回の審問だけでローマの何処たるかすら知らなかった白石が、欧羅巴各国のみならず東洋各地、南北アメリカ等にわたって、その各の地理歴史国情風俗等について殆んど余す所なく、又殆んど誤る所なく記録を残した。

審問時間の総計から考えては想像に絶する記録であるが、ひとつには白石の知識欲に最も敏感に応じることのできたシローテの偉大さも計算に入れなければならないであろう。

「まのあたり見しにもあらぬ事どもは」しるさず、又信じないのが白石の生涯を一貫した学的精神で、シローテ審問の要領も亦もとよりこの軌道の上にあり、科学的訓練のない当時にあって真に異例の精神であったが、之に応じたシローテが又その知識に於てその誠実真摯な信仰に於て遜《ゆず》る所のない人物であった。

あるとき白石がオオランデヤノーワ（オーストラリヤ）は日本からどのぐらい離れているか

と尋ねたところ、その時までは問えば飽くまで熱心に答えていたシローテが、どういうわけだか口を噤《つぐ》んで答えない。

重ねて問いただしたところ、シローテは通詞の者に向って、切支丹宗門の戒めでは人を殺すより悪事はないと言われている。それであるのに人に教えてよその国をうかがわせるようなことがどうして出来ましょうや、と答えた。

白石は不審に思って、そのわけを問わせたところ、思うことがあって、この地方のことは申上げることが出来ない、と言って、それ以上答えたがらぬ風である。

尚も追究したところが、さらばという風をして、この殿を見受けまするに、日本に於てはどのような地位におわす方か知らないが、もし私の国に生れ遊ばしたとしたならば必ずや大きな事業を残さずに終られるという方ではない。オオランデヤノーワは日本を距ること遠くもないので、この殿が侵略されることを怖れて、その旅程を詳《つまびらか》には申上げないのである、と言った。

白石の短所かどうかは言うべき限りではないけれども、彼は元来自ら恃《たの》むこと恂《まこと》に逞しく、その不羈《ふき》独立の精神から由来した自慢癖を持っていた。

太閤そこのけの大人物に見立てられて、気のいい御両人の御奉行が度胆をぬかれて讃嘆したに相違なく、白石はてれたふりをして、御奉行にきかれるのも片腹痛い限りで失笑したなどと書いているが、大いに気を良くしたに相違ない。

どこまでシローテの本音であるかは知り難いが、又白石の気質を見込んでの権謀術数もたしかに有ったと思われる。

元来日本の切支丹禁教令は宗教をだしに使って国を奪う魂胆であるという理由のもとに発せられたものであった。徳川家康は喰えない親爺で、彼の識見はもっと大きく深い所にあり、軍事上ばかりでなく経済上その他のことでも鎖国を救国の策と看破し、一応の口実を見つけて切支丹を国禁したが、案外彼自身は切支丹を道具にしての軍事的侵略などということを信じてはいなかったという見方もできる。

然しながら大御所の魂胆はとにかくとして、切支丹は国を奪う手段であるということは日本の上下に信じられ、又切支丹もそれを信じて、切支丹は人民救済の宗教であって何等一国の政策とは関係のないものであるという申開きが彼等の最大の念願であった。この念願が達成して日本政府の理解を得れば、切支丹は再び日本に行われるに相違ないということが彼等の希望であった。

シローテの希望も元よりそれであって後日白石に向って、日本が切支丹を禁令したのは和蘭人が日本の為政者を動かして国を奪う手段であると信じさせた為である。然るに我ローマの国は国がひらかれてこのかた千三百八十余年寸土尺地といえども他国を侵略したことがなく、むしろ和蘭の如きは侵略の常習犯でいつ何をやりだすか計りがたい国であると切言している。

又、自分が教皇の命を受けて日本潜入の決意をかためたとき、同時に三つの志を立てた。その一つは望み請うところを許されて再び日本に切支丹が行われるようになるなら元よりこれにまさる喜びはない。二つには、望み請うところが許されず日本の国法によって処刑される場合は、もとより宗門のため又師のため自分の骨肉形骸の如きはどうなろうと構いはしないが、唯、国をうかがう間諜のように沙汰されるなら、之以上の遺恨はない。三つには、師命を達し得ず、万里の行をむなしくして、生きて本国へ還されるほどの恥辱はないという、以上三つのことであったと白石に言った。

こうして彼は折にふれ、機を見るたびに、切支丹は国を奪う手段でないということを信じさせようと努力した。彼とても亦、禁令の根本理由がそこにあると思いこんでいたからであった。

たまたまオオランデヤノーワのことに行き当り、オオランデヤノーワというからには第一仇敵和蘭が侵略した土地であり、それを更に白石の侵略に引っかけて逆効果をねらい、切支丹は決して他国を侵略しないと言うことを暗に呑みこませようとした——そういう風に考えて、必ずしも不自然ではないと思う。

ところがシローテのこの術策はてんで白石に通じなかった。

白石がもしシローテの想像通り切支丹は国を奪う手段であると信じていて、特にその点を意識して切支丹を危険視している人であったら、彼程聡明敏活の人が、よしんば如何ほど自慢癖に憑かれていても、シローテのおだてに乗って気を良くして、裏のことには気がつかないということが有り得ようとは思われない。さてはと忽ち気がついて、食えない奴だと思いついたに相違ない。

ところが奇妙な因縁で、白石は審問にかかる前から、切支丹は国を奪う手段でないということだけは、あらかじめ心得ていたのであった。

不思議な因縁で――まさに然り。彼は審問の始まる前に、切支丹の特殊な用語の飜訳が知りたいと思い、宗門奉行から三冊の本を貸してもらった。これは背教者岡本三右衛門（彼はシローテとその国籍を同じくし、のみならず、ふるさとも亦同じシシリヤであった）が背教後書き残したもので、切支丹の教義要略ともいうべきものであったが、彼がこの一書の中で最も力説していることはと言えば、切支丹は国を奪う手段にあらずという一事であった。人の悲しい弱さによって力つき背教したとはいえ、彼も亦その志の一分だけは、神に背いてのちに秘かに果しておいたのだ。とはいえ同じふるさとの剛毅誠実な後輩の取調べに利用されようとは、もとより知ろう筈がない。

白石はこの三冊の書物を精読して、取調べにかかる前から、切支丹は国を奪う手段にあらずということだけは否応なく分らせられていたのであった。それゆえシローテが常に最も意識していたことに、白石の方ではてんでこだわりを持たなかった。

尤もシローテのこの術策の深い言葉には案外本気も含まれていて、実際白石が侵略も致しかねない人物だと思っていたかも知れなかった。

というのは、シローテが日本潜入に当って持参して来た十六冊の書物の中には、タイコウサメ（西洋では秀吉をこういう風に訛ってよぶ）の事蹟を書いた書物もあったということで、タイコウサメは切支丹国禁の張本人になっており（シローテは決して家康のことを言わない）、明ばかりでなくマニラ遠征を企てていた――企てもしなかったが、マニラの方では企てていると思っていた――典型的な侵略家であった。

そういうわけでシローテはタイコウサメの侵略精神に充分の概念を持っており、白石の探究精神によって根掘り葉掘り国々の事情を問いつめられては、多少白石の魂胆を疑う気持にもなったであろう。

ひところの外人宣教師が日本の文化や国民の知能を高く評価していたことは非常なもので、当時の宣教師の報告がそれを充分に語っており、西教史の序文などでも、日本人は支那人などとは比較にならぬ高級な国民だと言い、西洋最高の文明国はローマだが、日本の文化のみは蓋《けだ》し之にも劣る所がないなどと途方もない大讃辞が呈してある。

あるとき白石がシローテに向って、同じ東洋のうちには日本の外にチイナがあり、その文物声教は古《いにしえ》より中土と称するほどであるがその実状はどうであろうかと尋ねた。

この時シローテは答えて、日本人はまるい物を見るが如くであり、チイナの人は角ある物を見るが如くである。日本人の温和なことはこのようだと言って自分の衣服を摑んでみせ、チイナの人の固く渋っている様は又このようだと言って榻《とう》をなでてみせた。そうして、近きを賤しんで、遠きを尊ぶべきではないと言った。

オオランデヤノーワはとにかくとして、東洋では日本人が最も優秀な国民だとは分っていたし、白石が油断のならない人間だとは思っていたに相違ない。

彼は榻につくたびに必ず手を拱《きょう》して一拝して、坐ってのちに十字を切り、目をつぶって、坐ってからは泥塑《でいそ》のように身動きをしない。白石や奉行が立つことがあれば、必ず自分も立上って一拝してのちに坐につき、還ってきて坐につこうとすると、彼の方が先に立上って一拝して又坐につく。この礼儀の正しさには儒教の行儀で鍛えてきた白石もほとほと感心した。

十一月二十五日の審問のあとで、シローテの獄中生活を見学したが、牢獄は大きな牢舎を三つの小部屋にしきったもので、シローテは西面の一室に住んでいた。赤い紙を切って十字架をつくり、これを西の壁にはりつけて、その下で経文を誦していた。

食物にも限度があるということで、長崎以来一定の食事をしていたが、平日は午と日没後とに二度、主食物は薄い醤油に油をさしたものの中で小麦の団子と魚と大根とひともじを入れたものを酢と焼塩をそえて食べる。菓子は焼栗四ツ、蜜柑二ツ、干柿五ツ、丸柿二ツ、パン二ツ。これを一日に二度食べるわけである。

斎戒の日は主食物は午の一度で、菓子だけは平常通り二度食べた。切支丹屋敷へ来て以来入浴したことがなかったが、垢のついた跡もなく、食事の外には湯も水も飲まなかった。又、果実の皮や種はどういう風に始末するのやら、あとを見たという者が誰もなかった。

父母はどうしているかと白石が尋ねたところ、父は十一年前に死に、母の名はエレヨノーラ、今猶《なお》生きながらえているとすれば六十五歳になる筈であり、兄弟は四人で、長女は夭折し、次は兄で名はヒリプス、次が自分で四十一歳、末弟は十一の折死んでしまったと答えた。

男子が国命を受けて万里の行につくからは一身を顧ぬことは言うまでもないが、おまえの母もすでに年老い、兄も亦壮《さか》んな年はすぎた筈で、おまえはそのことを思う時がなかったかと白石は重ねて尋ねた。

暫く返答がなかったが、顔に一抹の憂気が流れ、やがてシローテは身を撫して、もとより一国の薦挙《せんきょ》により日本渡来の師命を受けてこのかたは、いかにもして日本の土を踏みたいと思うほかには余念のあるべき筈はなかった。老母老兄といえども、自分が国のため又教法のため一身を棄てて赴くことを彼等自身の幸いであると喜んでくれた。とはいえ、その血肉を分ちあったはらからの事であるから、生きながらえている限りはどうして忘れることが出来ましょうか、と答えた。

審問は十一月二十九日にも開かれ、この日も亦専ら欧羅巴事情の究明に費して宗門の話には微塵もふれるところがなかった。

シローテは折にふれ機を見ては頻りに宗門の話にふれようと焦ったが、白石は未だその時機ではないと心にかたくきめていて、むしろシローテの焦躁をあざけり楽しむぐらい冷酷な、一抹の底意地悪さをたたえながら、シローテが宗門のことを言いだすたびに素知らぬ風をして、全くそれに取りあわなかった。そうして自分の訊きたいことだけは執拗に訊きつづけた。

その四　イノチの日

翌日白石は本丸へ伺候して、すでに審問三回に及び、欧羅巴の地理歴史文化風俗国情等一通りは訊きただし、又シローテの言葉を聞き違えるという恐れがなくなったから、この上は愈彼《いよいよかれ》の来由を糾問したい意向であると言上。前回の審問は宗門のことにはふれないので奉行の出席をもとめなかったが、次回は切支丹宗門のことにわたる筈であるからと言って、奉行の出席を要請。愈来由を問うこととなった。

十二月四日、シローテがその一生を賭けて待ちかねた最後の審問がひらかれた。

この日シローテを呼出し、例の如く各座についてのち、愈来由を問うむね白石が申渡したとき、シローテは喜悦に堪えざる有様で、日本布教の師命を受けてこのかた六年、万里の風波をしのいで日本の土を踏むことができ、遂に国都江戸に到着することも出来たが、折しも今日は本国では新年の初の日に当り（正月三日に当っていた）人々がお祝いしている時であって、この日に当っていのちの念願が達せられ、切支丹宗門のことに就いて言上することが出来ようとは、これにまさる幸せがありましょうやと言って、かくて彼はその一生の熱血をこの一日に傾けて、キリシトの教を説いた。

とはいえ、この糾問の座に於て、如何に声を大にしてキリシトの教を説いてみても、国禁を解きうる見込みはすでに微塵もなかったのである。白石には冷然たる批判の眼があるのみであるし、のみならず、彼の立場は布教師にあらず、とらわれの一罪びとにすぎなかった。今はただ説くのみであったであろう。誰に向ってということもない。白石が相手でもなかった。その一生のいのちであった念願にかけて、ただ専らに説き明し、専らに説き尽さねばやむべくもない思いであったに相違ない。

シローテは白石に向って、本国を出る時から生きて帰る心だけは毛頭なかったと述べ、さりながら、今なお公教の東漸すべき時機ではなく、一生の情を傾けつくして告げ訴えて、尚かつ布教の公許を受けることが出来ないなら、万やむを得ない話であって、自分の骨肉形骸の如きはどうなろうと元より誰を咎むべきでもありませぬ、と言った。

将軍へ差出した白石の上書によれば、シローテの熱烈真摯なる有様、その志の堅固なる有様を見ては心を動かさずにはいられなかったと述べ、すみやかに首を刎《は》ねても到底その志を変ぜしめる見込みはなかった、と附加えている。

だが、シローテの説く切支丹宗門の本義に関してのみは、白石の批判は冷酷無残で、博聞強記多学多識企て及ぶべしとも思われぬこの人が、ひとたびその教法を説くに至っては一言の道理にちかいものもなく、智愚たちまちに地を変えて、さながら二人の言を聞くようであった、と述べている。

彼はキリシトの教を理窟にてらして一々説破し、超理的なるが故に人性の秘奥にむすびつく宗教の本義に関しては恬《てん》として心を振向けようとしなかった。

この糾問ののち、白石は羅馬《ローマ》人処置の献議として、第一に、彼を本国へ返さるるは上策。第二に、彼を囚人として助けおかるるは中策。第三に、彼を誅《ちゅう》せらるることは下策、という三策を立て、第一策によって助け返さるることを至上とすると進言した。

之に対して家宣は中策を採用し、囚人として切支丹屋敷に住わしむべしと命令。一国の使臣としてその宗門の無実を告訴《うった》える為に来た者ならばその国信というべきものを携えてくる筈であって、日本人に変装して潜入したのは、たとえ彼の言葉が真実であるにしても尚疑るのが至当であり、即ち中策をとり、その生涯囚人として幽閉せしめるものであるという言葉であった。後日に至って一国の使臣であるという証拠があがった場合は帰してやってもいいという甚だ穏当な処置であった。

切支丹屋敷内の北隅に一軒の家があって、そこに長助はるという二人の老人夫婦が住んでいた。

彼等は罪人の子供で幼時から切支丹屋敷に養われ、日本へ潜入とらわれた広東人、背教後は黒川寿庵とよばれた者の奴婢として暮して来たものであった。黒川寿庵は岡本三右衛門一行の潜入の際従者として共に潜入した一人であった。

寿庵の死後も、そのかみ切支丹であった者に仕えていたという理由によって、長助夫婦は切支丹屋敷内から一足出ることも許されず、一軒の家をもらって住んでいたが、シローテが幽閉されるに及んで、改めてその奴婢として身辺に仕えることとなった。長助はそのとき丁度五十歳であった。

シローテが幽閉されて五年の歳月が流れ、一七一四年冬の一日、長助夫婦は突然自首して、自分等は禁令の切支丹を奉じる者であるから、国法に従ってどのようにでも裁いていただきたいと申出た。

その告白によれば、彼等は先に仕えた黒川寿庵に屢々《しばしば》改宗をすすめられたが、国法に背くことを怖れて当時は教に従うことがなかった。然るに寿庵の死後年月が流れて、シローテが幽閉せられることとなり、その身辺に仕えることとなったが、この人がその一身をかえりみず万里の風波をしのいで日本に潜入、とらわれの姿を見るにつけ、いくばくもない余命を惜しんで地獄に堕《お》ちる怖しさをひしひしと感じるようになり、遂にシローテに願って洗礼を受け切支丹となったもので、隠しているのは国恩に背く罪と信じ、死をかえりみず自首して出たものであるから、国の法に従ってどのような刑罰にでも処してくれ、と言うのであった。即ち教法のためと国恩のため、一命を投げすて、殉教の覚悟をかためて自首したものであった。

絶東の国へ大志を立てて潜入、その情熱のすべてのものを傾けつくして告げ訴えて尚かつその志を達することの出来なかったシローテだったが、幽閉五年、けなげな信徒を得たのであった。

役人は直ちに彼等を引離して別々に監禁し、シローテは禁令の宗門をさずけた罪によって改めて牢内に禁獄せられることとなったが、ここに至ってその真情やぶれ露《あらわ》れて（白石の言葉）大音をあげてののしり呼ばわり、長助夫婦の名をよびつづけ、たとえ死すともその教を棄てることがあってはならぬと日夜を分かたず叫びつづけていたという。

長助は一七一五年十一月十三日牢死。それから丁度二週間目の二十七日夜半に至ってシローテも亦牢内で死んだ。多分ゼジュン断食であったであろうと言われている。そのとき四十七歳であった。はるの最後は伝わらない。

シローテの墓の上には榎《えのき》が植えられ、ヨワン榎とよばれていたということだが、今はすでに跡片もない。

解説

七北数人

坂口安吾といえば、「生きよ堕ちよ」と叫ぶ衝撃的なエッセイ「堕落論」と、空襲下のアモラルな性を描いた純文学短篇「白痴」の二作が有名だが、代表作はこれにとどまらない。幅広いジャンルにわたって書きまくった作家で、しかも、どのジャンルにも代表作がある。

幻想小説なら「桜の森の満開の下」、ファルス（笑劇）では「風博士」、自伝的小説「風と光と二十の私と」、推理小説「不連続殺人事件」、歴史小説「信長」、ルポルタージュ「安吾巷談」などなど。もちろん選ぶ人によって、各ジャンルごとの代表作は変わるだろう。

このうち、ジャンルとして線引きされがちなのが推理小説と歴史小説で、とくに歴史小説だけ、やや埋もれてしまった感があった。安吾の歴史小説を網羅的にあつめた選集が今日までなかったからだ。非常に惜しい、もったいない話だと思う。

安吾は開戦直前の頃から晩年まで、自分の魂のすべてをこめるように、歴史小説に取り組んだ。そこには時に、安吾の理想の人間像が現れた。現代小説では描きにくい、英雄のすがた。小気味よいリズム。生き死にが一瞬で決まる戦闘場面の緊迫感と限界状況の苛烈さ。安吾が書きたかった小説の、現代小説にはない方面の魅力がぎっしり詰まっていた。

この「坂口安吾歴史小説コレクション」全三巻において、安吾が書いた歴史小説全作が集成される意義は非常に大きい。

本巻では、おもに戦国武将を主人公とする中短篇をあつめた。群雄割拠の乱世に道三、信長が現れ、秀吉、家康による天下統一が成るまで、重要な役割を果たした人物個々に焦点が当たっていく。さながら安吾版戦国武将列伝といった趣がある。

斎藤道三を描いた短篇「梟雄」（一九五三年）は、長篇「信長」の外伝といえるもの。謀反、裏切りは当たりまえの世界で、惨殺の限りを尽くしてのし上がっていく道三の生涯。まさに戦国時代の申し子と呼ぶにふさわしい完全無欠の悪党ぶりだが、その生きざまが実に痛快かつ魅力的に描かれている。

機を見、人を見る目のカンのよさ。重大な局面では死をもおそれず豪快に突き進む、捨て身の覚悟。安吾の愛するホンモノの悪党、悪魔とはそういう者だった。

終盤、わが子に殺される未来を予感しながら、なぜその子を殺せないで過ごしてしまったのか、道三は自分の心を不思議がる。ギリシャ悲劇やシェークスピア劇にも通じる運命論的な心境を、安吾はさりげなく、親密な気分ですくい取ってみせる。

若き日のエッセイ「ドストエフスキーとバルザック」にこんな一節があった。

「人生への、人の悲しき十字架への全き肯定から生れてくる尊き悪魔の温かさは私を打つ」

時代を超え、ジャンルを越えて、安吾は常に文学のひと筋の道を見つめ、あたため続けていた。

次巻収録の長篇「信長」は、桶狭間の戦いで終わる、いわば信長の青春篇になっているが、その四年前に発表された短篇「織田信長」(一九四八年)は、ずっと後年の信長から始まる。末尾に「(未完)」とあるので、この時点ですでに長篇化の構想があったのだろう。全体が大長篇の序文のようにも読める。

戦国の二大梟雄といわれる道三と松永弾正、この二人にだけ心を許した信長の孤絶の心。天下に味方は一人もいない。だからこそ、孤絶の同類を見つけると、一も二もなく信用してしまう。はぐれ狼どうしの奇妙な友情のかたちを、安吾は少し謎めかして提示する。ここではただ、はぐれ狼たちの生の哲学が、静かに、凄みがかって吐き出されるだけだ。

「生きるとは、全的なる遊びである。すべての苦心経営を、すべての勘考を、すべての魂を、イノチをかけた遊びである」

「天下統一が何物であるか。野心の如きが何物であるか。実証精神の如きが何物であるか。一皮めくれば、人間は、ただ、死のうは一定。それだけのことではないか」

「ホンモノの悪党は、悲痛なものだ。人間の実相を見ているからだ。人間の実相を見つめるものは、鬼である。悪魔である。この悪魔、この悪党は神に参じる道でもある」

エッセイ集「明日は天気になれ」の一篇「エライ狂人の話」（一九五三年）などからも、晩年の信長を安吾がどう描こうとしていたか、その一端がかいまみられる。

安吾が書いた初めての歴史小説は、本書の巻末に収録した「イノチガケ」（一九四〇年）である。太平洋戦争開戦の前年、小田原で三好達治が見せてくれたキリシタン史料の面白さに惹きつけられて書いたものだ。語られる時代は、ちょうど道三が信長と出逢ったのと同じ年、フランシスコ・サビエルの日本上陸に始まり、信長のキリシタン厚遇、秀吉の弾圧、家康の禁教令と続いていく。

この時点で、安吾の興味は戦国武将たち一人一人の動向へも広がりはじめていた。史料に淡々と記された殉教の数々を、安吾は史料のままに、静かなタッチで写しとる。そうすることで、レミングのように死へ突き進む殉教者たちの、狂的なすがたが生々しく浮かび上がる。

タイトルとした「イノチガケ」の語も、この頃から安吾作品に登場し、以降、安吾の生涯を貫くキャッチフレーズのようになっていく。歴史小説を書くことによって初めて、イノチガケの物語が前面に出てきた、と言い換えてもよい。

ただし、キリシタン殉教にからまるイノチガケ精神については、安吾は「何か濁ったものを感じ、反撥を覚えずにいられなくなる」（「文学と国民生活」）と否定的に見ていた。

潜入神父たちの殉教煽動と信徒たちの集団ヒステリー。各会派の派閥争い。崇高さの演出としての奇蹟捏造。六十年以上もたってから純粋な殉教志願者となるシローテにも、カケヒキとしての大仰な演技があったことを安吾は指摘している。

為政者側の心理分析も非常に奥深いところまで掘り進む。信長、秀吉、家康がキリスト教をどう捉えたかよりも、当時の貿易や防衛、国家統治など、時勢の影響も複雑にからみあって、外国やキリシタンとの対し方が決まっていく。大量虐殺が始まり、荘厳封じのブザマな刑「穴つるし」が案出される顚末には身の毛がよだつ。

安吾は最初の歴史小説から〝事実〟を極度に重視した。事実とは、史書だけから見えてくるものではない。史書にはむしろ、政権側の記述させたウソも混じっている。どうすればウソが見抜けるか。当時の人々が何を見、聞き、感じたか、人々の心に思いを凝らし、人々の声に耳をすませることだ。事件に際して、人の心はどうあったか。普通なら、どう考えるか。普通でない状態の時ではまた違ったか。たどり着く限りの心を分析し、歴史の真実を見つけていくこと。本物の歴史とは、大衆ひとりひとりの心の集積である。安吾の歴史小説が時として人物分析エッセイのような展開になるのは、安吾自身も〝事実〟を突きとめたかったからだろう。

そのスタイルは、司馬遼太郎のそれと似ている。小説の破調を恐れず作者が登場し、分析や考証を始める。歴史的な事実よりもドラマ性を重視する読者はこれを嫌うが、真実はどうだったのか隅々まで知りたい読者には、最高のサービスとなる。どの記録に何が書かれ、どの資料が証拠になったか、どの資料に嘘が多いか、そういうことを全部知りたい。その時代に生きた無名の人々の生態も知りたい。それが知れなければ、偉人の生涯もその日常は結局知れないことになる。

司馬が安吾の影響を受けたか否か、はっきりとはわからないが、好きだったことは確かなようだ。新聞記者時代の司馬が書いた「坂口安吾の死」(『大阪新聞』一九五五年二月十九日)には、安吾の力作が列挙され、「これほどの戦後男はない」「徹底的な自由精神」と絶讃されていたという(王海「司馬遼太郎の宗教記者時代について」『東アジア文化研究科院生論集』二〇一三年十二月)。

「イノチガケ」に続き、安吾は長篇「島原の乱」に取り組んだ。取材旅行にも出かけ、二年ぐらい書きかけてはやめ、様々な角度から書き直す作業を続けたが、構想と史実がうまくかみあわなかったこともあって頓挫する。取材旅行記やエッセイ、長篇の書き出しや断片などが残るのみだが、本書収録の「鉄砲」(一九四四年)などにも苦心の成果が活かされている。戦国時代の始まりから終結までをキリシタン殉教史として描いたのが「イノチガケ」なら、同じ期間を鉄砲伝来とその活用に絞って描いたのが「鉄砲」だといえる。

長篇「島原の乱」が頓挫したのは、ひとつには、キリシタンの歴史に面白い戦国武将たちが続々からんでくるので、関心の幅が広がってしまったせいもあったに違いない。

中篇「二流の人」は、戦争中に書き上がっていたと安吾はいう。

一九四三年三月、エッセイ「講談先生」に「僕は今書いている歴史小説に、かなり多く『講談』から学んだ技法をとりいれている」と書いたのは、おそらく翌年一月発表の「黒田如水」（「二流の人」第一話の前半部）のことだろう。

「講談は自分が歴史を見てきたように語っている」「私が見てきたことだから信用しなさい、という語り方によると、第一、目が物の本質から離れず、小さなことに意を用いる必要がないという、大変手数の省略があり、この省略は、手数を省くばかりでなく、テーマをはっきりさせる」と講談の効用を説いている。

自由自在、誰の心理にも入り込むことができるので、人物分析をしながら物語を進めていく安吾の歴史小説にはうってつけの語り方だった。

主人公は黒田如水だが、同じキリシタン大名の小西行長や、如水の軍略を高く買った秀吉や家康、関ヶ原で家康と対立する石田三成や直江兼続らの生きざまにも順繰りに焦点が当たっていく。

「彼等は各々の流義で大きなロマンの波の上を流れていたが、その心の崖、それは最悪絶対の孤独をみつめ命を賭けた断崖であった」

彼らには「死の崖」で「イノチを賭ける詩人の魂」があったが、如水はそれを失っていたと安吾は考える。だからいつも、一番を狙いながら永遠に二番手にしかなりえない。ひとつの「人間」の発見である。講談の技法を用いることによって、安吾は歴史ドラマの中に近代小説のテーマをもちこむことに成功している。

「我鬼」（一九四六年）は、晩年の秀吉とその養子秀次との愛憎と狂気を非情なタッチで描いた衝撃作。「殺生関白」とあだ名された関白秀次の凶悪な行状は、一説には後世のつくり話ではないかともいわれるが、谷崎潤一郎「聞書抄」をはじめ、柴田錬三郎や司馬遼太郎ら多くの作家が作品化している。同じ題材でも、鋭角的な痛みを感じさせる点で、安吾の本作が群を抜く。

時代的には「二流の人」の第二話ラストにちょうどハマるわけだが、「我鬼」発表の四カ月後に書き下ろし刊行された『二流の人』九州書房版（一九四七年）には、組み込まれなかった。如水と関係のない、血なまぐさいエピソードなので、安吾は独立の短篇として世に出したと考えられる。しかし翌四八年、「我鬼」を組み込んだ『二流の人』思索社版が刊行され、以後これが決定版としておもに流通することになる。

思索社版では、九州書房版の第二話の「三」は削除された。ここに書かれていた人間一人一人を砂粒にたとえる見方が、第三話の「ただ一粒の三成」という言葉と呼応していたのだが、削除によってその比喩も効果がなくなってしまった。何より「我鬼」の激しさが「二流の人」にはなじまない。安吾の意図とは違うと考え、本書では九州書房版の「二流の人」を採用し、「我鬼」を独立短篇として収録した。

続く「家康」（一九四七年）「直江山城守」（一九五二年「安吾史譚」の四）「小西行長」（同年「安吾史譚」の六）「狂人遺書」（一九五五年）も、それぞれ「二流の人」から、各人物を拾い上げてクローズアップした短篇である。

面白いことに、「二流の人」と各短篇とで人物の評価がかなり変わっている。どこから見渡すか、誰との関係を語るか、そういう角度の問題もあるだろうが、その人をより深く調べ、その人と同化するほどまで考えるうちに、変化が生まれるのだと思う。

「稀有なる天才」と評された家康は「平凡な保守家」に転落し、「楽天的な戦争マニア」で戦争に「耽溺」する「エゴイスト」とされていた直江兼続のことは、「温厚で、特に事を好まぬ性質」の「非常に素直な詩人」で、信長・秀吉・家康の「三人の長所はみんな持っていた」と褒めちぎる。

「小西行長」の前半は、「二流の人」の内容と大よそ一致し、秀吉が外国を甘く見て朝鮮出兵から明との戦争に至った経緯を記す。そこまでは「定説化している」と書いておいて、後半では安吾独自の新解釈を語りだす。おもに秀吉の心に分け入って考えたようだ。

大事な交渉の場面、秀吉は相手国の立場や考え方をどれぐらい想定できていたか。安吾は秀吉の行動や行長の行動を細かく分析、ありうること、ありえないことを明確に分けていった。「歴史探偵」を名のる安吾らしく、推理のカンが冴えて説得力がある。

秀吉はすべてわかっていた。行長もそれに応えていた。これを新たに小説にするために、安吾は死に瀕した秀吉の独白の形を採用した。「狂人遺書」である。内容は「我鬼」とも重なるが、一人称ならではの悲痛さがにじみ出て、これも異様な傑作となった。

発表後すぐ、神西清が秀吉を卑小化しすぎだと批判した。「ここまで道化にされちまうと妙な気がするな。思いっきり低級な、卑小な功名心とか、肉親の間の愛憎とか、そういうことだけであすこまで成りあがってしまったということは信じられない。必然性がない」という。人それぞれの感じ方があるとは思うが、少なくとも「卑小化」する意図は安吾には全くなかった。英雄であるがゆえの虚勢と見栄が存分に描かれ、人間として、親としての狂おしいほどの愛憎と悲哀が塗りこめられている。これを卑小というなら、人間はみな卑小なもので、それを描けぬ小説のほうこそ、まがいものではないかと思うばかりだ。

そもそも安吾は秀吉が大好きだった。戦争中から、エッセイ「日本文化私観」の中で、秀吉の「俗悪ならんとして俗悪である闊達自在さ」を絶讃していた。「彼の為す一切合財のものが全て天下一でなければ納らない狂的な意慾の表れ」で、「城を築けば、途方もない大きな石を持ってくる。三十三間堂の塀ときては塀の中の巨人である」「天下を握った将軍達は多いけれども、天下者の精神を持った人は、秀吉のみであった」と。

この「天下者の精神」が「狂人遺書」にも脈々と流れている。

本書は、『坂口安吾全集』（一九九八〜二〇〇〇年 筑摩書房刊）収録作品を底本としました。

全集収録時、旧仮名づかいで書かれたものは、新仮名づかいに改めました。

難読と思われる語句には、編集部が適宜、振り仮名をつけました。

本文中には、今日の観点からみると差別的、不適切な表現がありますが、作品の発表当時の時代的背景、作品自体の持つ文学性、また著者がすでに故人であるという事情を鑑み、底本の通りとしました。


（編集部）

坂口安吾歴史小説コレクション 第一巻

狂人遺書

二〇一八年 九月二〇日 初版第一刷 発行

著者 坂口安吾
編者 七北数人
発行者 伊藤良則
発行所 株式会社 春陽堂書店
〒一〇三―〇〇二七
東京都中央区日本橋三―四―一六
電話 〇三―三二七一―〇〇五一
装丁 上野かおる
印刷・製本 惠友印刷株式会社

ISBN978-4-394-90338-3 C0093